커스터머

이종산 장편소설

커스터머

Customer

문학동네

차례

목격

비가 오기 시작할 때 첫 빗방울은 어디에 떨어질까?

물론 매번 다를 것이다.

하지만 내가 다니는 학교에서는 첫 빗방울이 떨어지는 장소가 정해져 있다. 연못. 학교 본관 건물과 기숙사 중간쯤에 있는 연못이 첫번째 빗방울이 떨어지는 곳이다.

나는 가끔 첫번째 빗방울이 연못에 떨어지는 것을 본다. 운이 좋아야만 그걸 볼 수 있다. 연못에 첫번째 빗방울이 떨어지고 그다음 빗방울들이 하나둘씩 떨어진다. 그러다가 후드득하고 비가 쏟아져내린다. 비가 연못을 흔들면 나도 함께 흔들린다. 그럴 땐 속이 시원하기도 하고 울고 싶어지기도 한다. 때로는 오싹해질 때도 있다.

라울이 막대기로 머리를 맞고 쓰러지는 것을 봤을 때 나는 연못에 떨어지는 첫 빗방울을 볼 때와 비슷한 감정을 느꼈다. 가슴에 동그란 원이 퍼지면서 마음이 온통 흔들렸다.

이제 6월이다. 이곳 시드의 비는 내가 살던 곳의 비와 다르다. 구설의 비는 따가웠다. 반은 물이고 반은 모래인 것 같은 빗방울이 내 몸에 닿으면 피부가 타는 것처럼 느껴졌다. 나는 비를 맞지 않으려고 비닐 옷을 뒤집어쓰고 남들의 시선을 끌 만큼 커다란 우산을 들고 다녔다. 다행히 비 오는 날은 일 년에 몇 번 되지 않았다.

이곳의 비는 나를 다른 방식으로 흔든다. 비가 오는 날에는 아침부터 마음을 설레게 하는 달콤한 바람이 불다가 하늘에서 빗방울이 떨어지기 시작한다. 처음 이곳의 비는 내 팔을 다정하게 건드렸다. 내가 안을 만난 이후에 사람이 사람에게 얼마나 다정하게 다가갈 수 있는지 알게 된 것처럼 이곳의 비도 나에게 다정함을 가르쳐주었다.

시드에서 지내고부터 나는 비에 여러 모습이 있다는 것을 알게 되었다. 시드에는 비가 자주 내린다. 구설에서 비는 그냥 비였다. 하지만 시드에서 비는 많은 이름을 가지고 있다. 얼음눈이 섞인 비는 눈꽃비, 가볍게 흩어지는 비는 가루비, 갑자기 쏟아지는 비는 벼락비, 맑은 날 내리는 비는 환한비라고 부른다. 이 밖에도 수많은 이름이 있다. 나는 아직 비의 이름을 배우는 중이다.

비의 여러 이름을 배우는 것은 안을 알아가는 일과 비슷하다. 나는 안과 몇 달을 함께 보냈다. 그러면서 안이 내가 처음 생각했던 것보다 복잡한 사람이라는 것을 알게 되었다. 나는 아직 안을 알아가는 중이다.

첫번째 빗방울을 본 그 시간에 나는 혼자 있었다. 저녁에는 좋은 식당에서 맛있는 것을 먹었다.

안의 생일이었다. 나는 몇 주 전부터 긴장하고 있었다. 나는 우리 둘의 관계가 달라지기를 바랐다. 친구 이상이 되고 싶었던 것이다. 애매한 친구 사이를 끝내고 다음으로 넘어가고 싶었다.

나는 안의 생일이 우리의 관계를 변화시킬 수 있는 중요한 날이라고 생각했다. 식당을 예약하고 선물을 고르면서 흥분했던 것은 바로 그 때문이었다.

하지만 지나치게 기대하는 일이 대개 그렇듯이 저녁 시간은 실망스러웠다. 대화는 내가 생각하지 못한 방향으로 흘렀고 나는 안에게 내 마음을 전하지 못했다. 내 선물은 안을 당황시켰다. 내가 준비한 것은 셔츠와 속옷이었다. 이제 와서는 트렁크스를 산 것이 후회된다. 살 때는 장난스러운 마음으로 샀던 것이었는데 안이 상자를 열어보는 순간 그게 지나친 일인지도 모른다는 생각이 들었다.

안이 당황한 것은 속옷 때문은 아니었다. 안은 내가 셔츠 밑에 숨겨놓은 속옷을 보기도 전에 선물 상자를 다시 닫았다.

안 되겠어. 안은 곤란한 표정으로 나를 봤다. 수치스러운 순간이었다. 나는 이해하는 척했다. 다른 방법이 없었다.

안은 나도 모르는 사이에 소리도 없이 다가와서는 내가 그애 쪽으로 다가가려 하면 멀찍이 물러났다. 넌 언제나 그래. 나는 그 놀이를 그만하고 싶었다. 나는 안을 비난하지 않으려고 안간힘을 다했다. 안과 함께 식당에서 나와 버스를 타고 학교로 돌아오는 동안 나는 혼자가 되고 싶어 미칠 것 같았다.

안은 커다란 선물 상자를 어색하게 품에 안고 있었다. 나는 안에게서 상자를 빼앗아 멀리 던져버리고 싶었다.

그러는 대신 나는 혼자 산책했다. 학교 정문에서 안과 헤어지고 교정을 좀 걸어다니다가 매점 테라스에서 쉬었다. 테라스에 앉아서 이런저런 생각을 했다. 주로 안에 대한 생각이었다.

시간이 흘렀다. 나는 테라스에서 나와 기숙사로 향했다.

연못을 지나갈 때 바람이 휙 불었다. 비를 데려오는 바람이었다. 그리고 첫번째 빗방울이 떨어졌다.

비가 연못을 흔드는 모습에 홀려 한동안 그 자리에 서 있었다. 한밤중인데다가 비가 세차게 내려서 연못 주변에는 사람이 없었다.

연못 건너편에서 그 일이 벌어지는 걸 보고 나는 풀숲 뒤로 들어가 숨었다. 막대기를 든 사람은 후드를 쓰고 있어서 얼굴이 보이지 않았다. 라울은 알아볼 수 있었다.

라울은 머리를 맞고 쓰러졌다. 쓰러진 라울을 그 사람이 몇 번 더 내리쳤다. 나중에 목격자 증언을 하면서 나는 그 사람이 들고 있던 것이 아주 단단한 막대기였다는 것을 알게 됐다.

그 사람은 할 일이 끝났는지 서둘러 자리를 떴다. 나는 풀숲에 숨어서 라울을 지켜봤다. 라울이 경련했다. 라울이 사지를 떨다 축 늘어지자 나는 갑자기 오한이 났다.

그 사람이 다시 돌아오지는 않을 것 같았다. 나는 풀숲에서 나와 라울에게 다가갔다. 라울에게서 역한 술냄새가 풍겼다.

얼마나 마신 거야. 술은 어디서 구한 거고.

잔뜩 취해서 학교 안을 돌아다니다니 라울은 역시 용감하다. 그 용기가 대부분 멍청함에서 나오는 게 문제였지만. 죽은 애를 굳이 모욕하고 싶지는 않지만 사실이 그랬다.

이렇게 말하니 내가 젖은 땅 위에 누운 라울을 차갑게 내려다보고 있었던 것 같지만 사실은 그렇지 않았다. 나는 태연하려고 애쓰다 내가 몸을 떨고 있다는 걸 깨달았고 그때부터는 몸이 정말 심하게 떨렸다. 라울을 좋아하지는 않았지만 눈물이 났다. 라울과 적대적인 관계였는데도 그랬다.

단단하고 몸집이 큰 라울의 몸, 여러 여자애의 눈길을 끌던 그 몸은 점점 딱딱한 덩어리가 되어가고 있었다. 술에 취하지 않았다면 그렇게 쉽게 쓰러지지는 않았을 것이다. 머리와 몸을 덮는 헐렁한 후드를 입고 있었지만 그 사람이 라울보다 훨씬 말랐다는 건 알아볼 수 있었다. 키는 컸다. 나보다 이십 센티미터 정도 더 클 것 같았다.

안처럼.

그 사람의 실루엣은 안을 연상시켰다.

그 생각을 하자 속이 뒤집어졌다. 나는 풀숲으로 기어가 토한 후에 일어나서 침을 뱉었다. 그런 다음에 기숙사로 갔다. 안은 방에 있었다. 막 샤워를 마친 모습이었다.

"어디 갔었어?"

안이 젖어서 물이 뚝뚝 떨어지는 나를 보고 물었다.

"너는?"

"난 계속 여기 있었지."

안이 대답했다. 신발장에 놓인 안의 신발에 눈이 갔다. 안의 신발은 젖어 있었다. 스니커즈 옆면에 젖은 흙이 묻어 있는 것이 보였다. 안도 내가 그 신발을 흘낏거리는 걸 눈치챈 것 같았다.

"너 찾으러 잠깐 나갔었어. 걱정이 돼서. 요즘 일이 많잖아."

안이 그렇게 말하고 수건으로 머리를 털었다.

"안, 바닥에 물 떨어져. 요즘 좀 위험하긴 하지. 너도 밤에 혼자 돌아다니지 마."

"너보단 내가 낫지."

안이 웃으며 말했다. 나보다 크고 근육으로 다져진 몸. 안의 말이 맞기는 했다. 나는 안이 입은 얇은 티셔츠 위로 봉긋하게 올라 있는 부드러운 가슴을 봤다.

안의 바지 가운데가 약간 불룩한 것 같았다. 기분 탓일까 아니면 차분한 얼굴 뒤에 흥분을 감추고 있는 걸까?

나는 여자면서 남자인 안의 몸을 봤다. 처음에는 낯설었고 이제는 사랑하게 된 안의 몸을.

안은 정말 저 아름다운 몸으로 라울을 죽였을까?

하지만 나의 의심에는 아무런 증거도 없었다. 내가 걱정되어서 찾으러 나갔었다는 안의 말을 믿고 싶었다.

나는 일단 씻으러 갔다. 복도에 내 옷을 흠뻑 적신 빗물이 뚝뚝 떨어졌다.

샤워실 거울 앞에서 앞머리를 뒤로 넘겼다. 거즈를 갈아야 했다. 내 이마에는 라울이 만든 상처가 있었다. 세로로 길게 난 상처는 열흘 전에 생긴 것이었다. 안은 내 이마를 볼 때마다 화가 난다고 했다. 라울에게 빚을 진 기분이라고. 꼭 갚아야 할 빚을.

거즈를 새로 붙일 때 손가락이 뿔을 건드렸다. 욱신거리는 통증이 번졌다. 뿔이 피부를 뚫고 나온 지 얼마 되지 않았다.

저게 정말 내 뿔인가?

나는 거울에 비친 내 얼굴을 볼 때마다 생각한다.

저게 진짜일까?

나는 다시 뿔을 건드렸다. 이번에는 일부러 그렇게 했다. 곧바로 찌릿한 통증이 온몸에 퍼지고 나는 그게 진짜라는 것을 실감했다. 그것이 내 몸의 일부라는 것을 느낀다.

라울이 나를 건드린 것은 잘못이었다. 라울은 내 뿔을 건드리지 말았어야 했다. 안은 내 이마에 생긴 상처를 볼 때마다 라울에게 빚을 진 기분이 든다고 했다. 그 빚은 복수를 의미했다. '중성인은 화를 참지 못한다.' 안은 다른 사람들의 말처럼 자신이 스스로를 제어하지 못할까봐 두렵다고 했다. 그 말에 반박한 지 몇 시간도 지나지 않았다. 안이 그 말을 했고 나는 그 말이 헛소리라고 했다. 하지만 이제 당황스럽게도 그 말이 자꾸 떠올랐다.

안, 너 혹시 라울을?

나는 안을 처음 봤을 때 안에게 여자가 맞냐고 물었던 것처럼 묻고 싶었다. 하지만 그때 안이 아무렇지도 않게 자신이 중성인이라고 대답했던 것처럼 이번에도 담담히 라울을 죽였다고 말할까봐 두려웠다. 난 도저히 안에게 웃으며 너 이제 인생 조졌어, 하고 농담을 할 수 없을 것 같았다.

내가 본 것을 덮어두고 싶었다. 살인 사건의 목격자가 되고 싶지 않았다. 더군다나 안이 그 사건의 범인이라면. 나 말고 다른 사람이 라울의 시체를 발견하고 신고하기를.

'안, 내가 방금 뭘 봤는지 알아? 어떤 사람이 라울을 죽이는 걸 봤어. 신고해야 할까? 어디에 연락하지?'

그런 말이 입에 맴돌았다. 그렇게 말할 수 있다면.

나는 샤워를 하고 나왔다. 젖은 머리카락에서 물이 떨어졌다. 복도에서 피비린내가 나는 것 같았다.

통지서

통지서를 받기 전날 밤, 나는 인어 꿈을 꾸고 있었다. 미지근한 바람이 부는 2월 초의 밤이었다.

어릴 때부터 자주 꾸는 꿈이었다. 내용도 항상 같았다.

나는 바다 아래로 가라앉고 있다.

도와줘! 속으로는 비명을 지르지만 입을 열면 물이 밀려들어서 숨도 쉴 수 없다.

점점 아래로 가라앉고 있는데 누군가가 억센 팔로 나를 감아 수면 위로 끌어올린다.

눈을 뜨자 인어가 있다. 환한 달빛이 인어를 선명하게 비춘다. 꼬리는 물에 잠겨 있지만 존재감이 뚜렷하다. 크고 두툼하고 힘이 센 꼬리.

인어의 이마에는 뿔이 있다. 소라고둥처럼 생겼다. 하지만 소라고둥보다는 훨씬 단단해 보인다. 색은 산호빛. 아름다운 뿔이다.

인어가 내 몸을 물 밖으로 밀어낸다. 나는 몸이 가벼운 어린아이고 인어는 힘이 세서 수월하게 일이 끝난다. 인어는 다정한 눈으로 내가 무사하다는 걸 확인하고 다시 바다 가운데로 돌아간다.

그 모습을 보고 있을 새도 없이 밴이 나를 깨우는 소리가 들리고 꿈은 깨졌다. 그렇게 깨어날 때면 잠이 꿈을 부수고 사라지는 것 같은 기분이 든다. 꿈속에 잠이 웅크리고 있다가 새가 껍데기를 깨고 나오듯이 꿈을 부수고 나와서 멀리 날아가는 것이다.

그렇게 눈을 떴을 때만 해도 나는 그날이 다른 날하고 똑같이 흘러갈 것이라고 생각하고 있었다. 다른 날처럼 지루하고 한가하게 흘러갈 것이라고.

"수니, 일어나. 지각이야!"

밴이 노래를 부르며 소리쳤다. 밴은 노래를 부르는 동시에 말도 할 수 있다. 뮤직비디오를 보여주면서 내 하루 스케줄을 욀 수도 있고 복잡한 계산을 하는 동시에 책을 읽어줄 수도 있다.

밴은 내 비서 로봇이다. 중학교 1학년 때 전교 일등을 한 상으로 받은 것이다. 엄마가 "그래, 까짓것 사러 가자"라고 말했을 때 심장이 두근거리던 게 아직도 기억이 난다. 말 그대로 심장이 요동쳤다.

나는 학생을 위한 로봇 코너에서 밴을 보자마자 반했고 밴은 그날로 내 친구가 됐다.

밴이 나를 깨웠을 때 나는 짜증보다 걱정이 앞섰다.

밴은 지금이 방학이라는 걸 깜빡한 걸까? 로봇이 '깜빡'할 수가 있나? 밴을 수리 센터에 맡겨야 할까?

"밴, 아직 방학이 안 끝났잖아."

난 밴에게 조심스럽게 말했다. 밴은 자신이 틀렸다는 걸 알면 충격

받을 것이었다. 밴은 한 번도 틀린 적이 없었으니까.

밴의 얼굴 화면에 웃는 표정이 깜빡거렸다. 그러곤 화면에 오늘의 일정이 떴다.

통지서 나오는 날, 오전 10시까지 학교.

그랬다. 그날은 통지서가 나오는 날이었다. 내가 어느 학교로 가는지 정해지는 날.

어떻게 까먹고 있었을까?

"지금 몇시야?"

"아홉시 이십오분."

밴이 화면에 시간을 띄우며 말했다.

나는 후다닥 일어나 방에서 나왔다. 서둘러야 했다. 어차피 세진고등학교 아니면 가리고등학교겠지만 정연이랑 같은 학교일지 아닐지 얼른 알고 싶었다. 나는 정연이와 초등학교부터 중학교까지 같이 다녔다. 고등학교도 같은 곳이었으면 했다. 제발!

방에서 나왔을 때 운이 나쁘게도 아빠가 거실에 있었다. 게다가 창문이 열려 있었다. 언덕에서 불어온 모래바람이 창문 안으로 날아들어왔다. 바닥에 흩뿌려진 모래가 보였다. 화가 치밀었다. 저걸 치우는 사람은 나 아니면 엄마인데. 아빠는 아무리 얘기를 해도 자꾸 창문을 열었다. 창문으로 들어온 모래를 치운 적은 한 번도 없었다. 집에서 날리는 모래 먼지는 천식을 앓는 세이에게 치명적이다. 아빠에게는 그게 아무 상관도 없는 걸까?

아빠는 소파에 기대어 늘어져 있다가 나를 불러 세웠다.

"수니야, 밥 좀 차려."

"나 학교 가야 돼. 늦었어. 엄마는요?"

"일 갔나봐. 우리 딸 살림의 여왕이잖아. 그냥 있는 것만 식탁에 꺼내줘."

아빠의 얼굴에 피곤이 가득했다. 숙직을 하고 온 아침이면 아빠는 평소보다 예민했다. 다른 사람에게 아빠의 직업을 얘기할 일이 있을 때 나는 "도시의 치안을 신경쓰는 일을 하세요"라고 말하고는 했다.

예전에는 그 말에 존경과 자랑스러움이 담겨 있었다. 하지만 이제는 아니었다. 아빠가 경찰서에서 중요한 위치에 있지 않아서가 아니라 도덕적으로 존경할 만한 사람이 아니라고 생각하기 때문이었다.

나는 부엌으로 가서 식탁을 차렸다. 아빠는 우리 가족 중 누군가가 자기 말을 안 듣는 걸 못 참아 한다. 아빠는 치사한 방식으로 보복하는데 그 보복이란 자기가 속이 풀릴 때까지 사람을 숨막히게 달달 볶는 것이다.

엄마는 아빠가 고향을 떠나 구설에서 사는 것이 너무 힘들어서 가족에게 응석을 부리는 거라고 이해하라고 하지만 난 엄마만큼 아빠를 사랑할 수 없었다.

"설거지는 아빠가 하세요."

밥을 푼 그릇을 식탁에 놓으며 내가 아빠에게 말했다.

"밴이 식기세척기에 넣을 텐데, 뭘."

아빠가 소파에서 천천히 몸을 일으키며 대답했다.

나는 도로 방으로 들어가서 교복을 입었다. 치마를 입는데 왼쪽 정강이가 쿡쿡 쑤셨다. 나는 정강이에 있는 흉터를 만져봤다. 꿈이 너무 생생해서 옛날에 느꼈던 통증까지 되살아난 걸까?

내가 꾸물거리고 있으니 밴이 화면에 시간을 크게 띄웠다.

“지금 안 나가면 늦어!”

“지금 가도 늦거든?”

나는 가방을 어깨에 걸쳤다. 밴에게 당부하는 것도 잊지 않았다.

“설거지 대신 해주지 마, 알았지?”

“그랬다간 내가 설거지통에 처박힐걸?”

나는 밴이 껄껄 웃는 소리를 무시하며 방에서 나왔다.

2월에는 다른 달보다 바람이 많이 불었다. 일 년 중에 공기가 가장 나쁜 달이었다. 나는 주머니에서 마스크를 꺼냈다. 마스크를 쓰자마자 답답해졌다. 그래도 모래와 먼지가 섞인 바람을 고스란히 맞는 것보다는 나았다.

옛날에는 공기가 지금만큼 나쁘지 않았다고 했다. 어른들은 자주 그렇게 말했다. 옛날에는 이 땅이 사막이 아니었어. 옛날에는 물이 지금보다 깨끗했어. 옛날에는 해가 훨씬 더 밝게 빛났어.

옛날에는, 옛날에는.

지겨운 소리였다.

지금은 노인이 된 우리 전세대의 사람들이 재건에 평생을 바쳤다고 하지만 우리 동네는 별로 근사하지 않다. 길에는 높은 건물 하나 없고 도로도 엉망이다. 비슷비슷하게 생긴 집들은 동네를 둘러싸고 있는 모래언덕들과 같은 색깔이다.

차를 타고 한참 나가야 하는 시내 중심가도 별거 없다. 어릴 때는 시내에 나가서 커다란 마켓을 구경하거나 분수에서 노는 것이 즐거웠지만 이제는 아니었다. 시내의 건물들은 더이상 커 보이지 않았다. 마켓에는 좋은 물건이 없었다. 잡지에 나오는 커스텀 가게도 없었다. 친구들과 시내에 나가도 전혀 즐겁지 않았다.

사는 게 한없이 따분했다. 방학이 삼 주 남아 있었다. 고등학교에 간다고 사는 게 재밌어질까? 똑같을 것 같았다. 집에서 나올 때는 내가 가게 될 고등학교가 궁금해서 마음이 급했지만 점점 그런 마음이 사라졌다.

골목에서 나오자 멀리 학교가 보였다. 지붕이 납작한 가게들이 늘어서 있는 길을 지나면 학교가 나왔다.

가게들은 모래 색깔이나 연분홍 색깔이었다. 잡화점만 파란색인데 주인인 사라 언니가 직접 벽을 칠했다. 어떤 사람들은 거리에서 그 가게만 너무 튄다고 벽 색깔을 바꾸라며 참견을 하기도 했다. 특히 잡화점 옆 정육점 주인아저씨가 끈질기게 간섭해서 사라 언니를 짜증나게 만들고는 했다.

난 파란색 잡화점이 마음에 들었다. 다른 동네에 갔다가 우리 동네로 돌아오는 길에 그 가게를 보면 벌써 집에 도착한 것 같은 안도감이 들었다. 내가 파란색 잡화점에서 주로 사는 것은 사탕과 초콜릿, 우유였다.

사라 언니는 내가 물건을 고를 때는 잡지나 영화를 보고 있다가 내가 계산대로 가면 초콜릿 같은 것을 슬쩍 끼워주고는 했다. 자주는 아니었지만 내가 울적한 날에는 꼭 그랬다. 처음 생리를 하던 날에는 장미 무늬가 새겨진 커다란 초콜릿을 선물로 주기도 했다.

파란색 잡화점 옆에는 전봇대가 있었다. 동네 사람들은 그 전봇대 아래에 쓸모없어진 물건을 버리고 갔다. 그러면 며칠 안에 필요한 사람이 그 물건을 가져갔다.

통지서가 나온 그날 아침에는 전봇대 아래에 거울이 버려져 있었다. 내 키보다 큰 거울이었다. 거울 가운데에는 금이 가 있었다. 나는 거울 앞으로 가서 내 몸을 비춰봤다. 내 몸은 작고 평범했다. 난 다른 애들에 비해 키가 작았는데 앞으로 더 클 것 같지는 않았다.

학교에 가기가 싫어져 볼품없는 내 몸을 보면서 한참 동안 시간을 끌었다. 교실에 도착했을 때는 담임선생님이 벌써 통지서를 나눠주고 있었다.

아이들은 정말 조용했다. 앞으로 삼 년을 어디에서 보내게 될지가 담임의 손안에 들어 있었다.

"난 세진이야."

마침 통지서를 받은 정연이가 내 자리를 지나가면서 속삭였다. 나는 세진이 더 나을지 가리가 더 나을지 따져보고 있다가 정연이의 말에 마음을 굳혔다.

담임이 내 이름을 불렀을 때 나는 세진이 되기를 마음속으로 빌면서 교실 앞으로 나갔다. 아빠나 엄마도 세진을 더 좋아했다. 세진이 가리보다 '얌전'한 학교니까.

드디어 담임이 내게 통지서를 줬다.

통지서를 받다가 담임과 눈이 마주쳤는데 담임의 표정이 굳어 있었다. 눈 속에 어떤 말이 들어 있었다.

엄마는 내가 어릴 때부터 사람은 입보다 눈으로 더 많은 말을 한다고 가르쳐주었다. 그래서 대화할 때는 상대방의 눈을 바라봐야 하는 거라고.

하지만 눈에 담긴 말은 입에서 나오는 말보다 솔직한 만큼 읽기 어렵기도 했다. 나는 담임의 눈에 담긴 말이 뭘 의미하는지 읽기를 포기하고 통지서를 펼쳐봤다.

시드 중앙 통합 고등학교

통지서의 가장 중요한 칸에 그렇게 적혀 있었다.

무언가가 잘못된 것이 분명했다. 나는 자리로 돌아가 앉는 대신 담임에게 통지서를 내밀었다.

내가 말을 꺼내기도 전에 담임이 먼저 말했다.

"잘못 나온 게 아니에요. 자리에 가서 앉으세요."

"하지만……"

나는 '여기는 웜스가 가는 데가 아니잖아요' 하는 말을 삼켰다.

어떤 어른들은 '웜스'가 나쁜 단어라고 못 쓰게 하지만 웜스는 웜스다. 나나 내 친구들은 우리가 웜스에 속해 있다는 걸 잘 알고 그게 그다지 좋지는 않지만 사실을 인정하는 편이 더 낫다고 생각한다.

나는 웜스다. 웜스는 사회에서 가장 낮은 쪽에 있는 사람들을 부르는 말이다. 사회의 가장 아래층.

나는 태어났을 때부터 웜스였다. 그건 행운도 아니지만 불행도 아니었다. 나는 웜스였고 웜스는 웜스 구역에 있는 학교에 가야 했다. 그게 맞았다. 아빠가 자주 하는 말대로, 그게 분수에 맞는 일이니까.

나는 자리로 돌아와서 통지서를 가방에 넣었다. 다른 애들이 내 통지서를 보지 못하도록.

담임이 통지서를 다 나눠주고 나가자 교실과 복도가 소음으로 꽉 찼다. 너무 시끄러워서 학교가 금방이라도 터질 것 같았다.

나는 애들을 피해서 빠른 걸음으로 학교에서 나왔다. 정연이가 눈으로 나를 찾는 것이 느껴졌지만 아직은 누구에게도 내 통지서를 보여주고 싶지 않았다.

집에 갔을 때 아빠는 침실에서 자고 있었다. 식탁에는 아빠가 아침식사를 한 흔적이 그대로 있었다.

나는 방으로 들어가 조용히 문을 닫았다. 잠시라도 혼자가 되고 싶었다.

가방에서 통지서를 꺼내 몇 번이나 들여다봤다.

글자는 변하지 않았다.

진짜 햇빛

내가 본 최초의 커스터머는 팔을 바꾼 사람이었다. 그때 나는 열한 살이었다. 매달 나오는 잡지 『커스터머』를 우연히 펼쳤다가 커스터머라고 불리는 사람들을 보게 됐다. 『커스터머』 앞쪽에는 '이달의 커스터머' 코너가 있다. 그건 그때나 지금이나 똑같다. 나는 '이달의 커스터머'에 실려 있던 남자를 내가 처음으로 본 커스터머로 기억한다.

그는 팔을 호스로 바꿨다. 주름이 들어간 통이 넓은 초록색 호스였다. 호스 끝에 손이 달려 있었다. 초록색 장갑을 낀 손이었다. 그 손이 원래 손인지 커스텀을 한 손인지 아니면 로봇 손인지는 아직도 모르겠다.

남자는 피부색을 바꾸는 커스텀도 했다. 온몸이 초록색이었는데 얼굴만은 은색이었다. 입술은 초록색이었던 것으로 기억한다.

사진 밑에는 짧은 인터뷰가 실려 있었다. 그의 직업은 디제이였다.

인터뷰 중에서도 이런 구절이 유독 기억에 남아 있다.

"입술도 커스텀을 한 건가요?"

"아뇨. 립스틱을 바른 거예요. 입술 색은 매일 바꿔요."

처음 그 사진과 인터뷰를 봤을 때, 나는 큰 충격을 받았다.

왜?

왜 자기 몸을 일부러 이렇게 만들었지?

왜 몸을 괴상하게 바꾼 거야? 커스텀은 아름다워지려고 하는 거잖아!

난 그 잡지를 정연이와 함께 봤다. 정연이네 언니의 디지털 패드 안에 있던 것을 몰래 훔쳐봤던 것이다.

정연이도 나와 마찬가지로 충격을 받았다. 정연이는 나이 차이가 꽤 나는 언니를 무서워하면서도 언니의 물건에 관심이 많았다. 전에도 언니의 패드를 보다가 혼난 적이 몇 번 있었다. 그러니 언니에게 커스터머에 대해 물어볼 수는 없었다.

정연이와 나는 밤새 우리가 본 커스터머들에 대해서 얘기를 나눴다. 커스터머가 도대체 뭔지 계속 검색을 하면서 서로 의견을 주고받았다.

그 이후로 열일곱 살이 된 지금까지 난 매달 『커스터머』를 본다. 그리고 이제는 안다. 자기 팔을 호스로 바꾼 그 남자가 아름다웠다는 걸. 사진 속의 그 남자가 행복하게 웃고 있던 이유를 이제는 알 수 있다.

신체를 변형하는 커스텀 기술은 날로 발전하고 있다. 커스텀은 대중화되었다. 커스텀을 혐오하는 사람들도 있지만 머리색을 바꾸는 정도의 커스텀까지 반대하는 사람은 아주 드물다. 어떤 종류의 커스텀도 반대하는 극단적인 커스텀 반대론자들을 커스터비아라고 부른다.

커스터머의 반대편에 있는 사람들이다.

커스터머는 가장 적극적으로 커스텀을 즐기는 사람들이다. 그들은 아름다움에 대한 일반적인 기준을 넘어서는 커스텀을 한다.

『커스터머』의 편집장 편지 맨 아랫단에는 항상 다음과 같은 말이 덧붙여져 있다.

"커스터머는 직업이 아니라 정체성과 관련된 것이다."

나는 열한 살 이후로 커스터머에 완전히 매혹되었다. 그전에 나는 되고 싶은 것이 많았다. 하지만 커스터머를 이해한 뒤로 내 꿈은 단순해졌다. 나는 언제나 커스터머가 된 나를 꿈꿨다. 성인이 되면, 이 집을 나가 독립한 뒤에, 수많은 밤이 지나간 후에.

그런데 갑자기 그날이 코앞으로 가까워졌다.

통지서를 받은 날 이후로 여러 가지 일이 있었다. 나는 결국 시드 고등학교에 가게 됐다. 부모님과 오래 얘기한 끝에 어렵게 내린 결정이었다. 다른 구역의 학교에 입학하게 된 웜스가 나 하나만은 아니었다.

밴이 읽어준 뉴스 기사에 이런 구절이 있었다.

> 이번 통합 교육 정책으로 비취시와 모래시에 거주하는 청소년—만 16세 대상—들이 태양시의 학교에 입학하게 된다. 시범으로 지정된 학교는 다섯 군데이며, 학교 이름은 공개되지 않는다. 시범 학교에 입학하는 타지역 출신 학생들에게는 기숙사가 제공되며 학비가 일부 지원된다.

이런 구절도 있었다.

상제 총리는 이번 정책이 고착화된 계급 문제를 풀어나가는 의미 있는 걸음이 될 것이라고 말했다.

흠, 내가 우리 사회의 문제를 푸는 열쇠 중 하나가 된 건가, 아니면 모르모트가 된 걸까? 엄마는 이왕 가게 된 거 좋은 쪽으로 생각하라고 했지만 걱정되는 게 많았다.

집을 떠나 살아본 적이 없는 내가 혼자서도 잘할 수 있을까? 차별은 없을까?

성적도 걱정이었다. 난 공부를 잘하는 편이었다. 지금까지 한 번도 전교 십등 아래로 떨어져본 적이 없었다. 그런데 다른 구역의 학교로 가서 성적이 떨어진다면?

아빠는 "공부를 잘해야 웜스에서 벗어날 수 있다"고 자주 말했다. 나는 그 말이 싫었지만 어릴 때부터 하도 많이 들어서 귓속에 콱 박혀버렸다. 태양 구역의 고등학교에 가서 꼴찌로 졸업한다면 난 아무것도 아닌 채로 웜스 구역으로 돌아오게 될 것이다. 실패자가 되는 것이다. 평생 아무것도 아닌 채로 살다가 죽는 인생은 생각하기도 싫었다.

그런 생각들이 지나친 걱정이라는 건 안다. 난 걱정이 많은 편이다. 사실 좋은 면도 없지는 않았다. 솔직히 말하자면 집을 떠나게 돼서 기뻤다. 엄마가 들으면 서운하겠지만 부모님과 떨어져 있게 되어 좋았다.

너무너무 좋았다.

아빠가 거실에 가만히 앉아서 가족들에게 명령을 내리는 것을 안 보게 되어서 좋았다. 이제 엄마가 일이 끝나고 집으로 돌아와 녹초가 될 때까지 집안일을 하는 걸 보지 않아도 되고, 죄책감을 덜기 위해 네 사람분의 집안일을 내가 떠맡을 필요도 없어졌다.

하지만 세이와 떨어져 있는 것은 싫었다. 많이 싸우긴 하지만 난 세이를 사랑한다. 세이도 아마 그럴 거고.

내가 태양 구역으로 가는 게 확실해지자 세이는 방으로 들어가서 다음날 저녁까지 나오지 않았다. 울음소리가 나지는 않았지만 울었을 것이다.

세이를 두고 떠나는 것이 미안했다. 아빠는 세이가 남자애라는 이유로 세이를 거칠게 대했다. 세이는 열세 살밖에 안 됐는데.

아빠는 나한테는 한 번도 손대지 않았지만 세이에게는 달랐다. 아빠는 세이를 강하게 키우고 싶어하지만 세이는 세심한 애다. 아빠는 세이를 고치려고 들었다. 억지로 운동을 시키고 고함을 지르고 세이가 울면 뺨을 때렸다.

"사내새끼가 나약하게 굴지 마!"

세이가 아빠에게 제일 많이 듣는 말일 것이다.

내가 없으면 누가 세이를 지켜줄까?

세이는 엄마보다 날 더 잘 따랐다. 엄마에게 말하지 않는 고민도 나에게는 잘 얘기했다. 엄마는 가끔 세이가 한 말을 아빠나 다른 사람에게 전하지만 난 절대 그러지 않기 때문이다.

난 세이의 비밀도 알고 있다. 세이의 비밀을 아는 건 나밖에 없다.

그래, 내 가장 큰 걱정거리는 세이였다. 그에 비하면 다른 걱정거리들은 별것 아니었다. 그런 생각이 들자 걱정하던 것들이 우습게 느껴졌다. 난 걱정이 많지만 두려움 때문에 새로운 것을 시도조차 해보지 않는 게 바보짓이라는 건 알았다.

걱정이 물러가자 기대가 차올랐다.

내가 가게 될 곳에는 유명한 커스텀 가게들이 많았다. 웜스 구역에는 커스터머가 흔하지 않았다. 난 커스터머들의 사진은 많이 봤지만 실제로 본 적은 한 번도 없었다. 다른 구역에 가면 커스터머를 볼 수 있을 거라는 기대로 마음이 들떴다.

커스텀이 신체의 일부를 바꾸는 것이라면 커스터머는 신체를 바꿔서 다른 존재가 된 사람이다. '커스텀을 한 사람'과 '커스터머'는 다르다. 누군가는 그 차이를 미묘하다고 하겠지만 나에게는 아니었다. 둘은 완전히 다른 의미다.

자신이 어떤 존재가 될지 스스로 선택한 사람.

그게 커스터머다.

난 커스터머가 될 것이다. 『커스터머』의 '이달의 커스터머' 코너에 실릴 정도로 멋진 커스터머가. 좀 유치한 생각이긴 하지만 누구나 유치한 생각 하나쯤은 마음속에 품고 있는 거 아닌가? 집에서는 부모님 때문에—사실 아빠 때문이다. 엄마는 머리색이나 손톱 색을 바꾸는 커스텀 정도는 해도 괜찮다고 생각한다—커스텀을 한 번도 해보지 못했다. 그곳에 가면 첫번째 커스텀을 할 수 있을지도 모른다. 그 생각을 하니 롤러코스터를 타고 가장 높은 곳까지 올라갔을 때처럼 가슴이 떨렸다.

배가 소리 없이 달렸다.

실제로는 엔진 소리가 요란했을 것이다. 하지만 선실 안에만 있던 나에게는 배가 고요한 고래처럼 느껴졌다. 거대한 고래 뱃속에 있는 것 같았다.

배의 목적지는 태양시였다. 바다를 건너 동쪽으로 열흘 넘게 가야 했다. 내가 탄 배는 삼층 규모의 고속선이었다. 비행기로는 열네 시간이면 도착하지만 내가 배를 타겠다고 우겼다.

배를 타는 편이 더 싸기도 하지만 돈 때문만은 아니었다. 하늘보다는 바다를 가로질러서 가고 싶었다. 하늘을 통해 가는 것은 너무 빨랐다. 내가 우리 구역을 떠난다는 것을 깨닫기도 전에 다른 구역에 도착해버리고 싶지는 않았다.

어릴 때부터 좋아했던 이야기인 『오디세이』도 내가 배를 선택하게 하는 데에 한몫했다. 배를 타고 떠나는 모험! 떠올리기만 해도 설렜다.

하지만 모험을 떠나기에는 이미 너무 나이를 먹었나보다. 배를 탄 지 이틀 만에 나는 내가 내린 결정을 후회했다. 항해가 금세 지겨워졌던 것이다. 선실 안에서는 할 수 있는 게 많지 않았다. 패드로 영화나 책을 보거나 친구들과 메신저를 하는 정도가 다였다. 밤에는 갑판으로 나가는 것이 금지되었기에 밤하늘을 볼 수도 없었다. 바다 위에서 파도치는 소리를 들으며 별을 보고 싶었는데.

삼 인실을 혼자 쓰게 된 것은 좋았다. 며칠이 지나면서 알게 된 것이지만 비어 있는 선실도 많았다. 웜스 구역에서 태양시로 가는 사람이 많지는 않은 것 같았다. 아니면 비행기와 배 둘 중에서 배를 선택하는 바보가 나 하나뿐이거나.

떠나는 날 아침에는 정연이가 집에 찾아왔다. 마지막으로 인사를 하러 온 거였다. 정연이가 편지와 선물을 줬다. 다른 친구들이 준 편지도 있었다. 전날 다 같이 시내로 놀러나가긴 했지만 시험이 끝나고 놀 때와 별로 다를 게 없어서 실감이 나지 않았는데 그날 아침엔 기분이 이상했다.

“네가 없으면 누구랑 커스텀 얘기를 하지?”

다른 때와 다르게 서먹해서 떨어져 서 있는데 정연이가 그렇게 말해서 울컥했다. 정연이의 커스텀을 한 금발이 반짝거렸다. 난 그 머리카락을 처음 본 순간부터 좋아했다.

“세진 가면 많이 생길 거야. 너 인기 많잖아”

하고 마음과 다른 말을 했는데 정연이가 정색을 하고

“너처럼 얘기할 사람은 아무도 없어”

라고 하는 바람에 눈물이 나버렸다. 웃기기도 하고. 웃기면서 슬픈 게 이런 건가 싶었다. 정연이와 나는 『커스터머』가 나오는 날을 함께 기다렸고 잡지가 나오는 날엔 서로의 집에서 그걸 같이 보면서 해가 질 때까지 수다를 떨었다. 그것으로도 모자라 집에 와서 밤이 샐 때까지 화상으로 또 이야기를 나눴다. 끝없이 이어진 수다. 정연이와 보낸 시간을 요약하자면 그랬다.

엄마가 오지 않았다면 정연이와 언제까지고 인사를 못 나누고 집 앞에 서 있었을지도 모르겠다.

엄마는 엘리베이터에서 나와 우리를 보고 “애인이랑 헤어져? 뭐가 그렇게들 애틋해” 하고 웃는 얼굴로 소리쳤다.

엄마는 큰 키에 목소리가 또렷해서 시원한 인상이다. 아빠가 엄마가 젊었을 때 해님 같았다고 말한 적이 있다. 웜스의 흐릿한 햇빛이 아니라 진짜 태양이 내뿜는 환한 빛 같았다고 했다. 그러자 엄마는 아빠에게 "지금은?" 하고 물었다.

"지금은 양계장에 달린 조명 같지."

나 같으면 정이 뚝 떨어져서 한 대 후려쳤을 그 말을 엄마는 웃고 넘겼다.

"해님을 양계장 전구로 만든 게 당신이라는 것만 아셔."

내가 보기에 엄마는 지금도 해님 같다. 피부에 생기가 없는 것만 빼면 엄마의 젊을 때 사진하고 똑같아 보인다.

엄마의 농담 덕분에 정연이와 웃으며 헤어지고 난 뒤 차에 탔다. 엄마는 나를 배웅하려고 유아원 오전 근무를 뺐다. 아빠는 근무를 뺄 수 없어서 나오지는 못했지만 날 위해 차를 두고 출근했다. 세이와는 인사를 못했는데 그게 마음에 걸렸다. 역까지 함께 갈 줄 알고 아침에 인사를 안 했는데 세이는 아예 방에서 나오지도 않았다.

"저녁에 세이한테 전화해. 아니면 방학 때까지 삐져 있을걸. 세이 성격 알지?"

엄마가 운전을 하면서 말했다. 세이는 소심하고 집요한 면이 아빠를 닮았다. 아빠가 세이의 소심한 면을 싫어하는 건 아빠도 자기에게 그런 면이 있다는 걸 알기 때문 아닐까? 나는 아빠가 세이를 가혹하게 대하는 걸 볼 때면 그런 생각을 했다.

엄마는 동네를 벗어나기 전까지는 잔소리를 퍼부었지만 선착장에 가까워질수록 말이 없어졌다. 나는 엄마의 얼굴에서 근심을 봤다. 내가 걱정이 많은 건 엄마에게 물려받은 걸 거다. 엄마는 겉으로는 밝은 사람이지만 속에는 걱정이 엄청나게 많다.

차에서 내려 선착장으로 들어가서도 엄마의 머리 위에는 여전히 근심이 내려앉아 있었다. 꼭 말로 하지 않아도 서로의 생각을 알 수 있다는 건 언제 생각해도 신기한 일이다. 생각은 형체가 없는데 어떻게 다른 사람에게 보일까? 어쩌면 생각은 머릿속에 있는 것이 아니라 머리 위에 자리잡는 것인지도 모른다.

난 엄마의 머리에 앉은 근심을 떼어내기 위해 웃는 얼굴로 열심히 떠들었다. 하지만 선착장 안에 있는 가게에서 도시락을 살 때 지은 웃음은 진짜였다.

맛있어 보이는 것이 많았다. 한참을 가게 쇼윈도 앞에서 서성였는데 결국은 스테이크가 들어간 도시락을 샀다. 내가 도시락을 고르는 동안 엄마는 옆에서 그냥 기다려주었다.

엄마는 내가 뭔가를 결정해야 해서 고민하고 있을 때 충분히 시간을 줬다. 난 엄마의 그런 점을 존경했다. 엄마는 내가 원하는 게 뭔지 알 때까지 내 마음을 들여다봐야 한다고 했다. 시간이 오래 걸리더라도 자신이 원하는 게 뭔지 알고 행동하는 것이 중요하다고.

따뜻한 도시락과 망고 주스가 든 봉지를 들고 배를 타러 갔다. 걷는 동안 엄마는 말이 없었다. 뭔가 말하고 싶은 것 같기도 하고 아무 말도 하고 싶어하지 않는 것처럼도 보였다.

내가 먼저 엄마에게 인사를 했다.

"나 갈게, 엄마. 너무 걱정하지 마."

엄마는 옛날 언어로 대답했다. 구어는 이제 쓰는 사람이 얼마 남지 않았다. 학교에서는 공용어만 썼기 때문에 나에게도 공용어가 더 편했다. 내가 구어를 쓸 때는 오직 엄마와 얘기할 때뿐이었다.

"가끔 구어로 편지를 써줬으면 좋겠어."

엄마가 말했다. 나는 그렇게 하겠다고 약속했다.

"혼자 글쓸 일이 있을 때는 구어로 쓸게."

내가 약속하자 엄마는 두 손으로 내 손을 감싸쥐었다. 엄마의 눈이 촉촉했다.

"잘 가, 내 딸."

공용어를 쓸 때의 엄마와 구어를 쓸 때의 엄마는 달라 보인다. 엄마도 공용어 세대지만 외할머니하고는 항상 구어를 썼다고 한다.

구어를 쓸 때의 엄마는 왠지 작아 보였다. 나의 엄마가 아니라 내가 지켜줘야 할 작고 여린 소녀 같았다.

"잘 있어, 엄마. 학교 도착하면 전화할게요."

나는 구어로 말했다.

엄마는 배 안까지 가방을 들고 같이 가주려 했지만 내가 말렸다. 내가 손을 흔들자 엄마가 손을 놓았다.

출발 시각이 얼마 남지 않았다.

"길 찾아갈 수 있지?"

"그럼, 밴이 있는데 무슨 걱정이야."

나는 그렇게 말하고 계단을 올라 배 안으로 들어갔다. 손목시계가 밴과 연결되어 필요하면 언제든 밴과 얘기할 수 있었다. 학교까지 가는 길은 밴이 잘 알았기에 길을 잃을 걱정은 없었다.

갑판에서 엄마가 보였다. 엄마의 머리에 앉은 근심이 더 커져 있었다. 나는 입 모양으로 걱정하지 말라고 다시 말했다. 엄마가 손을 흔들었다. 곧 배가 출발했다. 배가 항구에서 멀어져 속도를 내기 시작하자 마음이 한결 가벼워졌다. 갑자기 자유로워진 것 같았다.

정연이가 준 선물을 풀어보니 태양시에 있는 커스텀 가게들의 정보가 담긴 책이었다. 나는 그 책에서 가보고 싶은 가게들을 정리해두면서 앞으로 일어날 일들에 대해 생각했다. 걱정보다는 기대가 더 컸다. 마음이 부풀어올랐다.

삼일째부터는 흐리고 비가 내렸다. 그런 날씨가 계속되었다. 내가 배를 탄 것을 진심으로 후회하기 시작한 것은 그때부터였던 것 같다.

선실 안에 머무는 동안 떠나기 전날 밤에 아빠와 나눴던 대화가 자주 떠올랐다.

화장실에 가려고 나왔는데 거실에 아빠가 있었다.

아빠는 밤늦게까지 텔레비전을 볼 때가 많았다. 잔뜩 소리를 낮춘 텔레비전 앞에 앉아 멍하니 화면을 바라보고 있는 아빠의 모습이 나에게는 아주 익숙했다.

하지만 내가 떠나기 전날 밤에 아빠는 텔레비전도 켜두지 않고 어둠 속에 앉아 있었다. 뭔가를 생각하는 것 같았다.

과거로 시간 여행을 하던 중이었을 수도 있다. 옛날에 섬에서 살던 때로. 엄마를 만나기 전에 가족들과 행복하게 지내던 때로.

아빠가 가족들과 행복하게 지냈었는지는 모르지만 말이다. 나는 아빠의 가족들을 모른다. 아빠의 가족들은 모두 죽었다고 했다. 남동생과 여동생도 있었다던데 아빠는 어쩌다 그 사람들을 잃은 걸까.

아빠는 섬에서 살았던 때의 이야기를 하지 않는다. 하지만 내가 보기에 아빠는 지금도 어느 정도는 과거 속에서 살고 있는 것 같다. 상반신은 현재에 있고 하반신은 과거에 잠겨 있는 것이다.

나는 아빠에게 조심스럽게 말을 걸었다. 아빠가 그렇게 생각에 잠겨 있을 때면 말을 거는 것이 두려웠다. 아빠가 날 자기 발을 묶고 있는 성가신 것으로 생각하지 않을지 걱정이 됐다.

"아빠, 안 자요?"

아빠가 날 물끄러미 봤다.

"넌? 내일 일찍 나가야 하잖아."

"무슨 생각 하고 있었어요?"

"네 생각."

아빠가 내 생각을 하고 있었다니 의외였다. 그래서 난 되물었다.

"내 생각이요? 어떤 생각을 했는데요?"

나는 아빠에게 다가가지 않고 문가에 서 있었다. 아빠가 나에 대해서 어떤 생각을 하고 있었는지 궁금해서 애가 탈 정도였다. 그러나 아빠는 대답하지 않고 다른 소리를 했다.

"너 정말 가고 싶은 거야? 지금이라도 가까운 학교로 바꿀 수 있어. 억지로 그렇게 멀리 갈 필요는 없어."

"아빠도 어릴 때 살던 곳을 떠났잖아요. 그리고 난 아빠가 내가 거기 가는 걸 좋아할 줄 알았어요. 아빠가 그랬잖아요. 웜스를 벗어나야 한다고. 좋은 기회 아니에요? 그렇지 않아요?"

"열아홉 때였어. 내가 섬을 떠났던 게 말이야. 지금 너보다 두 살 많았지. 다른 날처럼 바다에서 놀고 있었는데 네 엄마를 본 거야. 말을 걸었더니 놀라더라고. 놀라 까무러쳤지. 아마 내가 너무 잘생겨서 그랬나봐. 섬에 얼마나 머물 거냐고 물었더니 일주일이래. 일주일 있다가 그 예쁜 여자랑 섬을 떠났어. 둘이니까 할 수 있었던 거야. 근데 넌 혼자 가야 하잖아. 괜찮겠어?"

엄마에게 들어서 알고 있는 이야기였다. 섬에 놀러왔던 여자와 섬에서 살던 남자가 한눈에 반해 함께 섬을 떠난 이야기. 아빠가 나에게 그 이야기를 한 건 처음이었다. 나는 아빠가 그때 섬을 떠났던 일을 후회한다고 생각했었다. 아빠는 자주 불행해 보였고 회상에 잠겨 있을 때가 많았기 때문이다.

내 생각이 틀렸던 걸까? 내 방에서 나오는 불빛에 비친 아빠의 얼굴에 행복한 미소가 떠올라 있었다. 엄마를 처음 만났던 때를 떠올리는 게 분명했다.

난 아빠에게 말했다.

"영원히 떠나는 것도 아니잖아요. 방학마다 올 거고 삼 년만 있으면 졸업이에요."

아빠와는 달라요. 그 말은 하지 않았다.

아빠와 얘기하는 동안 내가 집을 떠나 다른 구역으로 가고 싶어한다는 사실이 점점 또렷해졌다. 부모님을 떠날 때가 된 것 같았다. 고등학교를 졸업해도 집으로 돌아오지 않을 것이다. 그럴 수 있다면 말이지만.

그런 생각을 하자니 슬퍼졌다.

"그럼 됐지. 얼른 자. 늦잠 자다 배 놓치면 말짱 다 도루묵이야."

아빠는 내 마음을 어디까지 읽었을까. 어둠이 생각을 가렸을까? 보이지 않는 것은 어둠 속에서 희미해질까 아니면 그 반대일까?

창밖으로 비와 바다만 보이는 조용한 선실 안에서, 떠나기 전날 밤 거실에 감돌던 감정과 생각들이 그 시간 속에 있을 때보다 훨씬 더 선명하게 떠올랐다.

아빠는 자신이 섬을 떠나던 날과 내가 집을 떠나는 순간을 겹쳐 보고 있었다. 후회와 걱정, 사랑. 사람은 떠날 때가 되면 떠날 수밖에 없다는 것. 어쩌면 사람이 떠나는 것이 아니라 운명이 사람을 잡아채간다는 것.

그날 저녁에는 배 안에 있는 식당에서 밥을 먹었다. 식당에 나와 같은 처지인 것 같은 애들이 보였다. 밥을 같이 먹을 친구가 필요했지만 말을 걸 용기는 나지 않았다. 나에게 다가오는 사람도 없었다. 서로 못 본 척하며 식사를 했다.

항해의 마지막날에는 안내 방송을 듣고 잠에서 깼다.

"곧 목적지에 도착할 예정입니다. 현재 바깥은 햇빛이 강하니 창문 블라인드를 내려주시기 바랍니다. 감사합니다."

베개 옆에 먹다 만 과자 봉지가 널브러져 있었다. 과자를 얼굴로 뭉개지 않은 게 다행이었다. 손목시계를 보니 벌써 정오가 넘어 있었다. 블라인드는 이미 내려진 채였다. 흐린 바다 풍경이 지겨워져서 블라인드를 내렸던 것이 기억났다.

나는 침대 맞은편 세면대로 가서 얼굴을 씻었다. 거울을 보니 얼굴이 띵띵 부어 있었다. 너무 많이 부어서 누가 내 입술에 대고 바람을 불어넣으면 펑 터져버릴 것 같았다.

습관대로 거울에 내 얼굴 구석구석을 비춰봤다. 마음에 드는 곳도 있고 너무 싫은 곳도 있었다. 마음에 드는 건 뼈가 곧게 뻗은 콧대였다. 코끝이 뭉툭한 것도 마음에 들었다.

싫은 부분은 여러 군데였다. 검고 푸석한 머리카락도 싫고 툭 튀어나온 광대뼈도 별로였다. 입술은 너무 두꺼웠다. 눈은 그냥 그랬다. 속쌍꺼풀에 기다란 눈. 눈 색깔은 부모님과 똑같은 어두운 갈색이다.

엉킨 머리카락을 손가락으로 빗었다. 다른 곳은 몰라도 머리카락은 꼭 바꾸고 싶었다. 나에게는 검은 머리카락보다 다른 색이 더 잘 어울릴 것 같았다.

광대뼈는 어쩔까. 엄마는 튀어나온 광대가 내 매력이라고 했다. 화장을 하면 그 부분이 돋보일 거라고. 정말 그럴까? 예전에 친구들과 화장을 해봤는데 별로였다. 광대뼈는 걸림돌이었다.

안내 방송이 또 나왔다.

"창문 블라인드를 내려주시기 바랍니다."

벌써 다 내렸다니까요. 나는 중얼거리며 침대로 가서 앉았다. 나는 육지에 내리고 싶어 죽을 지경이었다. 몇백 시간이 넘게 선실 안에 갇혀 있었다. 먼지바람이어도 좋으니 바깥공기가 마시고 싶었다. 블라인드 사이로 빛이 새어들었다. 우중충하던 실내가 약간 밝아졌다.

나는 인내심이 강한 편이 아니다. 햇빛이 날 건드렸다. *창문을 열어! 창문을 열어보라고!* 누군가가 나에게 외치는 것 같았다.

결국은 벌떡 일어나서 블라인드를 올리고 창문을 열어버렸다. 창문을 연 그때 내 눈으로 처음 보는 풍경이 쏟아져들어왔다. 바다와 육지 위로 햇빛이 부드럽게 흐르고 있었다. 세상에 햇빛이 흘러넘쳤다. 햇빛을 찍어서 맛볼 수도 있을 것 같았다. 햇빛은 옅은 꿀 빛깔이었다.

나는 창문 밖으로 팔을 뻗었다. 햇빛이 팔을 어루만졌다. 따뜻하고 부드러웠다. 우리 동네의 햇볕은 흐릿하거나 따가웠다.

바람도 구설과 완전히 달랐다. 햇빛처럼 부드럽지는 않았지만 아주 시원했다. 맑고 깨끗한 물을 마실 때와 비슷한 느낌이었다. 모래나 먼지가 섞이지 않은 바람이 창문 안으로 불어 들어왔다. 난 맘껏 바람을 들이마셨다.

이 햇빛과 바람을 엄마도 느껴봤으면 했다. 지금 가족들과 친구들이 나와 함께 이 햇빛과 바람을 느낀다면 얼마나 좋을까. 아무리 많은 말을 해도 전해지지 않을 것이다. 영상이나 사진으로는 턱도 없었다.

바람이 크게 불었다. 문득 추위가 느껴졌다. 얼굴이 얼 것 같았다. 우리 동네에는 겨울이 없었다. 겨울이 무엇인지는 알았지만 글로만 읽어봤다. 동네에서는 낮 기온이 이십 도 아래로 떨어지는 때가 드물었다.

이게 겨울이구나.

나는 잠깐 사이에 차갑게 언 코를 만져보며 겨울을 실감했다.

창문을 닫자 기분이 가라앉았다. 마음속에서 뭔가 뒤틀린 것이 꿈틀거렸다. 나는 내 마음속에 무엇이 있는지 가만히 들여다봤다. 그것은 놀랍게도 분노였다. 갑자기 화가 치밀어올랐다.

웜스들이 사막에서 모래와 먼지가 섞인 바람을 마시는 동안 여기 사람들은 이런 햇빛과 바람을 누리며 살고 있었다니.

언젠가 어떤 여자가 했던 말이 생각났다. 그 여자는 길에서 피켓을 들고 서 있었다. 나는 아빠와 길을 건던 중이었다. 여자는 나와 눈이 마주치자 큰 소리로 말을 걸었다.

"얘야, 그들이 자연을 독점하고 있어!"

나는 아빠에게 독점이 뭐냐고 물었다. 아빠는 내가 알 필요 없는 단어라고 했다.

"불만 많은 여편네가 하는 소리 들을 거 없어. 독점이 뭐냐면, 불평만 하는 게으른 인간들이 쓰기 좋아하는 말이야."

하지만 아빠가 틀렸다. 그 여자의 말이 맞았다.

그들이 자연을 독점하고 있다.

그들이 무슨 권리로? 도대체 무슨 자격으로?

학교에서 자연박물관으로 견학을 갔던 적이 있었다. 그곳에서 나와 친구들은 줄을 서서 모래바람이 불어오기 전 지구가 어떤 모습이었는지 봤다.

나는 시큰둥하게 이백 년 전에 우리 행성이 어떻게 생겼었는지를 보고 들었다. 네 가지 계절에 대해 들었고 먼지가 두껍게 끼지 않은 대기층에 대해 들었다. 깨끗한 비, 맑은 강과 바다에 대해서도 들었다.

그 모든 것을 가상으로 보고 느낄 수 있는 체험관에서 나는 친구들과 웃고 떠들었다. 천장의 유리 돔에서 노란 빛이 내려왔다. 그것이 이백 년 전의 햇빛이라고 했다. 하지만 그건 그냥 조악한 조명이었다. 노란 빛줄기가 체험관 한가운데의 인공 연못 위로 내려왔다. 그리고 바람이 불었다. 벽에 설치된 기계에서 나온 것이었다.

체험관에 붙은 안내문에는 "거대한 모래 폭풍이 지구를 덮쳤다. 그날 이후로 아름다운 자연은 사라졌다"고 적혀 있었다.

그러나 자연은 사라지지 않았다. 창문 밖으로, 사라졌다고 들었던 그 모든 것이 보였다. 파란 하늘이 보란듯이 넓게 펼쳐져 있었다. 맑은 하늘에서는 해가 밝게 빛났다. 너무 눈부셔서 오히려 가짜처럼 느껴지는 풍경이었다.

또다시 안내 방송이 나왔다.

"잠시 후에 본선이 목적지에 도착합니다. 태양시에 오신 것을 환영합니다. 감사합니다."

나는 배에서 내릴 준비를 했다. 배가 새로운 도시로 들어가고 있었다.

뿔

안을 만났을 때 내 발은 젖어 있었다.

입학식 전날 오후였다.

밤부터 내리기 시작한 눈이 아침까지 내려서 밖은 하얗게 변해 있었다. 발목까지 차오를 정도로 내린 눈이 신기해서 한참을 걷다가 기숙사로 돌아왔을 때였다. 문을 열었는데 방안에 안이 서 있었다. 안은 반팔 티셔츠 차림이었다.

안이 내게 인사했다.

"안녕."

따뜻한 물로 발을 씻을 생각만 하고 있던 나는 멍해졌다. 안이 내게 물었다.

"네가 수니?"

"넌 안이구나."

기숙사 방은 이 인 일실이었다. 나는 문에 나란히 적힌 이름을 봐뒀었다. 안이 어떻게 생겼을지 생각해보기도 했었다.

내 앞에 서 있는 안은 내가 생각했던 안과는 전혀 달랐다. 안은 생생했다. 얼굴에는 생기가 돌고 눈빛이 살아 있었다. 키가 나보다 이십 센티는 클 것 같았다. 호리호리한 몸에 바짝 깎은 짧은 머리가 어울렸다. 머리카락은 나와 같은 검은색이었다.

"예의 없는 질문 하나만 해도 돼?"

내가 그렇게 묻자 안이 고개를 끄덕였다. 나는 부츠를 벗었다. 젖은 발이 얼 것 같아서였다.

"너 여자 맞지?"

안은 겉으로 봐서는 여자인지 남자인지 드러나지 않았다. 나는 안의 눈치를 살폈다. 말해놓고 보니 너무 무례했던 것 같았다.

"중성이야."

안이 웃으며 말했다. 나는 중성인에 대해 알고 있었다. 남자인 동시에 여자인 사람들. 중성인들은 넘치는 호르몬 때문에 성적 매력이 강하고 충동적인 성향이 있다고 들었다. 특히 폭력적인 사고를 많이 일으킨다는 소문이 있었다. 구설에서는 중성인에 대한 인식이 좋지 않았다. 실제로 볼 일이 없었기 때문에 소문만 많았다. 나도 중성인을 만난 것은 처음이었다.

안의 얼굴과 몸의 골격은 튼튼한 성인 남자처럼 크고 단단했다. 그에 반대하기라도 하듯 가슴은 불룩하게 나와 곡선을 그리고 있었고 허리는 가늘었다. 이목구비는 섬세했다. 성적인 매력을 풍기는 건 맞았지만 폭력적으로 보이지는 않았다. 오히려 소문과는 반대로 온화하고 조용해 보이는 얼굴이었다.

"나도 예의 없는 질문 하나 해도 돼?"

이번에는 안이 내게 물었다. 시원한 태도였다. 나도 안처럼 고개를 끄덕였다. 안이 손가락으로 나를 가리키며 물었다.

"너 윔스야?"

"어떻게 알았어?"

"아직 다른 애들을 못 봤구나?"

"별로 못 봤어."

"보면 알게 될 거야."

나는 망설이다가 안에게 물었다.

"혹시 윔스를 싫어하니?"

"넌 중성에 대해 어떻게 생각하는데?"

"글쎄, 제대로 본 적도 없는데 뭘 어떻게 생각하겠어. 네가 처음인데."

"나도 그래."

안이 그렇게 말하고 웃었다. 편안해 보였다. 그 얼굴을 보고 있으니 나까지 긴장이 풀렸다. 친근감이 느껴졌다.

"좀 씻고 올게. 밖에 오래 있었더니 꽁꽁 얼었어."

나는 안에게 말하고 층 전체가 공동으로 쓰는 샤워실로 갔다. 원래는 발만 씻을 생각이었지만 마음이 바뀌어서 샤워를 하기로 했다.

'처음 친구를 사귀었다.'

복도를 걷는 동안 가슴이 두근거렸다.

썰렁한 샤워실에는 아무도 없었다. 샤워기를 틀자 뜨거운 물이 쏟아졌다. 얼었던 몸이 녹으면서 처음에는 따갑다가 점차 따뜻해졌다.

밤새 내리던 눈, 아침의 풍경, 눈에 발이 푹푹 빠지는 느낌, 멋진 룸메이트, 뜨거운 샤워.

근사한 기분이었다. 따뜻한 물에 몸이 녹아내렸다.

선실 안에서 느꼈던 그 분노는 다 어디로 갔을까?

나는 내 머리카락을 만지고 내 몸을 만졌다. 며칠 동안 기숙사에서 혼자 지내며 쌓였던 우울과 분노가 물에 씻겨내려간 것 같았다.

샤워를 마치고 방으로 돌아가니 안이 책을 보고 있었다. 내 책이었다. 선물로 받은 커스텀 가게 정보 책.

"뭐하는 거야?"

책에 가고 싶은 가게를 정성스럽게 표시해둔 것이 부끄러워서 화난 척을 했다. '꼭 가볼 것' '귀엽다♡' 그런 메모들까지 안이 봤을 거라고 생각하니 얼굴이 화끈거렸다.

안은 순순히 책을 내려놓았다.

"미안해. 책상 위에 있길래. 근데 너도 커스텀에 관심 있어?"

관심 있는 정도가 아니었지만 대답하지 않았다. 우리 동네에서는 친한 사이가 아니면 남의 물건을 허락 없이 만지지 않았다. 여기 애들은 소유물에 대한 개념이 우리 동네와 다른 걸까?

나는 책을 집어 책꽂이에 꽂았다. 아직 책이 별로 없어서 책꽂이가 헐거웠다.

둘밖에 없는 방에 침묵이 돌았다. 분위기가 어색했다. 나는 안이 내 눈치를 보는 걸 모른 척하고 침대에 들어가 기대 누웠다.

저녁을 뭘 먹을지에 대해 생각하려고 했지만 잘 되지 않았다. 안이 안절부절못하고 있었다. 나는 안이 좀더 무신경한 성격일 거라고 생각했다.

결국 안이 나에게 먼저 말을 걸었다.

"저기, 나 시내 나갈 건데 같이 갈래?"

"어디 갈 건데?"

"그냥 구경도 하고 저녁도 먹고."

"좋아."

사실은 안이 나가자고 해줘서 기뻤다. 며칠 동안 기숙사에만 있었더니 좀이 쑤시던 중이었다.

우리는 서로 등을 돌리고 서서 옷을 갈아입었다.

안의 몸은 어떻게 생겼을까?

나는 호기심을 누르며 서둘러 옷을 입고 코트를 걸쳤다. 배에서 내린 날 선착장 근처 마켓에서 산 코트였다.

"넌 커스텀해본 적 있어?"

"몇 번 있어."

나는 뒤를 돌아봤다. 안은 헐렁한 카키색 바지에 하얀 면 티셔츠를 입고 있었다.

"어디 했는데?"

"보여줄까?"

나는 안에게 그렇게 해달라고 했다.

안은 자기 몸의 커스텀을 하나씩 보여줬다. 커스텀을 한 곳은 다섯 군데였다.

첫번째는 눈이었다. 눈 모양을 아몬드 형태로 바꿨다고 했다. 나에게는 고양이 눈매처럼 보였다.

두번째는 눈동자였다. 안의 눈동자는 맑은 호박색이었다. 쨍한 햇빛을 받으면 밝은 노란색으로 보인다고 안이 말했다.

세번째는 손목에 문양을 새겨넣는 커스텀을 했고 네번째는 손톱을 어둡게 빛나는 녹색으로 바꾸는 커스텀을 했다.

나는 안의 눈을 들여다보고 안이 내민 손을 잡아 손목과 손톱을 봤다. 웜스 구역에서도 흔하게 커스텀을 하는 부위들이었다. 하지만 안의 몸에서 풍기는 달콤한 향 때문에 눈과 손에 한 커스텀들이 특별하게 느껴졌다.

"다섯번째로 한 건 냄새지?"

내가 물었다. 가까이 있으니 냄새 때문에 정신이 자꾸 다른 데로 갔다.

"그래, 더티에서 한 거야."

더티는 향을 전문으로 하는 커스텀 가게다. 몸 전체나 원하는 부위에서 특정한 냄새가 나게 해주는 곳이었다. 『커스터머』에 자주 실리는 가게라 나도 알고 있었다. 웜스 구역에는 없는 가게지만 비취와 태양 구역에는 여러 군데에 지점이 있었다. 한 번쯤 가보고 싶었던 곳이었다.

"냄새는 네가 조합한 거야?"

"내가 고르긴 했는데 조합은 전문가들의 도움을 받았지."

"뭘 넣은 건데?"

"맞춰봐."

"라벤더."

"맞아. 그리고 또?"

"모르겠어."

달콤한 꽃향기가 나는데 한편으로는 시원한 느낌의 향기도 났다. 나는 안의 목에 대고 냄새를 맡았다.

안이 내게서 떨어져 두툼한 점퍼를 입었다. 지퍼를 채우자 향기는 희미해졌다.

"얼른 나가자. 아홉시까지는 돌아와야 돼."

나도 알고 있었다. 기숙사 통금 시간은 저녁 아홉시였다. 오늘부터 점호를 돈다고 했다.

안과 나는 문을 잠그고 기숙사 밖으로 나갔다. 첫 외출이었다.

커스텀 가게 정보 책을 가지고 나올 걸 그랬나. 내가 정문 앞에서 기숙사 건물을 보며 망설이고 있으니 안이 나를 잡아끌었다.

"벌써 다섯시야. 네 시간밖에 안 남았어."

"커스텀 가게 아는 곳 있어?"

"나도 여기는 처음이긴 한데 일단 시내로 나가면 괜찮은 데가 있을 거야."

"그렇겠지? 그럼 얼른 가자."

학교 앞에 시내로 가는 버스정류장이 있었다. 운이 좋게 바로 버스를 탔다. 학교와 시내 사이에 해변이 있었다. 바다를 마주보는 곳에는 절벽이 있었다. 절벽 위로 커다란 저택들이 보였다. 고풍스러운 양식과 현대적인 느낌이 섞인 집들이었다.

"거의 빈집일 거야."

안이 내가 그 집들을 유심히 보는 걸 눈치채고 말했다.

"저렇게 좋은 집이 비어 있어?"

"저런 집은 거의 세번째 집으로 사거든."

"세번째 집이 뭔데?"

"태양인들은 집을 중요하게 생각해. 비취인들도 그렇고. 보통 세 개의 집을 갖고 있어. 첫번째 집은 생활을 하는 곳이고 두번째 집은 지친 몸을 눕히는 휴식의 집이야. 세번째 집은 영혼의 집이라고들 해. 세상과 부딪히면서 소모된 영혼을 채우는 장소라고."

"낭만적이네."

솔직히 비웃고 싶었다. 우리 동네에서는 집 하나가 세 가지 역할을 다 했다. 집은 원래 생활을 하는 곳이자 쉬는 곳이자 영혼을 채우는 곳이어야 했다. 가족들이 있는 집이 생각났다. 우리 단지는 깨끗하고 조용했다. 우리 동네 사람들에게도 집은 소중했다.

나는 안에게 물었다.

"너도 집이 세 개야?"

"오늘부터는 하나지. 생각 많은 웜스랑 붙어사는 방 딸랑 하나."

안이 그렇게 말하는 바람에 웃어버렸다. 나도 모르게 안을 공격했던 것이 속 좁게 느껴졌다. 화가 엉뚱한 방향으로 갔던 것이다.

버스는 해안도로를 지나 시내 중심가에서 섰다.

나는 안을 따라 버스에서 내렸다.

시내는 기대한 것만큼 화려하지는 않았다. 하지만 길이 넓고 사람이 적어서 여유로운 분위기이기는 했다.

안과 나는 발길이 닿는 대로 걸었다. 처음 버스에서 내렸을 때는 큰 건물에 가려 보이지 않았는데 골목으로 들어가니 아기자기한 가게들이 많았다. 예쁜 가게들을 보자 기분이 점점 좋아졌다.

나는 구설 시내의 단조로운 가게들을 떠올렸다. 연어색의 네모난 상자들. 그 가게들에 비하면 태양시 골목의 가게들은 선물 상자 같았다. 하늘에서 선물 상자들이 쏟아져내려 골목을 채운 것처럼 보였다. 나는 그 귀여운 가게들 속에서 정신이 쏙 빠졌다. 정신이 빠져 들어갈 가게를 고를 수 없을 정도였다.

그러다 한 가게가 눈에 들어왔다. 무지개색의 벽돌 건물이었다. 골목 끝에 자리잡은 그 가게는 존재감이 있었다. 다른 가게들이 앙증맞은 선물 상자라면 그 가게는 창고 같았다. 그렇게 귀여운 건물을 창고라고 불러도 된다면 말이다.

그 가게가 창고처럼 보이는 것은 우선은 크기 때문이었다. 골목 끝에 우뚝 서 있는 그 건물은 혼자 거대했다. 별다른 장식이 없는 것도 창고처럼 보이는 이유 중 하나였다. 벽돌들은 스프레이로 색을 대충 칠한 것 같았다. 말끔하게 칠해지지 않은 벽돌들이 거친 느낌을 내고 있었다.

가게는 간판도 없이 외벽에 이름을 커다랗게 휘갈겨놓았는데 페인트를 붓에 묻혀 쓴 듯했다. '**커스텀 280**'. 그게 가게 이름이었다.

"280이 무슨 뜻이지?"

"번지수야."

내 말에 안이 바로 대답했다. 건물 가까이로 가서 보니 가게 정문 옆에 번지수가 박힌 우편 팻말이 붙어 있었다. 안의 말대로 280은 번지수였다.

"어떻게 알았어?"

"아까 우리가 서 있던 가게가 274였잖아."

안이 별거 아니라는 듯이 말했다. 관찰력이 좋네. 내가 그런 생각을 하는 사이 안은 가게 유리문을 유심히 보고 있었다. 나도 그것을 봤다.

가게 유리문에는 네온사인이 붙어 있었다. 네온사인은 날개가 달린 뇌, 꼬리와 다리가 달린 심장 모양이었다. 알록달록한 빛을 내는 그 귀여운 네온사인 밑에 안내문이 있었다.

- 꼬리가 길면 밟힙니다.
- 매장 안에서 날개를 펴지 마세요.
- 몸에서 나는 빛은 다른 손님들에게 방해가 됩니다. 잠시 덮어두세요.(특히 손가락 등의 신체 부위에 촛불을 켜는 것은 법으로 금지되어 있습니다.)
- 이 밖에 다른 손님들에게 불편을 끼치는 커스텀의 경우 출입이 제재될 수 있습니다. 커스텀280은 언제나 쾌적한 매장 환경을 위해 노력하고 있습니다.

안내문 맨 아래에는 다음과 같은 주의 사항이 빨간색 글씨로 적혀 있었다.

커스터비아 출입금지.

그 안내문을 보니 안심이 됐다. 안과 나는 유리문을 열고 가게 안으로 들어갔다. 음악이 쿵쾅거리는 실내는 사람들로 북적였다. 거리에서는 눈에 띄게 커스텀을 한 사람을 못 봤는데 가게 안은 그런 사람들

천지였다.

가게 입구에서 잠시 멍하니 서 있는데 붉은 갈기를 가진 남자가 우리를 쳐다봤다. 그 남자는 머리카락이 없었다. 대신 정수리부터 목덜미까지 갈기가 수북하게 자라 있었다. 노을 아래의 보리를 연상시키는 붉은빛의 털이었다.

남자의 진한 올리브색 눈동자에 불쾌감이 언뜻 비쳤을 때에야 나는 고개를 돌렸다.

남자가 서 있던 곳은 손톱 코너였다. 손톱과 발톱 코너는 입구에서 가까운 곳에 있었다. 나는 손톱에는 별 흥미가 없었다. 안과 나는 계산대를 지나 안쪽으로 들어갔다. 바로 눈에 띄는 곳은 눈 코너였다.

눈 코너는 과학실처럼 꾸며져 있었다. 안구 대신 형광 분홍색 플라스틱 공이 박힌 해골 머리가 코너 입구를 장식하고 있었다. 나는 별생각 없이 해골의 분홍색 안구를 손가락으로 톡톡 쳤다.

"잘 오셨네. 나랑 눈 바꿀까?"

해골의 턱이 움직이며 웃는 소리가 흘러나왔다. 해골의 두 눈에서 빛이 번쩍거렸다. 나는 고개를 흔들어 거부의 뜻을 확실히 밝혔다. 그런 나를 보며 안이 웃었다.

안은 플라스크에 담긴 눈알이나 곤충 다리로 만든 속눈썹을 신기한 눈으로 보지 않았다. 나는 안과 달리 눈이 핑핑 돌고 있었다. 눈이 머리 안쪽으로 굴러들어갈 지경이었다.

코너 가운데에는 대형 삼각플라스크가 있었다. 높이가 내 키의 두 배 정도였다. 둘레도 꽤 넓었다. 그 커다란 플라스크를 채운 투명한 액체 속에는 색색의 가짜 눈알들이 뒤엉켜 있었다. 어떤 것은 둥둥 뜨고 어떤 것은 가라앉아 있었지만 대부분이 가운데에서 서로를 증오하는 것처럼 엉킨 모양새였다.

내 흥미를 끈 것은 작은 플라스크에 하나씩 담겨 있는 동물 눈알들이었다. 동물 눈알은 사람의 눈과는 전혀 다른 느낌이 났다. 돼지 눈알, 소 눈알, 고등어 눈알을 비롯한 온갖 물고기들의 눈알, 닭의 눈알과 박쥐의 눈알. 별별 눈알들이 다 있었다.

나는 약간 비위가 상해서 인간 눈알이 모여 있는 쪽으로 갔다. 인간 눈알은 종류가 많아서 플라스크 대신 진열대에 주르르 놓여 있었다. 그 눈알을 가져다 낄 수 있는 것은 아니었다. 진열대에 놓인 눈알들은 색과 모양을 보기 위한 샘플이었다.

평범한 눈알들을 대충 훑어보고 특별한 눈알들을 구경했다. 별이 박힌 눈동자, 오로라 빛이 어른거리는 눈동자, 흰자위에 무늬가 들어간 눈알들…… 나는 홀로그램 거울로 내 눈을 특별한 눈으로 바꾸며 놀았다.

질릴 때까지 그렇게 놀다가 안을 찾을 겸 일층을 한 바퀴 돌았다. 머리카락, 코, 입, 귀 코너를 돌아봤지만 안은 보이지 않았다.

이층에서 안을 찾았을 때 나는 안도하며 안의 팔을 붙잡았다. 안은 놀라지도 않고 부드럽게 자기 팔을 잡은 내 손을 받아들였다. 은근한 미소와 함께였다.

"뭘 보고 있었어?"

안이 눈짓으로 대답했다. 나는 그제야 내가 남자 성기들 앞에 서 있다는 것을 알아차렸다. 우리는 생식기 코너에 있었다!

"왜? 더 큰 걸 달고 싶어?"

사실 나는 부끄러웠지만 그것을 숨기기 위해 바보 같은 농담을 했다. 성교육 시간에 고무로 된 남자 성기를 만져본 적은 있었지만 실제로 본 적은 없었다. 나는 발기된 성기와 그렇지 않은 성기의 차이를 이론으로만 알고 있었다.

"그 반대에 가까워."

안은 담담했다.

"너무 커서 불편해?"

내 입에서 또 헛소리가 튀어나왔다.

"그만해. 너 얼굴 빨개졌어."

안이 말했다. 나는 무리한 농담을 그만두었다.

이층에는 신체 부위들의 커스텀 코너가 있었다. 다리 길이를 늘이거나 줄이는 평범한 수준의 커스텀부터 뼈 모양을 바꾸는 것, 동물의 다리를 본뜬 것 등의 커스텀도 있었다. 나는 신체 부위를 바꾸는 데는 큰 관심이 없어서 다리 코너와 팔 코너만 대충 둘러봤다.

두 코너 사이에 있는 기둥 벽에 이런 문구가 있었다.

- 전신 커스텀은 카운터에 문의하세요.
- 커스텀280은 자기 복제, 타인 복제, 동물 복제 등 어떤 종류의 복제도 하지 않습니다.

복제는 사람들이 꺼림칙해하는 기술 중 하나였다. 커스텀이 가능해진 뒤로 사람들은 타고난 대로 살 필요가 없어졌다. 선천적으로 타고난 신체의 한계를 극복할 수 있게 되었다고 커스텀 기술자들은 말한다. 누군가는 불쾌해한다. '유전자는 레고가 아니다. 유전자를 레고 조각처럼 마음에 드는 것은 끼우고, 거슬리는 것은 빼서 바닥에 던질 수는 없다. 인간은 장난감이 아니다. 커스텀은 인간성 상실의 시작이다.' 커스터비아들만 그렇게 말하는 게 아니다. 커스텀을 혐오하는 것까지는 아니더라도 사람들은 때로 혼란스러워 한다. '가지고 태어난 유전자를 다른 것으로 갈아끼운다고? 심지어 아직 뱃속에 있는 아기의 유전자를 바꿀 수도 있다고? 맙소사. 그건 아니지. 좀 위험한데.' 어디까지가 위험하고 어디까지가 안전한지에 대해서는 아직도 얘기가 분분하다. 몇십 년 뒤에는 부모가 원하는 대로 유전자를 조합해서 아이를 만들 수도 있다고 한다. 어떤 사람이나 동물을 무한대로 복제하는 것도 가능하다. 법적인 제재만 없다면, 그러니까 '기술적으로 가능한가'만 따지자면, 그럴 수 있다.

그런 문제 앞에서 나는 언제나 혼란스럽다. 명쾌하게 문제에 답할 수 있었던 적이 거의 없었다. 학교 수업 시간에 했던 토론에서도 그랬고, 커뮤니티에서 커스텀이 화제로 떠올라 언쟁이 벌어졌을 때도 나는 말하기보다 지켜보는 쪽이었다.

복제에 대해서는 정리가 된 편이다. 내가 아니라 법이 그 문제를 정리했다. 복제는 법으로 금지되었다. 특히 인간 복제는 금기시되어 있었다. 하지만 여전히 복제 역시 자유로운 결정에 맡겨야 한다는 얘기가 꾸준히 나오는 중이었다.

복제라. 우리 가족을 통째로 복제한다면? 소름 끼친다. 사회에 그리 좋은 일은 아닐 것이다. 우리 가족을 복제하는 것만 끔찍한 게 아니라 대체로 그럴 것이다. 똑같은 사람이 한 명 더 필요할 정도로 가치 있는 사람이 정말 존재할까? 한 명 이상이라면 더욱 이상할 것 같다. 레오나르도 다빈치가 한 명 더 있었다고 세상이 더 나아졌을까? 부처나 예수가 열 명이었다면 세상이 구원될 수 있었을까?

이층은 볼 만큼 본 것 같았다. 우리는 문구가 붙어 있는 기둥을 지나쳐 지하로 내려갔다. 지하는 정말 끝내줬다. 지하를 가득 채운 꼬리와 날개, 뿔을 보니 흥분이 됐다. 그거야말로 내가 관심 있는 것들이었다.

원숭이 꼬리를 가진 말쑥한 남자와 눈이 마주쳤는데 그가 모자를 살짝 들어 인사를 했다. 나는 가슴이 두근거려서 날개 코너로 눈을 돌렸다. 날개 코너에서는 이제 막 커다란 나비 날개를 단 여자가 점원의 도움을 받아 날개를 접었다 폈다 해보고 있었다.

"괜찮아?"

거의 패닉에 빠진 나를 안이 붙잡고 물었다.

"괜찮아. 너무 좋아서 그래. 여기 너무 멋져."

"이러다간 오늘 저녁도 못 먹고 들어가겠다. 오늘 커스텀할 거야?"

"해야지."

"그럼 그것부터 정하자. 어디를 할지."

나는 안의 말에 따랐다.

첫번째 커스텀을 어떤 걸로 할까?

정말 수없이 많이 해봤던 생각이었다. 그런데 막상 그 순간이 오니 머릿속이 새하얘졌다.

안이 고민에 빠진 나를 끌고 가 가게 구석에 놓인 의자에 앉혔다.

푹신한 의자에 앉아 숨을 고르고 있으니 정신이 좀 들었다. 진정이 되자 내가 첫번째로 하려던 커스텀이 뭐였는지 기억났다.

뿔이었다. 나를 구해줬던 인어의 이마에 달려 있었던 뿔. 기억인지 꿈인지 확실하지는 않지만 그 이미지는 항상 내 안에 있었다. 나는 인어의 뿔을 내 몸에 달고 싶었다.

"결정했어. 뿔 코너로 가자."

나는 안과 함께 뿔들이 있는 곳으로 갔다.

자기 몸에 뿔을 달고 싶어하는 사람이 얼마나 많은지! 뿔 코너는 발 디딜 틈 없이 북적였다.

"찾는 뿔 있으세요?"

몸 여기저기에 뿔이 달린 남자가 우리에게 다가와서 물었다.

남자는 머리가 반은 희었는데 세월 때문이 아니라 커스텀을 한 것 같았다. 남자의 귀에는 작은 뿔이 여러 개 박혀 있었다. 머리에는 염소 뿔처럼 끝이 말린 뿔도 두 개 있었다. 왼손 중지부터 팔꿈치까지 일렬로 쭉 박힌 아주 작은 뿔은 멀리서 보면 빨간색 선으로 보일 것 같았다.

이제 이마에 작은 뿔 하나를 달려고 하는 내가 애송이처럼 느껴졌다.

"이마에 달 뿔을 찾는데요."

나는 움츠러든 채로 말했다. 안은 진열된 뿔들을 구경하고 있었다.

"크기는 어느 정도 되는 걸로 보세요?"

직원의 셔츠에 달린 명찰을 힐끔 봤다.

판.

아, 판이었군.

내가 선뜻 대답을 못해 머뭇거리자 판이 날 진열대로 데려갔다.

세로로 긴 진열대에 뿔들이 크기별로 정리되어 있었다. 두번째로 작은 크기인 이 점 오 센티미터짜리 뿔이 적당할 것 같았다. 방학 때 집에 가도 앞머리로 가릴 수 있을 테니까.

"모양만 고르시면 돼요. 색은 원하시는 대로 맞춰드려요."

판이 이름답지 않게 친절한 태도로 말했다.

잘 보니 판은 곱상한 미남이었다. 수염을 밀면 여려 보이는 얼굴이 드러날 것 같았다. 수염이 촉촉한 눈망울까지 감춰주지는 못했다. 그 눈을 커스텀으로 바꾸지 않은 걸 보면 판은 자신의 여린 인상을 싫어하지 않는지도 모르겠다. 어쨌든 그 눈을 보고 있으면 여자나 남자나 지켜주고 싶은 욕구가 일어날 것이다. 나도 그랬으니까.

"고르면 말씀드릴게요."

나는 판을 곤란하지 않게 하려고 예의바르게 말했다. 그러자 판은 미소를 지으며 다른 손님들 쪽으로 갔다.

"마음에 드는 게 없어?"

안은 뿔을 대충 다 둘러봤는지 나에게 와서 물었다.

"거의 골랐는데 두 개 중에서 고민하고 있어. 스크루 모양하고 나선형으로 가늘고 얕게 선이 들어간 거."

"크기가 작으니까 스크루 모양도 괜찮을 것 같은데. 선만 들어간 건 밋밋해 보일 것 같아."

나는 안의 말에 고개를 끄덕였다.

꿈에서 본 인어의 뿔은 나선형으로 깊게 선이 패어 있었다. 그에 비해 진열대에 있는 것은 선이 너무 가늘었다. 안의 말대로 스크루 모양이 더 나을 것 같았다.

나는 판에게 가서 뿔을 골랐다고 말했다.

"스크루 모양으로 할게요."

"잘 고르셨네요. 이쪽으로 오세요."

판은 나를 홀로그램 거울이 달린 커다란 화장대에 앉혔다. 화장대 모니터에 모양과 색깔을 선택할 수 있는 프로그램이 깔려 있었다. 판이 내가 고른 뿔과 뿔이 들어갈 자리를 터치해서 고정시켰다.

"이제 거울을 보면서 색깔을 고르시면 돼요."

나는 판의 말을 듣고 보라색 계열 가운데를 손가락으로 터치했다. 그러자 거울에 비친 내 얼굴에 곧바로 보라색 뿔이 달렸다.

안이 색을 고르는 걸 도와줬다. 안의 손톱 색깔로 할까 잠시 생각했지만 다른 사람을 따라 하면 나중에 후회할 것 같아 그만뒀다. 금색이나 은색은 너무 평범해서 건너뛰고 좋아하는 색깔들을 한 번씩 다 눌러봤지만 마음에 드는 게 없었다.

한참을 고르다 결국은 짙은 은회색에 은은한 보라색 펄을 넣기로 했다. 막상 골라놓고 보니 꽤 마음에 들었다.

우리는 판을 불렀다. 판이 콧등에 오렌지색 뿔을 단 여자와 즐거운 듯 얘기를 나누다가 우리 쪽으로 왔다.

"따라오세요."

판과 함께 한 칸짜리 작은 방 앞으로 가자 가슴이 뛰었다. 작은 방의 이름은 펀칭실이었다.

"처음이신가봐요."

판이 긴장한 나를 보고 웃으며 말했다.

"첫 커스텀이에요."

내가 말하자 판이 고개를 끄덕였다.

"멋질 거예요."

"그럴 것 같아요."

나는 펀칭실으로 들어갔다. 작은 카메라가 달린 기계에 얼굴을 대고 서 있어야 했다.

"아프지 않으니까 긴장하지 마세요. 금방 끝나요. 눈은 감고 계시고요."

"잠시만요. 혹시 부작용 같은 건 없을까요? 주의할 점이라거나."

판은 내 말을 듣고 곰곰이 생각에 잠겼다.

"글쎄요. 아무래도 이마에 뭐가 달려 있으면 엎드려 자긴 불편하죠. 팔굽혀펴기 같은 건 가능하면 안 하는 게 좋고요. 그리고 또 뭐가 있을까⋯⋯ 아, 넘어질 때는 되도록 뒤로 넘어지도록 해보세요."

판은 턱을 긁으며 이제 준비가 됐는지 확인하듯이 나를 봤다. 나는 기계에 얼굴을 가져다댔다.

판이 방에서 나갔다.

문이 닫히고 기계가 돌아가는 소리가 들렸다. 감은 눈꺼풀 위로 빛이 지나가는 게 느껴졌다. 그러고는 기계가 꺼졌다.

다 된 건가?

"나오세요."

방에 달린 스피커에서 판의 목소리가 나왔다. 나는 기계에서 얼굴을 떼고 이마를 만져봤다. 이마에는 아무것도 없었다.

뭐가 잘못된 걸까?

나는 불안해하며 밖으로 나갔다.

판이 손가락으로 수염을 배배 꼬며 모니터를 보고 있었다. 환자의 엑스레이 사진에서 심각한 질병을 발견한 의사 같은 얼굴이었다. 판 뒤에 서 있던 안의 표정도 이상했다.

"뭐가 안 좋아요?"

"여기 와서 보세요. 손님은 벌써 뿔이 있으신데요."

나는 판이 가리키는 모니터를 봤다. 내 이마로 보이는 곳에 동그란 점이 있었다. 이마 가운데의 그 점은 직경 삼 센티미터가 넘어 보였다.

"이건 뿔 뿌리예요."

"이게 뿔이라고요?"

"네, 확실해요."

판이 자신의 머리에 달린 염소 뿔을 툭툭 두드렸다.

"어떻게 하실래요? 다른 데에라도 달아볼까요?"

"생각을 좀 해봐야 할 것 같아요."

"모르셨나봐요."

내 이마 속에 뿔이 심어져 있는 걸 몰랐느냐고? 물론 몰랐다. 엄마나 아빠는 알고 있었을까? 나는 혼란스러워져서 안을 봤다.

나와 눈이 마주친 안이 어색하게 웃었다. 안이 날 이상하게 생각할까봐 두려워졌다. 여기에서 처음 사귄 친구를 잃을까봐.

"너 괜찮아?"

그렇게 묻는 안의 목소리가 다정했다. 나는 괜찮다고 대답했다.

"할 게 하나 있는데, 잠깐만 기다려줄래?"

안이 어딘가로 간 뒤 나는 일층으로 올라가 안을 기다렸다.

얼마 지나지 않아 안이 내 뒤로 와서 어깨를 두드렸다.

"뭐가 변한 거야?"

내가 물었다. 안이 혀를 내밀었다. 안의 혀가 초록색으로 바뀌어 있었다. 안의 손톱과 똑같은 어두운 초록빛으로.

그 혀가 사람을 홀렸다.

"나도 뭔가 하고 올게."

안이 뒤돌아서는 나를 잡아 손에 뭔가를 쥐여줬다. 코인이었다. 가게 곳곳에 돈을 코인으로 바꾸는 기계가 있었다. 코인은 형광 분홍색이었다.

"고마워."

나는 안이 준 코인을 가지고 곧장 머리카락 코너로 갔다. 머리카락 코너에는 직원 없이 혼자 커스텀이 가능한 방이 있었다. 나는 방으로 들어가 기계에 코인을 넣었다. 코인을 넣자 모니터에 색을 고르라는 안내가 떴다. 빨간색을 터치하고 다음 단계를 누르자 뇌와 심장 형제가 나와 준비된 끈으로 머리를 묶어서 올리라고 말했다.

나는 머리를 묶고 의자에 앉았다.

어항처럼 생긴 동그란 유리 볼이 내려와 머리를 덮었다.

의자 팔걸이에 있는 버튼을 누르자 팔걸이에서 뭔가가 튀어나와 팔에 꽂혔다. 피부 아래로 액체 같은 것이 들어가는 게 느껴졌다. 잠시 후에 눈을 감으라는 안내가 들렸다. 나는 눈을 감았다. 몇 분이 흐르고 유리 볼이 다시 위로 올라갔다.

거울에 내 모습이 비쳤다. 붉은 곱슬머리가 어깨 아래로 넘실거렸다. 나는 방에서 나가 안에게로 달려갔다.

"너무 마음에 들어!"

안이 나를 보고 활짝 웃었다.

"예쁘네. 빨간 새 같아."

그리고 우리는 '**버거 앤 프라이**'으로 갔다. 점호까지는 한 시간이 남아 있었다.

"포장해 갈까? 시간이 부족할 것 같은데."

나는 약간 초조해져서 말했다. 안은 카운터의 커다란 메뉴판을 보고 있었다. 녹색 칠판으로 된 메뉴판에 버거와 튀김, 음료 들이 적혀 있었다. 글씨체는 필기체였고 알록달록한 분필로 쓰여 있었다. 옛날 스타일이었다.

"먹고 가자. 햄버거가 식는 게 싫어."

안이 말했다. 안이 주문을 하겠다고 해서 나는 홀로 가서 자리를 잡았다.

곧 안이 햄버거 세트 두 개가 든 쟁반을 가지고 자리로 왔다. 햄버거 냄새가 미치게 좋았다. 내 것은 베이컨과 달걀 프라이, 치즈가 든 버거였다.

"넌 원래 어디 살아?"

포장을 벗기고 버거를 한입 무는데 안이 물었다. 나는 햄버거를 우물거리며 대답했다.

"구설."

"아, 그곳. 가본 적 있어. 어릴 때라 기억은 잘 안 나지만. 모래 색깔 건물들은 기억나. 사막 언덕들하고 잘 어울리던."

나는 안의 말을 듣고 구설의 높은 모래언덕들을 떠올렸다. 중심가에 서면 어느 쪽에 있든 모래언덕들을 볼 수 있다. 하지만 언덕까지 갈 일은 별로 없었다. 모래언덕과 사람들이 사는 곳은 떨어져 있었다. 어릴 때는 날씨가 좋은 날 동네 애들과 언덕에서 포대를 타고 놀기도 했다. 하지만 언덕 썰매는 나이가 조금만 들어도 시시해지는 놀이였다.

"너희 집은 어디야? 여기에서 가까워?"

햄버거를 다 먹어치우고 포장지를 구겼다. 안은 아직 먹는 중이었다. 나는 감자튀김 하나를 집어서 입에 넣었다.

"여기서는 좀 멀어. 여기보다는 너희 동네랑 가깝지."

"동네 이름이 뭔데?"

"비취."

"수도?"

안이 고개를 끄덕였다.

사막 도시에 사는 사람들을 공식적으로는 모래인이라고 칭한다. 하지만 실제로 그 명칭을 쓰는 건 국가 공식 행사 때뿐이다. 뉴스에서조차 모래시에 사는 사람들을 웜스라고 부른다.

벌레들.

웜스가 사막의 모래밭에 사는 벌레들을 은유한다는 것을 모르는 사람은 없다. 내가 속한 그룹을 일컫는 말은 경멸 그 자체였다. 그런 생각이 들면 섬뜩해진다. 하지만 혼자 외지에 떨어져서 그 말을 떠올리니 오히려 가슴이 따뜻해졌다. 동네 사람들이 떠오르기 때문이었다. 엄마, 아빠, 세이, 그리고 정연이와 친구들, 내 친구들의 가족들.

모두가 그렇지는 않겠지만 우리 구역 사람들은 대체로 자신의 존재에 자긍심을 가지고 있었다. 모래 폭풍을 견뎌내고 살아남은 사람들의 후손이 웜스이기 때문이다. 우리에게 웜스란 강한 생명력을 가진 존재를 뜻했다.

태양 구역은 가장 피해가 적었던 지역이라고 들었다. 태양 구역 중에서도 특히 시드가 그랬다. 시드의 자연이 찬란한 것은 그 때문일 것이다. 부서진 것이 거의 없었다. 다른 지역에 비하면 말이다.

비취 구역에 대해서는 뭐라고 말해야 할지 모르겠다. 경멸을 담지 않고 말하기가 어렵다. 모래 폭풍이 계속되자 소수의 사람들만이 특수한 방공호 안으로 들어갔다. 많은 사람이 처참하게 죽고 소중한 사람을 잃고 또 그뒤에 절망과 희망을 오가며 세계를 재건하는 동안 그들은 방공호 안에 숨어 있었다. 그러고는 사람들이 일을 끝마치자 방공호에서 기어나와 자신들의 도시에 빛의 도시라는 이름을 붙였다. 그들은 방공호 안에 쌓아뒀던 금과 지식, 기술 그리고 무기를 가지고 나와서 자신들이 원래 가지고 있었던 특권을 회복했다. 그게 웜스가 비취를 병신들이라고 부르는 이유다.

안은 자신이 온 도시를 밝히면서 망설였다. 웜스가 비취를 어떻게 생각하는지 아는 것이 분명했다. 솔직히 나는 역겨워졌다. 안이 다르게 보였다. 그동안 얼마나 편히 살아왔을까.

"너도 편견 있니?"

안이 말했다. 내 얼굴에 생각이 다 드러났을 것이다.

"편견이 아니야. 사실이지."

비취들이 뻔뻔한 병신들이라는 것 말이야. 나는 그 말을 내뱉지는 않았지만 한 거나 다름없었다. 내 입가가 굳는 것이 느껴졌다. 안의 얼굴도 굳어졌다.

"그렇게 생각한다면 어쩌겠어. 오늘 점호인한테 방을 바꿔달라고 말할게. 자는 사이에 내 목을 조를지도 모르는 애하고 한방을 쓸 수는 없으니까."

안이 일어나서 말했다. 벌써 누가 목을 조르는 것처럼 목이 멘 목소리였다. 뺨에 혈색이 돌던 안의 얼굴이 창백하게 변해 있었다.

안이 가버린 후에 안의 목을 조른 것이 나였을지도 모른다는 생각이 들었다. 생각은 보이지는 않지만 힘이 세니까. 보이지 않는 힘센 손이 목을 누르는 공포에 대해 생각해봤다. 그리고 하루 동안 안이 내게 보여준 친밀함과 친절 같은 것들을 떠올렸다. 그때 식당 거울에 비친 내 모습이 보였다. 붉은 머리카락. 안이 내 손에 쥐여줬던 분홍색 코인이 생각났다. 붉은 머리카락은 안이 준 선물이었다.

되돌릴 수 있을까?

나는 서둘러 밖으로 나가 안을 쫓아갔다. 하지만 너무 늦었다. 어두워진 거리에 안은 없었다. 나는 밴을 불렀다.

"밴, 기숙사까지 가는 길 좀 알려줘. 내가 지금 어디에 있는 건지 모르겠어."

"걱정하지 마, 수니. 다 잘될 거야."

밴이 내 마음을 아는 것처럼 말했다. 나는 밴이 알려준 대로 정류장을 찾아가서 기숙사로 돌아가는 버스를 탔다. 버스에는 나처럼 들떠서 시내로 나왔을 애들이 지친 얼굴로 앉아 있었다. 둘이 함께 앉은 애들도 있었지만 대부분 혼자였다.

안과 함께 돌아갈 수도 있었을 텐데. 그 생각을 하니 우울해졌다.

비취에 대한 내 생각이 바뀐 것은 아니었다. 하지만 이대로 안과 멀어지고 싶지는 않았다. 기숙사 정류장에 내렸을 때는 벌써 아홉시가 넘어 있었다. 안이 점호인을 만났을까? 나는 점호인이 아직 우리 방까지 오지 않았기를 빌면서 기숙사로 뛰어갔다.

장님 주니

다음날은 입학식이었다. 내가 방으로 돌아왔을 때 안은 침대에 이불을 뒤집어 쓰고 누워 있었다. 나는 침대에 앉아 안을 지켜봤다. 밤 열한시가 넘어서도 점호인은 오지 않았다. 나는 커스텀 가게에서 본 사람들과 내 이마 속에 있는 뿔, 식당에서 안과 나눈 대화를 생각하다가 자정쯤에 잠이 들었다.

아침에 눈을 떠보니 안은 벌써 나가고 없었다. 입학식이 열리는 강당으로 먼저 간 것 같았다. 십 분 후면 입학식이 시작할 시간이었다.

나는 교복만 입고 강당으로 달려갔다. 전날 많이 걸은데다 전력을 다해 기숙사로 뛰어왔던 것 때문인지 허벅지가 뻐근했다.

샤워를 하고 나왔으면 좋았을걸. 몸에서 냄새가 나는 것 같았다. 첫날부터 애들에게 냄새나는 더러운 애로 찍히고 싶지는 않은데. 처음 입은 교복 셔츠에 땀이 배는 것이 느껴졌다.

강당에 도착해서는 바로 줄에 합류했다. 나는 4반이었다. 안도 같은 반이었다. 4반 줄 앞쪽에 안이 서 있었다. 다른 애들보다 머리 하나는 커서 눈에 띄었다.

입학식은 이미 시작됐다. 교장 선생님이 나와서 인사말을 하고 있었다.

며칠 전 기숙사에 도착한 날에도 강당에 모여 교장 선생님의 말을 들었다. 그날은 웜스 출신 애들밖에 없었다. 그날 교장 선생님은 먼 곳에서 온 것을 환영한다는 인사를 했다. 그리고 태양시 시내 지도와 태양시에서 주의해야 할 점 등의 정보를 받을 수 있는 번호를 알려주었다.

신입생들이 전부 모인 입학식 날에는 웜스에 대한 얘기가 전혀 없었다. 지루할 정도로 평범한 연설 뒤에 교장 선생님 뒤에 서 있던 선생님들이 한 명씩 호명되어 자기소개를 했다.

선생님은 열 명이었다. 일학년은 여덟 개 반으로 나누어졌다. 담임을 맡지 않은 선생님 두 명은 각각 체육 선생님과 양호 선생님이었다.

인상적인 선생님은 두 명이었다. 월 선생님과 말린 선생님.

월 선생님은 우리 반 담임선생님으로 소개되었다. 체구가 작은 여자였다. 피부가 반짝거리는—아마 커스텀을 했을 것이다—다른 선생님들과 달리 월 선생님은 거친 갈색 피부였다. 회색이 섞인 검은 머리를 하나로 묶고 있었다. 머리를 풀어도 어깨에 닿지 않을 것 같았다.

얼굴에는 안경을 쓰고 있었다. 재건박물관에서 본 적 있는 물건이었다. 요즘에는 안경을 쓰는 사람이 아무도 없었다. **폭풍** 전의 사람을 보는 것 같았다. 말하자면 옛날 사람이랄까. 선생님이 타고 있는 휠체어가 그런 인상을 더 강하게 만들었다.

웜스 구역에서도 휠체어를 탄 사람은 보기 힘들었다. 신체적 장애를 고치는 커스텀 기술이 충분히 발전했기 때문이다. 사고로 다리가 완전히 날아가도 상처만 회복되면 새 다리를 달 수 있었다. 외상으로 생긴 장애를 그대로 두는 사람은 거의 없었다. 정말 가난한 사람이 아니라면 말이다.

태양시의 교사 월급은 꽤 높은 편일 것이다. 태양시는 학자와 예술가를 우대하는 것으로 명성이 높았다. 게다가 재건 기간 동안 교육이 방치되다시피 했었기 때문에 통합 국가에서는 공교육 예산을 매년 넉넉하게 잡는다. 모래시에서도 교사는 선호되는 직업이었다. 그러니 월 선생님이 돈이 없어서 다리를 새것으로 바꾸지 않은 건 아닐 것이다.

혹시 커스텀을 혐오하는 걸까? 월 선생님은 커스터비아인가?

나는 연단 위에 서 있는 월 선생님을 열심히 관찰했다. 그러다 눈이 마주쳤는데 선생님이 미소를 지었다. 거리가 멀어서 나를 보고 있는 것인지는 확실하지 않았다. 하지만 누구를 보든 간에 선생님의 눈빛은 분명 따뜻했다. 왠지 신뢰가 가는 눈이었다.

이름의 '월' 자는 달을 뜻하는 걸까?

그렇다면 선생님도 구설 출신일 가능성이 있었다. 적어도 구설과 가까운 동네에서 왔을 것이다.

지금은 모든 곳에서 통합어를 제1공용어로 배우지만 지명이나 사람 이름에는 옛날 언어의 흔적이 남아 있다. 나도 엄마에게 옛날에 쓰던 말을 배웠다. 우리 동네가 구설이 아니라 서울일 때 쓰던 언어였다.

어떤 동네에서는 아직까지도 구어를 그대로 쓴다고 한다. 그런 곳은 대개 통합 정부도 신경쓰지 않는 소외된 구역이다. 정부의 혜택도 현대의 발전된 기술의 혜택도 거부하고 옛날 방식으로 살아가는 사람들을 나무인이라고 부른다. 어떤 사람들은 나무인들을 비웃고 어떤 사람들은 존중한다. 나는 나무인들이 멋지다고 생각한다. 그렇게 살아갈 용기는 없지만.

교장 선생님이 월 선생님의 키에 맞게 마이크를 내렸다. 월 선생님은 고개를 끄덕여 감사를 표하고 마이크 가까이 입을 댔다.

"고약한 일입니다."

그게 월 선생님의 첫마디였다. 나는 선생님의 말에 귀를 기울였다. 선생님의 말투는 의외로 장난스러웠고 발음이 정확했다. 맑고 쨍쨍한 목소리였다. 목소리만 들으면 아주 젊은 사람 같았다.

"그렇죠? 다 각기 떨어져 살던 태양인들, 비취인들, 모래인들을 하루아침에 모아놓고 이제 사이좋게 지내보라고 하니 말입니다. 또 그 짐을 여러분 같은 새싹들에게 맡기다니 말이에요. 아, 여러분이 어리다고 무시하는 것은 아닙니다. 단지 여러분이 맡기에는 너무 성가신 짐이라는 거죠. 그런 짐은 더 하찮은 사람들이 져야 합니다. 우리 같은 사람들 말이죠."

월 선생님은 그러면서 뒤에 있는 선생님들과 자신을 가리켰다. 교장 선생님은 온화한 표정을 흐트러뜨리지 않고 그대로 서 있었다. 나는 교장 선생님이 월 선생님을 제지하지 않는 것을 보고 놀랐다. 내가 다니던 중학교는 좀더 위압적인 분위기였다. 구설의 선생님이 입학식 연단에서 저런 말을 하려고 했다면 분명 끌려나갔을 것이다(물론 과장이다).

"제가 하려는 말은, 여러분이 부담을 느끼지 않았으면 한다는 겁니다. 어떤 책임감도 느낄 필요가 없습니다. 여러분은 원하는 대로 학교 생활을 하도록 하세요. 다른 사람에게 피해를 주지 않는 선에서 최대한 즐겁고 자유롭게 지내시길 바랍니다. 지역 간의 화합 같은 골치 아픈 일은 생각하지 마시고요. 그런 일들은 선생님들이 고민을 좀 해볼 테니까요. 아 이런, 아직 제 소개를 안 했군요. 소개도 없이 내려갈 뻔했어요. 저는 월입니다. 이번에 4반 담임을 맡게 됐습니다. 잘 부탁합니다. 여기까지입니다."

선생님의 말을 끊는 사람은 없었다. 선생님의 자기소개에 호감을 느낀 것이 나 혼자만은 아니었으면 했다. 월 선생님의 반이 된 것이 다행으로 느껴졌다.

또 인상적인 사람은 말린 선생님이었다. 선생님은 보라색 실크 정장을 입고 있었다. 선생님의 날씬하고 균형잡힌 몸에 실크 정장이 꼭 맞게 휘감겨 있었다. 완벽한 금발을 깔끔하게 넘겨서 섬세한 이목구비가 돋보였다.

커스텀이 대중화 되면서 미의 기준은 복잡해졌다. 하지만 말린 선생님의 외모는 복잡한 기준을 무색하게 만드는 무언가가 있었다. 선생님을 평가하는 건 실례겠지만 내가 아니라 누구라도 말린 선생님을 보면 선생님의 외모에 대한 생각을 멈출 수 없을 것이다.

나는 선생님의 얼굴에 감동받았다. 그리고 나만 감동받은 것은 아니었다. 다른 애들도 홀린 듯이 말린 선생님을 보고 있었다. 그애들 중 몇 명쯤은 커스텀으로 자기 얼굴을 말린 선생님과 비슷하게 만들 순 없을까 생각하고 있을 것이다.

그때 상급생으로 보이는 여학생 한 명이 체육 선생님에게 잡혀 강당 뒤편에서 밖으로 끌려나갔다. 그 상급생은 나가면서 말린 선생님의 이름을 외쳤다. 나중에 알게 된 거지만, 그 상급생의 이름은 미니로, 말린 선생님의 광적인 팬들 중 하나라고 했다. 미니는 선생님의 사진을 찍으려고 전날 밤부터 강당 한구석에 숨어 있었던 거였다.

미니 때문에 한바탕 소란이 일어난 뒤 말린 선생님이 인사를 했다.

"말린입니다. 이번에 7반 담임을 맡게 됐습니다."

그게 끝이었다. 선생님은 방금 일어난 소란에 전혀 신경쓰지 않는 것 같았다. 얼음 같은 얼굴로 자기소개를 마친 선생님은 뒤로 돌아 자기가 서 있던 자리로 돌아갔다.

미남은 피곤하구나. 나는 그런 생각을 하며 입학식이 끝나기를 기다렸다. 말린 선생님의 차례가 끝난 후부터 입학식은 죽도록 지겨워졌다.

입학식이 끝난 뒤에는 줄을 유지한 채로 교실까지 걸어갔다. 교실에 도착해서는 자유롭게 앉을 수 있었다. 나는 안이 자리를 잡을 때까지 기다렸다가 그 옆에 가서 앉으려고 했다. 하지만 다른 애가 먼저 안의 옆자리를 차지해버렸다. 할 수 없이 남아 있는 다른 자리로 가서 앉았다.

금방 내 옆으로 어떤 아이가 와서 앉았다. 그애의 눈은 번뜩거렸다. 커스텀 때문이 아니라 그애의 어떤 성격적인 특성 때문인 것 같았다.

"안녕. 난 매리야. 넌?"

"난 수니야."

내 이름을 듣고 매리가 요란하게 웃었다.

"촌스러운 이름이네. 너 웜스지?"

내가 그렇게 티가 나나? 난 짜증이 나서 한숨을 쉬었다. 매리는 신이 나서 떠들었다. 날 짜증나게 해서 기쁜 것 같았다.

"경계할 거 없어. 나도 웜스 구역에서 왔거든. 넌 아마 구설 쪽인 것 같은데, 맞아? 난 기름진 땅에서 왔어. 말 안 해도 알겠지?"

매리의 볼은 통통하고 분홍빛이었다. 입술은 립글로스를 너무 많이 발라서 기름을 바른 것처럼 번들거렸다.

기름진 땅은 웜스 구역의 서쪽에 있는 동네로, 동쪽에 위치한 구설과는 먼 곳이었다. 가족들과 여행하면서 기름진 땅을 지나간 적이 있었는데 구설보다 형편이 나은 동네였다. 아빠는 그게 '불공평한 개발' 때문이라고 투덜댔다. 아빠가 투덜대는 것을 좋아하지 않는 엄마도 그 의견에는 고개를 끄덕였다.

나는 기름진 땅에 유감이 없었다. 하지만 매리 때문에 그 동네가 조금 싫어질 것 같았다.

매리의 눈에서는 부담스러울 정도로 감정이 넘쳐났다. 흥겨운 감정이 아니라 불쾌한 쪽이었다.

나는 곧 매리의 눈에서 넘치는 감정이 무엇인지 알 수 있었다. 매리가 나에게 이렇게 물었을 때였다.

"너 튄이랑 같은 방 쓴다며?"

"튄?"

"트윈 말이야. 성이 두 개라고."

매리가 내 귀에 입을 바짝 대고 속삭였다. 더운 숨결이 귓속으로 들어왔다. 순간 팔에 소름이 쫙 끼쳤다. 소름은 등까지 퍼졌다. 난 내 짝을 밀치고 싶은 것을 참고 얼굴을 다른 쪽으로 돌렸다. 귀를 씻고 싶었다.

"퉌하고 같이 지내기 무섭지 않아? 퉌들은 화를 참지 못한다던데."

매리가 안이 앉아 있는 쪽을 눈짓으로 가리키며 말했다. 나는 속이 거북해졌다. 교실을 둘러봤다. 남아 있는 자리가 없었다. 이대로 짝이 정해지는 건 아니겠지? 나는 교실로 들어오는 월 선생님에게 기대를 걸었다.

내가 대답이 없자 매리는 펜을 꺼내 내 팔을 콕콕 찔렀다.

"날 무시하는 거야? 쟤 퉌인 거 몰랐어?"

"선생님 들어오셨잖아. 나중에 얘기해."

나는 제발 나중에 얘기할 기회가 없길 속으로 빌면서 말했다.

"내 소개는 아까 다 했고. 이번에는 여러분이 자기소개를 해볼까요?"

월 선생님이 교탁에 서서 말했다. 나는 선생님의 말에 집중하는 척 고개를 꼿꼿이 들고 정면만 바라봤다.

매리에게서는 한번 물면 자기 호기심이 채워질 때까지 놓지 않는 애들에게서 풍기는 냄새가 났다. 하이에나 냄새.

"제가 한 명씩 이름을 부르겠습니다. 그럼 일어나서 하고 싶은 말을 하고 앉으면 됩니다. 간단한 방식이죠? 자, 보자. 첫번째 학생은 솔티나 양이군요."

솔티나가 일어났다. 그애는 자신이 사는 곳은 메든이고, 앞으로 잘 부탁한다는 말을 하고 자리에 앉았다. 메든은 시드의 중심가였다.

솔티나가 말하지 않았더라도 그애가 시드 출신이라는 걸 알 수 있었을 것이다. 생기가 도는 갈색 얼굴과 건강해 보이는 탄탄한 몸에서 이미 출신이 드러났다. 표정이나 말투가 당당하면서도 자연스러웠다. 태양시에서도 부유한 편일 것 같았다. 긴 갈색 머리를 하나로 높이 올려 묶었는데 화려한 빨간 리본이 솔티나와 잘 어울렸다.

반 아이들은 총 스물여섯 명이었다. 시드 출신 아이들은 거의 메든에 살았는데 서로 다 아는 사이 같았다. 소개를 들어보니 같은 중학교에서 온 애들이 대부분이었다. 특히 솔티나의 친구들이 많았다. 솔티나가 자기소개를 할 때 웃으며 박수를 쳤던 애들이 몇 명 있었다. 솔티나를 포함한 그애들이 반의 중심이 될 것 같았다. 하나같이 반짝이는 갈색 피부와 건강한 몸을 가진 애들이었다. 그야말로 태양의 축복을 받은 것처럼 당당한 그 아이들을 보며 나는 약간 위축됐다.

매리는 그애들을 동경의 눈빛으로 바라보고 있었다. 당장이라도 그애들에게 달려가 친한 척을 하고 싶어 안달이 나 있었다. 그런 마음은 매리가 자기소개를 할 때 노골적으로 드러났다.

"안녕, 얘들아! 나는 매리야. 출신 지역은 굳이 말하지 않아도 되지? 좀 부끄러워서. 앞으로 잘 지냈으면 좋겠고, 특히 솔티나랑 친해지고 싶어. 아까 소개가 너무 멋지더라. 여기까지예요."

매리는 헤헤 웃으면서 자리에 앉았다. 볼이 잔뜩 상기되어 있었다. 솔티나와 같은 중학교 출신인 남자애가 "야, 솔티나! 들었지? 매리가 너랑 친하게 지내고 싶대" 하고 외쳤다. 매리에게 외친 그애가 라울이었다. 어깨가 넓고 팔이 두툼했는데 어디서나 나서기 좋아하는 편일 것 같았다. 그게 라울에 대한 내 첫인상이었다. 라울의 말에 앞에 앉아 있던 솔티나가 고개를 살짝 돌려 매리를 보고 미소지었다.

"봤지? 날 보고 웃었어."

매리가 나에게 속삭였다. 매리에게는 어떻게 보였을지 모르지만 내가 보기에 솔티나의 미소에는 경멸이 담겨 있었다. 불쌍한 매리. 매리는 절대 그애들과 친해지지 못할 것이었다.

몇 명의 차례가 지나가고 선생님이 안의 이름을 불렀다.

안이 일어났다.

"안입니다. 비취시의 동굴 구역에서 왔습니다. 아직 밝혀지지 않은 유전자 법칙에 관심이 많아서 졸업하면 유전자 연구를 하고 싶어요. 취미는 커스텀이고요. 태양시는 처음이어서 아직 잘 모르는데 좋은 커스텀 가게가 있으면 알려주세요."

교실이 술렁거렸다. 태양 구역에서도 중성인은 특별한 존재인 것 같았다. 구설에서 온 애들이 자기들끼리 눈짓을 보냈다. 나는 그 눈짓이 뭘 의미하는지 잘 알고 있었다. '소름 끼치는 중성인.' 구설에서 중성인은 그런 존재였다.

안이 소개를 끝내고 앉자 매리가 나에게 속닥거렸다.

"쟤 너무 건방진 거 아니니? 비취라고 잘난 척하는 거야 뭐야. 퇸 주제에."

나는 그 말을 무시했다. 자기가 앞으로 무엇을 하고 싶은지, 또 무엇에 관심이 있는지 또렷하게 말한 사람은 안밖에 없었다. 그런 생각에 오래 잠겨 있을 겨를이 없었다. 바로 다음이 내 차례였다. 나는 다른 사람들 앞에서 말하는 데에 익숙하지 않았다. 일어나기 전부터 떨리기 시작했다.

"안녕하세요. 전 수니입니다. 웜스의 구설에서 왔어요. 졸업하고 하고 싶은 건 아직 못 정했고요. 커스텀에 관심이 많아요. 멀리서 와서 모르는 게 많아요. 잘 부탁합니다."

횡설수설이었다. 말을 끝내고 자리에 앉는데 머리가 핑 돌았다. 다음으로 넘어갈 줄 알았는데 월 선생님이 내 이름을 다시 불러서 더 어지러워졌다.

"수니 양."

이름 뒤에 양이나 군을 붙이는 것도 옛날 방식이었다. 나는 겨우 네, 하고 대답했다. 선생님이 말했다.

"앞으로는 수니 양이 온 곳을 말할 땐 웜스 대신 모래시라고 하는 것이 좋겠어요. 왜인지는 알리라고 생각합니다."

비난하는 어조는 전혀 아니었다. 하지만 내 안에서 뭔가가 불쑥 튀어나왔다. 웜스는 부끄러운 이름이 아니었다. 나는 선생님에게 반박했다.

"선생님, 선생님의 말씀이 어떤 건지는 알지만 제가 살던 곳에서 웜스는 강한 생명력을 가진 사람들을 뜻하기도 해요. 저는 그 이름에 자긍심을 갖고 있어요."

내가 그렇게 말하자 몇몇이 웃었다. 그중 몇 명은 솔티나의 친구였고 나머지는 피부가 수정처럼 반짝거리는 비취 출신의 아이들이었다. 선생님은 웃지 않았다.

"미안합니다. 떠난 지가 오래되어서 잊고 있었군요. 맞아요. 웜스는 자긍심이 담긴 이름이기도 했죠. 비웃을 일이 아닙니다."

마지막 말은 키득거리는 아이들을 겨냥한 것이었다. 아이들이 눈치 빠르게 웃음을 그쳤다. 그뒤에 시간이 어떻게 지나갔는지 모르겠다. 선생님과 애들 앞에서 내 생각을 말한 것 때문에 정신이 날아가버렸다. 내 순서가 지나고 다음 아이가 자기소개를 하는 동안 안이 나를 쳐다봤던 것은 기억이 난다. 안은 생각을 읽을 수 없는 얼굴로 나를 보고 있었다. 그건 호의였을까 아니면 비난이었을까.

자기소개가 모두 끝난 뒤에는 자리 뽑기를 했다. 나는 매리에게서 벗어났다. 정말 다행이었다. 매리도 나 따위에게는 관심이 없었다. 매리는 솔티나와 가까운 자리를 뽑기 위해 온 정신을 집중하고 있었다. 내가 바라는 것은 안의 옆자리였다.

그러나 운이 좋지 않았다. 내가 뽑은 자리는 안과 전혀 상관없는 곳이었다. 우리 둘 다 뒤쪽 자리여서 고개를 돌리면 안이 보인다는 게 그나마 위안이 됐다.

그런데 왜 내가 이렇게 안에게 집착하고 있을까? 어차피 방도 같은데. 바로 맞은편에 침대를 두고 자는 사이인데 교실 자리까지 가까울 필요가 있나? 그런 생각이 들자 내가 바보처럼 느껴졌다.

자리 추첨이 끝난 뒤에는 자유였다. 배가 고팠다. 점심 먹을 시간이었다. 선생님은 교내 식당에서 먹어도 되고 시내로 나가도 된다고 했다.

시내로 한번 더 나가고 싶기도 하고 교내 식당에서 아무거나 사서 기숙사 방에서 혼자 먹고 싶기도 했다. 아이들의 대부분은 시내로 나가는 듯했다. 나는 용기를 내서 교실을 나갈 준비를 하는 안에게 가서 말을 걸었다.

"안, 잠깐만."

"뭔데?"

안은 무덤덤한 표정이었다.

"점호인한테 방 바꿔달라고 말할 거야?"

"넌 어떻게 했으면 좋겠는데?"

"난 그러기 싫어. 너랑 지냈으면 좋겠어."

"그럼 약속해. 내가 어디에서 왔든, 내가 누구든, 나를 존중하겠다고."

"약속할게."

내가 더 어렸다면 그걸로 충분했을 것이다. 하지만 나는 내 마음속에 여전히 비취에 대한 경멸이 자리잡고 있다는 것을 알았다. 그 경멸은 조금도 희미해지지 않았다. 다만 안에 대한 호감이 그 경멸을 잠시 덮어두고 있는 것뿐이었다.

"같이 점심 먹어도 돼?"

나는 안에게 조심스럽게 물었다. 거절당할까봐 정말 겁이 났다. 안은 어제 식당에 들어가기 전에 내게 보여줬던 것과 똑같은 미소를 대답으로 돌려주었다.

"그럼 당연하지."

"고마워. 어제는 정말 미안했어."

"이젠 됐어. 나가자."

"어디로 갈래?"

"오늘은 조용히 먹고 싶어. 식당에서 먹을 것을 사서 우리 방으로 가자."

나는 안에게 동의하고 함께 밖으로 나갔다.

복도를 지나는데 어떤 여자애가 지팡이를 들고 더듬거리며 걸어오는 것이 보였다. 아이들은 그애를 피해서 지나가고 있었다. 그애가 내 옆을 지날 때 미세한 진동이 느껴졌다. 잠깐이었지만 찌릿했다. 메슥

거리는 기분이었다.

앞이 안 보이는 애일까? 태양시에서는 신체적 장애를 커스텀으로 고치지 않는 게 유행일지도 모른다는 생각이 들었다.

"저애는 장님 주니야."

그애가 멀어졌을 때 안이 나에게 말했다.

"눈이 안 보인다는 거야?"

"주니는 자기를 보느라 앞을 못 보는 거야."

"그게 무슨 소린데?"

"저애를 지날 때 이상한 느낌 들지 않았어?"

"조금 찌릿했어. 전기가 흐르는 물건에 손이 닿았을 때처럼."

"자기장 거울 때문이야. 저애는 자기장 거울을 자기 앞에 띄우고 다녀. 눈에는 거울하고 연결된 렌즈를 끼고. 자기를 보면서 걷는 거야. 커스텀을 한 뒤부터 저렇게 지팡이를 가지고 다녀. 얼마 전에 전신 커스텀을 했거든. 잰 저렇게 하루종일 자기만 보고 다녀."

"넌 그걸 어떻게 알아?"

"같은 동네에서 자랐거든."

"재도 비취 출신이라는 거야?"

"동굴 출신이지. 나와 같은."

비취가 빛 구역과 동굴 구역으로 나뉘어 있다는 건 알았다. 하지만 두 구역이 구체적으로 어떻게 다른지에 대해서는 들어보지 못했다. 나는 나중에 동굴 구역에 대해 물어보겠다고 생각하면서 안에게 팔짱을 꼈다.

장님 주니의 몸은 무용수의 몸처럼 마르고 근육이 잡혀 있었다. 하지만 그다지 특별해 보이지도 않았다. 옷에 가려져서일까? 안은 장님 주니가 머리끝부터 발끝까지 전부 커스텀을 해서 예전 모습을 모두 버렸다고 했다. 머리카락, 눈동자, 이목구비도 전부 바꿨다. 커스텀을 한 후에 이름도 바꿨다고 했다.

전신 커스텀을 한 사람들은 『커스터머』에서도 종종 봤다. 하지만 자기 자신을 보려고 장님으로 사는 사람에 대해서는 들어본 적이 없었다. 장님 주니는 왜 전신 커스텀을 한 걸까? 왜 예전의 모습을 전부 버리고 새로운 몸을 얻은 걸까? 그애에게 무슨 일이 있었던 걸까?

식당에서 점심을 사서 기숙사로 돌아올 때까지도 그런 생각이 머리를 떠나지 않았다. 기숙사 방으로 돌아오고 나서는 안도감이 장님 주니에 대한 생각을 밀어냈다. 안과 함께 방으로 돌아오니 좋았다. 안과 마주보고 웃으며 점심을 먹고 있으니 부정적인 감정들이 차차 사라졌다.

우리가 사온 점심은 빵과 음료였다. 이렇게 말하면 소박해 보이지만 사실은 엄청난 점심이었다. 식당 베이커리 코너에서 파는 빵들을 쓸어왔기 때문이다. 초콜릿 빵과 부드러운 갈색 빵, 오렌지잼을 바른 빵, 닭고기와 치즈가 들어간 샌드위치를 샀고 조각 케이크도 두 종류나 샀다. 딸기 케이크와 치즈 케이크였다. 음료는 콜라와 우유였다.

난 콜라 중독자다. 안은 나와 달리 콜라를 마시지 않았다. 안은 우유를 좋아했다. 이것도 구역의 차이일까? 모르겠다. 중요한 것은 안과 내가 말이 잘 통한다는 사실이었다. 할 얘기가 끝이 없었다. 빵도 모자라지 않았다. 안이 나만큼 빵을 먹었다면 모자랐겠지만 말이다. 모든 빵이 집에서 먹던 것보다 훨씬 맛있었다. 햇빛을 듬뿍 받고 자란 밀로 만들어서일까? 아니면 맑은 바람과 깨끗한 물 때문에? 아마 그 모두가 영향을 줬을 것이다.

나와 달리 안은 빵을 깨작거렸다. 감동받아서 빵을 먹어치우는 나와는 정말 달랐다. 빵을 먹을 때 안의 얼굴은 약간 어두워졌다. 빵을 무서워하기라도 하는 것 같았다. 한입 맛을 보더니 그다음부터는 아주 조금씩 떼어서 입에 넣었다. 나중에는 빵이 많이 남아 있는데도 거의 손도 대지 않았다. 식당에서 빵을 살 때는 나보다 신나 하며 고르던 안이었다. 빵맛을 보고 실망한 게 분명했다. 안이 살던 동네의 빵은 얼마나 고급스러웠던 걸까?

안과 나는 저녁까지 기숙사 방에 처박혀 얘기를 나눴다. 해가 저물 때쯤에는 밖으로 나가 산책을 했다. 한 시간쯤 산책을 한 뒤에는 다시 방으로 들어와 느긋하게 시간을 보냈다.

저녁 아홉시 십분에 점호인이 와서 우리 방문을 두드렸다. 안이 문을 열어줬다. 점호인은 우리의 웃음소리가 복도까지 들린다며 주의를 줬다.

"그런데 너 중성인 아니니?"

점호인이 묻자 안은 그렇다고 말했다.

"너도 중성인이야?"

점호인이 나에게 물었다. 나는 안을 쳐다보다가 고개를 저었다.

"방 배정이 잘못됐나보네. 알아봐야겠다."

점호인이 자기 패드에 뭔가를 적었다.

나는 속이 타들어갔다. 안과 헤어지고 싶지 않았다. 안 말고 다른 룸메이트는 필요 없었다.

"그러실 것 없어요. 미리 학교에 허락을 받았어요. 전 아직 여자에 가까워서……"

안은 주저하다 그렇게 말했다. 안에게는 하기 어려운 말인 것 같았다. 점호인은 알겠다는 듯 고개를 끄덕였다.

"아, 미성숙 중성인이군. 발달이 조금 늦네. 네 나이쯤에는 거의 결정되는데. 알겠어. 그럼 됐다."

점호인이 돌아갔다.

안과 나는 불을 끄고 침대에 누워서 대화를 했다. 창문 밖으로 시내에 나갔다가 돌아오는 아이들의 소리가 들렸다.

내 맞은편 침대에 누운 안이 물었다.

"네 뿔 말이야. 정말 몰랐어?"

"전혀 몰랐어. 이마가 조금 단단해졌다고 생각한 적은 있지만."

"그게 언제였는데?"

"모르겠어. 작년이었나? 아니면 재작년? 잠깐이었어. 세수하다가 이마를 눌렀는데 뼈가 좀 단단해졌다는 느낌이 든 적이 있었어. 그러고는 잊어버렸고."

"그거 꽤 큰 뿔 같던데. 뿌리가 커스텀 가게 코인보다 컸잖아. 뿔이 나오면 아프지 않을까?"

"그건 생각을 못해봤는데. 사랑니 나오는 거랑 비슷하지 않을까?"

"사랑니 뽑아본 적 있어?"

"작년에 하나. 별거 아니었어. 첫날은 좀 아팠지만."

"뿔을 뽑을 건 아니지?"

안이 장난스럽게 물었다.

"나온 거 봐서. 역시 아플까? 생살을 찢고 나오는 거니까."

"난 어떤 느낌일지 상상이 안 가."

"나도 그래. 아직 뿔이 나본 적이 없거든."

나는 이마를 손가락 끝으로 꾹꾹 눌러봤다. 단단한 뿔 뿌리가 만져졌다. 이걸 왜 아직까지 몰랐을까?

들어올 만한 애들은 다 기숙사 안으로 들어온 건지 이제 소리가 창문 밖이 아니라 문밖에서 났다. 샤워실로 씻으러 가는 소리, 복도를 걸으며 작은 목소리로 소곤거리는 소리가 들려왔다.

방이 어두워지자 밝을 때는 묻지 못했던 말들이 떠올랐다.

"너희 부모님은 어떤 분들이셔?"

"어떤 부분을 말하는 거야?"

"그냥 이것저것 다."

"글쎄, 좋은 분들이지. 아, 우리 구역에서는 부모님이라는 말을 안 써."

"그럼?"

"보호인이나 양육자라고 불러."

"보호인. 양육자. 좀 어색한데. 네가 부모님을 부를 때도 그렇게 불러?"

"내가 보호인을 부를 때는 이름으로 불러. 애정을 담아서."

"애정을 담아서." 내가 따라 했다. "그거 좋네. 부모님 성함이 뭔데?"

"아이와, 샤벤느. 두 분 다 중성이야. 내 성은 유전이야."

"두 분 중에 누가 널 낳았어?"

"아이와."

"그럼 아이와가 엄마인 거네?"

"좀 달라. 엄마도 아빠도 없어. 아이와와 샤벤느가 사랑해서 날 낳았고 두 분이 함께 날 길렀지. 그건 너희 부모님하고 똑같을걸?"

"뭔가 다를 것 같아. 우리 부모님이 서로 사랑하는 거랑 너희 부모님이 사랑한 건 좀 다를 것 같아."

"그럴지도 모르지. 하지만 아마 비슷할 거야. 특히 처음 사랑에 빠졌을 때는."

어둠 속에서 안의 목소리가 울렸다. 듣기 좋은 목소리였다. 낮고 섬세한 목소리. 그 목소리로 듣는 사랑이라는 단어에는 특별한 힘이 있었다. 마법 같은 힘이 사랑이라는 단어 안에 있는 듯했다.

"궁금한 게 있으면 또 물어봐."

안이 부추겼다. 솔직히 정말 궁금한 게 하나 있었다.

"진짜 물어봐도 돼?"

"지금 안 물어보면 평생 금지야. 지금 다 물어봐."

"너 몽정도 하니?"

내 말을 듣고 안이 웃었다. 그러곤 대답했다.

"생리도 하고 몽정도 해. 됐어?"

"응, 충분해."

사실은 충분하지 않았다. 안이 몽정할 때 어떤 느낌일지 궁금했다. 그리고 몽정할 때 어떤 꿈을 꾸는지도. 꿈속의 상대가 어떤 사람인지도 몹시 궁금했다.

"너 또 궁금한 거 있구나?"

"아니."

"있는 것 같은데."

"그래, 사실 있어."

나는 침을 삼켰다.

"너도 생리통 있어?"

"있지. 끔찍해. 생리하기 일주일 전부터 머리가 지끈거려. 심한 날은 꼼짝도 못해. 넌?"

"난 배가 아파. 심하진 않고 그냥 생리 첫날하고 둘째 날에 달리기를 못하는 정도야. 몽정할 땐 어때? 안 아파?"

안이 내 말을 듣고 웃었다.

"너 정말 하나도 모르는구나."

"남자 몸에 대해선 그렇지."

나는 그렇게 말하고 웃었다. 내가 정말 하나도 모르는 것 같았다. 점점 더 많은 것이 궁금해지고 있었다. 안의 생각, 안의 몸, 나를 만나기 전의 안. 그 모두를 알고 싶었다. 한 사람에게 이렇게 강렬한 호기심을 느낀 것은 처음이었다. 당황스러울 정도였다.

안은 어떨까? 안은 나보다 질문이 적었다. 윔스 구역에 대해서도 묻지 않았다. 안은 다정했지만 나만큼 조바심을 내지는 않았다. 나는 아직 사랑에 빠져본 적이 없다. 처음 사랑에 빠지는 순간의 기분은 지금 내 기분하고 얼마나 다를까? 어쩌면 나는 지금 안에게 사랑을 느끼고 있는 건지도.

로맨틱한 기분이었다. 나는 달이 보고 싶어져서 일어났다.

"창문 열어도 돼?"

내가 물었다. 안은 대답이 없었다. 귀를 기울이니 규칙적인 숨소리가 들렸다. 그새 잠이 든 모양이었다. 나는 한숨을 쉬며 창문을 열었다.

창문 밖으로 새가 보였다. 아주 커다란 새였다. 나는 밤하늘을 떠다니는 그것이 점점 더 가까워지는 것을 보고 있었다. 새가 가까워져서 형체가 드러났을 때 나는 소리를 지르며 창문을 닫았다. 그것은 새가 아니라 사람이었다!

"왜 그래?"

안이 내 비명소리에 놀라서 일어났다. 이제 창밖의 그것은 창문을 열려고 하고 있었다. 나는 서둘러 창문을 잠갔다.

안이 일어나서 내 옆으로 왔다. 안도 창문 밖의 그것이 창문을 두드리는 것을 봤다. 그리고 이해할 수 없는 일이 일어났다.

안이 창문을 열었던 것이다.

안이 창문을 열자 그것이 방으로 들어왔다. 안은 그것을 껴안았다.

얼이 빠진 내게 안이 그것을 소개했다.

"얘는 치라야. 내 남자친구."

치라라고 하는 그 커다랗고 검은 새 같은 남자애는 무뚝뚝한 얼굴로 안에게 바짝 붙어 서 있었다.

"미안해. 놀랐지? 얘가 이렇다니까."

"내가 원래 이런 게 아니고 너랑 헤어지게 생겼으니까 온 거지."

그애가 투덜거렸다. 나는 침대 맡의 스탠드를 켰다. 손이 떨리고 있었다. 이제 그애가 좀더 잘 보였다. 어깻죽지에 날개가 달려 있었다. 접혀 있기는 했지만 분명 날개였다. 창문 밖에서 그애가 날개를 쫙 폈을 때 확실히 봤다. 아주 커다랬다.

날개는 가까이서 보니 검은 깃털에 윤기가 흘렀다. 치라는 검은 옷을 입고 있었다. 피부도 검었다. 멀리서 보면 검은 새처럼 보일 수밖에 없을 것 같았다. 그애도 안처럼 바짝 깎은 검은 머리였다. 얘가 안의 남자친구라고?

내 생각을 읽기라도 한 듯 그애가 안에게 입을 맞췄다. 안은 피하지 않았다. 나는 치라와 안이 키스하는 것을 더 보고 싶지 않아서 방에서 나왔다. 연인을 방해하면 안 되지.

기숙사 공용 공간인 거실에 앉아 있으니 외로워졌다. 복도는 어두웠고 걸어다니는 사람은 없었다. 안은 한동안 방에서 나오지 않았다.

뭘 하고 있을까? 문득 떠오른 생각을 또다른 내가 비웃었다. 뭘 하고 있겠어.

나는 소파에 기대어 졸았다. 얼마나 시간이 흘렀을까. 안이 내 어깨를 흔들었다.

"미안해. 방으로 들어가자."

"네 남자친구는?"

"갠 갔어."

"네가 보고 싶어서 여기까지 날아온 거래?"

"한동안 못 볼 테니까. 치라는 나랑 같은 구역에서 살았어. 내가 여기로 오게 돼서……"

"멀어졌구나."

안은 고개를 끄덕였다. 나와 안은 우선 방으로 들어갔다. 졸다가 깼더니 오히려 정신이 맑았다. 나는 침대에 앉아 안에게 물었다. 안이 커튼을 닫아놓아서 방안이 어두웠다.

"그애를 좋아해?"

"잘 모르겠어. 사실은 헤어지려고 했었거든. 어릴 때부터 계속 친구로 지내다가 작년에 치라가 고백해서 사귀기 시작했던 건데, 난 친구로 지낼 때가 더 나았던 것 같아. 고등학교가 여기로 돼서 차라리 잘됐다고 생각하고 있었어. 자연스럽게 헤어질 수 있을 것 같아서. 그런데 치라를 보니까 반갑네. 아까 치라가 창문을 두드리는 걸 봤을 때 기뻐서 가슴이 두근거렸어. 내가 너무 이기적인 걸까?"

안의 목소리에 애틋함이 담겨 있었다. 치라에게 아직 애정이 남은 것이다. 왠지 가슴이 아팠다.

"졸리다. 자야겠어."

내 목소리는 잠겨 있었다.

"내가 자던 걸 깨웠지. 미안해. 어서 자."

"응. 너도 잘 자."

"잘 자."

나는 벽 쪽으로 돌아누웠다. 안이 뒤척이는 소리가 들렸다. 안도 쉽게 잠들지 못할 것 같았다. 이상하게 실연당한 기분이었다. 귀가 자꾸 안쪽으로 쫑긋 섰다. 다음날 아침에 아무렇지 않게 안을 볼 자신이 없었다. 하지만 무슨 일이 있었다고? 아무 일도 없었다. 안에게 검은 새 같은 남자친구가 있다는 걸 알게 된 것 빼고는.

쌍둥이

4월 둘째 주 일요일에 우리는 **'변신'**에 있었다. 변신은 태양시 구시가지의 오래된 커스텀 가게인데 명성에 비해서는 규모가 작았다. 일층은 카페였고 이층에는 커스텀 코너가 있었다.

변신은 신체 커스텀을 하지 않았다. 대신 다른 데서는 못 구하는 희귀한 물건이 많아서 인기 있는 가게였다. 온갖 물건들 때문에 이층 가게 안은 언제나 좁았다.

변신의 주인은 1세대 커스터머로 유명했다. 주인의 커스텀 솜씨가 섬세하고 손님에게 어울리는 커스텀을 골라주는 안목이 뛰어나다는 이야기를 『커스터머』에서 읽은 적이 있다. 변신의 주인에게 커스텀 받은 것을 자랑스럽게 여기는 커스터머들이 꽤 있다고 한다.

나는 한 번도 주인이 가게에서 일하는 모습을 보지 못했다. 하지만 멋진 커스터머들은 많이 봤다. 주말에 변신에 가면 잡지에 실릴 법한 커스터머들을 지겨울 때까지 볼 수 있었다. 이달의 커스터머를 건지기 위해 서성거리는 『커스터머』의 포토그래퍼도 자주 눈에 띄었다.

안과 나는 아침에 기숙사에서 나와 변신으로 갔다. 늦잠도 거르고 아침부터 나온 보람이 있었다. 태양시의 카페들은 주말 오전이 가장 붐볐다. 사람들은 다른 구역에서는 누리지 못하는 밝고 따뜻한 햇볕을 즐기고 싶어했다.

변신의 테라스도 꽉 차 있었다. 조금만 늦었더라면 테라스 자리를 차지하지 못했을 것이다. 나와 안은 대화를 나누지 않고 주변에 앉은 사람들을 구경했다. 유행하는 커스텀을 자신의 커스텀에 절묘하게 섞은 사람들이 테이블에서 먹고 마시며 좋은 시간을 보내고 있었다.

변신의 카페 직원인 아누가 우리가 주문한 것들을 쟁반에 담아 가져왔다. 아누는 커다란 외눈박이이고, 골반에는 꼬리를 달았다. 도깨비 계열이었다. 손을 호랑이 발처럼 만들고 크고 단단한 발톱을 달고 싶어서 돈을 모으고 있다는 얘기를 전에 왔을 때 들었다.

"맛있게 먹어요."

아누가 테이블에 초록색 사탕콩 케이크와 하마이카, 따뜻한 차 두 잔을 내려놓았다.

변신 카페는 창의적인 유전자 변형 음식을 파는 것으로도 유명했다. 사탕콩은 콩에서 설탕맛이 나도록 유전자 배합을 한 열매였다. 태양시에서 가장 대중적인 유전자 음식 중 하나라고 아누가 얘기해줬다.

하마이카는 붉은 꽃이었다. 접시에 붉은 꽃이 수북하게 담겨 나온 것을 보고 나는 놀랐다. 안이 아누에게 꽃을 가리키며 어떻게 먹는 거냐고 물어봤다.

아누는 꽃이 금방 녹으니 줄기 끝 부분을 잡고 꽃송이를 한입에 먹으라고 알려줬다. 줄기는 먹는 게 아니라고 했다.

하마이카는 꽃의 이름이었다. 나는 아누가 알려준 대로 꽃을 먹어봤다. 낯선 과일 향과 달콤한 딸기맛이 났다. 딸기 아이스크림과 비슷했지만 더 부드럽고 달콤했다.

꽃은 순식간에 입안에서 녹았다.

아누가 간 뒤 안과 나는 남은 용돈을 셌다. 3월 말에 받은 용돈은 벌써 바닥나 있었다. 용돈을 받자마자 허벅지에 레이스 무늬를 넣은 것이 치명적이었다. 갈색 허벅지에 하얗고 섬세한 레이스 무늬가 새겨진 것을 볼 때마다 가슴이 벅차오르기는 했다. 하지만 남은 4월을 어떻게 보낼지 걱정이 됐다. 안도 용돈이 많이 남지는 않은 것 같았다.

안은 하마이카를 입에 넣고 차를 마셨다. 안의 얼굴에 웃음이 번졌다. 나는 그 음식을 만든 사람이라도 되는 것처럼 안도했다. 이제 안도 태양시의 음식에 적응한 것 같았다.

처음 몇 주 동안 안은 무엇을 먹어도 표정이 어두워졌다. 내가 권하지 않으면 먼저 뭘 먹는 일도 없었다. 나는 안과는 정반대로 태양시의 음식에 반해버려서 매 끼니가 즐거웠다. 한 달이 지나자 감흥이 덜해졌는데 내가 음식에 더이상 감탄하지 않게 된 것처럼 안도 음식에 실망하지 않게 된 것 같았다.

나는 사탕콩 케이크를 한입 먹었다. 정말 대단했다. 감동적인 맛이었다. 내가 음식에 더이상 감탄하지 않게 되었다고 했었나? 그 말은 맞다. 하지만 태양시의 케이크는 음식 이상이었다. 내가 살던 동네에서는 이름도 들어본 적 없던 케이크들이 태양시의 빵집과 카페 곳곳에 깔려 있었다. 예쁘고 달콤한 케이크가 접시에 담겨 나올 때의 기쁨은 커스텀을 할 때와 맞먹었다.

유명한 커스텀 가게의 카페테라스에 앉아 케이크를 먹으며 안과 함께 있다.

너무 멋진 일이었다. 카페에 들어와 하나 남은 자리를 차지했을 때는 정말 행복했다. 하지만 들떴던 마음이 점차 무거워지고 있었다.

안 때문이었다.

한 달 사이에 안에게 완전히 빠졌다.

나는 작은 숟가락을 손가락 사이에 끼운 채 고개를 숙인 안을 봤다. 테이블에 얼룩이 있었다. 안은 그 얼룩을 보고 있었다.

안의 코와 턱이 다른 때보다 잘 보였다. 안은 완벽했다. 안에게서 사람을 홀리는 물질이 나오는 것 같았다. 어쩌다 안을 이렇게 좋아하게 됐을까? 나는 그런 생각을 하며 안을 봤다.

안과 함께 지낸 지 육 주째였다. 안은 나에게 무척 잘해줬다. 안은 다정하고 배려가 넘쳤다. 내가 말하지 않아도 내 기분이 어떤지 잘 알아챘고 때마다 적절한 말을 해줬다. 내가 모르는 사이에 공감 능력을 높이는 커스텀 기술이 나온 게 아닌가 싶을 정도였다.

단둘이 있을 때 안은 오래된 여자친구 같았다. 하지만 체육관에서 남자애들과 공을 가지고 놀 때나 달리기를 할 때면 안은 낯선 남자애가 됐다.

안은 태양인 애들과는 다르게 달렸다. 태양인 애들은 어린 말 같았다. 태양인 애들은 몸이 가벼웠고 어떤 운동을 할 때건 장난을 치는 것처럼 굴었다. 반면 안에게는 오래 참았다가 세차게 튀어나가는 듯한 힘이 있었다.

나는 안이 달릴 때 안의 다리 근육이 어떻게 변하는지 알게 되었다. 안이 달리다 멈췄을 때 안의 가슴과 어깨가 어떤 식으로 움직이는지도 알게 되었다. 나는 안이 숨이 차서 헐떡이고 있을 때에는 안에게 다가가지 않았다. 멀리 떨어진 곳에 앉아서 안을 지켜보는 게 좋았다.

나는 내가 그렇게 멀리서 안을 지켜보고 있을 때 안에게 빠졌는지 아니면 한 침대에서 노닥거릴 때 안에게 빠진 것인지 알 수 없었다.

수많은 안이 내 안에 쌓여가고 있었다.

보기만 해도 앓는 소리가 나는 수학 문제를 아무렇지도 않게 푸는 안, 어려운 물리 공식을 나에게 차분히 설명해주는 안, 새로운 유전자 법칙이 발견됐다는 기사를 보고 흥분했을 때 빛이 나는 안의 얼굴. 음식을 천천히 먹는 안의 습관과 무언가에 깊이 몰두했을 때의 안의 고요함.

그런 것들이 쌓이고 쌓여 내 마음은 점점 무거워지고 있었다. 나는 사람 때문에 묵직해진 마음을 어떻게 가볍게 할 수 있는지 몰랐다.

나는 안이 손대지 않은 머그잔을 집어서 차를 한 모금 마셨다. 차는 식어 있었다.

시내에서 한가로운 오전을 보낸 뒤에는 학교로 돌아갔다. 해가 좋을 때 연못가에서 소풍을 즐기고 싶었다. 방으로 들어가 옷가지를 세탁기에 돌리고 베란다에 널어놓은 뒤 다시 밖으로 나왔다.

연못가에 자리를 잡고 시내에서 사온 먹을거리를 펼쳤다. 샌드위치와 캔 스파게티였다. 안은 평소와 같이 청바지에 면 티셔츠를 입고 있었다. 나는 내가 가진 것 중에서 가장 밝은색의 원피스로 갈아입고 나왔다.

연못가에는 우리 말고도 기숙사에 사는 애들이 꽤 나와 있었다.

기숙사는 다른 구역에서 온 학생들을 위해 새로 지어진 건물이었다. 하지만 비취에서 온 애들은 시드 중심가인 메든에 집을 구해 살았다. 사실상 기숙사에 사는 것은 웜스에서 온 일학년들뿐이었다. 그리고 안과 장님 주니가 있었다.

맑은 물에 오리가 떠다니는 연못은 언제나 인기 있는 휴식 장소였다. 연못 주변에는 커다란 나무들이 우거져 그늘도 적당했다.

아침저녁으로는 쌀쌀했지만 한낮에는 날씨가 정말 좋았다. 기숙사 베란다에 널어놓은 빨래가 잘 마르고 있을 거라고 생각하니 기분이 좋았다. 햇볕에 잘 마른 빨래에서는 정말 좋은 냄새가 난다. 난 방으로 돌아가 마른 빨래에 코를 묻을 생각을 하며 연못을 바라보았다.

"무슨 생각 해?"

"빨래가 잘 마르고 있겠구나. 이따 가서 냄새 맡아야지. 그런 생각. 넌 왜 오늘따라 말이 없어?"

"그냥 집 생각도 나고 치라 생각도 나고 그래서."

안이 연못에 시선을 둔 채 중얼거렸다.

치라는 일주일에 한 번꼴로 우리 방 창문을 두드리다가 결국 경비에게 걸렸다. 학교에서는 안에게 공식적으로 경고장을 보냈다. 치라의 학교와 보호인에게도 연락이 갔다.

그 일은 치라와 안이 경고를 받는 것으로 끝났다. 문제가 해결되자 안은 더 마음을 쓰지 않는 듯했다.

나는 그동안 궁금했던 것을 물어보기로 했다. 나를 만나기 전 안이 살았던 세계에 대해서.

"치라는 언제 커스텀을 한 거야?"

"치라는 커스텀한 게 아니야. 날개 말하는 거지?"

"그럼 그 커다란 날개를 달고 태어난 거야?"

"치라가 작을 때는 날개도 작았지."

나는 안이 과거 속으로 몸을 담그는 것을 봤다. 안은 아빠가 그랬던 것처럼 기억 깊숙이 들어가고 있었다.

"치라랑 같은 동네에서 태어났다고 그랬었나?"

"치라는 여덟 살 때 우리 구역으로 왔어. 원래는 빛 구역에서 태어났대. 빛 구역에서 태어난 돌연변이들이 우리 동굴 구역으로 많이 와. 빛 구역에서는 돌연변이들을 밀어낸대. 완벽한 사람들 속에서 돌연변이가 얼마나 튈지 상상이 가지 않아?"

웜스 구역의 완벽하지 못한 사람들 속에서도 돌연변이들은 튀었다. 날개를 달고 태어나거나, 피부가 분홍색이거나, 세눈박이인 사람들. 별별 사람들이 다 있었다.

어떤 사람들은 돌연변이를 저주라고 불렀다. 유전자 실험 때문에 내려진 저주라고. 나는 그 말이 이해가 가지 않았다. 누가 누구를 저주한다는 거야? 신이 인간을? 아니면 우주가 지구를? 내 생각에는 돌연변이들을 저주라고 부르는 사람들이 끔찍한 저주 그 자체였다. 돌연변이들이 생겨난 것이 유전자 실험 때문인 것은 사실이지만 나는 그 사람들을 부작용이나 저주라고 부르고 싶지는 않았다.

"날개가 유전이었어?"

"이유를 알 수가 없대. 내가 커스텀하고 연관된 유전자 연구를 하고 싶어진 건 치라 때문이기도 해. 돌연변이로 잘 살아가는 사람들도 있지만 치라는 꽤 힘들어 했거든. 빛 구역에 살 때 심하게 괴롭힘을 당했대. 그래서 치라는 지금도 사람들하고 잘 못 어울려. 사람을 싫어해. 치라가 좋아하는 사람은 나밖에 없을 거야."

치라를 몇 번이나 봤지만 조금도 가까워질 수 없었다. 치라는 나를 경계심 가득한 눈으로 봤다. 인사조차 하지 않았다. 나는 그것이 안에 대한 내 호감을 들켰기 때문이라고 짐작하고 있었지만 내 짐작이 틀렸던 것 같다.

"동굴 구역은 어떤 곳이야?"

나는 안이 몸을 담근 불투명한 기억 속에 무엇이 잠겨 있는지 궁금했다.

"너희 동네는 어떤 곳인데?"

"끔찍한 곳이지. 그런데 지금은 그립네."

나는 안이 말을 돌리는 걸 알았지만 더 캐묻지는 않았다. 억지로 말하게 하고 싶지는 않았다.

"나보다 낫네. 난 내가 살았던 곳이 하나도 안 그리운데. 아이와하고 샤벤느는 보고 싶지만."

"그건 나보다 네가 훨씬 낫네. 난 우리 부모님 전혀 안 그립거든."

안이 웃고 나도 웃었다. 묻고 싶은 것이 또 있었다. 안에 관해서라면 궁금한 게 자꾸 생겨났다.

"불편하지 않아?"

"뭐가?"

"여자이면서 남자인 게."

"좋은 것도 있고 불편한 것도 있지."

"둘 중에 하나를 선택하고 싶다는 생각은 안 해봤어?"

"그보다는 둘 다 버리고 싶다는 생각을 많이 해."

"여자도 남자도 싫어?"

"모르겠어. 거추장스럽기는 해. 그런 게 없는 편이 나한테는 더 자연스러울 것 같아. 편하고."

나는 안의 말을 듣고 다큐에서 봤던 중성인들을 떠올렸다. 여러 사람이 인터뷰를 했는데 그중 한 사람은 중성인이라는 말을 거부했다. "중성인이라는 단어는 저를 설명하기에는 부족해요. 너무 단순하죠." 일반적으로 중성인은 두 개 이상의 성이 공존하는 사람을 의미했다. 무성인이 되기를 선택하는 사람들도 있었다. 무성인은 여성성과 남성성을 모두 거부하는 사람이었다.

안은 무성인이 되고 싶은 걸까? 그렇다면 안을 좋아하는 나는 어떤 성적 취향을 가진 걸까? 너무 복잡했다. 나는 안을 만나기 전까지 다른 사람에게 진지하게 끌려본 적이 없었다.

나는 복잡한 질문들을 지우며 솔직하게 얘기했다. 그 순간 마음속에서 가장 선명하게 떠오른 말이었다.

"뭐가 되든 넌 멋질 거야."

"넌 나를 왜 이렇게 좋아해?"

안이 밝게 웃으며 물었다. 나는 가볍게 대답하려 했지만 실패하고 말았다. 어이없게도 눈물이 나버린 것이다. 안이 당황해서 내 어깨를 토닥였다. 그때 불쑥 내 마음이 입 밖으로 튀어나왔다. 토끼처럼, 깡총하고.

"야, 나 너 좋아하나봐."

안은 내 말을 듣고 멈칫했다가 내가 웃는 걸 보고 따라 웃었다.

"내가 그렇게 좋아?"

"좋아."

막상 그 말을 입 밖으로 뱉고 나니 마음이 가벼워졌다. 안에 대한 내 마음이 이 정도로 아무것도 아니었나? 잠시나마 애를 태웠던 게 우습게 느껴질 정도였다. 나는 그냥 사랑에 빠진 것 같은 기분을 즐기고 있었던 건지도 모르겠다. 그때까지는 그랬다. 그때까지는 안이 어떤 애인지 잘 모르고 있었다. 산뜻하고 다정하고 조금 소심하기도 하다, 딱 그 정도로만 안을 알았다. 매력적인 중성 룸메이트가 생겨서 잠시 우쭐하기도 했던 것 같다. 그 우쭐한 기분이 진짜 안을 보지 못하도록 내 눈을 가리고 있었다.

안은 그날 저녁까지 날 놀렸다. 뜬금없이 눈물을 흘리며 고백하다니 내가 생각해도 웃기긴 했다. 그날밤에는 내 마음 안에 자리잡고 있던 안에 대한 이상한 호감을 그런 식으로 털어버릴 수 있게 되어서 다행이라는 생각을 하며 잠들었다.

그렇게 일요일이 흘러가고 다음날 사건이 터졌다. 월요일 일교시인 화학 시간 때였다. 화학 담당은 말린 선생님이었다. 일부러 월요일 일교시에 화학 수업을 넣는 것이 아닌가 싶을 정도로 말린 선생님에게는 아이들의 잠을 깨우는 뭔가가 있었다.

선생님이 교실에 들어오는 것만으로도 아이들은 긴장으로 몸을 세우고 하품하던 입을 다물었다. 나도 그랬다. 선생님을 보면 잠이 싹

달아나고 선생님만 쳐다보게 됐다. 그래서 화학 수업은 언제나 수월하게 진행되었다. 아마 다른 반도 마찬가지였을 것이다.

누군가가 화학 수업을 엿본다면 이상하게 생각했을 것이다. 아이들은 열의에 차서 선생님의 말에 귀를 기울이고 선생님은 아무 의욕 없이 스크린이나 책을 쳐다보고 있는 교실이 상상이나 될까? 화학 시간 때 우리 교실이 그랬다.

말린 선생님은 아무 의욕도 없었다. 마치 누가 등에 총을 대고 있어서 어쩔 수 없이 수업을 한다는 듯한 태도였다. 교과서를 읽어줄 때 말린 선생님은 고통스러워 보였다. 우리와 눈이 마주치는 것을 겁내는 것처럼 눈을 내리깔고 고통으로 잠긴 목소리로 책을 낭독했다. 아주 힘들고 치욕스러운 일을 견뎌내는 것처럼 말이다. 하지만 그런 선생님의 모습이 묘하게 아름다워서 아이들은 숨도 크게 쉬지 않고 선생님의 낭독을 들었다.

사건이 일어난 월요일에도 아이들은 기대에 차서 화학 수업을 기다리고 있었다. 일주일에 두 번 있는 화학 수업은 이벤트라 해도 될 정도였다.

그런데 이번 월요일 일교시에는 선생님이 오지 않았다. 아이들은 왜 선생님이 오지 않는지 궁금해하면서도 교무실에 가는 것은 서로 미뤘다. 그렇게 어영부영 시간이 갔다. 이십 분이 흘렀을 때 스피커에서 안내 방송이 나왔다. 4반은 자습을 하라는 안내였다. “이번 시간에는 자리에 앉아 조용히 자습을……” 아이들이 웅성거렸다. 방송이 끝난 듯싶더니 문득 스피커에서 이런 소리가 흘러나왔다.

“말린 선생님이 돌아가신 것 같아요. 사고를 당하셨대요. 장례식에 갈 선생님들을……"

5반 담임인 지나 선생님의 목소리였다. 황급히 마이크를 끄는 소리가 들리고 스피커가 잠잠해졌다. 마이크가 켜진 줄 모르고 실수를 한 것 같았다.

"방금 들었어? 말린 선생님이 돌아가셨다고 한 거 맞지?"

솔티나가 친구들에게 물었다. 금방 교실이 소란스러워졌다.

얼마 지나지 않아 복도 쪽으로 난 창문으로 일학년 교무주임을 맡은 체육 선생님이 달려오는 것이 보였다. 체육 선생님은 헬스 트레이너처럼 몸이 다부진 여자로 짧은 적갈색 머리를 헤어 제품으로 세우고 다녔다. 보통때는 밝고 자신감에 차 있었지만 그날은 당황해서 얼굴이 말이 아니었다.

"방금은 지나 선생님이 잘못 알고 말실수를 하신 거야. 말린 선생님이 조금 다치셨다고 해서 병문안 간다는 얘기가 이상하게 전달이 됐어. 그러니까 동요하지 말고 다음 시간까지 자습하고 있어."

그 말은 물론 거짓말이었다. 체육 선생님의 말이 무색하게도 그날 점심시간이 되기도 전에 말린 선생님의 죽음에 대한 뉴스들이 포털에 올라왔다. 살인 사건이었다.

말린 선생님을 살해한 범인은 현장에서 체포됐다. 범인의 얼굴이 커다랗게 실렸다. 한 언론사에서는 현장에서 체포됐을 당시 범인의 모습을 찍은 사진을 공개했다. 피가 묻은 칼을 손에 쥔 남자의 사진이었다. 남자의 얼굴과 남자가 입고 있던 하얀색 셔츠에도 피가 튀어 있었다.

그 남자는 말린 선생님과 같은 얼굴을 하고 있었다.

저녁이 되자 말린 선생님에 대한 뉴스로 포털이 도배됐다.

'쌍둥이에게 살해된 남자'

포털에서 사람들이 가장 많이 읽은 뉴스의 제목이었다. 말린 선생님을 칼로 찌른 사람은 선생님의 쌍둥이지만 형제는 아니라고 했다. 복제된 쌍둥이. 말린 선생님은 자기 자신을 복제했고 복제된 자신에게 살해당했다. 기사에 따르면 그랬다.

일주일이 넘도록 사건은 진정되지 않았다. 사람들은 말린 선생님이 평소에 어떤 사람이었는지, 살인범과는 어떤 관계였는지, 왜 자기 자신을 복제했는지 궁금해했다. 뉴스에서도 매일 그 얘기를 했다. 추측성 기사들이 쏟아져나왔고 학교에서도 그 얘기가 가장 큰 화젯거리였다.

말린 선생님의 팬이었던 미니는 자살을 시도했다. 다행히 미수에 그쳤지만 뉴스에 나오는 바람에 사람들의 비웃음을 샀다.

'커스텀, 어디까지 허용할 것인가'
라는 제목의 뉴스도 며칠이나 포털 상단에 있었다. 어디에서나 토론이 벌어졌다.

나는 커스텀을 반대하는 사람들이 얼마나 많은지 처음 알게 됐다. 커스텀이 대중화되면서 소리를 못 내고 있던 커스텀 반대론자들이 이번 일을 계기로 한꺼번에 들고일어나는 것 같았다.

말린 선생님의 뉴스 밑에는 커스텀을 제한해야 한다는 의견들이 달렸다. 커스터비아들은 신나서 혐오감을 분출했다. 반대론자가 아닌 사람들도 신체 커스텀을 제한해야 한다는 것에는 동의하는 분위기였다.

시끄러운 가운데 말린 선생님을 죽인 범인인 말리의 인터뷰가 방송되었다. 사람들은 그런 오락거리를 놓치지 않는다. 모두가 말리의 인터뷰를 기다렸다. 기숙사에 사는 애들은 수업이 끝난 후에 과자를 사 들고 자기 방으로 들어갔다. 안과 나는 과자를 사지는 않았지만 인터뷰를 놓치지 않으려고 저녁을 서둘러 먹었다.

아슬아슬하게 방송 시간에 맞춰 방으로 들어간 우리는 패드를 켜고 채널을 맞췄다.

말리가 사회자인 첸과 인사를 나누고 있었다. 말리는 말린 선생님이 입학식 때 입었던 보라색 실크 정장 차림 그대로였다. 구두도 같은 것이었다. 화려한 귀걸이와 여러 개의 반지로 치장한 것만 빼면 말린 선생님과 똑같았다. 어딘지 차가운 인상까지도 비슷했다.

"말리, 현재 동거인을 살해한 혐의로 구금중이신 걸로 알고 있는데요, 맞습니까?"

첸은 담력이 높은 걸로 유명한 앵커였다. 속으로는 무슨 생각을 하는지 몰라도 말리가 사람을 죽였다는 사실 때문에 긴장한 것 같지는 않았다.

"네, 맞아요."

말리가 대답했다. 그러곤 미소를 지었다. 말린 선생님의 얼굴에서는 본 적 없는 미소였다. 말리는 말린 선생님과 다른 사람이었다. 그런 생각이 들자 마음이 조금 편해졌다.

"지금 기분은 어떠신가요? 긴장되거나 불편하면 말씀해주세요."

"괜찮아요. 기분좋아요."

"오늘 인터뷰를 먼저 청하셨다고 들었습니다. 왜 그러셨는지 궁금한데요."

"사람들에게 말하고 싶었어요. 내가 왜 말린을 죽였는지, 말린이 없어져서 얼마나 기분이 좋은지. 그리고 내가 절대 후회하지 않는다고 말하고 싶었어요. 커스텀이 사람을 아주 불행하게 만들 수 있다는 것도요."

"후회하지 않으신다고요?"

"네, 전혀요. 말린은 저를 괴롭혔어요. 다른 선택이 없었죠. 말린에게서 벗어날 다른 방법이 생각나지 않았어요."

"말린이 어떤 식으로 괴롭혔나요? 힘드시겠지만 구체적으로 말씀해주실 수 있을까요?"

"전 잘 울지 않는데 그 얘기를 하려니 눈물이 날 것 같네요."

말리의 눈에 눈물이 글썽였다. 동정심을 불러일으키는 얼굴이었다. 카메라가 말리의 보랏빛 눈동자를 가까이 잡았다. 눈물이 다이아처럼 반짝거렸다.

첸이 말리에게 손수건을 건넸다. 말리는 손수건으로 눈가를 살짝 닦아냈는데 그 동작이 몹시 우아해 보였다.

"처음 말린을 만났을 때가 생각나요. 저는 말린과 커스텀 가게—제가 태어난 곳이요—에서 나왔고 집에 갈 때까지 말린은 저에게 아주 잘해줬어요. 제게 다정하게 대했죠. 집에 도착해서 말린은 저를 침실로 데려갔어요. 벽면 전체에 거울이 있는 방이었죠. 말린은 뒤에서 제

어깨를 잡고 거울을 보게 했어요. 말린은 옷을 전부 벗었고 제가 입은 가운도 끌어내렸어요. 거울 속에 같은 사람 둘이 서 있는 것 같았어요. 말린과 제가 다른 사람이라는 생각을 할 수 없을 정도였어요. 말린도 비슷한 생각을 했을 거예요. '너는 나야.' 그때 저에게 그렇게 말했거든요."

"너는 나야, 라고요. 그럼 말린이 말리를—뭐라고 말해야 할지 모르겠습니다만—커스텀 가게에서 데리고 나온 게, 그러니까 복제를 한 것이 그 말과 연관이 있을까요?"

"분명해요. 말린이 저를 만든 건 자기 자신을 너무 사랑했기 때문이죠. 그렇지 않았다면 왜 자기랑 똑같은 사람을 만들었겠어요. 그리고 왜 저한테 말리라는 이름을 붙였을까요. 저는 그날부터 또다른 말린으로, 말린의 그림자로 살아야 했어요. 그건 제 의사와는 상관이 없었죠."

"괴로우셨을 것 같습니다. 하지만 극단적인 방법 말고 다른 방법도 있지 않았을까요? 여기서 재판을 할 생각은 아닙니다만, 그 집을 나온다거나 경찰에 보호를 요청한다거나 그런 식으로 말린과의 관계를 끊을 수는 없었을까요?"

"글쎄요. 제가 어디로 갈 수 있었을까요? 말린에게서 벗어나려면 얼만큼 멀리 도망쳐야 했을까요? 전 그런 걸 상상할 수 없었어요. 아니, 상상한 적은 있었죠. 상상 속에서 저는 도망쳤고 매번 저를 쫓아온 말린에게 잡혔어요. 말린에게 잡혀서 죽는 꿈까지 꿀 정도였어요. 말린은 아주 집요해요. 자기 자신을 복제하는 데 성공한 사람이잖아요. 아시겠지만 그건 어려운 일이에요. 불가능하지는 않지만 아주 어려운 일이죠. 말린은 저를 만들기 위해서 엄청난 희생을 했어요. 돌아가신 부모님이 물려주신 유산 대부분을 썼고요. 저를 만들지 않았다면 아무 일도 안 하고 평생 풍족하게 먹고살 수 있었을 거예요. 말린은 자기가 하는 일을 싫어했어요. 말린에게 맞는 직업이 아니었죠. 가끔은 퇴근하고 집에 와서 저에게 화를 낼 때도 있었어요. 자기가 빌어먹을 선생질이나 하는 게 다 나 때문이라고요. 그럴 때 전 뭐라고 말해야 할지 몰랐어요. 무력하고 비참했죠. 말린은 매번 그런 식으로 절 대했어요."

말리의 얼굴에 분노가 떠올랐다. 붉어진 얼굴이 일그러졌다가 카메라를 의식한 듯 무표정하게 바뀌었다.

첸은 말리가 흥분을 가라앉히길 기다렸다가 다른 질문을 했다.

"힘드신 것 같으니 분위기 전환을 해볼까요? 말린과 오래 사셨죠?"

말리가 고개를 끄덕였다. 그러곤 숨을 길게 뱉었다. 처음에 지었던 미소를 지어보려고 하는 것 같았다.

"팔 년 정도 같이 살았어요."

"지금 나이가?"

"서른둘이에요."

"그럼 스물넷부터 같이 사신 거네요."

"말린이 스물네 살 때였죠. 전 태어났을 때부터 말린과 산 거고요."

"그러네요. 팔 년 동안 같이 살면서 즐거웠던 순간은 없었나요?"

말리가 이제 진짜 미소를 지었다.

"처음 몇 년은 행복했어요. 말린은 저에게 잘해줬고 많은 걸 가르쳐줬어요. 글 읽고 쓰는 법, 달리는 법, 요리도요. 모두 말린에게 배웠어요. 음악, 책, 영화까지도. 말린은 자기가 좋아하는 걸 저에게 알려줬고 우리는 취향이 똑같았어요. 처음 몇 년은 그랬죠. 말린과 저는 매일 함께 밥을 먹었고 같은 침대에서 잠들었어요. 하지만 시간이 지나면서 점점 견디기 힘들어지더군요. 말린과 제가 취향이 같은 것도, 매일 둘이서만 붙어 있는 것도 다 너무 힘들었어요. 우리는 같이 외출할 수도 없었어요. 전 거의 집에 갇혀 지냈죠. 말린이 사람들이 우리가 같이 있는 모습을 보는 걸 싫어했거든요. 저는 말린이 집에 없을 때 변장을 하고 몰래 나갔다 오고는 했어요. 숨이 막히더라고요. 숨이 막혀 죽을 것 같았어요. 저는 신분증도 없어요. 필요할 땐 말린 걸 써야 했는데 그것도 불편했어요. 말린과 하던 장난도 나중에는 완전히 질려버렸어요."

"장난이라면 어떤?"

"제가 말린인 척하는 거죠. 말린의 옷을 입고 학교에 가서 말린 대신 수업을 하거나 말린 애인을 만나거나."

"말린에게 애인이 있었군요."

"몇 명요. 원래는 아니었어요. 말린은 자기 외에 다른 사람을 사랑할 수 없는 사람이었거든요. 그래서 절 만들었던 거고요. 그런데 이삼 년 전부터 연애를 하기 시작했어요. 남자든 여자든 가리지 않고 계속 갈아치웠죠. 저한테 화를 내기 시작한 것도 그때쯤부터였던 것 같아요. 마치 제가 없는 것처럼 절 무시하다가 갑자기 화를 내고는 했어요. 미칠 것 같더라고요."

"말린이 왜 그랬을까요? 짐작 가는 데가 있으신가요?"

"아마 제가 지겨워진 거겠죠. 자기랑 똑같은 사람하고 한집에서 붙어 지내는 생활이 말이에요."

"언뜻 말린과 연인 관계 같다는 생각도 드는데요."

"비슷하기도 하고 아니기도 해요. 저는 말린을 사랑했고 말린도 저 이상으로 저를 사랑했죠. 그건 확실해요. 하지만 저희 사이가 일반적인 연인 관계 같았다는 생각은 안 드네요."

"질투 때문에 말린을 죽인 건 아니라는 뜻인가요?"

첸이 그렇게 물었을 때 말리의 눈이 빛났다. 카메라 쪽을 보고 있던 말리가 첸을 똑바로 응시했다.

"지금까지 제가 한 얘기를 제대로 이해하지 못하신 것 같네요. 말린이 들어오지 않는 밤이 늘면서 저 혼자 보내는 시간이 많아졌어요. 말린이 들어본 적 없는 음악을 듣고, 말린이 본 적 없는 영화를 보고, 말린이 읽은 적 없는 책들을 읽으면서 혼자 있는 시간을 견뎠어요. 외로웠거든요. 생각할 시간도 많아졌어요. 저는 생각했어요. 나는 누구지? 그런 질문이 떠올랐고 생각을 멈출 수가 없었어요. 그런 식으로 시간이 흘렀고 저는 오래 생각한 끝에 결론을 내렸죠. 내가 나로 존재하기 위해서는 말린이 사라져야 한다고. 말린에게서 벗어나서 하루라도 그냥 나 자신이 되고 싶었어요. 제가 말린을 죽인 건 질투 때문이 아니었어요."

그러고는 별거 없는 대화가 조금 더 이어지다가 인터뷰가 끝났다. 인터뷰가 끝나기 전에 말리는 커스텀을 제재하지 않는 정부의 태도를 비난했다.

"사람들은 점점 더 도를 지나치고 있어요. 멀쩡한 팔, 다리를 자르고 그 자리를 해괴한 것으로 채우는 걸 멋지다고 생각하죠. 요즘은 꼬리나 날개를 다는 게 유행이라더군요. 제가 본 어떤 사람은 목에 박쥐날개를 달고 있었어요. 장을 보려고 마켓을 돌고 있는데 제 앞에 박쥐날개가 퍼덕거리는 거예요. 닭고기 코너 앞에서요. 제가 얼마나 놀랐겠어요. 전 비명을 질렀죠. 으아악! 그 사람은 절 보더니 코웃음을 치고는 자기 목에 달린 그 시커먼 날개를 쓰다듬으면서 닭고기를 카트에 넣더라고요. 아마 그 닭은 그 사람이 자기 목에 달고 다니는 애완동물의 먹이가 됐을 거예요. 시대가 바뀌면서 가치도 변했다고 하지만 전 잘 모르겠어요. 제가 보수적인 사람이어서 그런지 몰라도 전 사람의 몸이 신이 주신 선물이라고 생각해요. 그걸 막 내동댕이칠 수는 없는 거죠. 두 개로 만들어서도 안 되고요. 커스텀은 인류를 불행하게 만들 거예요. 적어도 벌써 두 명은 불행해졌죠. 말린은 죽었고 저는 살인자가 됐으니까요. 정부가 이번 일을 보고도 아무것도 하지 않는다면 정말 문제가 있는 거라고 봐요. 이 문제를 더이상 방치해서는 안 돼요."

말리가 격양된 채로 말을 끝냈다. 첸은 가볍게 고개를 끄덕였다.

말리는 첸과 악수를 나눈 뒤 무대에서 내려갔다. 카메라는 잔인하게도 말리를 따라가서 그가 수갑을 차고 경찰차에 들어가는 것을 찍었다.

"어떻게 생각해?"

나는 패드를 끄고 안에게 물었다. 안은 꺼진 화면을 바라보고 있었다.

"일어날 수 있는 일 같은데."

안이 말했다.

지느러미

토요일에 나는 혼자 시내에 나갔다가 그것을 봤다. 말리의 인터뷰를 본 다음날이었다. 안은 학교 도서관에서 공부를 하겠다고 했다. 며칠 뒤에 중간고사가 있었다.

"너는 공부 안 해?"

기숙사 현관 앞에서 헤어지기 전에 안이 물었다. 그 말을 듣자 갑자기 불안해졌다.

아무것도 아닌 채로 윔스 구역으로 돌아가게 된다면.

평생 실패자로 사는 거야.

집을 떠나기 전에 내가 만들었던 불안이었다.

첫 시험을 망쳐도 괜찮겠어?

누가 나에게 그렇게 묻는 것 같았다.

"나갔다 와서 할래."

나는 불안을 누르며 말했다. 오늘은 나가야겠어.

아침 아홉시였다. 오전에 시내에 나갔다가 오후부터 공부에 집중해야지. 나는 그런 다짐을 하면서 혼자 정류장으로 가서 시내로 나가는 버스를 탔다.

나는 중심가보다 구시가지가 좋았다. 구시가지는 미로 같았다. 처음에는 자주 길을 잃었지만 변신에 가는 길을 확실히 익히고 나서부터는 헤매지 않게 됐다.

변신은 노란길에 있었다. 그날은 새로운 곳에 가보고 싶어서 일부러 노란길을 피해서 갔다.

길을 걷다가 골목이 나오면 골목으로 들어갔다. 그렇게 몇 번 반복하니 어느새 낯선 곳에 들어와 있었다. 내가 들어간 골목은 세상과 차단된 것처럼 조용했다. 그런데다 환할 시간인데도 빛이 들지 않아서 어둑하기까지 했다. 정말 음침하기 그지없었다. 서늘하고 축축한 공기가 팔에 닿았다. 나는 팔을 문지르면서 골목 안쪽으로 걸어들어갔다.

골목 안쪽에는 불이 꺼진 가게들이 많았다. 살펴보니 대부분 밤에 여는 가게들이었다. 술집이 많았다. 나는 오후 네시에 문을 여는 와인 가게를 지나 책방으로 들어갔다. 유일하게 열려 있는 가게였다. 책방은 웜스 구역의 가게들처럼 벽이 모래 색깔이었다.

책방 주인은 기운 없어 보이는 중년 남자였다. 남자는 신문을 보고 있다가 나를 보고 눈짓을 했다. 그게 인사였다.

나는 안녕하세요, 하고 말하고 책방 안을 둘러봤다.

밖에서는 몰랐는데 중고책을 파는 곳이었다. 아주 낡은 책들도 있었다. 낡은 책들은 책장이 아니라 상자에 담겨 있었다.

폭풍이 불기 전의 물건들은 경매에서 비싸게 팔렸다. 하지만 책들이 담긴 상자에는 커다랗게 '50S'라고 휘갈겨 쓰여 있었다. 상자 안에 담긴 책들이 각각 모두 오십 솔라라는 뜻이었다. 오십 솔라면 겨우 케이크 한 판 가격이었다.

이런 걸 이렇게 싸게 팔아도 되나? 나는 괜히 주인을 걱정하면서 상자 안의 책들을 뒤적거렸다.

모양새가 비슷비슷한 소설책들 사이에 넓적한 책이 하나 끼어 있었다. 사진집이었다. 나는 그것을 꺼내 살펴봤다. 빳빳한 종이로 된 표지는 연두색이었다. 책 두께는 내 새끼손가락 한 마디 정도였다. 표지 가운데에 올리브 사진이 있었다. 올리브는 표지 바탕색보다 진한 녹색이었다.

나는 사진집을 넘겨보았다. 대부분이 풍경 사진들이었다. 올리브밭을 찍은 사진과 표지로 쓰인 올리브 사진도 있었다.

오래전 풍경들이었다. 나는 호기심 때문에 사진들을 한 장씩 자세히 들여다봤다. 사람들을 찍은 사진이 별로 없는 게 아쉬웠다.

해변을 찍은 사진들이 많았는데 그중 몇 장에는 사람이 찍혀 있었다. 파도를 타는 사람, 해변을 걷는 연인, 일광욕을 하는 가족들. 검은 고양이가 작은 모래탑을 무너뜨리는 순간을 찍은 사진도 있었다. 귀여워서 웃음이 났다.

그러다 그 사진을 봤다. 초록과 파랑이 섞인 바다와 검은 절벽이 찍힌 풍경이었다. 절벽에는 동굴이 있었다. 동굴 입구의 왼편은 초승달 모양으로 깎여 있었다.

바다에 떠 있는 검은 초승달.

내가 아는 풍경이었다. 기억은 희미했지만 이상하게 그런 느낌이 강하게 들었다.

내가 어릴 때 머물렀던 섬 같아. 내가 사고를 당했던 곳. 나는 여섯 살이었고 섬에 사는 아이들과 놀다가 어쩌다보니 혼자 남았다. 내가 물로 걸어들어갔던가? 맑은 물속에서 흔들리는 뭔가를 잡으려고 손을 뻗었던 기억은 났다.

나는 순식간에 파도에 휩쓸렸고 놀라서 버둥거렸다. 물이 무겁게 나를 짓눌러 숨이 찼다. 그다음은 기억이 나지 않았다. 어른들은 뭍에서 날 발견했다고 했다. 아빠는 내가 깊이 빠진 게 아니라 넘어지는 바람에 놀라서 정신을 잃었던 것일 거라고 말했다.

그게 아니야. 나는 반감이 들었지만 기억나는 것이 없어서 아무 말도 하지 않았다. 그렇게 그 사고는 해프닝으로 끝났다.

인어 꿈을 꾸기 시작한 것은 그 사고가 있고 난 뒤부터였다.

사진이 날 쿡쿡 찌르는 것 같았다.

기억을 떠올려봐. 좀더 애써보라고.

바다 동굴 사진 오른쪽에는 해변 사진이 있었다. 검은 모래와 검은 돌이 깔려 있는 해변이었다.

검은 해변. 내가 아는 곳이었다. 여섯 살 여름을 그곳에서 보냈다. 사진첩에는 사진에 대한 정보가 전혀 없었다. 나는 책 뒤쪽을 펴서 서지 정보를 봤다. 아주 오래전에 출간된 책이었다. 폭풍이 불기 전.

나는 사진집을 카운터로 가져갔다. 그리고 남은 용돈을 털어서 주인에게 냈다. 그러고 나니 차 한 잔을 마실 돈밖에 남지 않았다.

"그런데 이런 걸 이렇게 싸게 파셔도 돼요?"

나는 사진집을 가방에 넣으며 주인에게 말했다. 말하고 보니 괜한 허세를 부린 것 같아 민망해졌다. 오십 솔라라도 나에게는 전혀 싼 것이 아니었다.

"그럼 더 받을까?"

"아뇨, 사실은 더 낼 돈도 없어요. 이런 책들을 다 어디서 가져오시는 거예요?"

"관심 있어? 책장사라도 하려고?"

"그런 건 아니지만 좋은 책들인 것 같아서요."

주인은 담배를 꺼내 입에 물었다. 종이로 만 담배였다. 주인은 불을 붙이려다 내 얼굴을 보더니 그만두었다.

"좋은 책들도 있고 아닌 것도 있지. 방금 그 물건은 쓰레기고."

그러더니 주인은 나에게 삼십 솔라를 되돌려줬다. 주인은 책방에 있는 책들이 모두 옛날에 자기가 헐값에 산 것들이라고 말했다.

"그럼 아저씨가 **폭풍** 전 사람이라는 거예요?"

"그렇게 보여?"

"그렇게 보이진 않는데요."

"하지만 그래. 심장을 한 번 갈아끼웠지."

주인은 그렇게 말하고 웃었다. 주인의 목에서 쇠 긁는 소리가 났다. 나는 그 말이 농담인지 진담인지 몰라 애매하게 웃으며 그곳을 나왔다.

"싸게 주셔서 감사해요. 또 올게요."

그 말은 진심이었다. 나중에 안과 다시 오고 싶었다. 안이라면 좋아하는 책을 찾을 수 있을 거다. 하지만 그다음에 다시 구시가지로 왔을 때 나는 책방이 있는 골목을 찾지 못했다.

그것을 본 것은 그 골목을 나온 후였다.

책방이 있는 골목 끝에서 모퉁이를 돌아 또 한참을 걷다가 그것을 봤다. 그것은 커스텀 가게의 쇼윈도 안에 있었다. 가게의 이름은 '**속도와자정**'이었다. 쇼윈도 안에서 홀로그램 마네킹이 천천히 회전하고 있었다.

마네킹의 등뒤에서 지느러미가 나풀거렸다. 붉은 실로 레이스를 짠 듯 섬세한 지느러미였다. 붉은 바탕의 지느러미에 노란 점이 번지듯이 찍혀 있었다.

쇼윈도를 바닷속처럼 꾸며놓아서 지느러미가 물속에서 너울대는 불꽃처럼 보였다. 홀로그램의 피부는 반짝이는 비늘로 덮여 있었다. 가슴은 빨강에 가까운 오렌지색이었다. 가슴 아래부터 허벅지까지는 오렌지색과 분홍색이었고 무릎은 묘한 라일락색, 그 아래는 하얀색이었다. 멋지게 그러데이션된 비늘이었다.

하지만 내가 저 지느러미를 단다면 피부를 비늘 대신 레이스로 덮을 거야.

내가 지느러미를 단 모습을 상상하느라 머릿속이 바빠졌다.

갈색 피부를 하얀 레이스 무늬로 덮고 머리는 길게 길러서 느슨하게 땋아야지. 그리고 등에 저 예쁜 지느러미를 다는 거야.

생각만으로도 행복해졌다.

나는 오랫동안 커스터머들의 사진을 모았다. 그 사진들을 보면서 나는 어떤 커스텀을 할지 그려보는 것이 즐거웠다. 하지만 그동안 이거다 싶은 커스텀은 없었다. 그런데 불쑥 그 지느러미가 내 마음에 들어온 것이다. 변신의 웨이터 아누가 도깨비 계열을 선택한 것처럼 내게도 목표가 생겼다.

나는 한참 동안 쇼윈도 앞에서 지느러미를 보고 또 봤다.

가게가 여는 시간은 늦은 오후였다. 오후에 도서관에서 공부하기로 한 나와의 약속을 깨고 싶지는 않았다. 등에 지느러미를 다는 데에 얼마가 들지 궁금했지만 나중에 다시 오기로 했다. 나는 밴을 불러 가게 위치를 저장해뒀다.

길이 어떻게 이어진 건지는 몰라도 속도와자정이 있는 길 끝에서 코너를 돌아 오르막길을 조금 걸어가니 변신이 나타났다.

변신 카페에서 케이크를 사가고 싶어서 잠시 망설였다. 하지만 이제부터는 돈을 모아야 했다. 내가 원하는 대로 피부 전체에 레이스를 새기고 지느러미까지 달려면 돈이 꽤 들 것이었다.

양쪽 허벅지에 레이스를 새기는 데만도 이백 솔라가 넘게 들었다. 내 한 달 용돈은 삼백 솔라였다. 부모님에게 미안할 정도로 넘치는 용돈이었지만 커스텀을 하기에는 턱도 없었다.

나는 카페 앞마당으로 들어가는 울타리 문에 붙은 공지문을 들여다봤다. 자주 붙어 있는 구인 공고였다.

나는 일을 해본 적이 없었다. 웜스 구역에서는 열세 살이 넘으면 어떤 일이라도 할 수 있었다. 하지만 나는 부모님에게 항상 필요한 돈을 받을 수 있었기 때문에 일을 구할 생각을 하지 않았다. 내가 일을 하려고 해도 부모님이 반대할 게 뻔했다. 부모님은 어린 나이에 돈을 버는 게 그리 좋지 않다고 생각했다. 그건 아빠나 엄마나 마찬가지였다.

지느러미가 아른거렸다.

몇 달 정도 일하면 가질 수 있지 않을까? 방학에는 어쩌나. 방학 때 집에 내려가지 않을 핑계가 떠오르지 않았다.

누가 일을 주기나 한대?

그 생각이 고민들을 밀어냈다.

나처럼 할 줄 아는 게 없는 애를 누가 써준다고.

그렇다면 말이나 해보면 어떨까? 어차피 나는 거절당할 테고 그럼 미련도 없을 것 같았다.

마침 테이블 사이를 누비고 있는 아누가 보였다. 아누에게라면 말을 해볼 수도 있을 것 같았다.

나는 테라스로 들어가서 아누에게 말을 걸었다.

"아누, 바빠?"

"뭐 필요해?"

아누는 유쾌하게 눈썹—하나밖에 없는—을 찡긋거렸지만 약간 지쳐 보였다.

"주문을 하려는 건 아니고, 지금 사람 구하는 거 맞아?"

"여기서 일하려고?"

나는 고개를 끄덕였다. 아누가 쟁반을 들지 않은 손으로 눈썹을 긁었다. 아누가 소원대로 커다란 발톱을 달게 된다면 못하게 될 동작이었다.

"쉽지 않을 텐데."

"안 될까?"

"잠깐 기다려봐. 얘기나 해볼게. 여기 있어."

아누가 카페 안으로 들어간 뒤 나는 초조하게 기다렸다. 누가 날 보고 일을 할 수 있을지 없을지 살펴본다는 게 두려웠다. 쓸모없어 보이는 애로 판단 내려져서 거절당한다면 비참한 기분이 들 것 같았다.

생각보다 오래 기다려야 했다. 시간이 흐르고 아누가 안에서 고개를 빼고 나를 불렀다.

"들어와."

한창 일을 하던 카페 직원들이 날 힐끔거렸다. 모두 커스터머들이었다. 나는 아직 커스터머도 뭣도 아니었다. 도망가고 싶어졌다.

아누가 꾸물거리지 말라는 듯 손짓을 했다. 나는 땀을 흘리면서 카페 안으로 들어갔다. 아누는 나를 이층에 있는 사무실로 데려갔다.

사무실은 아담했다. 아담하고 온통 흰색이었다. 벽도 천장도 바닥도 하얀색이었다. 하얀색 타일이 깔린 바닥에 무늬 없는 하얀색 카펫이 깔려 있었다. 가구는 책상과 의자밖에 없었다. 책상과 의자도 하얀색이었다. 창문 블라인드는 하얀색으로 칠한 나무로 되어 있었다. 한 시간만 머물러도 정신병에 걸릴 것 같은 사무실이었다.

나는 심부름 때문에 아빠의 직장에도 가봤고 엄마가 다니는 유아원 사무실에도 여러 번 가봤다. 교무실은 물론 익숙했다. 내가 알기로 사무실은 원래 너저분한 곳이었다. 여러 사람이 생활을 하는 곳이기 때문에 아무리 정리를 해도 깔끔한 느낌은 잘 들지 않는다. 그런데 변신의 사무실은 완벽하게 깔끔했다.

특히 눈에 띈 것은 창가에 있는 내 키만한 화분이었다. 그 화분에는 하얀 나무가 심어져 있었다. 잎과 가지, 기둥 모두 하얀색이었다. 유전자 변형 식물 같았다. 그 나무는 신비로우면서도 섬뜩했다.

그 섬뜩한 나무 옆에 한 남자가 서 있었다. 문을 등지고 무언가를 생각하던 중 같았다. 세련되기는 했지만 커스터머는 아니었다. 나에게 점수를 매길 사람이 커스터머가 아니어서 마음이 놓였다.

매니저일까?

내가 그런 생각을 하고 있는데 아누가 나에게 작은 목소리로 그 사람이 누구인지 알려주었다.

"우리 사장님이셔."

나는 놀라서 그를 봤다. 그는 전혀 전설의 커스터머처럼 보이지 않았다. 서른 정도 되어 보이는 그는 밝은 베이지색 피부에 어두운 갈색 머리였다. 손톱은 아무것도 칠하지 않은 살구색이었고 액세서리도 없었다. 눈은 진지해 보이는 초록색이었다.

검은색 티셔츠에 발목까지 오는 검은 일자 스커트가 잘 어울렸다. 부츠는 검은색이었는데 광택 나는 뱀피 무늬여서 화려해 보였다. 그가 걸친 것 중에 화려해 보이는 것은 그 신발뿐이었다.

아누가 나가면서 문을 닫는 소리가 사무실에 작게 울렸다. 나는 그 소리에 정신을 차렸다. 사장도 날 보고 있었다. 다시 긴장이 됐다.

"우리 가게 와본 적 있어요?"

사장이 나에게 물었다. 입을 열기 전엔 평범하던 얼굴이 갑자기 달리 보였다. 집중력이 강해 보이는 눈이었다. 입매는 고집스러웠다. 많은 일을 겪은 사람처럼 보였다. 실제로는 몇 살쯤 됐을까? 어쩌면 백 살 정도일지도.

나는 가게를 알게 된 후로는 자주 왔다고 말했다.

"그렇군요."

사장은 그러곤 잠시 생각에 잠겼다. 어쩌면 벌써 거의 결정을 내렸을지도 모르겠다는 생각이 들었다.

"내가 뭘 궁금해하면 될까요?"

정말 잘 모르겠다는 투였다. 나는 생각나는 대로 대답했다.

"글쎄요, 나이?"

"열다섯 정도로 보이는데."

"열일곱이에요."

"그게 그렇게 중요한 건 아니고, 다른 건?"

그의 말에 신경질이 약간 묻어났다. 차분해 보이는 인상과 달리 성질이 급한 사람인 것 같았다. 중요한 것만을 빨리 알고 싶어하는 사람이라는 느낌이었다. 나는 초조해졌다. 그가 원하는 답이 뭘까?

"제가 일해본 적이 있는지, 아니면 왜 이 일을 하려고 하는지요?"

"일은 배우면 되고, 일은 뭐 돈 벌려고 하는 거겠지."

"여기서 일하려면 커스텀 경험이 많아야 할까요?"

"커스텀에 관심이 있나?"

나는 대답으로 스커트를 걷어서 허벅지의 레이스를 보여주었다. 사장은 눈살을 찌푸리며 스커트를 내리라고 손을 흔들었다.

"아이고, 이런. 보여달라는 건 아니었는데."

"『커스터머』에서 사장님에 대한 기사를 읽은 적이 있어요."

"뭐라고 썼는데?"

"커스터머 첫 세대라고요. 커스텀 문화를 만든 사람들 중 하나라고요."

"사람들 중 하나 정도가 아니지. 사실은 거의 유일해요. 살아 있는 사람 중에서는 말이지."

허세를 부리는 것이 아니라 정말 그렇게 생각하는 것처럼 보였다. 그는 벌써 지루해하고 있었다. 내가 언제 사라질까 궁금해하는 얼굴이었다.

"커스터머가 되고 싶어요?"

그 질문은 순전히 면접을 끝내기 위한 것이었다. 나는 그렇다고 대답했다. 아주 어릴 때부터 꿈이었다는 말은 차마 하지 못했다. 그 말을 하면 정말 바보처럼 보일 것 같았다. 그리고 그를 정말 죽도록 지겹게 만들었을 것이다.

"일단 다음주에 나와요. 토요일 아침 여덟시까지. 주말 동안 해보고 계속 할 수 있겠는지 보자고."

통과인가? 머리가 핑핑 돌았다. 내 힘으로 돈을 번다는 건 멋진 일일 것 같았다. 벌써 지느러미의 반은 손에 넣은 것 같았다. 내 등은 지느러미를 위해 비어 있었다. 나는 사장에게 인사한 뒤 사무실에서 나왔다.

그 하얀 방에서 나오니 살 것 같았다. 일층으로 내려가니 아누가 있었다. 빈 잔이 담긴 쟁반을 내려놓는 중이었다.

"잘됐어?"

아누가 날 보고 물었다.

"일단 다음 주말부터 나오기로 했어."

"몇시에 나오라고 하셔?"

"아침 여덟시."

아누는 내 말을 듣고 미간을 찡그렸다.

"내가 널 가르치게 되겠네. 좋아, 잘해보자고. 여덟시까지 늦지 않게 와."

가슴이 두근거렸다. 나는 아누에게 잘 부탁한다고 말하고 변신에서 나왔다.

내가 여기에서 일하게 되다니. 두 달 전만 해도 책으로만 보며 동경하던 곳이었는데.

안에게 나한테 일어난 일들을 얼른 말해주고 싶었다. 책방에서 산 사진집, 속도와자정에서 본 지느러미, 그리고 변신에서 일어난 일들.

시계를 보니 아직 정오 전이었다. 그 모든 일이 오전 동안 일어났다는 걸 믿을 수 없었다.

나는 기숙사로 돌아가는 동안 오전에 일어난 일들을 곱씹었다. 왠지 내 이마에 있는 뿔이 오전 동안 날 끌고 다닌 것 같은 기분이 들었다. 사진집을 발견하게 하고, 지느러미에게 날 데려갔다. 일을 구할 용기도 뿔에서 나온 것 같았다.

뿔이 옛날에 검은 해변에서 일어났던 일과 관련되어 있을지도 모른다는 생각이 문득 떠올랐다. 나는 이마를 손끝으로 눌러봤다. 단단한 뿌리가 만져졌다.

이 뿔이 언제 이마를 뚫고 나올까?

뿔은 언제부터 여기에 자리를 잡았을까?

난 돌연변이인가?

손끝에 닿는 단단한 감촉 말고는 아무런 느낌도 없었다. 나는 내 이마 밑에 있는 뿔이 무슨 색일지 궁금해졌다.

근무 첫날

뿔이 이마를 찔렀다. 나는 거울을 봤다. 이마 위로 뿔이 삐죽 나와 있었다. 뿔에 손을 대려 하자 뿔이 날 찔렀다. 뿔에 찔린 손가락에 핏방울이 돋았다.

손가락에서 피가 흘러 바닥으로 떨어졌다. 갑자기 바닥이 흔들리고 귀가 윙윙거렸다. 뿔이 회전하며 내 이마에서 솟아오르고 있었다. 몸이 부서질 것 같았다. 난 소리를 질렀다. 방에는 거울과 나와 뿔만 있었다.

내가 보였다. 얼굴이 갈라지고 있었다. 높은 곳에서 떨어뜨린 거울처럼.

뿔은 내 피를 머금고 점점 더 크게 자랐다. 거대한 뿔은 검붉은색이었다. 뿔은 멈추지 않고 계속 커져갔다. 뿔이 내 몸을 산산조각 내려 했다.

그때 내 뒤로 안이 나타났다.

도와줘, 안!

나는 거울에 비친 안에게 외쳤다. 안은 가만히 서서 날 보고 웃었다. 싸늘한 미소였다.

안, 제발!

나는 안에게 손을 뻗으며 소리쳤다. 그러자 안은 뒤돌아서서 가버렸다.

시험 첫날 꾸기에는 좋지 않은 꿈이었다. 다른 날이었다고 해도 기분이 좋지는 않았겠지만.

안은 벌써 준비를 마치고 책상에 앉아 공책을 보고 있었다. 내가 꿈 얘기를 하자 안이 웃었다. 꿈속에서와 달리 다정한 얼굴이었다.

내 책상에 빵과 우유가 있었다. 기숙사 식당에서 나눠주는 납작한 빵이었다. 안이 챙겨온 것이었다. 안 덕분에 아침을 먹고 함께 교실로 갔다.

시험이 어땠는지는 말하고 싶지 않다.

시험이 끝나고 나는 완전히 뻗어버렸다. 오랜만에 집중했더니 온몸에 쥐가 나는 것 같았다. 시험 기간은 사흘이었다. 화요일부터 목요일까지. 첫날 시험이 끝났을 때 안은 나보다 더 지쳐 있었다.

"벌써 그렇게 힘들어 하면 어떡해."

나는 핼쑥해진 안을 끌고 매점으로 갔다.

학교 매점에 딸린 카페테라스는 변신에 비교하면 초라한 곳이었지만 잠깐 쉬기에는 괜찮았다. 나는 테라스에 안을 앉혀놓고 매점 안으로 들어가 음료 두 잔을 주문했다. 내 것은 칠리가 들어간 매운 초콜릿 음료였고, 안의 것은 차가운 카카오베리 음료였다.

카카오베리는 태양시에서 처음 먹어봤는데 카카오 원두와 산딸기를 교배한 열매였다. 디저트를 만드는 데 많이 쓰이는데 달콤하면서 새콤하고 약간 씁쓸한 맛이 났다.

태양시에서 카카오베리보다 많이 먹는 것은 고추였다. 우리 동네도 매운 음식을 즐겨 먹는 편이었지만 음료에 고추를 넣지는 않았다. 태양시에서는 초콜릿 음료에도 고추를 섞었다. 칠리 초콜릿을 처음 맛봤을 때는 한 모금 마시고 바닥에 쏟아버렸다. 하지만 밤에 묘하게 생각이 났다. 그다음날 두번째로 칠리 초콜릿을 먹었을 때는 먹을 만했다. 그리고 세번째 먹고부터는 중독되어버렸다.

안은 매운 걸 잘 먹지 못했다.

사실 내 첫번째 칠리 초콜릿을 바닥에 쏟은 건 안이었다.

"이건 먹는 게 아니야."

안은 내 칠리 초콜릿을 맛보겠다며 가져갔다가 한 모금 마시더니 콜록거렸다. 안의 눈에 눈물이 글썽거리기까지 했다. 기침을 하던 안이 실수로 컵을 떨어뜨렸고 칠리 초콜릿이 바닥에 쏟아졌다.

그후로 내가 칠리 초콜릿을 마실 때마다 안의 표정은 일그러졌다. 나는 안의 그런 얼굴을 보는 게 꽤 즐거웠다. 내가 칠리 초콜릿에 중독된 것은 안 때문인지도 모른다.

"너 또 그거 먹어?"

내가 매운 향이 나는 초콜릿 음료를 테이블에 놓자 안이 질색을 했다.

"먹다보면 너도 좋아질걸?"

"절대. 난 냄새도 싫어."

안이 토하는 시늉을 했다. 그러고는 보란듯이 카카오베리 음료를 마셨다.

"이런 게 초콜릿이지."

안이 말했다. 안이 태양시에서 제일 좋아하는 건 카카오베리인 것 같았다. 가끔은 나보다 카카오베리를 더 좋아하는 것처럼 보였다. 초콜릿에 질투를 하는 나도 나지만 치라도 안이 카카오베리를 얼마나 좋아하는지 알면 분명 화가 날 것이다. 카카오베리나무를 다 없애버리려 할지도 모른다. 내가 그러고 싶다는 것은 물론 아니다. 난 치라 같은 또라이가 아니니까.

치라는 더는 기숙사로 찾아오지 못했지만 안에게 매일 밤 전화했다. 밀고 당기는 법도 모르는 미련한 놈이다. 안은 치라에게 점점 질려가고 있었다. 내가 그렇게 믿고 싶은 것이 아니라 정말 그랬다. 안은 치라의 전화를 부담스러워했다. 치라가 그걸 눈치 못 챘다면 걘 정말 바보다. 어쩌면 눈치를 챘기 때문에 더 자주 전화를 하는지도 몰랐다.

둘째 날에는 과학 과목들의 시험이 있었다. 안은 과학을 좋아해서인지 책에 푹 빠져서 공부를 했다. 나는 억지로 숙제를 할 때를 빼고는 과학 과목들을 거의 들여다보지 않았던지라 벼락치기를 해야 했다. 그래서 안이나 나나 새벽까지 도서관에 앉아 있었다.

시험 기간에는 도서관이 문을 닫지 않았다. 그날 새벽 두세시까지는 도서관이 거의 꽉 차 있었다. 다섯시가 넘었을 때는 남은 애들이 별로 없었다. 남은 애들의 대부분은 웜스였다.

처음으로 그애들이 가깝게 느껴졌다. 그애들의 표정에서 나와 같은 불안을 읽을 수 있었다. 아무것도 아닌 채로, 실패자로, 웜스 구역으로 돌아가서는 안 된다는 목소리가 그애들에게도 들리는 것이다.

마지막날 시험 과목은 역사, 사회, 지리였다. 역사 시험은 별로 어렵지 않았다. 모래 폭풍이 불어오기 시작했던 그날부터 초기 재건기까지가 시험 범위였다.

초기 재건기는 내가 좋아하는 부분이었다. 영원히 계속될 것 같던 모래 폭풍이 멎은 후에 사람들은 폐허가 된 도시를 재건해나갔다. 초기 재건기에 사람들은 매일 축제를 벌였다. 그때 생긴 수많은 축제들 중의 일부는 아직도 이어져오고 있다. 사람들은 축제를 통해 죽은 사람들을 애도하고 자신이 살아 있다는 것에 감사했다. 소중한 사람들을 잃은 상실감을 축제로 달래기도 했다. 사람들은 광장에 모여서 서로가 살아 있다는 것을 확인하고 잃어버린 사람들을 떠나보냈다.

시험을 보던 중, 수업 시간에 월 선생님이 했던 말이 떠올랐다. 그 시기에 사람들이 재건했던 것은 건물보다는 희망과 유대였다고 월 선생님은 말했다.

희망과 유대.

나는 그 단어들이 좋았다. 그 단어들은 따뜻했다.

월 선생님은 말을 흐리는 법이 없었다. 선생님이 맑고 힘있는 목소리로 초기 재건기에 대해 얘기할 때 나는 행복을 느꼈다. 뭔가 의미 있는 것, 새로운 것을 배우고 있다는 생각에 심장이 빨리 뛰고 머리가 핑핑 돌았다.

갑작스러운 재앙에 재산과 가족을 잃은 사람들이 그다음에 한 일이 축제라는 것이 좋았다. 모든 것을 빼앗겼던 사람들이 다시 집을 짓고 가족을 만들고 축제를 하며 세상을 다시 만들었다.

중학교 때는 주요 사건을 외우느라 지루하기만 했다. 하지만 월 선생님의 역사 수업에는 외워야 할 것이 별로 없었다. 월 선생님의 수업에 필요한 것은 암기력이 아니라 상상력이었다.

이번 학기에는 자유 주제로 리포트를 써야 했다. 기말시험을 대신하는 리포트였다. 나는 초기 재건기에 대해 쓸 생각이었다. 초기 재건기의 역사는 웜스의 이야기이기도 했다.

나는 초기 재건기에 웜스 구역에 살았던 사람들의 이야기를 외할머니와 엄마에게서 듣고 자랐다. 내가 초기 재건기에 대해 쓴 글을 보여주면 엄마는 자랑스러워할 것이다. 돌아가신 외할머니도 그럴 거고.

그런 생각을 하니 가족들이 보고 싶어졌다. 아빠는 빼고.

시험이 끝난 후 나는 기숙사로 돌아가 집에 전화를 했다.

안은 몸을 좀 움직이고 싶다며 해변에 갔다. 해변은 학교에서 멀지 않았다. 나는 안 가봤지만 안의 말로는 해변에 달리기 좋은 길이 있다고 했다.

그 얘기를 들었을 때는 안을 따라가고 싶어서 마음이 흔들렸다. 하지만 이번이 아니면 집에 전화할 자신이 안 생길 것 같아 안을 혼자 보냈다.

밴이 집에 전화를 걸어줬다. 세이가 전화를 받았다. 세이 목소리를 들으니 반가웠다. 내가 그동안 세이에게 너무 소홀했던 것 같아 미안하기도 했다.

"나야."

나는 그렇게 말하고 긴장해서 세이의 말을 기다렸다. 세이의 목소리에 원망이 섞여 있을까봐 걱정이 됐다. 하지만 다행히도 세이의 목소리가 밝았다.

“누나, 웬일이야?”

“오랜만에 전화했더니 웬일이라니? 잘 지내는지 궁금해서 전화했지.”

“나야 엄청 잘 지내지.”

“뭐하고 있었어?”

“축구 하고 왔어. 힘들어.”

그러고 보니 뛰고 온 목소리였다. 축구. 세이는 축구를 정말 싫어했다. 냄새나는 남자애들끼리 우르르 공을 따라다니는 게 바보 같다고 했다. 땀에 젖는 것도 싫고 다리가 흙으로 더러워지는 것도 싫다며 짜증을 내고는 했다.

세이가 그렇게 싫어하는 운동을 아빠 때문에 한다고 생각하니 한숨이 났다.

“아빠가 너한테 억지로 그런 거 시키는 거 정말 싫어.”

“아냐, 요즘은 재밌어.”

세이의 목소리에서 들뜬 기색이 느껴졌다. 그 목소리를 듣는 순간 세이가 들뜬 게 왜인지 알 것 같았다.

“너 연애하지?”

“연애는 아니고.”

세이의 말끝이 늘어졌다. 맞네. 세이에게 좋아하는 애가 생긴 거다. 세이에게도.

“어떤 애야?”

“됐어.”

"말해봐. 너 지금 말하고 싶어 죽겠는 거 다 알거든?"

"잘생겼어."

"그게 다야?"

"더 뭐가 필요해?"

세이가 그렇게 말하고 웃었다.

"축구가 아주 재밌겠네."

"맞아. 누나는 만나는 사람 없어?"

"그런 사람은 없고, 나 모레부터 아르바이트한다."

"진짜? 어디서?"

"변신이라는 곳인데, 일층은 카페고 이층은 커스텀 가게야. 난 카페에서 일해. 잘할 수 있을지 모르겠어."

"잘해. 남의 가게 부수지 말고."

세이의 장난스러운 말투를 들으니 기운이 났다. 왠지 응원을 받은 것 같았다.

"요즘은 아빠가 안 때려?"

나는 슬쩍 물었다.

"몰라."

웃음기가 가신 말투였다. 그 어둡고 무거운 목소리를 듣자 내가 왜 집에 전화 걸기를 계속 미뤘는지 분명해졌다.

세이의 그런 목소리를 듣게 될까봐 두려웠던 것이다. 아빠가 세이의 얼굴을 때릴 때 나는 소리는 정말 끔찍했다. 아빠가 세이에게 윽박지르는 소리가 집안에 울릴 때 나는 방에 들어가서 귀를 틀어막았다.

귀를 막아도 소리는 귓속을 파고들었다. 나는 울면서 엄마에게 전화를 걸었다. 엄마는 일 때문에 집에 바로 올 수가 없었다. 엄마가 집에 오면 새로운 싸움이 시작됐다. 세이는 맞을 때는 입을 앙다물고 버텼지만 엄마와 아빠가 자기 때문에 싸울 때에는 눈물을 흘렸다. 몇 달에 한 번씩 그런 일이 벌어졌다.

세이의 말 사이사이에 낀 기침 소리, 큼큼대는 소리가 들리자 끔찍한 소리들이 한꺼번에 되살아났다. 나는 그 소리들에서 도망친 것이다. 세이만 남겨두고.

나는 죄책감을 느끼며 서둘러 전화를 끊었다.

"아빠한테 들키지 않게 조심해."

그런 말밖에 해줄 수 없었다. 아빠는 세이가 같이 축구 하는 남자애를 좋아한다는 걸 절대 받아들이지 못할 것이다.

"누나, 기침 안 하네?"

전화를 끊기 전에 세이가 말했다. 의식하지 못하고 있었다. *언제부터 기침이 멎었지?*

우리 동네에서는 누구나 기침을 달고 살았다. 항상 목이 아팠다. 나는 목을 가다듬어보았다. 걸리는 느낌이 없었다. *언제부터 이랬지?*

언제 마지막으로 머리가 아팠지?

집에서는 두통을 달고 살았다. 현기증도 자주 났다. 엄마는 내가 어지러운 것이 빈혈 때문이라고 했다. 생리 때 피를 너무 많이 쏟아서 어지러운 거라고.

하지만 태양시에 온 후로는 어지럼증을 느껴본 적이 없었다. 생리는 똑같이 하는데도.

집이 날 아프게 했던 거야.

전화를 끊고 침대에 앉아 있는데 문득 그런 생각이 들었다. 가족들과 함께 살던 집에 비하면 기숙사 방은 너무나 평화로웠다. 평화롭고 조용하고, 안이 있는 이곳이 진짜 내 집이라는 생각마저 들었다.

다시는 집에 돌아가지 않을 거야. 나는 침대에 앉아서 생각했다. 일을 구해서 다행이었다. 돈을 모아야지. 집에서 돈을 안 보내줘도 여기서 살아갈 수 있도록. 그래서 언젠가는 세이를 그 집에서 데리고 나올 것이다.

엄마에게는 미안하지만 그런 남자를 택한 것은 엄마였으니까. 엄마가 아빠를 사랑해서 나와 세이는 불행해졌다. 엄마가 아빠를 사랑하지 않았다면 우리도 없었을 테지만.

내가 엄마까지 구할 수는 없다.

조용한 기숙사 방의 침대에서 나는 그것을 깨달았다.

그 주 토요일에 첫 출근을 했다. 노란길이 다른 날과 달라 보였다. 이른 아침의 구시가지는 처음이었다. 토요일 아침 구시가지 거리는 조용했다. 문을 연 가게는 박스처럼 생긴 작은 잡화점들뿐이었다.

중심가만큼은 아니어도 구시가지의 길은 깨끗했다. 청소부들이 벌써 다녀간 것 같았다. 태양 구역에서는 청소부도 교통경찰도 로봇이었다. 박스 같은 잡화점들은 자판기에 가까웠다.

태양 구역이 왜 예술가와 학자의 도시가 됐는지 알 것 같았다. 이곳은 예술가나 학자가 아니면 할 일이 별로 없는 도시였다.

아침 일곱시 반이었다. 여덟시까지 출근이었지만 긴장해서 너무 일찍 나와버렸다. 5월의 첫날이었다. 아침에는 아직 쌀쌀했다. 카디건을 입고 나와서 다행이라는 생각을 하며 걸었다.

나는 일부러 길을 돌아서 속도와자정에 들렀다. 쇼윈도에 아직 지느러미가 있었다. 색은 바뀌어 있었다. 빨강과 노랑에서 파랑과 네온 노랑으로.

기다려. 널 꼭 데려갈 거야.

나는 지느러미를 보며 낯부끄러운 다짐을 하고 변신 카페로 갔다. 대문은 닫혀 있었다. 나는 아누가 전에 알려준 뒷문으로 들어갔다. 뒷문에 손을 대자 문이 열렸다. 아누에게 메시지가 와서 미리 내 손바닥 지도를 보내 등록해두었다.

문안에는 주방이 있었다. 주방에서 일을 하고 있던 사람들이 나를 돌아봤다. 모두 세 명이었고 하얀 조리복을 입고 있었다. 그중 한 명이 내게 말을 걸었다.

"오기로 한 애가 너구나."

볼이 흰 빵 같은 남자였다. 도톰하고 툭 튀어나온 입술은 반투명했다. 젤리 같은 붕어 입술이었다. 파란색 눈동자가 아주 밝았다.

남자가 한 명 더 있었다. 눈썹이 짙고 얼굴 전체에 문양이 새겨진 남자였다. 머리카락은 없었다. 남자는 내가 들어갔을 때 반사적으로 날 봤지만 바로 하던 일로 돌아갔다. 좀 무서운 인상이었다. 그는 컵케이크 장식을 마무리하는 중이었는데 손이 섬세해 보였다. 손 역시 검은 문양으로 덮여 있었다. 하얀 조리복에 가려지지 않은 부분은 모두 그렇게 검었다.

"안녕."

반죽이 담긴 쟁반을 든 여자가 나에게 인사했다. 완벽하게 화장을 한 얼굴이었다. 태양시에서는 보기 드문 각진 턱이었다. 얼핏 봐서는 커스텀을 한 데가 없어 보였다. 자기 안에 중심이 있는 사람이라는 인상이었다. 그 사람의 이름은 진이었다. 나중에 진을 좀더 알게 됐을 때 나는 진에 대한 첫 느낌이 맞았다는 걸 알게 됐다. 진은 차분하고 친절했고 책임감이 강한 사람이었다.

붕어 입술 남자는 사르먼이었고 무서운 남자는 만지였다.

주방은 아주 깨끗했다. 싱크대며 식기며 모두 번쩍거렸다. 모든 물건이 제자리에 있다는 느낌이었다. 나는 인사를 하고 주방을 지나 홀로 갔다.

아누는 카운터에서 가게 열 준비를 하고 있었다.

손님이 아니라 신입이 되어 아누를 보니 그가 다르게 보였다. 덜 친절하고 덜 기운차 보인달까. 그러니까 까칠하고 피곤해 보였다는 뜻이다.

아누는 내 인사를 대충 넘기고 바로 해야 할 일들을 알려줬다.

"잘 듣고 기억 못하겠으면 적어."

나는 카운터에 있는 메모지와 펜을 들었다. 외우는 것도 들은 것을 옮겨 적는 것도 자신 있었다. 첫 임무가 익숙한 일이어서 다행이었다.

"오픈은 나중에 알려줄게. 오늘은 음료 만드는 것만 배워."

나는 고개를 끄덕였다. 알겠어. 준비됐어.

"우리 가게에서 제일 많이 나가는 음료는 카카오베리야. 그다음은 카카오베리 밀크고, 망고워터도 잘 나가. 망고워터는 만들어놓은 걸 컵에 따르기만 하면 돼. 오늘은 내가 망고워터를 만들어놨는데 내일 어떻게 만드는지 가르쳐줄게. 오늘은 일단 카카오베리만 계속 만들어."

아누는 나에게 보라고 시키고 카카오베리 한 잔을 만들었다.

볶은 카카오베리 원두를 기계에 넣고 버튼을 누르는 것이 첫번째로 할 일이었다. 버튼을 누르고 기계가 돌아가면 기계에 달린 스틱을 손으로 여러 번 당긴다. 일 분 동안 오십 번 정도. 아누가 그 일을 할 때는 손이 안 보였다.

아누가 할 때는 그 일이 쉬워 보였지만 직접 해보니 스틱을 잡는 것부터 쉽지 않았다. 일 분이 지나면 스틱을 멈추고 추출된 액체를 뜨거운 물이나 차가운 물에 탄다. 우유에 타면 카카오베리 밀크가 된다.

아누는 그런 것들을 알려주고 자신이 뽑은 뜨거운 카카오베리 음료를 내게 주며 맛을 보라고 했다. 나는 잔을 받아 음료를 한 모금 마셨다. 손님으로 와서 마셨을 때보다 훨씬 맛있었다. 뜨겁고 달콤한 음료가 들어가자 몸이 약간 풀렸다.

그에 비해 내가 만든 음료는 정말 별로였다. 똥 같은 맛이 났다. 아누도 내가 만든 음료를 맛봤다.

"이건 진짜 내가 먹어본 중에 최악이야."

아누의 커다란 외눈이 더 커졌다. 아누가 내게 잔을 주며 싱크대를 가리켰다. 나는 내가 만든 첫번째 음료를 싱크대에 부어버렸다.

장사를 시작하는 시간은 아침 열시였다.

가게를 열기 전까지 나는 아누를 도와 홀을 청소하고 스틱을 당기는 연습을 했다. 가게를 열기 이십 분 전에 다른 아르바이트생이 한 명 더 왔다.

내 또래의 남자애였다. 그애의 피부는 예쁜 빨간색이었다. 빨간 피부에 커다란 검은 점이 드문드문 박혀 있었다. 등 가운데에 구멍이 뚫린 보라색 민소매 티셔츠와 청바지를 입은 차림이었다. 보라색 머리는 멋을 부려 세웠고, 귀에는 반짝이는 스톤이 여러 개 박혀 있었다. 그애의 이름은 저그였는데 아누는 그애를 '무당이'라고 불렀다. 주방 사람들도 마찬가지였다.

저그는 어설프게 스틱을 당기는 나를 보더니 웃으며 시범을 보여줬다. 아누보다 저그가 가르쳐주는 방식이 더 알기 쉬웠다.

가게를 열기 전 십 분 사이에 저그와 나는 꽤 친해졌다. 친화력이 좋은 애였다.

열시가 되자 손님들이 가게로 들어왔다. 오 분이 지나자 카운터 앞에 음료를 기다리는 줄이 생겼다. 홀과 테라스 테이블에도 벌써 사람들이 앉아 있었다.

저그는 쉴새없이 스틱을 움직였다. 나는 저그가 뽑은 액체를 계속 뜨거운 물이나 차가운 물, 아니면 우유에 탔다.

진이 주방에서 나와 계산대를 맡았다. 아누는 홀 담당이었다.

생각할 틈이 일 초도 없었다. 손님들이 밀려들었다. 나는 기계처럼 계속 음료를 만들었다.

한 시간 후부터는 아누를 도와 홀과 테라스로 음식을 날랐다. 내가 든 쟁반에서 맛있는 냄새가 풀풀 났다. 분홍색 달걀로 만든 오믈렛, 껍질이 설탕과자로 된 토마토와 먹을 수 있는 꽃들. 살에서 은은한 초콜릿 향이 나는 대구 요리를 들고 갈 때는 배에서 꼬르륵 소리가 났다.

열두시에 지원군이 왔다.

에그라는 여자애였다. 에그는 식물계 커스터머였다. 에그의 몸 군데군데에 꽃이 자라 있었다. 커스터머의 종류는 아주 다양한데 식물계는 내가 좋아하는 계열 중 하나였다.

하지만 에그를 보고 있을 틈이 없었다. 바쁘게 움직여야 했다. 에그와는 인사도 나누지 못하고 함께 일을 했다. 에그는 일에 능숙했고 사람들과 호흡이 척척 잘 맞았다. 에그가 없었다면 점심시간을 버티지 못했을 것이다.

두시가 지나도 테이블은 꽉 차 있었다. 손님들은 오고 또 오고 계속 밀려들었다.

아누가 "오늘은 손님이 적네" 하고 말했을 때는 헛웃음이 났다. 이게 적은 거라고? 내가 계속 일을 할 수 있을지 자신이 없어졌다.

시간이 어떻게 갔는지도 모르겠다. 정신을 차리고 보니 오후 다섯시였다. 그때에야 빈 테이블이 생겼다. 하지만 곧 저녁을 먹으러 오는 손님들이 몰려올 것이었다.

"오늘은 여기까지. 내일도 오늘하고 똑같은 시간에 나오면 돼. 나올 거지?"

아누가 허리에 손을 올리고 말했다. 진짜 도깨비처럼 보였다. 도깨비 위로 지느러미가 겹쳐졌다. 하는 수 없었다. 지느러미가 날 기다리고 있는데 어떡하겠어. 나는 아누에게 내일은 더 잘하겠다고 말했다.

앞치마를 벗고 짐을 가지러 휴게실로 갔다. 옷이 땀으로 젖어 있었다. 가게 유니폼은 따로 없었다. 내 옷에 앞치마만 걸치면 됐다. 다음부터는 더 편한 옷을 입어야겠다는 생각이 들었다.

탈의실 겸 휴게실에 에그가 있었다. 에그는 P로 메시지를 보내고 있었다. 최신형 P였다.

"오늘 고생했어."

에그가 나를 보고 다정하게 말했다.

"도움도 못 됐는데."

"첫날엔 다 그렇지. 금방 익숙해질 거야."

그냥 해주는 말인 걸 알면서도 그 말이 힘이 됐다. 에그는 튜브톱에 반바지를 입고 있었다. 분홍색 머리는 양 갈래로 땋았다. 에그가 움직일 때마다 에그의 어깨에 핀 꽃들이 흔들렸다. 색색의 작은 들꽃들이었다. 노랑, 하양, 주황, 파랑, 보라색 꽃들이 멋지게 섞여 있었다. 발목에도 작은 꽃들이 피어 있었다. 그 꽃들은 너무 앙증맞아서 나도 모르게 감탄이 나왔다.

"꽃들이 너무 예쁘다."

"고마워. 내년에는 더 큰 꽃을 심어보려고."

"꽃은 언제부터 심었어?"

"여섯 살 때부터. 십 년째야. 근데 아직 튤립이나 수선화까지는 못 해봤어."

"알뿌리는 어렵다더라."

"정말 그래."

"장미는?"

"그건 해봤지. 너무 많이 해서 질렸어."

에그가 P로 사진을 보여줬다. 에그의 몸에 덩굴장미가 감겨 있었다. 장미는 연한 분홍색과 하얀색이 섞여 있었다. 에그의 손가락 끝에 나비가 앉아 있었다. 사진 아래에 『커스터머』 로고가 있었다.

"예쁘다. 모델이었어?"

"잠깐."

"이건 몇 살 때야?"

"이 년 전이야. 열네 살 때. 이때 이후로는 장미를 안 했어."

"사진 찍을 때 나비가 날아온 거야?"

"아니. 나비는 그냥 그래픽."

에그가 P를 사물함에 넣었다. 학교 애들보다 에그와 얘기하는 것이 더 편하게 느껴졌다. 에그와는 친해질 수 있을 것 같았다.

더 얘기할 수는 없었다.

밖은 여전히 바빴다. 에그는 밤 열시까지 일한다고 했다. 나는 에그와 휴게실에서 나와 카운터로 갔다.

"야, 수박! 넌 안 가?"

에그가 저그에게 외쳤다.

"난 여섯시까지잖아."

"지금 가버려. 일도 못하는 게."

"너나 가. 못생겨가지고."

"야, 그건 아니다. 너 눈에 수박씨 박혔냐?"

나는 투닥거리는 두 사람에게 간다고 인사를 했다.

"잘 가!"

두 사람이 동시에 소리쳤다.

나는 변신에서 나와 바로 속도와자정으로 갔다. 지느러미의 가격을 알고 싶었다.

이상하게 피곤하지가 않았다. 오히려 몸에서 기운이 샘솟았다. 일은 어려웠다. 하지만 재밌기도 했다. 사르면과 진, 아누, 에그, 저그도 좋았다. 만지는 무서웠지만 그 사람이 만드는 음식들은 아주 좋았다. 만지는 주방 책임자였다.

나는 흥분 상태로 속도와자정에 들어갔다.

속도와자정은 널찍했다. 바닥에는 노란색 타일이 깔려 있었고 벽은 연한 보라색이었다. 가게 안에 빠른 템포의 음악이 흐르고 있었다. 가게는 전체적으로 경쾌한 분위기였다.

가게 벽에 글귀가 있었다.

시간은 간다.
누구는 빠르다고 누구는 느리다고 하는 속도로.
앞으로, 앞으로.
가장 어두운 밤도 시곗바늘을 멈춰 세우지는 못한다.

벽에 있는 그 글이 무슨 뜻인지 알 것 같았다. 그 글은 금지에 관한 것이었다. 나는 나에게 금지된 것들을 떠올렸다. 밤늦게 귀가하는 것, 자주 시내로 놀러 나가는 것, 패드를 오래 보는 것, 연애, 그리고 커스텀. 그리고 또 수많은 것들.

태양 구역으로 온 뒤 나는 금지되었던 것들을 많이 했다. 왜 더이상 머리가 아프지 않은지, 왜 어지럽지 않은지 알 것 같았다.

“마음에 들어요?”

벽 앞에 서 있는데 누가 말을 걸었다. 가게 스태프처럼 보였다. 커스터머인 건 확실했다. 머리에 머리카락 대신 오리 머리들이 있었다. 여섯, 아니 일곱 개의 오리 머리였다. 오리들이 꽥꽥거렸다.

"마음에 들어요. 저는 지금 저한테 금지된 것 중에서도 가장 금지된 것을 하러 왔거든요."

"뭐? 컵을 하러 왔다고?"

그는 내 말을 반만 알아들었다. 오리가 머리 위에서 울어대면 나라도 귀가 멀 것이다. 나는 그에게 소리를 질렀다.

"아니요. 컵 말고 금지요!"

"잘됐네. 원하는 걸 알기는 어렵고 원하는 걸 어디서 가질 수 있는지 알기는 더 어려운 법인데, 손님은 벌써 두 가지를 다 깨달았나봐. 제대로 찾아왔어요. 뭘 하고 싶어요?"

"지느러미를 달려고요. 아침까지는 쇼윈도에 있었는데, 안 보이네요."

"디스플레이는 계속 바뀌요. 하지만 지느러미에 대해서는 내가 잘 알죠. 내가 그걸 디자인했거든요."

그가 속도와자정의 주인이었다. 이름은 고리였다.

나는 고리를 따라 분홍색 방으로 갔다. 고리가 자신의 패드에서 지느러미를 찾아 방에 홀로그램을 띄웠다.

내 지느러미가 공중에서 너울거렸다.

"색은?"

"빨강과 노랑이요."

"빨강은 좋아요. 근데 손님한테는 노란 점보다 다른 게 더 잘 어울릴 것 같은데. 여기 서봐요."

고리는 날 지느러미를 등지고 서게 했다.

맞은편 벽이 거울로 되어 있어서 나와 지느러미가 둘 다 잘 보였다. 고리는 패드를 만져서 지느러미 색을 바꿨다.

"805? 아니, 이건 아니고. 74? 이것도 아니야. 999? 괜찮지만 뭔가 조금…… 아, 이건 어때요? 145. 멋진 색이죠."

145번은 황홀한 금색이었다. 지느러미는 붉은색 실과 금색 실로 짠 레이스 같았다.

"이걸로 할게요."

내가 말하자 거울 속의 나에게 지느러미가 달렸다. 맞은편 벽에 있는 거울은 홀로그램 거울이었다.

나는 반쯤 돌아서 등뒤를 봤다. 내가 돌자 등에 달린 지느러미가 하늘거렸다.

예쁜 지느러미.

너무 흥분됐다. 어지러울 정도였다.

"피부도 바꿔주실 수 있어요? 색은 그대로 두고 레이스 문양을 넣고 싶어요."

"오렌지? 좋아요."

고리가 패드를 만지자 홀로그램 속의 나에게 오렌지 무늬가 생겼다. 커다란 주황색 오렌지들이 내 몸 곳곳에 자리를 잡았다.

"오렌지가 아니고, 레이스요!"

나는 꽥꽥거리는 오리들에게 조용히 하라고 소리치고 싶은 것을 참았다. 고리는 뭐가 우스운지 배를 잡고 웃으면서 다시 패드를 만졌다.

곧 내 피부가 레이스로 덮였다. 지느러미에 들어간 것과 같은 금색이었다. 나는 하얀색 레이스를 원했지만 금색도 괜찮아 보였다. 은은히 빛이 나는 황금색이었다.

옷은 지느러미와 피부가 잘 보이는 것으로 바뀌어 있었다. 속이 약간 비치는 얇은 복숭아색 드레스였다.

"이렇게 하면 얼마예요?"

나는 고리에게 물었다. 이번에는 오리들이 입을 다물어주었다. 고리가 오리들에게 과자를 먹였다. 오리들은 과자를 먹을 때는 조용했다.

"지금 손님한테 보여준 건 레이스 패턴 중에서 산호 4번이에요. 지느러미랑 잘 어울리는 패턴이지. 이렇게 피부 전체에 레이스를 씌우고 지느러미를 달면…… 금색은 조금 비싸요…… 지느러미는 삼천, 레이스는 천오백에 맞춰줄게요. 그럼, 사천오백이네요. 원래는 더 받아야 하는데 손님이 어려서 좀 깎아주는 거예요."

사천 오백. 다섯 달이면 모을 수 있는 돈이었다. 여섯 달이 걸릴지도 몰랐다. 레이스는 한 번에 하지 않아도 된다. 지느러미를 먼저 달고 레이스는 한 부위씩 천천히.

"네 달 뒤에 올게요."

"저장해둘 테니 걱정 말아요. 새로운 디자인이 계속 나오니까 가끔씩 들러 쇼윈도 봐주고, 마음이 바뀌면 말해줘요."

"마음 안 바뀔 거예요."

나는 홀로그램 거울을 계속 바라보며 말했다. 거울 속의 나에게 눈을 뗄 수가 없었다. 장님 주니가 이해됐다. 나도 커스텀을 하면 하루 종일 나만 보고 싶을 것 같았다.

"응, 그런 것 같네. 손님한테 아주 잘 어울려요. 근데 뭔가 조금 부족한 것 같은데……"

고리가 홀로그램을 돌려보면서 잠시 생각에 빠졌다.

"여기 뿔이 생길 거예요."

나는 이마를 손가락으로 짚으며 말했다.

"뿔? 그거면 되겠다. 좋아요."

고리가 박수를 쳤다.

홀로그램이 꺼졌다. 지느러미를 단 나도 사라졌다. 오리들이 다시 꽥꽥거렸다.

고리는 가게를 더 구경하고 가라고 했지만 더는 아무것도 눈에 들어오지 않았다. 나는 고리에게 고마웠다고 말하고 속도와자정에서 나왔다.

다음날에도 아침 여덟시에 일을 나갔다. 일은 전날보다 더 어려웠다. 머릿속에서 전날 배운 것들이 뒤죽박죽으로 섞였다. 내가 세번째로 음식을 엉뚱한 테이블로 가져가자 아누는 눈을 부라리며 화를 냈다.

"정신 똑바로 차려. 이렇게 하면 일 못해."

테이블 번호와 위치를 기억하고, 음료 만드는 법을 기억하고, 어떤 손님이 어떤 것을 주문했는지 기억하고, 어떤 순서로 주문이 들어왔는지 기억해야 했다. 짧은 시간 동안 기억해야 할 것이 너무 많았다.

카운터에 그런 정보들이 실시간으로 뜨는 보드가 있었지만 그 보드를 볼 틈이 없었다. 모든 것이 너무 빠르게 돌아갔다. 그런데도 아누와 저그에게는 여유가 있었다. 나 말고는 허둥대는 사람이 없었다.

테라스에는 멋진 커스터머들이 잔뜩 있었다. 무례한 손님이 없었다. 가게 분위기 때문인 것 같았다. 변신은 멋진 사람이 되는 곳이었다.

멋진 사람은 함부로 말하거나 행동하지 않는다. 멋진 사람은 예의를 안다. 손님들은 마음속에 그런 생각을 담고 변신으로 들어오는 것 같았다.

카페에서 일하는 사람들도 손님을 그렇게 대했다. 아누는 손님에게 당신은 멋있는 사람이고 나는 멋있는 사람에게 친절할 수 있어 기쁘다는 태도로 일했다. 저그는 그냥 사람들을 좋아하는 것 같았다. 특히 커스터머들에게 호감이 있었다.

에그는 저그보다는 건조했다. 손님들을 잘 챙기고 손님들이 무엇을 필요로 하는지도 금방 알아챘지만 다정하지는 않았다. 에그는 손님들에게 별로 애정이 없었다. 하지만 손님들에게 에그는 스타였다. 어깨에 꽃이 가득 핀 작은 에그—에그의 키는 백사십 센티미터 정도였다—가 쟁반을 들고 테라스를 누빌 때면 손님들은 약간 넋이 나갔다. 아무리 줄이 길고 음식이 오래도록 나오지 않아도 에그의 "잠시만 기다려주세요" 한마디면 불평이 사그라들었다. 에그의 그 말은 마법 같은 효과를 냈다.

오후에는 나도 그럭저럭 정신을 차렸다.

홀에는 열두 개의 테이블이 있었고 테라스에는 여덟 개의 테이블이 있었다. 테이블 스무 개를 넷이 나눠서 맡았다.

아누가 맡은 테이블 중 손님 한 팀이 가게에 오래 머물러 있었다. 오전부터 자리잡은 손님들인데 오후 세시가 넘도록 자리를 뜨지 않았다.

함께 머물렀다가 떠나는 사람도 있고 늦게 와서 합류하는 사람, 잠깐 왔다가 가는 사람도 있었다. 쭉 자리를 지키는 사람도 있었다.

계속 앉아 있던 사람은 피부가 아주 검은 여자였다. 허리까지 내려오는 머리카락은 쨍한 파란색이었다. 그 여자가 모임의 중심 같았다.

여자는 음식과 음료가 떨어지지 않도록 계속 주문을 했다. 함께 앉아 있는 사람들에게 잔을 권하는 것도 그 여자였다. 아누도 그 테이블에 신경을 썼다. 검은 여자와 아누는 아는 사이 같았다. 아누는 그 여자를 아주 정중하게 대했는데 그 정중함은 조심스러운 애정에 가까워 보였다.

오후 네시쯤에 아누가 나에게 그 테이블로 망고워터 한 병을 가져가라고 시켰다.

"망고워터 드릴게요. 잔은 새로 필요하지 않으세요?"

나는 그 테이블로 가서 시킨 대로 물었다.

모임은 끝나가는 분위기였다. 그늘 아래에서 사람들은 한껏 느긋해져 있었다. 빈 잔들, 노란 술이 반쯤 남은 유리병, 음식이 그대로 남아 있는 식은 접시들.

손님들은 멋있었다. 변신에 오는 손님들 중에서도 특히 세련된 사람들이 모여 있는 것 같았다. 일행은 총 여섯 명이었는데 할말이 떨어진 듯 오가는 말이 별로 없었다.

검은 여자가 망고워터를 받아 자기 앞에 있는 잔에 따랐다. 얼음을 더 가져다줘야 할 것 같았다. 카운터로 얼음을 가지러 가려는데 검은 여자가 나에게 물었다.

"일은 할 만해요?"

목소리가 낯익었다. 지난 주말에 면접을 볼 때 들었던 목소리였다.

"사장님?"

검은 여자가 미소를 지었다. 일행 중 한 명도 나를 보고 빙그레 웃었다. 피부에 호피 무늬가 있는 덩치가 큰 남자였다. 중절모를 쓰고 보석으로 치장했는데 옷도 꽤 잘 차려입고 있었다. 특히 가죽구두가 아주 멋졌다.

"몰랐나봐? 험은 매일 다른 사람이 돼. 얼굴이 매일 바뀐다고. 진짜 얼굴은 아무도 몰라."

험이 그 말에 고개를 끄덕였다.

"내가 변덕이 좀 심하거든."

테이블에 앉은 사람들이 나를 보며 조용히 웃고 있었다.

가까이서 보니 험의 얼굴이 주말에 봤던 얼굴과 닮은 데가 있는 것도 같았다.

"잠깐 가까이 와봐요."

험이 내게 말했다.

나는 험 쪽으로 한 발짝 다가갔다. 그러기가 무섭게 험이 내 얼굴에 손을 가져다댔다. 험이 내 얼굴을 만지고 있었다.

나는 놀라서 험의 손을 쳤다.

"저번에 봤을 때는 긴가민가했는데 역시 그랬군. 뿔이 있어. 최근에 심은 건 아니고 원래부터 있던 거야. 내 말이 맞죠?"

"저도 잘은 몰라요. 알게 된 지 얼마 안 됐거든요."

나는 내 이마를 문질렀다. 아무 느낌도 없었다. 험은 어떻게 안 거지? 험의 친구들이 나를 보며 의미심장한 미소를 주고받았다.

"아직 자기가 누군지 잘 모르는군. 잘해봐요. 나도 그 안에 있는 뿔이 어떻게 생겼을지 궁금하네."

험은 그렇게 말하고 나를 보내주었다. 뭘 잘해보라는 거야. 나는 속으로 투덜대면서 일로 돌아갔다.

일이 끝났을 때는 밖이 깜깜해져 있었다. 나는 완전히 녹초가 되었다. 험이 했던 말이 계속 귓가에 맴돌았다. 자기가 누군지 잘 모른다라. 그 말은 맞았다. 나는 내 이마에서 나올 뿔이 어디서 온 것인지, 언제부터 있었던 것인지도 몰랐다. 역시 부모님에게 물어봐야 할까? 나는 오늘밤에라도 집에 전화를 해야겠다고 생각하며 기숙사로 돌아왔다. 하지만 침대에 눕자마자 잠이 들어버렸다.

재건의 날

일 년 중 가장 큰 축제였다. 5월 3일, 재건의 날. 재건의 날에는 모든 구역에서 축제가 벌어진다. 축제를 전후로 해서 사흘간은 국가 공휴일이었다. 재건의 날에는 모든 학교와 회사가 쉰다.

우리 동네에서는 가게들도 문을 열지 않았다. 다른 축제 때는 상점들이 문을 활짝 열고 돈을 쓸어 담지만 재건의 날에는 달랐다.

재건의 날 아침에는 어느 때보다 거리가 조용하다. 집에서 가족들과 느긋하게 점심을 먹는 것이 재건의 날의 풍습이다.

그러다 오후 세시가 넘으면 사람들이 하나둘씩 거리로 나온다. 점점 사람들이 많아져서 저녁에는 거리가 시끄러워진다. 사람들은 나무토막을 하나씩 들고 다니다가 오후 다섯시가 되면 광장으로 모인다.

광장 가운데에 집을 짓는 것이 재건의 날의 공식 행사이다. 사람들은 각자 가져온 나무토막으로 힘을 합쳐서 커다란 집 한 채를 짓는다. 준비를 못 해온 사람을 위해 나무토막을 나눠주는 사람들도 있다.

저녁 여덟시가 넘으면 광장이 사람들로 꽉 찬다. 가끔 깔려 죽는 사람이 나올 정도로 많은 사람이 모인다.

밤 아홉시가 하이라이트다. 집 태우기.

추첨으로 뽑힌 여덟 사람이 횃불을 들고 나와서 다 함께 지은 집에 불을 붙인다. 그리고 모인 사람들은 노래를 부른다.

집에서 패드로 그 모습을 볼 때는 지루했다. 노래를 부르며 눈물을 흘리는 사람들도 있었는데 왜 그러는지 이해가 되지 않았다.

하지만 처음 광장에 나가 사람들 속에서 집이 불타오르는 것을 봤을 때는 나도 모르게 뭉클해졌다. 나는 어떤 사람이 나눠준 나무토막을 문과 가까운 곳에 못으로 박아넣었다. 또다른 친절한 사람이 내가 못질하는 것을 도와주었다.

나는 그때 열네 살이었고 가족들 몰래 광장으로 나온 참이었다. 경찰 일을 하는 아빠는 재건의 날에 일해야 하는 얼마 되지 않는 사람 중 하나였다. 우리 가족은 암묵적으로 재건의 날을 집안에서만 보냈다. 아빠는 밖에서 일하는데 나머지 가족들이 아빠를 빼고 놀러다닐 수는 없다는 이유에서였다. 그건 아빠가 정한 룰이었다.

나무토막에는 소원을 쓰게 되어 있었다.

'아빠의 룰들이 없어지게 해주세요. 그리고 언젠가 커스터머가 될 수 있길!'

나는 그렇게 적었던 것 같다.

집이 불에 타면서 독특한 소리가 났다. 타닥거리는 소리. 가느다란 나뭇가지가 부러지는 것 같은 소리였다.

내 옆에는 나처럼 혼자 나온 노부인이 있었다. 집이 타고 있을 때 노부인은 나직하게 노래를 불렀다. 노부인은 그날을 위해 한복을 차려입고 있었다. 한복은 낡았지만 품위 있어 보였다. 한복과 색을 맞춘 자수정 귀걸이가 아름다웠다.

나는 노부인을 따라 노래를 불렀다. 사람들의 노랫소리에 묻혀서 내 목소리는 내 귀에도 들리지 않았다. 그런데도 내가 어느 때보다 크게 노래를 부르고 있는 기분이 들었다. 내가 원래의 나보다 훨씬 커다란 존재가 된 것 같았다. 그건 멋진 경험이었다. 그때 이후로 나는 매년 재건의 날에 광장으로 나갔다. 축제를 좋아하기 시작한 것은 그때부터였다.

월요일. 나는 눈을 뜨자마자 할 일들을 떠올렸다. 일을 해서 생긴 근육통으로 몸 여기저기가 뻐근하긴 했지만 가슴이 부풀어올랐다. 안과 느긋하게 아침 겸 점심을 먹고 중심가로 나가서 축제를 즐겨야지. 노점에서 맛있는 것도 사먹고 밤에는 집 태우기를 보는 거야.

안은 침대에 앉아 눈을 감고 있었다. 자는 것 같지는 않았다. 안은 언제나 나보다 일찍 일어났다. 나도 그날은 일찍 일어났다. 전날 피곤해서 일찍 잠이 들었기 때문인 것 같았다.

겨우 아침 일곱시였다.

나는 안을 내버려두고 샤워실로 가서 깨끗이 씻고 왔다. 하고 싶은 일이 많았다. 다음날까지 휴일이니 마음껏 놀아도 괜찮았다. 오늘은 죽을 정도로 놀고 내일 푹 쉬어야지. 그런 생각을 하며 방으로 돌아갔다.

안은 내가 나가기 전과 똑같이 앉아서 눈을 감고 있었다.

"안, 우리 오늘 뭐할까?"

나는 안에게 물었다. 안이 눈을 뜨고 나를 바라봤다. 안의 반쪽이

다른 곳에 가 있는 것 같았다. 아주 먼 곳에.

나는 불안해졌다. 축제를 내 생각대로 보낼 수 없을 거라는 예감이 들었다.

안은 말이 없었다. 나는 애써 물었다.

"몇시쯤 나갈래?"

"방에 있을래."

"피곤해? 그래도 집 태우기는 볼 거지?"

안은 고개를 저었다. 기대에 부풀었던 마음이 말린 매실처럼 쪼그라들었다. 나는 실망을 숨기려고 웃었다.

"그럼 밤에 방에서 패드로 같이 볼까?"

"미안한데 오늘은 혼자 있고 싶어."

내가 뭐라도 잘못한 걸까? 아니면 안 좋은 일이라도 있었나? 안은 우울해 보였다. 더 건드리지 않는 게 좋을 것 같았다. 안은 얼른 혼자가 되고 싶은 것처럼 보였다. 내가 초대받지 않은 손님이 된 것 같은 기분이 들었다.

나는 서둘러 옷을 입었다.

아침 여덟시도 안 됐는데. 어디로 가야 할지 생각이 안 났다. 그래도 얼른 나가야 했다. 방안에 맴도는 분위기를 견딜 수 없었다. 나가고 싶었다. 안은 눈을 감고 내가 나가기를 기다리고 있었다.

"배는 안 고파?"

나가기 전에 안에게 물었다. 안은 대답이 없었다. 나는 안을 보다가 조용히 문을 닫고 나왔다.

하루를 혼자 보내야 한다.

갑자기 하루가 너무 길게 느껴졌다. 처음으로 안 말고 다른 친구를 사귀지 않은 것이 후회됐다.

나는 도서관에 가서 아침 열시까지 책을 읽었다. 그렇게 시간을 때우다 버스를 타고 노란길로 갔다.

맨 먼저 들른 변신은 문이 닫혀 있었다. *축제 날에는 쉰다고 했지, 참.* 나는 걸었다. 문을 연 가게들도 있었다. 하지만 왠지 들어갈 마음이 나지 않았다. 다 시시했다. 나는 거리를 되는대로 떠돌았다.

그러다가 메든까지 들어가게 됐다.

한참을 걸었더니 다리가 아팠다. 노란길에서 메든까지는 버스로도 삼십 분은 걸리는 곳이었다.

메든은 조용한 주택가였다. 동네에서 여유로운 분위기가 느껴졌다. 나는 커다란 집들이 들어선 거리를 천천히 걸었다. 모든 집에 담이 있었다. 높지 않은 담들이었다. 담 안에는 커다란 나무가 자라 담 너머로 가지가 늘어졌다. 꽃이 핀 나무들이 많았다.

대문이 창살로 되어 있어서 마당이 보이는 집들도 많았다. 대문이 열린 집도 있었다. 치안이 좋은 동네 같았다.

나는 대문이 열려 있는 집으로 들어갔다. 나로서는 용기를 낸 것이었다. 뭘 어쩔 생각은 없었다. 언뜻 보이는 마당이 예뻐서 더 보고 싶었다. 마당으로 햇볕이 쏟아지고 있었다. 잎이 뾰족한 나무들과 꽃이 핀 작은 화분들이 있었다. 덩굴식물도 있었다. 커다란 꽃들이 여기저기에 피어 있었다. 빨간색 꽃과 주황색 꽃들이 많았다.

갑자기 현관문이 열렸다. 잠깐 둘러보다 나갈 생각이었던 나는 흠칫 놀라서 그쪽을 봤다. 현관은 계단 위에 있었다. 도망쳐야 할까? 현관문을 열고 나온 사람은 피부가 수정처럼 반짝였다. 누구인지는 몰라도 비취 출신 같았다. 빛 구역에서 온 애들은 생긴 게 비슷비슷했다. 키나 몸매도 맞춘 것처럼 똑같았다. 보기 좋게 균형을 이룬 몸이었다. 키는 적당히 컸다. 남자와 여자의 차이도 딱히 없었다. 나는 아무리 시간이 흘러도 누가 누군지 구분할 수 없을 것 같았다.

웜스에서 온 애들은 빛 구역에서 온 애들을 '비치'라고 불렀다. 경멸의 의미였다. 나는 원래 비치들을 싫어했지만 시아 그라시아스가 안에게 시비를 건 후부터는 비치들을 적으로 여기게 됐다. *빛나는 시아 그라시아스.* 비치들 사이에서도 유독 피부에서 강한 빛이 나는 그 애에게 나는 그런 별명을 붙였다.

언젠가 안과 내가 운동장에서 시간을 죽이고 있을 때 시아 그라시아스가 지나가며 "갈르와" 하고 말했다. 무슨 뜻인지는 몰랐지만 비웃는 말 같았다. 안은 그 말을 듣고 잠시 굳어 있다가 그애에게 달려가 그애의 다리를 힘껏 찼다. 시아 그라시아스는 무릎이 꺾여 넘어졌다.

시아 그라시아스의 다리뼈에는 금이 갔고 안은 그 일로 징계를 받았다. 아이들은 수군거렸다. 역시 중성인이야.

나는 그 말이 거슬렸지만 한편으로는 안이 자신의 분노를 그런 식으로 터트린 것에 놀라기도 했다. 시아 그라시아스의 다리를 찰 때 안은 망설이지 않았다. '중성인은 화를 참지 않는다.' 구설에서 사람들이 했던 말이 떠올랐다. 터무니없는 헛소리였다. 심한 모욕을 당하면 누구나 화를 낸다.

나중에 안에게 '갈르와'가 무슨 뜻인지 묻자 안은 그것이 동굴벌레라는 뜻이라고 말했다. 안은 그렇게만 말했고 나는 더 묻지 않았다.

"수니 맞지?"

계단 위에 있는 애가 날 알아봤다. 나는 멈춰 섰다.

"우리 같은 반이야."

그애가 말했다. 아, 시아 그라시아스의 친구였구나. 나는 그애를 보고 서 있었다. 그애가 들어오라며 손짓했다. 어차피 시간은 많고 갈 데도 없었다. 나는 계단을 올라갔다.

"안에 누구 있어?"

"나 혼자야."

그애는 현관에 서 있었다. 오래 알고 지낸 사이처럼 날 편하게 대했다. 현관 바닥에는 아름다운 대리석 무늬가 들어간 타일이 깔려 있었다. 걸으니 나무 느낌이 났다. 대리석 무늬 껍질을 가진 유전자 변형 나무로 만든 바닥인 것 같았다.

나는 집주인을 따라 넓은 현관을 지났다.

거실은 생각 외로 아늑한 느낌이 났다. 바닥에는 붉은 카펫이 깔려 있었다. 가죽으로 된 안락의자들은 전부 녹색이었다. 비취가 의자에 앉았다. 나는 그 의자에서 멀리 떨어진 의자에 앉았다. 의자는 푹신하고 편안했다.

피부가 수정처럼 빛나는 사람과 단둘이 있어본 것은 처음이었다. 나는 그애를 경계하고 있었다. 목소리를 들어서는 여자애 같았다.

"날 모르지?"

"미안해."

"그럴 만도 하지. 다 똑같이 생겼으니까."

그애가 파란 눈을 깜박였다. 속이 보이지 않는 눈이었다. 유리 눈깔 같았다.

"내 이름은 씨씨야."

내가 가만히 있자 그애가 자신을 소개했다.

"나 네 뒷자리에 앉는데."

씨씨가 킥킥 웃었다. 웃는 얼굴이 조금 귀여웠다. 나는 앉은 채로 거실을 둘러봤다. 벽에 의미를 모를 상형문자 같은 그림들이 걸려 있었다. 창에 커튼이 쳐져 있어서 실내는 약간 어두웠다. 초록 식물들이 곳곳에서 은은한 빛을 냈다.

"커튼을 좀 걷을까?"

씨씨가 일어나서 커튼을 걷었다. 갑자기 거실이 환해졌다. 햇빛이 들어찬 거실에서 씨씨가 반짝거렸다. 시아 그라시아스만큼이나 눈이 부셨다. 눈부신 사람이라니 우습다고 나는 생각했다.

씨씨가 내 쪽으로 걸어왔다. 그애는 내 바로 옆 의자에 앉았다.

"사람이 있으니 좋네. 여기서 혼자 앉아 있을 때가 많거든. 이 집은 혼자 있기에는 너무 커."

그래서?

내 속에서 스스로도 놀랄 정도의 반감이 치솟아올랐다. 처음 태양시에 도착했을 때 느꼈던 반감이 되살아났다. *평생 호강만 한 주제에. 네가 이런 집에서 혼자 살 수 있는 건 웜스들이 죽어라 고생한 덕이야. 재건의 날이 웜스들의 날이란 걸 알아야지.* 속이 부글거렸다.

"운이 좋지. 나도 알아."

씨씨가 내 속을 들여다본 듯 그렇게 말했다. 나는 고개를 끄덕였다. 그래, *넌 운이 좋은 것뿐이야. 비춰가 잘난 게 아니고.*

"오늘은 왜 혼자야? 네 친구는?"

씨씨가 물었다. 나는 씨씨가 날 집안으로 들인 게 무슨 속셈일까 생각했다.

"안은 안 나왔어."

그렇게만 말했다. 씨씨는 알겠다는 듯 나를 빤히 쳐다봤다. 나는 그 눈에 거부감을 느꼈다. 유리 눈깔.

"그애한테는 오늘이 즐거운 날이 아닐 거야."

"그게 무슨 소리야?"

"나도 잘은 몰라. 그냥 너 때문이 아닐 거라는 거야. 동굴 구역에서는 재건의 날을 조용히 보낸다고 들었거든."

씨씨가 눈을 깜박거렸다. 씨씨의 말을 듣자 시끄럽던 속이 잠잠해졌다. 씨씨에게 화가 난 것이 아니었다. 나는 안에게 화가 났던 것이다. 그제야 씨씨가 제대로 보였다. 친절하고 외로운 애 같았다. 씨씨도 먼 곳에서 혼자 떨어져나온 건 마찬가지였다.

"네가 온 곳은 어떤 곳이야?"

나는 씨씨에게 물었다. 씨씨는 생각에 잠겼다. 자기가 살던 곳에 대해 얘기하려면 우선 생각에 잠겨야 한다는 것을 나도 알고 있었다. 살던 곳에 대해 얘기하는 일은 자신이 두고 온 것들을 떠올리는 일이라는 것을.

"모든 게 반짝이는 곳이지."

나는 그 말을 비웃으려다가 씨씨의 얼굴에 떠오른 표정을 보고 그만뒀다. 씨씨가 이미 자기 말을 비웃고 있었기 때문이다.

"너희는 왜 다 같이 몰려다녀?"

"같이 있을 때 빛이 더 강해지거든. 빛이 약해지면 밀려나는 거야. 다들 버티려고 필사적이지."

"그냥 정기적으로 커스텀을 받는 게 아니야?"

씨씨는 내 말을 듣고 고개를 저었다. 그러고는 자신의 팔을 보여줬다.

"몸에서 이렇게 빛이 나려면 특별한 커스텀이 필요해. 무리에서 떨어진 사람한테는 허가가 안 나."

나는 일어나서 창가로 갔다. 창밖에는 정원이 있었다. 잘 관리된 정원이었다. 두 로봇이 정원을 돌며 잔디를 깎고 나무를 다듬고 있었다. 연못도 있었다. 연못 안에 물고기도 있을까?

씨씨가 불쌍해 보이지는 않았다. 하지만 씨씨의 말이 내 마음을 움직였다. *나는 비취에 대해 하나도 몰라.* 그런 생각이 들었다. 나는 비취 구역에 사는 사람들을 몰랐다. 안에 대해서도 마찬가지였다. 안에 대해 더 알고 싶다는 생각으로 나는 가득찼다. 안을 알고 싶었다. 나는 안이 누구인지 몰랐다.

"이제 가. 내 친구들이 올 거야."

씨씨가 말했다. 나는 시아 그라시아스와 마주치고 싶지 않았다.

하지만 그날은 되는 일이 없었다. 마당을 지나 대문을 나가다가 시아 그라시아스와 마주친 것이다.

시아 그라시아스는 마주치자마자 나를 노려봤다. 다리가 멀쩡했다. 그새 치료를 한 모양이었다. 그애가 왜 그렇게 날 싫어하는지 모를 일이었다. 나도 만만치 않게 그애를 싫어하긴 했지만.

"네가 여기 왜 있어?"

"그냥 걷다가 우연히. 여기 살아?"

나는 시치미를 뗐다.

"여긴 씨씨 집이야. 역시 웜스구나. 웜스들은 도둑질을 잘한다며?"

"도둑질은 비치들 특기고."

시아 그라시아스가 내 바로 앞까지 다가와 으르렁거렸다. 사람 목에서 그런 소리가 난다는 게 신기했다. 그 파란 유리로 만들어진 것 같은 눈깔은 확실히 위협적이었다.

"넌 여기 사는 게 즐겁지? 너네 그 거지 소굴에서 벗어나니 얼마나 좋겠어. 햇빛이나 음식 같은 것에 매일 감탄하겠지."

"맞아. 난 여기가 좋아. 넌 방공호에 숨겨뒀던 금 꺼내서 잘 먹고 잘살다가 여기 오니까 만족스럽지가 않은가봐?"

내가 말하자 시아 그라시아스가 날 벽으로 밀쳤다.

"네가 뭘 안다고 그런 말을 해? 너한테는 여기 온 게 기회겠지만 우리한테는 아니야. 우리한테는 여기 있는 게 그냥 시간 낭비라고. 우리가 여기서 느끼는 초조한 기분을 네가 알아?"

나는 내 어깨를 누르고 있는 시아 그라시아스의 손을 뿌리치고 그 동네에서 나왔다. 뒤에서 시아 그라시아스가 욕하는 소리가 들렸다.

비춰들이 느끼는 초조한 기분을 아느냐고?

그러는 너는 웜스들이 느끼는 기분에 대해 뭘 아는데.

비춰들은 졸업을 하면 자기들 구역으로 돌아가 통합 국가의 엘리트가 될 것이다. 웜스들은? 잘되어야 공무원 말단직이다.

비춰들이 집을 세 개 가질 때 웜스들은 집 하나도 겨우 갖는다. 웜스 구역에서는 집이 귀했다. 우리집은 아빠가 경찰이어서 나라가 공무원에게 주는 집에서 살 수 있었다. 우리집은 운이 좋은 편이었고 판자로 지은 천장 낮은 집에서 사는 사람들도 많았다.

그런데 내가 비취들의 사정까지 알아주어야 하나?

아니, 나는 그러지 않을 거다.

안에 대한 원망이 다시 올라왔다. 자기가 보여주지 않는데 내가 어떻게 알겠어. 안은 자기가 누구인지 나에게 말해준 적이 없었다.

나는 버스를 타고 노란길로 돌아갔다.

노란길에서는 많은 사람들이 행진하고 있었다. 나는 행렬을 따라 걸었다. 풍선들이 공중을 떠다니다가 터졌다. 물로 만든 풍선들이었다. 풍선들이 터지면서 물방울들이 떨어졌다. 여우비가 내리는 것 같았다.

행진 맨 앞에는 코끼리가 걸어갔다. 사람들은 이날을 위해 준비한 옷을 차려입고 있었다. 어느 때보다 길에 커스터머들이 많았다. 여러모로 화려한 행진이었다.

날개 달린 사람들이 공중에서 열을 지어 날아다녔다. 바구니를 들고 사탕이나 과자를 나눠주는 사람도 있었다. 공중에서 꽃이 날렸다. 요정 계열 커스터머들이 공중에서 퍼포먼스를 하며 꽃과 빛나는 모래를 뿌렸다.

빛나는 모래가 행진하는 사람들의 머리카락과 얼굴, 팔에 묻었다. 강한 햇빛 아래서 사람들이 반짝거렸다. 사람들은 노래를 부르며 걸었다. 거리 여기저기서 공연이 벌어지고 있었다. 북을 치는 사람들도 있고 밴드도 있었다. 피리를 부는 사람들, 춤을 추는 사람도 있었다.

행진은 오후 여섯시까지 계속됐다. 광장에서 출발해서 광장에서 끝나는 행진이었다. 광장에 도착하자 집을 지을 재료가 준비되어 있었다. 집은 벌써 반은 지어져 있었다. 태양시에서는 집을 짓는 사람들과 행진을 하는 사람들이 나눠져 있는 것 같았다. 행진을 마친 사람들이 집을 짓는 사람들에게 합류했다. 사람들은 나무토막과 진흙으로 집을 지었다. 망치를 들고 못을 박고 진흙을 문질렀다.

여덟시 반이 조금 넘어 집 짓기가 끝났다. 사람들은 안내원들의 말에 따라 집에서 물러났다. 아홉시가 십 초 남았을 때 사람들이 카운트다운을 했다.

십, 구, 팔, 칠……

그리고 이 초 전,

일 초 전,

그리고 불을 붙일 시간.

횃불을 든 사람들이 앞으로 나왔다. 모두 열두 명이었다. 집에 불을 붙일 사람들이었다. 시드의 시장, 가수, 지역 유지들이었다. 지역 유지들 사이에 고리도 있었다. 고리의 머리에 달린 오리들은 뽐내는 것처럼 머리를 한껏 치켜들고 꽥꽥거렸다.

시장이 불을 막 붙이려 할 때 모여 있는 사람들 속에서 피켓 하나가 불쑥 올라왔다. '돌연변이는 꺼져라!' 다른 피켓이 또 올라왔다. '신의 뜻을 거스르는 자는 신성한 날을 대표해서는 안 된다.' 더 직설적인 문구도 있었다. '오리의 목을 잘라라.'

사람들 머리 위로 피켓들이 계속 튀어나왔다.

피켓을 든 사람들이 소리치기 시작하자 분위기가 어색해졌다. 그 사람들은 일부이기는 했지만 수가 적지는 않았다.

카운트다운을 마치고 집이 불타는 광경을 기대하던 사람들은 당황해서 웅성거렸다. 어떤 사람들은 피켓을 든 사람들에게 야유를 보냈다. 날개 달린 사람들이 피켓을 든 사람들 머리 위를 빙빙 돌았다.

싸움이 일어나기 직전의 긴장감이 광장에 맴돌았다. 나는 초조해져서 고리를 쳐다봤다.

횃불을 든 사람들도 당황한 듯했다. 그중 한 명은 도망갈 준비를 하는 건지 엉거주춤하게 서서 주변을 두리번거리고 있었다.

시장은 비교적 침착해 보였다. 고리는 아예 즐거운 얼굴로 자기에게 꺼지라고 하는 사람들에게 손을 흔들고 있었다.

"좀 조용히 해요! 당신들이 중요한 행사를 망치고 있잖아!"

누군가가 소리를 질렀다. 목청을 타고난 사람 같았다. 사람들이 소리난 쪽을 쳐다봤다. 그 사람은 몸집이 커다란 중년 여자로 알이 굵은 파란색 구슬을 꿴 목걸이를 목에 걸고 있었다.

시장은 그 고함을 신호로 삼은 듯 횃불을 들지 않은 쪽 손을 한번 들어 보인 뒤 집 아래쪽에 불을 붙였다.

고리가 시장 다음으로 불을 붙였다. 다른 사람들도 하나둘 횃불을 집에 가져다댔다. 경찰들이 피켓을 든 사람들 주위를 둘러쌌다. 피켓을 든 사람들은 아직 뭐라고 외치고 있었지만 더 많은 사람들의 노랫소리가 그들의 목소리를 덮었다. 피켓을 든 사람들 머리 위를 맴돌던 날개 달린 사람들도 땅으로 내려와 노래를 불렀다.

횃불을 든 가수도 노래를 부르고 있었다. 그의 목소리는 근사했다.

나는 노래를 부르지 못하고 서 있었다. 노래를 부르는 시드 사람들의 얼굴은 구설 사람들과 비슷했다. 모래 폭풍 뒤에 삶이 변한 건 윔스 구역만의 일이 아니었다. 재건의 날은 이곳 사람들의 날이기도 했다.

외롭고 쓸쓸했던 기분, 안에게 향하던 화가 집이 불타는 것을 보면서 차츰 가라앉았다. 불이 높게 타오르며 타닥거리고 있었다.

집은 다음날 새벽까지 타오를 것이다.

나는 불타는 집을 오랫동안 지켜보았다.

횃불을 든 사람들은 흩어졌다. 고리는 손 키스를 날리며 자신의 친구들에게로 달려갔다. 고리가 그 무거운 오리들을 달고 달릴 수 있다는 게 나에게는 기적처럼 느껴졌다. 고리의 친구들은 시끄러운 오리들을 어떻게 견딜까? 게다가 고리는 오리들보다 목소리가 컸다. 나는 고리와 잠깐만 얘기를 해도 귀가 윙윙 울리는데.

광장은 축제 분위기로 한껏 달아올라 시끌벅적했다.

머리가 지끈거리기 시작한 것은 광장을 막 빠져나왔을 때였다. 엄청나게 많은 사람을 헤치고 나왔더니 숨이 트이는 동시에 땀이 식었다. 버스정류장에 서 있는데 머리가 어지럽고 몸이 으슬으슬 추웠다. 속이 메스꺼운 것도 같았다.

쌀쌀한 봄날이었다. 나는 감기 기운인가 생각하면서 버스를 기다렸다. 사람이 너무 많아서 버스 두 대를 그냥 보냈다. 세번째로 온 버스에 몸을 겨우 밀어넣었을 때는 얼굴이 땀범벅이 되어 있었다.

기숙사까지 어떻게 갔는지 모르겠다. 문을 어떻게 여는지 기억이 안 날 정도였다. 나는 무작정 문을 두드렸다. 곧 문이 열렸다. 안이 놀란 얼굴로 날 봤다.

"무슨 일이야?"

"몸이 안 좋아. 머리가 너무 아파."

나는 비틀대며 방으로 들어갔다. 정신이 아득해지는 가운데 안이 날 붙잡는 게 느껴졌다.

다음날 눈을 떴을 때 나는 기숙사 방의 침대에 누워 있었다. 재건의 날 다음날, 공휴일 아침이었다. 세상은 고요했다. 세상보다 고요한 안이 내 침대에 앉아 내 얼굴을 손가락으로 쓸어내리고 있었다.

"안, 네가 누군지 알고 싶어."

나의 말에 안은 아무 말도 없었다. 나는 내 얼굴 위에 있는 안의 손을 잡았다. 안이 너무 멀게 느껴졌다. 사랑에는 두 가지 방향이 있다는 생각이 들었다. 어떤 한 사람을 보고 그가 누구인지 모른 채 사랑에 빠질 수도 있고, 어떤 한 사람을 만나 그 사람이 어떤 사람인지 알게 된 후에 비로소 사랑에 빠질 수도 있다.

안을 처음 본 날로 되돌아가고 싶었다. 그때로 돌아가면 나는 안을 보자마자 사랑에 빠지지 않을 것이다. 천천히 안의 모든 것을 알아가고 안을 알게 된 후에 안을 사랑할 것이다. 나는 안을 감싼 빛을 먼저 봤고 그 빛에 눈이 멀었다. 내 눈에는 안이 항상 빛나 보이기만 해서 그애가 정말로 누구인지 영원히 알 수 없을 것 같았다. 나는 내 눈을 멀게 한 빛을 걷어내고 진짜 안을 보고 싶었다.

"네가 누구인지 알려줘."

내가 말하자 안은 내 손에 입을 맞췄다. 그건 어떤 대답이었을까?

나는 다시 잠이 들었다. 오후까지 꿈도 꾸지 않고 푹 잤다.

일어났을 때 방에는 납작한 빵과 우유, 그리고 안이 있었다.

안이 내가 일어난 것을 보고 침대로 왔다.

"널 봐."

안이 내게 손거울을 줬다. 나는 거울을 들었다. 땀에 젖은 머리카락 사이로 뭔가가 조그맣게 돋아난 것이 보였다. 어두운 갈색이었고 단단한 껍질에 싸여 있는 것 같은 모습이었다.

"이거 뿔일까?"

"그런 것 같은데."

"뿔이 났어."

나는 안을 봤다. 안이 고개를 끄덕였다.

그래, 너 머리에 뿔 났어.

뿔 뽑기 게임

안은 가끔 밤에 나갔다. 언제부터였는지 모르겠다. 안이 나갔다가 들어오는 것을 내가 처음 본 건 재건의 날이 지나고 며칠 뒤였다.

뿔은 매일 조금씩 자랐다. 눈여겨보지 않으면 모를 정도로 아주 천천히 자라고 있었다. 뿔이 돋은 이후로 머리가 아파서 잠을 설치는 날이 많아졌다.

안이 나가는 것을 처음 본 그날밤에 나는 자려고 애쓰고 있었다. 안에게 말을 걸고 싶어서 입이 근질거렸다. 하지만 참아야 했다. 안이 매일 밤 내 대화 상대가 되어주느라 피곤한 것이 눈에 보였다.

나는 벽 쪽으로 누워서 눈을 감고 있었다. 애는 썼지만 죽어도 잠이 오지 않았다. 수업 시간에 자꾸 졸아서 호통을 듣는 일이 생겼다.

재건의 날이 지나자 날씨는 한층 따뜻해졌다. 5월의 바람은 사람을 나른하게 했다. 그래서인지 수업 때 조는 애들이 늘어났다. 나에게는 다행이었다. 종일 고개를 꾸벅이며 조는 나에게 아무도 '요즘 무슨 일이 있니?' 하고 묻지 않았다.

선생님들은 우리가 봄병에 걸린 거라고 말했는데 그게 진짜로 하는 말인지 농담인지 헷갈렸다. 시드 애들은 봄에 별로 영향을 받지 않았다. 봄에 가장 약한 것은 웜스에서 온 애들이었다. 월 선생님까지도 모래인들은 봄병에 대한 항체가 없는 것 같다며 농담을 했다.

나는 봄에 가장 먼저 적응한 웜스가 되고 싶었다. 그러려면 밤에 자야 했다.

억지로 잠을 청하고 있는데 부스럭거리는 소리가 났다.

자고 있었으면 몰랐을 것이다. 아주 작은 소리였다. 그 소리가 나고 조금 지나서 방이 잠깐 환해졌다가 곧 어두워졌다. 문이 열리면서 복도 불빛이 방을 밝혔던 것이다.

나는 돌아누워서 안의 침대를 봤다. 침대가 비어 있었다. 나는 안이 화장실에 갔겠거니 생각했다. 하지만 삼십 분이 지나도 안이 돌아오지 않자 점점 걱정이 됐다.

재건의 날 밤에 노란길에서 살인 사건이 있었다.

나는 그 뉴스를 재건의 날 이틀 후에 알았다. 재건의 날은 가장 큰 축제 날이었기 때문에 원래 사건 사고가 많았다. 아빠는 재건의 날 기간에는 집에 들어오지 못했다.

재건의 날 밤에 일어난 많은 사건들 중에서 노란길에서 일어난 그 살인이 유독 화제가 되었던 것은 커스터머가 잔인하게 살해된 사건이었기 때문이다. 그 사건에 대한 기사가 많았지만 내가 맨 처음 본 기사의 제목은 '악어 인간, 거리에서 머리 잘리다'였다.

기사에 사진이 있었다. 사진은 끔찍했다. 악어 머리를 관통한 창이 화단에 꽂혀 있는 사진이었다. 화단의 꽃들은 피로 젖었다. 이빨은 모두 뽑힌 채였고 머리가 잘린 몸은 거리에 버려졌다. 태양 구역에서는 기사 수위에 대한 제재가 없는 듯했다.

살해된 사람의 이름은 재키였다. 스물여섯 살 남자로 직업은 바텐더였다. 재키는 노란길에 있는 술집에서 일했는데 퇴근길에 그 일을 당했다. 그를 죽인 것은 세 명의 남자였다.

세 남자는 취해 있었다. 술집에서 장식용 창을 가지고 나왔는데 그걸 써보고 싶어서 안달이 나 있던 차에 재키를 봤다. 세 남자는 재키에게 가서 시비를 걸었다. 기사에 세 남자 중 한 명이 한 말이 인용되어 있었다. "그 요상한 머리가 떨어져나간 게 그 사람한테는 잘된 일이죠."

그들은 재키를 죽인 후 이빨을 전부 뽑아 주머니에 넣었다. 기념품으로 가져간 것이었다. 경찰은 그들을 화단 근처 술집에서 찾았다. 그들은 자기들이 마시던 술로 이빨에 묻은 피를 닦고 있었다.

끔찍한 일이었다. 그 사건이 일어나고 며칠 지나지 않아서 커스터머가 또 죽었다. 살해된 사람은 사슴뿔과 갈색 날개를 가진 여자였다. 여자의 뿔은 잘렸고 날개는 뜯겨 있었다. 날개는 살아 있을 때 뜯긴 것으로 보인다고 했다. 날개 일부는 불에 탔다. 뿔은 밑동만 남아 있었다. 살인자들이 뿔을 가져간 것이다. 범행을 저지른 것은 십대 아이들로 그 여자를 보고 혐오감이 들었다고 말했다. 조사받는 과정에서 말리의 인터뷰를 인상 깊게 봤다는 말도 했다고 한다.

재건의 날에 광장에서 벌어진 커스터비아들의 피켓 시위도 뉴스가 됐다. 기사에 따르면 재건의 날에 횃불을 드는 열두 명 중 한 명은 돌연변이가 맡는 것으로 정해져 있는데 그것을 반대하는 시위가 매년 열려왔다고 했다.

엄연히 말해서 고리는 돌연변이가 아니라 커스터머였기 때문에 돌연변이 커뮤니티 내부에서도 말이 많은 듯했다.

돌연변이는 다른 몸으로 태어난 사람들이다. 태어나면서부터 뿔이나 날개, 꼬리가 있거나 피부색이 특별하거나 동물의 어떤 특징을 가진 사람들.

커스터머는 돌연변이로 태어나지 않았지만 유전자를 바꿔서 돌연변이가 된 사람이다. 이에 대해서도 의견이 많지만 가장 보편적인 인식은 그랬다.

내가 보기에 다른 몸으로 사는 것을 선택했다는 점에서는 돌연변이나 커스터머나 다르지 않은 것 같다.

하지만 돌연변이로 태어나서 돌연변이를 없애지 않고 사는 것과 돌연변이로 태어나지 않았지만 자기 몸을 바꿔서 돌연변이로 살아가는 것은 차이가 있다. 그 차이 때문에 돌연변이 커뮤니티와 커스터머 커뮤니티 간에 충돌이 일어나기도 한다.

숫자로 보면 돌연변이가 커스터머보다 훨씬 많았다. 통계에 따르면 태양 구역 인구 중 십삼 퍼센트가 돌연변이이고, 그중 이 퍼센트만이 커스터머라고 한다.

내가 본 기사에서는 커스터머가 늘고 있는 추세라고 했다. 태양 구역은 다른 구역보다 돌연변이가 많았다. 웜스 구역에서는 돌연변이를 보기 힘들었지만 시드에서는 돌연변이가 흔했다. 웜스에서는 돌연변이가 불편한 존재였지만 시드에서는 아니었다.

커스터머를 돌연변이에 포함시킬 것인가 아닌가도 종종 논란이 되는 모양이었다. 커스터머와 돌연변이 커뮤니티 양쪽 모두 그 둘이 구분되어야 한다는 입장이었다.

하지만 돌연변이와 커스터머는 겉으로 봐서는 구분이 되지 않았기 때문에 외부에서는 둘을 같이 묶는 경우가 많았다.

나는 그런 복잡한 문제들을 시드에 오고 나서 조금씩 알게 되었다.

말리의 인터뷰가 돌연변이와 커스터머를 혐오하는 커스터비아를 자극한 것은 분명해 보였다.

커스터비아 중에서는 선천적으로 돌연변이로 태어난 사람들과 커스터머 양쪽을 모두 혐오하는 사람도 있고, 커스터머만을 혐오하는 사람도 있었다. 커스터머만을 혐오하는 쪽은 선천적 돌연변이에 대해서는 동정적인 입장을 취했다. 그런 사람들은 선천적 돌연변이를 장애로 봤다.

커스터비아 단체들은 유전자 연구를 중단해야 한다고 주장한다. 모래 폭풍 이후에 돌연변이가 크게 늘어난 것이 유전자 실험의 부작용이라는 거였다. 유전자 실험이 돌연변이가 증가한 원인인 것은 사실이었다. 모래 폭풍으로 인한 환경의 변화도 원인들 중 하나로 알려져 있다.

커스터비아는 커스터머의 존재를 매우 싫어하는데, 커스터머가 세기말의 징조라고 보기 때문이다. 그들은 스스로 돌연변이가 되는 사람들이 계속 늘어나다보면 돌연변이가 더 많이 태어나고 결국 '정상적인 사람'은 하나도 남지 않게 될 거라고 생각했다.

커스터머 커뮤니티에서는 커스터비아들의 그런 생각을 적극적으로 조롱한다. 커스터머 축제 때 커스터비아들을 놀리기 위해 토끼 분장을 하기도 했다. '커스터비아들에 의하면 백 년 후에 커스터머의 총 부피는 우주의 부피를 초과할 것이고 모든 인간들은 커스터머에 깔려 죽을 것이다.'

올해 재건의 날 축제 때 모인 커스터비아의 수는 지난해보다 크게 늘었는데 언론에서는 그게 말리의 인터뷰가 끼친 영향이라고 봤다. 재건의 날 밤에 일어난 살인 사건이나 그뒤에 일어난 사건도 그와 무관하지 않을 거라고 했다.

실제로 돌연변이와 커스터머를 겨냥한 폭력 사건이 늘고 있었다. 노란길에 있는 커스텀 가게들의 유리창이 깨지는 일도 종종 발생했다.

돌연변이와 커스터머 커뮤니티에서는 정부에 대책을 요구하고 있었다. 하지만 정부는 특별한 대책을 내놓지 못하는 상황이었다. 커스터머가 많이 모이는 노란길에 순찰을 도는 경찰이 늘어난 것이 유일하게 달라진 점이었다.

그날밤에 안은 세 시간이 지나서 기숙사로 돌아왔다. 안이 돌아오지 않던 세 시간 동안 내가 얼마나 많은 상상을 했는지 모른다. 커스터비아들은 중성인을 좋아하지 않았다. 타고난 중성인이라도 마찬가지로 증오했다. 그들의 말을 순화해서 얘기하자면 여자면서 남자인 사람들이 인류의 번식에 악영향을 미칠 거라고 했다.

멀리서 보면 안이 중성인인지 아닌지 잘 보이지 않을 것이다. 게다가 어두운 밤이었다. 나는 별일이 없을 거라고 되뇌면서도 한쪽으로는 안이 돌연변이를 혐오하는 사람에게 잡혀 잔인하게 죽는 상상을 계속했다.

안이 돌아오면 한소리 할 작정이었지만 문이 열리는 소리를 들었을 때는 다행이라는 마음이 너무 커서 아무 말 하지 않았다. 게다가 어디를 다녀왔느냐고 캐묻는 것도 우스울 것 같았다. 나는 그냥 자는 척을 했다. 다음날 나도 안도 새벽에 있었던 일에 대해서 말하지 않았다.

뿔이 났던 날 오후에 나는 안과 미용실에 갔다.

"이마를 완전히 덮어주세요."

원래 앞머리가 있기는 했지만 이마가 안 보일 정도로 숱이 많지는 않았다. 다른 사람들이 내 뿔에 대해 알게 되는 게 부담스러웠다. 나에게 뿔이 있다는 것이 나도 아직 어색했다. 적응하려면 시간이 필요했다. 그때까지는 다른 사람이 알게 되는 것을 늦추고 싶었다.

미용사는 내 말대로 해주었다. 나 같은 애들을 많이 본 눈치였다.

무겁게 앞머리를 내린 내 얼굴은 낯설었다.

"뚜껑이 생겼네."

안이 내 머리를 보고 말했다.

"빨간 머리라서 다행이야. 검은 머리였으면 못 봐줬을걸."

안이 내 말에 웃었다. 같은 생각인 듯했다.

하지만 앞머리를 내린 보람도 없이 비밀은 오래가지 못했다. 매리가 내 뿔을 본 것이다.

매리는 갑자기 다가와 바싹 붙어서 사람을 빤히 보는 버릇이 있었다. 그 버릇 때문에 그애에게 '오싹한 매리'라는 별명이 생겼다. 매리는 3월에 벌써 일학년 애들을 꿰뚫고 있었고 5월이 되자 전교생을 전부 알고 있었다.

매리는 소문을 퍼트리는 데 선수였다. 그 입 때문에 자주 공격을 당하면서도 매리는 자기 일을 그만두지 않았다. 어떤 점에서는 존경할 만했다.

소문을 내는 것 말고 매리가 잘하는 것으로 알려진 게 하나 더 있었는데 그에 대해서는 적지 않으려고 한다. 어쨌든 매리는 입으로 하는 일을 잘하는 것으로 유명했다.

학기초에 서로를 조심스럽게 대하던 아이들은 두 달이 지나자 탐색을 멈추고 자기 자리를 고정했다.

우리 반에는 웜스에서 온 사람이 다섯 명 있었다. 나까지 여섯이었다. 나는 비취 출신인 안과 어울린다는 것 때문에 웜스 애들에게 찍혔다.

안도 나 말고는 친구가 별로 없었다. 웜스 애들은 물론이고 시드 출신 애들도 중성인을 좋아하지 않았다. 비취 구역에서 온 빛나는 애들은 동굴 구역 출신을 혐오하는 듯했다.

시드 출신 애들의 중심인 솔티나는 안에게 호감이 있었다. 안은 솔티나를 특별히 가깝게 대하지는 않았지만 솔티나가 말을 걸면 편하게 대화를 나눴다. 인정하기 싫지만 안과 솔티나는 친해지고 있었다.

나도 가까워진 애가 있었다. 씨씨였다. 재건의 날에 씨씨의 집에서 얘기를 나눈 후로 나는 그애와 눈인사 정도는 하고 지냈다. 주변에 다른 애들이 없을 때는 잠깐씩 수다를 떨기도 했다.

매리가 내 뿔을 본 그날은 대체로 괜찮은 날이었다. 오전까지는 그랬다. 아침 일찍 학교에 갔더니 교실에 씨씨만 있어서 기분좋은 대화를 나눴다. 성가신 통증도 없었다. 역사 수업 시간에는 월 선생님이 내가 전 시간에 제출했던 과제를 칭찬했다. 재건기 중기의 노동운동을 주제로 한 과제였는데 내가 쓴 글의 관점이 신선하다고 하셨다. 그 과제를 할 때 안과 대화를 하면서 논점을 잡았기 때문에 나는 안과 눈을 맞췄다. 안이 날 보는 눈빛에서 친밀감이 느껴졌다.

역사 수업이 끝나고 나는 화장실에 갔다. 화장실에서 나와 교실로 돌아가는데 라울이 보였다. 라울은 항상 복도 정가운데로 걸어다녔다. 나는 그 으스대는 태도가 마음에 안 들었다.

복도 창문으로 5월의 햇빛이 쏟아지고 있었다. 복도가 아주 환했다. 라울까지도 꽤 잘나 보였다. 라울은 조각 같은 얼굴과 빛나는 금발을 가졌고 커다란 몸은 근육질이었다. 공부도 중간 정도는 했고 운동은 아주 잘했다.

안과 솔티나가 눈에 띄게 가까워지면서 라울은 안을 견제하고 있었다. 그전부터도 안을 은근히 비웃기는 했다. 라울과 라울의 친구들은 안을 튄이라고 불렀다.

라울이 복도에서 설치는 것을 보자 기분이 나빠졌다.

헤라클레스 나셨네.

그런 생각을 했는데 나도 모르게 걔를 노려보고 있었나보다.

그때까지는 있는 줄도 몰랐던 매리가 라울의 뒤에서 나와 "빨간 머리 웜스가 널 보네" 하고 라울에게 킥킥거렸다.

다른 애들도 웃었다. 한 명만 뚱한 표정을 짓고 있었다. 그애의 이름을 떠올리는 데 몇 초가 걸렸다. 체육 시간에 촌스러운 초록색 티셔츠를 입는 애. 존재감이 없는 타입이었다. 호리호리한 지코스. 얼굴은 여드름투성이였다.

내가 지코스의 이름을 떠올리는 사이 매리가 어느새 내게 바짝 붙어 있었다. 그애의 입에서 나오는 숨결이 내 콧등에 닿을 정도로 가까웠다.

"머리 새로 했네. 라울한테 잘 보이려고?"

너무 어이가 없는 말이라 헛웃음이 났다.

"남의 남자를 그렇게 뚫어져라 보면 안 되지."

매리와 라울이 어떤 관계인지 아는 나는 매리의 말이 웃겼다. 매리와 라울이 사귀는 사이가 아니라는 것은 전교생이 알았다.

매리는 라울을 쫓아다녔다. 라울은 매리와 같이 다니기는 했지만 그애를 함부로 대했다. 라울이 교실에서 매리의 커다란 가슴을 주물럭대는 것을 본 적도 있었다. 역겨운 광경이었다.

"난 관심 없어. 잘해봐."

말도 안 되는 말로 사람 속을 긁는 게 매리의 특기였다. 매리의 말을 무시하고 지나가려는데 매리가 뭐라고 큰 소리로 지껄였다.

"하긴 한꺼번에 둘하고 하는데 부족하진 않겠지. 퉌하고 할 때 느낌이 어때?"

그 말을 듣자 얼굴이 확 달아올랐다. 다른 사람이 안과 나의 관계를 그런 식으로 볼 수 있을 거라고는 한 번도 생각해보지 않았던 것이다.

라울이 낄낄거렸다. "재 얼굴 좀 봐. 뭐가 있긴 있나보네."

맞받아칠 말이 떠오르지 않아 서둘러 교실로 들어갔다. 교실로 들어가는 나를 매리가 뒤따라왔다. 잘못 걸렸네. 매리가 내 팔을 잡았을 때 나는 일이 성가시게 될 거라는 걸 알았다.

매리가 내 팔을 잡고 내 앞머리를 뒤로 넘겼다.

매리가 내 뿔을 봤다. 그 순간 매리의 눈이 얼마나 반짝이던지.

"얘 뿔 났어!"

매리가 교실에 외쳤다. 아이들이 나를 쳐다봤다. 대부분은 잠깐 날 본 뒤 심드렁하게 자기 할 일로 돌아갔지만 몇 명은 나에게 다가왔다.

"커스텀한 거야?"

어떤 애가 물었다. 나는 복잡하게 설명하기가 싫어서 그냥 그렇다고 했다.

"한 지 얼마나 됐어?"

"며칠 안 됐어."

그리고 뭐 별거 없었다. 다들 금방 흥미를 잃고 자기 자리로 갔다. 시드에서 머리에 뿔이 달린 것 정도는 큰일도 아니었다. 학교 안에는 돌연변이가 그리 많지 않았지만 번화가에서는 흔하게 볼 수 있었다.

다음 수업 선생님이 교실로 들어오자 매리도 나에게 손을 뗐다.

안은 수업이 시작되고 조금 지나서 솔티나와 교실로 들어왔다.

앞머리로 이마를 다시 가렸지만 뿔이 밖으로 드러난 것 같은 기분이었다. 얼굴이 화끈거렸다.

안이 나에게 쪽지를 보냈다.

'표정이 안 좋네. 무슨 일 있어?'

'아무 일도 아니야.'

나는 답을 보내고 수업에 집중하려 애썼다.

그날 오후에 나는 매리 말고도 내 뿔에 관심을 가진 사람이 있다는 것을 알게 됐다. 옛날 책을 모아놓은 서가에서 시간을 보내고 있을 때였다. 나는 커다란 책장들 사이를 천천히 걸어다니는 것을 좋아했다. 옛날 책을 모아놓은 작은 방에서는 종이와 나무 냄새가 났다. 그곳에 있을 때면 숲속에 있는 것 같은 기분이 들었다.

나는 조용한 숲속을 혼자 산책하는 기분에 빠져 있다가 등뒤에서 인기척을 느꼈다. 돌아보니 미니가 있었다. 입학식 날 말린 선생님의 사진을 찍으려고 소동을 일으켰던 상급생 미니였다.

말린 선생님이 죽은 후로 미니가 이상해졌다는 소문을 듣기는 했지만 가까이서 보니 소름이 돋았다. 미니의 볼은 홀쭉했고 머리는 헝클어져 있었다. 바짝 마른 얼굴에 눈 두 개가 빛났는데 광기가 느껴졌다. 금방이라도 날 향해 손톱을 세우고 달려들 것 같았다.

"서명 좀 해줄래?"

미니가 패드를 내밀었을 때 난 안심했다. 패드 화면에 말리의 무죄를 주장하는 성명서가 떠 있었다. 내가 서명만 하면 미니는 사라질 것이다.

"여기 있어."

나는 서둘러 서명을 했다. 하지만 내 기대와는 달리 미니는 바로 가지 않고 그 광적인 눈으로 날 훑어보고 있었다.

"하나 더 있어."

미니가 말했다. 그애의 입에서는 쉰내가 났다. 나는 찡그리며 서명하겠다는 손짓을 했다.

"그럼 얼른 줘."

미니가 다른 페이지로 넘긴 패드를 나에게 건넸다. 이번에 내민 것은 커스텀 반대 법안이었다. 서명란 위쪽에 말리가 했던 말이 그대로 인용되어 있었다.

> 사람들은 점점 더 도를 지나치고 있습니다. 멀쩡한 팔, 다리를 자르고 그 자리를 해괴한 것으로 채우는 걸 멋지다고 생각하죠. (……) 사람의 몸은 신이 주신 선물입니다. 커스텀은 인류를 불행하게……

나는 망설이다가 서명을 하지 않고 패드를 돌려주었다. 미니는 불쾌해하는 대신 이를 드러내며 웃었다.

"왜 안 하는 건데? 네가 후천적 돌연변이라서?"

나는 대답하지 않았다.

말리의 구명운동을 하는 사람들이 있다는 얘기는 들어서 알고 있었다. 복제된 인간이 자신을 복제한 사람을 죽인 것은 처음 생긴 일이라 재판이 길어지고 있었다.

말린이 죽은 책임은 말린에게 있다. 말장난 같은 그 말에 동의하는 사람들이 있었다. 놀랍게도 꽤 많은 사람이 그렇게 생각했다. 불법으로 자신의 유전자를 복제해서 자기와 똑같은 인간을 만든 다음 몇 년이나 집에 감금하고 학대했으니 죽어도 싸다는 거였다.

말리를 동정하는 여론도 있었다. 아름다운 말리. 언론에서도 말리에 대한 뉴스를 계속 내보냈다. 말리에게는 팬들이 있었다.

미니도 말리의 팬이 된 걸까? 말린 선생님을 좋아하던 미니가 말리의 팬이 된 것은 이상한 일일까 아니면 자연스러운 일일까? 나는 미니가 어떻게 생각할지 궁금했다.

"너 뿔이 있다며?"

미니가 내 이마를 노려보며 말했다. 나는 말을 돌리려 했다. 하지만 미니는 나에 대해 생각보다 많은 것을 알고 있었다.

"돌연변이 카페에서 일하지? 노란길에서 널 본 적 있어. 서명운동을 하러 다니면 노란길에 있는 인간들은 날 보고 비웃는 표정을 지어. 손가락으로 가리키면서 자기들끼리 웃기도 하고. 노란길에서만 그런 일을 당해. 너도 지금 그런 인간들하고 똑같은 눈으로 날 보네. 날 비웃고 있는 거 맞지?"

"네가 웃긴 일을 하고 있잖아."

나도 모르게 본심이 튀어나왔다.

미니의 무서운 얼굴을 보니 실수를 되돌릴 수는 없을 것 같았다. 미니는 격분해서 내가 대가를 치르게 될 거라고 소리를 지르다가 몸을 홱 돌려 서가에서 나갔다.

다음날 나는 하루종일 긴장해 있었다. 미니가 무슨 일이라도 벌이지 않을지 불안했다. 하지만 아무 일도 없었다.

미니는 점심시간에 운동장을 돌아다니며 서명을 받았다. 멀찍이서 그애를 보다가 눈이 마주쳤는데 미니는 무심하게 고개를 돌리고 다른 곳으로 갔다.

옆에 있던 안이 날 쿡 찔렀다.

"재하고도 무슨 일이 있었어?"

나는 고개를 저었다.

"별일 아니야."

"어제 매리가 네 뿔을 보고 난리를 쳤다며?"

"난리까지는 아니었어. 누구한테 들었어?"

"교실이 다 아는데 뭘."

"네가 다른 애들한테 관심이 있는 줄은 몰랐네."

"너한테 관심이 있는 거지. 누구든 널 건드리면 가만 안 둘 거야."

나는 안의 말을 듣고 웃었다. 안답지 않은 말이었다. 안은 자기감정을 잘 드러내는 편이 아니었다.

"방금 그 말 너하고 진짜 안 어울린다. 어디서 그런 말을 배웠어?"

"몰라. 중성인이라 그런가보지."

안이 자신에 대한 편견을 알고 있다는 것을 직접적으로 드러낸 것은 그때가 처음이었다. 안은 평소에는 다른 사람들이 자신을 꺼림칙한 눈으로 본다는 걸 모르는 것처럼 행동했다. 나도 안이 모를 거라고는 생각하지 않았다. 다만 안이 강한 사람이기 때문에 누가 자신을 어떻게 보든 크게 신경쓰지 않는다고 생각했다. 하지만 안이 "중성인이라 그런가보지" 내뱉듯 말하고 내 시선을 피했을 때 사실은 안이 상처받고 있었다는 것을 깨달았다. 안은 자신의 상처를 드러내기에는 너무 자존심이 셌던 것이다.

그날 오후 내내 안이 신경 쓰였다.

내가 그동안 안에게 너무 무심했던 것 같았다.

수업이 끝나고 안에게 가려고 했는데 안이 먼저 나에게 와서 오늘은 솔티나와 약속이 있다고 말했다.

그 짧은 사이에 라울이 솔티나에게 달라붙었다. 라울은 솔티나와 사귀고 싶어 안달이 나 있었는데 그러면서도 끊임없이 다른 여자애들과 노닥거렸다. 솔티나는 라울에게 냉정했다.

그날 오후에 라울은 솔티나에게 해변에 놀러가자고 조르는 중이었다.

"솔티나, 해변에 가자. 얘들도 간대."

라울의 친구들과 솔티나의 친구들이 섞여 있었다. 모두 시드 출신이었다.

"약속 있어."

솔티나가 말했다. 라울은 평소에는 한마디 던져보고 솔티나가 거절하면 바로 그만두었다. 하지만 그날은 끈질기게 무슨 일이냐고 물으며 같이 가자고 졸랐다.

솔티나는 노골적으로 귀찮다는 표정을 지었다.

"안하고 우리집에 가기로 했어. 우리 엄마도 기다리고 계셔. 같이 보기로 했거든."

라울이 내 옆에 선 안을 돌아봤다. 솔티나가 왜 자신이 아니라 안에게 호감을 보이는지 이해하지 못하는 얼굴이었다.

라울은 멍청하게도 솔티나에게 이렇게 말했다.

"너희 어머니가 연구할 튄이 필요하시대?"

솔티나의 어머니가 대학에서 유전학을 가르친다는 것을 안에게 들어서 알고 있었다. 안이 유전학에 관심이 있다는 것을 알고 책을 빌려주기도 하는 것 같았다.

솔티나는 싸늘해져서 말했다.

"넌 방금 내 친구와 내 어머니를 동시에 모욕했어. 날 모욕한 거지. 앞으로 나한테 말 걸지 마."

그러곤 솔티나는 안과 교실 밖으로 나갔다. 솔티나와 나가는 안을 노려보던 라울과 눈이 마주쳤을 때 나는 민망해졌다. 라울이 자존심

상해서 죽을 지경이라는 것이 그애의 눈빛에서 너무나 그대로 드러나 보였던 것이다. 라울이 불쌍하게 느껴질 정도였다. 나는 그 눈을 피해 얼른 교실에서 나왔다.

바로 다음날부터 라울이 나에게 들러붙었다. 다른 애들도 있었다. 반스, 카를로, 헤차스, 올베. 모두 라울의 친구였다. 파리들.

왜 안이 아니라 내가 표적이 됐는지 모르겠다. 아니, 사실은 이해했다. 라울이 수치를 느끼던 그때 내가 그애의 눈을 봤기 때문일 것이다. 그런 순간에 눈이 마주친 것은 나에게나 라울에게나 재수없는 일이었다.

라울이 나를 표적으로 삼은 첫날에는 별일이 없었다.

기분이 약간 이상한 정도였다.

내가 어디서 무엇을 하고 있든 그애들의 시선이 느껴졌다. 그건 피곤한 일이었다.

둘째 날부터는 웃음소리가 들렸다.

내가 사소한 실수를 하면 라울과 그애의 친구들이 기다렸다는 듯이 웃음을 터트렸다. 실수를 하지 않을 때도 그랬다.

나는 그 일들을 무시했다.

열흘째가 됐을 때는 나는 물론이고 안도 그 미친 파리떼를 지긋지긋해하고 있었다.

그만해. 그렇게 말할 타이밍은 오지 않았다.

물건이 소리 없이 사라지고, 내 이름이 저급한 욕설과 함께 학교 여기저기에 적히고, 누가 날 세게 밀치고 지나가는 일들이 일어날 때 그만하라고 말할 타이밍을 잡기란 쉽지 않다.

그런 일들이 이어지던 어느 날 아침에 라울이 게임을 선언했다. '뿔 뽑기 게임.'

수업을 들으러 가던 중이었다. 호숫가를 지나는데 라울 패거리가 보였다. 그애들은 잔디밭에 앉아 있었다. 매리도 있었다. 매리가 뭐가 웃긴지 깔깔대며 지코스의 어깨를 때렸다.

라울은 나를 보고 반가운 척하며 손을 흔들었다.

"돌연변이! 안녕."

라울은 안이 없는 때를 노린 것 같았다. 보통때는 함께 수업에 가지만 그날 안은 볼일이 있어 나 혼자 기숙사에서 나왔다.

라울이 커다란 몸을 어기적거리며 내 앞으로 왔다.

"같이 놀자."

"그만 좀 해."

내가 진절머리가 나서 말했다. 라울은 능글맞게 웃었다. 가까이서 보니 정말 역겨운 얼굴이었다.

"난 그냥 너랑 친해지고 싶어서 그래. 내가 우리가 같이 놀 수 있는 방법을 생각해봤어."

넌 머리를 안 쓰는 편이 세상에 이로울 텐데.

그렇게 생각했지만 입 밖으로 내지는 않았다. 라울을 열받게 해서 좋을 게 없었다.

"안 궁금해?"

나는 마지못해 "뭔데?" 하고 물었다.

"뿔 뽑기 게임."

더 들을 필요도 없었다. 한심한 소리.

여섯 명이 내 앞을 막았다. 가운데에 있는 라울이 가장 덩치가 컸다.

"밤새 생각한 거야. 내 성의를 봐서 들어봐. 규칙은 간단해. 술래잡기하고 거의 똑같아. 다른 점은 술래가 잡히면 등을 맞는 게 아니라 뿔이 뽑힌다는 거지. 정해진 시간은 하루야. 하루 안에 술래를 잡아 뿔을 뽑으면 우리가 이기는 거야. 술래는 너고."

나는 빠져나갈 때를 노렸다.

"안 잡히면?"

"그럼 네가 원하는 걸 들어줄게. 뭐든지 다."

내가 원하는 건 라울이 나를 더이상 귀찮게 하지 않고 내버려두는 것이다.

내가 막 뒷걸음질을 치려 할 때 매리가 외쳤다.

"지금부터 시작!"

그 말이 끝나기도 전에 나는 이미 달리고 있었다. 올베와 카를로가 날 쫓아 달렸다.

오래는 아니었다.

수업 시간이 가까워지자 그애들은 날 더 쫓아오지 않았다.

게임이란 말이지.

나는 학교에 가지 않기로 했다.

하루만 무사히 버티면 되는 거야.

라울이 자기가 한 말을 지킬지는 모르겠지만.

나는 학교 정문 밖으로 나갔다. 하루 휴가를 냈다고 생각하기로 했다.

나는 곧장 노란길로 가서 휴일에 할 만한 일들을 했다.

오전은 서점에서 보내고 괜찮은 식당에서 천천히 점심을 먹은 뒤 오후에는 카페에서 시간을 때웠다. 카페 일을 시작한 후로는 휴일이 없었다. 오랜만에 갖는 여유였다.

테이블에 책을 쌓아두고 머핀을 먹고 있는데 안에게 전화가 왔다.

"어디야?"

나는 대충 둘러댔다.

"일하고 있어. 아침에 가게에서 연락이 왔거든. 급하게 사람이 필요하다고."

"언제 끝나는데?"

"마감까지 하고 가야 할 것 같아. 기다리지 말고 먼저 자."

안은 걱정하는 말을 하고 전화를 끊었다.

안에게 말할 필요까지는 없지.

오늘이면 다 끝날 텐데.

나는 생각했다.

해가 지자 카페에서 죽치는 게 지겨워졌다. 나는 카페에서 나와 변신으로 갔다. 일층에는 들르지 않았다. 바로 이층으로 올라갔다.

한 번은 이층을 제대로 구경하고 싶었다.

가끔 만지가 이층에 음식을 가져다주라는 심부름을 시킬 때가 있었다. 항상 일이 바쁘게 돌아갔기 때문에 나는 음식만 전해주고 서둘러 일층으로 돌아가고는 했다.

이층은 보통 한 명이 지켰다. 주말에 이층에서 일하는 직원은 알베였다. 알베는 무시무시한 외모의 커스터머로 노란 눈이 특히 무서웠다. 하지만 보기와는 달리 아주 친절한 사람이었다.

평일에 변신 이층에 가본 것은 처음이었다.

이층에는 알베 말고 다른 사람이 카운터에 있었다. 처음 보는 사람이었다. 목이 아주 긴 중성인으로 내가 들어가자 목을 기울여 인사를 건넸다. 나는 그 우아한 동작에 마음이 녹아내렸다.

이층은 다섯 명이 들어가면 꽉 찰 정도로 좁았다. 손님이 많지 않아서 다행이었다. 나는 여유롭게 이층의 물건들을 구경했다. 이층이 좁은 것은 물건들 때문이었다. 가게라기보다는 박물관 창고에 가까운 느낌이었다.

진열대와 서랍, 장식장에 온갖 물건들이 들어 있었다. 몸에 이식하는 작은 파츠부터 희귀한 날개까지 없는 게 없었다.

천장에는 길쭉한 파란 손들이 끈에 줄줄이 꿰어져서 갈고리에 매달려 있었다. 온갖 동물의 발들도 머리 위를 떠다녔다.

내가 알기로 커스텀에는 두 가지 방법이 있다. 하나는 주사로 약물을 넣어 유전자 구조에 변화를 주는 것이다. 그게 가장 일반적인 방식이다.

몸에 날개나 꼬리 등 원하는 것을 수술로 이어 붙인 뒤에 약물을 주사하는 방식도 있다. 특별한 것을 몸에 붙이고 싶을 때 그렇게 한다고 한다.

나는 그런 정보들을 주로 『커스터머』나 커스터머 커뮤니티에서 보고 알았다.

이층에 전시된 물건들 중에는 판매하지 않는 것들도 많았다. 사장인 험이 특별한 주문을 받아 만든 물건들이었다.

내가 어깻죽지에 달 수 있게 나온 용 날개에 빠져 있을 때 피부가 보라색인 사람이 가게 안으로 들어왔다.

"이리나."

그가 목이 긴 중성인에게 인사를 했다. 이리나가 우아하게 목을 기울이는 모습은 여러 번 봐도 질리지 않았다.

"험."

이리나가 그렇게 말했을 때에야 그가 험인 것을 알았다. 그날 험은 부풀린 주황색 머리에 장식적인 모자를 쓰고 있었다. 줄무늬가 있는 슈트 차림이었다.

"안녕하세요."

나는 험에게 인사했다.

"뿔이 났나보군."

험이 거두절미하고 그렇게 말했다.

"보실래요?"

나는 앞머리를 뒤로 넘겨서 험에게 뿔을 보여주었다.

"인어의 뿔이네."

험이 확신하는 투로 말했다.

"저희 가족 중에는 인어가 없어요."

"알아봐. 분명히 있을 거야. 증조할아버지나 고조할머니라도. 아니면 부모님 중에 한쪽이 전환했을 수도 있지."

전환은 돌연변이를 없앤다는 뜻의 은어였다. 나는 생각이 복잡해졌다. 어릴 때부터 꾸던 인어 꿈, 사진집에 실린 바다를 보고 느꼈던 강렬한 기시감, 기억나지 않는 사고와 내 이마 안에 있는 뿔 뿌리……

나는 아직 부모님에게 어떤 얘기도 하지 못했다.

생각은 오래가지 못했다.

"가게문 닫을 시간이 지났어. 이리나가 손님 때문에 퇴근을 못하고 있는 것 같은데."

험의 말을 듣고 생각이 끊겼다.

시계를 보니 자정이 훌쩍 지나 있었다.

"죄송해요."

나는 이리나에게 사과했다. 이리나는 우아하게 미소를 지었다.

이층 문을 열고 나오는데 뒤로 험의 목소리가 들렸다. "오늘은 얼마나 팔렸어, 이리나?"

게임이 끝났네.

나는 계단을 내려오며 생각했다.

계단을 내려와 길 끝에서 모퉁이를 돌 때 나는 다시 내 뿔에 대한 생각에 빠져 있었다. 그런데 갑자기 누군가가 나를 확 잡아챘다.

"여기 있을 줄 알았지!"

매리였다.

라울도 있었다. 지코스와 올베, 미니도 함께였다. 미니는 의외였다. 라울과 미니가 같이 있는 것을 전에는 본 적이 없었다.

"자정이 지났잖아. 게임이 끝난 거 아니야?"

나는 소용 없다는 것을 알면서도 규칙에 대해 말했다.

"이십사 시간이 아직 안 지났잖아. 내일 아침까지는 유효해."

"유효라는 단어를 알 줄은 몰랐네."

내가 말했다. 짜증이 나서 참을 수가 없었다.

라울은 내 말에 신경쓰지 않았다.

내 양쪽 팔은 지코스와 올베에게 잡혀 있었다. 지코스는 소심해 보이는 외모와는 달리 힘이 셌다. 움직일 수가 없었다.

미니가 주머니에서 뭔가를 꺼냈다. 손잡이가 가죽으로 된 접을 수 있는 작은 칼이었다.

저렇게 작은 칼로는 안 될 텐데.

나는 내 뿔의 뿌리가 얼마나 크고 깊은지 생각했다.

진짜로 내 뿔 뿌리를 빼려 한다면 난 뿌리가 뽑히기 전에 과다출혈로 죽을 것이다.

미니가 가까이 올수록 긴장으로 몸이 점점 더 굳었다. 그애의 두 눈은 어느 때보다 반짝거리고 있었다. 광기가 도는 눈빛이었다.

나는 나에게 무슨 일이 일어나는지 보려고 눈을 크게 떴다.

"내가 할게."

라울이 갑자기 끼어들어 미니의 손에 있는 칼을 가로챘다. 라울이 쥔 작은 칼은 가까이서 보니 꽤 날카로웠다. 저게 내 손에 있다면.

"이건 그렇게 개인적인 일이 아니야. 신의 이름으로 징벌하는 거라고. 칼 이리 내!"

미니가 라울의 손목을 잡고 소리를 질렀다. 둘이 다투는 모습을 보자 마음이 냉담해졌다. 지코스와 올베에게 잡혀 있는 팔이 뻐근했다. 멍이 들 것 같았다.

라울이 미니를 세게 밀쳤다. 미니가 일어나기 전에 라울이 기회를 뺏기지 않으려는 듯 서둘러 내 이마를 칼로 그었다. 이마에 차가운 것이 닿았고 순식간에 불에 덴 것처럼 화끈거리는 통증이 번졌다.

내가 소리를 질렀을 때 약간 떨어진 곳에서 누군가가 무슨 일인지 보려고 오는 것이 보였다. 올베와 지코스가 내 팔을 놓고 날 떠밀었다. 난 넘어졌고 그사이에 그애들은 도망가버렸다.

"괜찮아요?"

파란색 머리를 틀어올린 도마뱀 피부의 여자가 내가 일어설 수 있게 도와줬다. 나는 비틀거렸지만 곧 정신을 차렸다. 피가 흘러서 눈에 들어갈 것 같았다. 나는 손으로 피를 훔쳤다. 여자가 자기 목에 두른 스카프를 풀어서 내 이마를 감쌌다.

"혼자 갈 수 있겠어요?"

여자가 물었고 나는 고개를 끄덕였다.

"괜찮아요. 고맙습니다."

"요즘에 저런 나쁜 것들이 많다니까. 무서워서 살 수가 있어야지! 정말 괜찮아요?"

"친구가 올 거예요."

여자는 그 말을 듣고 걱정스럽게 날 한번 본 뒤 떠났다.

나는 벽에 기대서 숨을 고르다가 길가로 나와 택시를 탔다. 라울이 돌아올지도 몰랐다.

내가 방에 들어갔을 때 안은 자고 있었다.

나는 안을 불렀다.

"안."

안은 얕은잠을 자고 있었는지 바로 깨어났다.

"머리에 그게 뭐야?"

안이 눈을 비비며 물었다.

나는 불을 켰다. 안은 내 꼴을 보고 잠시 멍하니 있다가 소독약을 가져왔다.

안이 내 머리에 묶인 스카프를 풀려고 했다.

"내가 할게."

얼굴 전체가 얼얼하고 화끈거렸다. 나는 겨우 스카프를 풀었다.

안은 수건에 물을 적셔서 내 코와 뺨을 닦은 뒤 소독약을 묻힌 솜으로 상처 주변을 조심스럽게 두드렸다.

"피는 멈춘 것 같아."

나는 거울로 상처를 확인했다. 생각보다 깊게 베이지는 않았다. 안의 말대로 피도 멎어 있었다.

"누가 그런 거야?"

"라울."

나는 누가 그랬겠어, 하고 웃었다. 상처가 심각하지 않다는 것을 알게 되자 안심이 됐다. 게다가 옆에 안이 있으니.

안도 미소를 지었다.

5월이 끝나가고 있었다.

생일 선물

UFO는 세상의 좋은 물건과 음식들을 모조리 가져와 전시해놓은 거대한 박물관 같았다. UFO의 맨 꼭대기 층은 스카이라운지였다. 스카이라운지 아래로 온갖 가게들이 다 모여 있었다. 영화관, 미용실, 옷가게, 커스텀 가게 들. 식품 코너와 푸드코트, 레스토랑 들.

평일 저녁인데도 사람이 많았다.

태양시는 그곳에 사는 사람들에게는 자유로운 도시이지만 다른 구역 사람들에게는 닫힌 도시였다. 그런데 이 사람들은 다 어디서 왔을까? 태양시에 사는 사람들만 있는 것 같지는 않았다. 아마도 웜스에서 특별한 지위를 가진 사람들이 허가를 받아 여행을 온 듯했다. 행정구역 관리자나 관리자의 친척이나 친구, 아니면 그냥 부유한 사람일 수도 있었다. 당연한 얘기지만 웜스에도 부자들은 존재했다. 부자들은 어디에나 있다. 부자가 아닌 사람 눈에는 보이지 않아서 그렇지.

그날은 나도 부자가 된 기분이었다.

내 주머니도 묵직했으니까.

6월의 첫날이었다. 첫 아르바이트비가 들어온 참이었다. 마침 집에서 용돈도 보내주었다. 집에서 온 용돈과 아르바이트비를 합쳐 천 솔라 정도가 내 계좌에 들어 있었다. 천 솔라! 처음 가져본 큰돈이었다.

나는 무빙워크를 타고 쇼핑몰 안을 빙글빙글 돌았다.

내게 필요한 것이 그렇게 많은 줄 처음 알았다!

나에게는 베르가모트 향이 나는 보디 클렌저가 필요했다. 립스틱이 필요했고 가죽가방과 보석, 구두, 부츠, 샌들이 필요했다. 기숙사 방바닥에 깔 러그도 필요했다. 내 피부를 지킬 자외선 차단제와 양산, 장갑도 있으면 좋을 것 같았다(6월이 되자 태양시의 햇살은 엄청나게 강해졌다). 허리가 편한 의자, 도자기 접시, 귀여운 봉제 인형들, 새 커튼도 갖고 싶었다.

속옷 가게에 전시된 귀여운 속옷들을 보자 내가 가진 것들이 모두 낡았다는 게 생각났다. 아, 나는 정말 필요한 게 많았다.

UFO에서 천 솔라쯤은 설탕 한 숟가락어치도 되지 않았다. 티스푼으로 하나 정도 될까. 하여튼 쓰기로 마음만 먹으면 물에 탄 설탕처럼 순식간에 녹아 없어질 것이었다.

나는 그것을 깨닫고 지갑을 단단히 붙잡았다.

지느러미를 사려면 돈을 모아야 했다. 충동구매는 절대 안 돼.

그래도 속옷 가게는 그냥 지나칠 수 없었다.

그 속옷 가게는 무척 귀여웠으니까.

빨간색 멜론이 그려진 유리창 안에 속옷들이 진열되어 있었다. 마네킹의 가슴이 멜론으로 되어 있고 페니스가 바나나인 건 좀 진부했지만 속옷들은 귀여웠다. 마네킹은 금색이었는데 마네킹이라기보다는 설치 작품에 가까워 보였다.

나는 그곳에서 빨간 멜론 무늬가 들어간 브라 세트 한 벌과 트렁크스 하나를 샀다.

트렁크스에는 바나나를 잡아먹는 이빨 달린 멜론들이 무늬로 들어가 있었다. 무시무시하고 귀여운 멜론들.

안이 그 트렁크스를 입은 모습을 떠올리니 웃음이 나왔다.

나는 변태들이 징그럽다고만 생각했었다. 하지만 안을 좋아하게 되면서 나에게도 변태 같은 면이 있다는 것을 알게 됐다. 처음에는 그런 내가 싫었지만 점점 내 마음속에 자리한 흑심에 익숙해져가고 있었다.

그 흑심은 삶을 지루해하는 심술궂은 노인 같았다. 하루종일 커튼을 친 어두운 방에 앉아서 뜨개질을 하며 머릿속으로는 야한 생각만 하는 그런 노인 말이다. 하지만 사실은 그게 나였다. 늙은 남자나 발칙한 할머니가 아니라 내가 그랬다. 흑심은 검은 연기 같았다. 검은 연기는 발정난 개, 음울한 변태, 이성을 유혹하는 악마 등으로 다양하게 모습을 바꾸고는 했다.

나는 내 흑심을 들키지 않도록 순진한 글씨체로 카드를 써서 트렁크스가 든 선물 상자에 붙였다. 속옷 가게의 직원이 선물을 포장해주었다. 직원은 잘생기고 눈빛이 섹시한 남자였다. 그도 누구나 흑심을 품고 산다는 것을 알고 있을 테지만 내가 그를 보면서 야한 상상을 했다는 사실은 몰랐을 것이다. 나는 그렇게 보이는 애가 아니니까.(나는 기차 안 음식 창고에서 그와 뒤로 하는 것을 상상했다.)

속옷 가게에서 나왔을 때는 몸이 약간 뜨거워져 있었다.

시간이 지나자 피곤해졌다. 열네 개 층을 도는 무빙워크도 어지러워서 더는 탈 수 없었다. 타원형에 가운데가 비어 있는 구조는 처음 들어갔을 때는 근사해 보였지만 시간이 지날수록 피로감을 줬다.

나는 그곳에서 나왔다.

UFO를 나와서는 중심가 거리를 걸었다.

선물을 하나 더 사고 싶었다.

옷을 살 생각이었다.

같이 지내다보니 안의 옷에 대해서도 빠삭하게 알게 됐다. 빠삭하게 알고 말고 할 것도 없었다.

카키색 면바지 하나와 청바지 하나, 그리고 티셔츠 세 개. 그게 다였다.

안은 모든 면에서 지나치게 검소했다. 신발도 딱 한 켤레였다. 질긴 천으로 만든 검은색 스니커즈 한 켤레.

안의 검소함이 싫은 것은 아니었다.

검소함도 고요함처럼 안의 일부였다.

안은 음식을 천천히 조금 먹고 옷이 적다. 그게 안이 살아가는 방식이었다. 나는 그 방식을 존중했다.

하지만 안에게 옷 한 벌이 더 생긴다고 해서 그애의 삶에 무슨 타격이 가지는 않을 것 같았다. 옷 한 벌이 그애의 삶을 뒤흔들지는 않을 것이었다.

나는 안에게 줄 옷을 고르기 위해 중심가 거리의 상점들을 뒤졌다.

샴푸 한 통과 보디 클렌저 하나, 구두 한 켤레, 속옷 두 벌을 든 손이 점점 무거워졌다.(그렇다. 나는 UFO에서 백 솔라 넘게 썼다. 백 솔라보다는 이백 솔라에 가까웠다.)

상점 한 군데에서 안에게 어울릴 만한 옷을 발견했다.

그 옷가게에 진열된 옷 모두가 안을 위해 만들어진 것 같았다.

셔츠, 티셔츠, 여러 종류의 멋진 바지들이 있었다. 무채색 옷이 대부분이었는데 튀는 색깔들이 가끔 섞여 있었다.

나는 오래 고민해서 옷 한 벌을 골랐다.

옅은 파란색 리넨 셔츠였다.

검은색 실크 셔츠도 있었지만 안은 실크에 거부감을 느낄 것 같았다. 면 셔츠는 선물로는 지나치게 무난했다. 그래서 나는 그 파란색 리넨 셔츠를 샀다.

셔츠를 사고 나니 주머니가 무섭도록 가벼워졌다.

누가 내가 쓴 돈만큼 내 심장을 떼어간 것 같았다. 하지만 안이 셔츠를 입은 모습을 떠올리자 심장에 난 구멍에 다시 살이 차올랐다.

돌아가기 전에 노란길에 있는 작은 레스토랑에 들러 예약을 했다.

이틀 후, 저녁 다섯시.

주방의 사르먼에게 추천받은 식당이었다.

사르먼은 미식가였다. 쉬는 날이면 태양시의 식당들을 돌아다니며 음식을 먹어본다고 했다. 혼자 음식을 먹고 기록한다. 그게 사르먼의 취미였다.

태양시에서 뭘 먹으면 좋을지 물어볼 사람으로 사르먼보다 더 나은 사람은 없었다.

나는 사르먼에게 '더 친해지고 싶은 친구'의 생일에 함께 저녁을 먹을 식당으로 어디가 좋겠는지 물어보았다.

그 친구가 소식을 한다는 것도 말했다. 또 화려한 취향은 아니지만 새로운 음식을 먹어보는 건 좋아한다는 것도.

"남자야, 여자야?"

사르먼이 물었다. "중성인이에요." 나는 사실대로 말했다. 사르먼은 입이 무거운 사람은 아니었다. 주방이 사생활이 보호되는 곳도 아니었고. 그래서 변신 카페의 모두가 내가 중성인을 짝사랑하고 있다는 것을 알게 됐다. 그걸로 얼마나 놀림을 받았는지. 사르먼에게 물어본 내가 잘못이었다.

하지만 막상 예약하러 식당에 들어가니 사르먼에게 물어보길 잘했다는 생각이 들었다. 식당은 차분하고 소박한 분위기였다. 벽은 나무 패널이었고 바닥에는 가게의 분위기와 자연스럽게 어우러지는 카펫이 깔려 있었다. 천장에는 샹들리에가, 테이블에는 촛불이 있었다. 그리고 '진짜 웨이터'들이 있었다.

메뉴가 휘갈겨진 커다란 보드가 식당 분위기를 가볍게 만들었다. 음식과 음료들의 가격도 적당했다. 고등학생이 첫 월급을 받아 데이트하고 싶은 친구에게 한턱 쏘기에 딱 좋은 가격이었다.

나는 사르먼에게 키스해주고 싶은 마음이 되어 식당에서 나왔다. 내가 예약한 식당의 이름은 '**벨벳 개구리**'였다.

식당에서는 폭풍 전 음악이 흘렀다. 재즈였다. 나는 안의 생일 저녁을 망치면 안 된다는 생각으로 긴장해 있었다. 유난스럽게 굴고 싶지는 않았다. 그렇다고 다른 날과 똑같아서도 안 됐다. 식당 안의 사람들 모두가 우리 테이블을 쳐다보고 있는 것 같았다. 영화를 관람하는 것처럼.

저녁 테이블에 앉아 있는 숙맥 여자애. 저녁식사를 혼자만 데이트라고 생각한다. 맞은편에는 무심한 상대가 앉아 있다. 매력적인 중성인이다. 그애는 여자애를 친구로는 생각하지만 다르게는 생각하지 않는다. 여자애가 중성인에게 말한다. 있잖아……

나는 그런 상상을 하며 앉아 있었다.

식사는 안이 먹고 싶어하는 것으로 시켰다. 망고피자였다. 망고피자라니. 그것보다는 좋은 걸 시켜도 되는데. 하지만 안은 피자를 먹겠다고 우겼다. 피자가 코스 요리 다음으로 대표적인 메뉴이기는 했다.

망고피자는 태양시에서 대중적인 음식이었다. 안과 나는 어쩌다보니 그것을 못 먹어보고 있었다. 언젠가는 먹어보자고 했던 음식이었다. 그런데 하필 그 대중적인 음식을 안의 생일 저녁에 먹게 되다니.

우리는 망고피자 라지 한 판과 콜라 두 병을 주문했다.

피자는 기대보다 맛있었다. 고소한 치즈와 달콤한 망고가 잘 어울렸다. 그것 말고는 모르겠다. 피자에 집중할 수가 없었다. 피자를 먹는 동안에도 나는 안에게 선물을 언제 줄까 생각하느라 정신이 없었다.

초저녁이라 아직 밖이 환했다. 식당 안으로 햇빛이 들어와서 테이블 위로 그림자가 졌다. 테이블에는 양초와 꽃병이 놓여 있었다. 안은 양초가 마음에 드는지 피자를 내려놓고 촛불을 바라봤다.

"촛불을 좋아하는지는 몰랐네. 선물로 향초를 살 걸 그랬나?"

"우리 구역에서는 불이 금지되어 있어."

안은 촛불에서 눈을 떼지 못했다. 불에 홀린 어린아이 같았다.

"나는 어릴 때 동생하고 불장난을 했어."

"집안에서?"

"집에서 했으면 길바닥에 나앉았게. 윔스는 한 가족당 집이 한 채밖에 없거든. 엄마는 불장난을 하면 밤에 오줌 싼다고 불을 못 가지고 놀게 했어. 그래도 섬에 있을 때는 자주 했어. 거긴 어른들 몰래 불을 가지고 놀 데가 많았거든. 바다 옆이라 큰불 날 걱정도 없고."

"섬에 살았어?"

"살았던 건 아니고 잠깐 머물렀던 적이 있어. 말한 적 없었나?"

"들었던 것 같기도 해."

안이 촛불에서 눈을 떼고 나를 봤다. 나는 인어가 나오는 꿈 얘기를 했다. 고등학교 배정 통지서를 받은 날에도 그 꿈을 꿨다고. 어릴 때 물에 빠져 죽을 뻔하다 살아난 얘기도 했다.

내 이마 밑에 있는 그 뿔이 옛날 일과 관련된 것 같다는 얘기를 했을 때 안은 "인어 꿈이 화살표일까?" 하고 물었다. 그럴지도.

그러다가 책방에서 샀던 사진집이 떠올랐다. 그걸 어떻게 잊고 있었을까. 나는 안에게 사진집을 샀던 책방에 대해 얘기했다. 주인이 했던 말들, 낡은 책들과 그 책방이 있던 거리.

"그 책에 검은 해변을 찍은 사진이 있는데 왠지 익숙한 느낌이 들었어. 내가 빠졌던 그곳 같아. 꿈에 나오던 곳."

"그 책 보여줄 수 있어?"

"그럼, 방에 있어. 책상 서랍에 넣어놓고 잊어버리고 있었네."

안은 책이 궁금하다고 말했다. 검은 해변이라는 곳이 어떻게 생긴 곳인지도 궁금하고 다른 사진들도 보고 싶다고 했다. 옛날의 세상 풍경이 어땠는지 보고 싶다고 했다.

나도 안도 피자를 더 먹을 생각은 없었다. 나는 피자를 네 조각이나 먹었다. 안의 접시에는 먹다 만 피자 조각이 있었다.

나는 콜라를 한 병 더 주문했다.

"안, 내가 돌연변이일까?"

나는 망설이다가 말했다. 웨이터가 콜라와 얼음이 담긴 새 컵을 주고 간 뒤였다. 안이 나를 보고 있었다. 조용하고 사려 깊은 눈과 귀, 그리고 입.

"뿔을 가지고 태어난 거라면 그렇겠지. 뿔 얘기, 부모님하고 안 해봤어?"

"아직. 어떻게 말해야 할지 모르겠어서."

안이 고개를 끄덕였다.

"오늘은 네 이야길 해봐. 네가 살던 곳은 어떤 곳이야?"

나는 기대 없이 물었다. 안이 다른 때처럼 부드럽게 말을 돌릴 것이라고 생각했던 것이다. 하지만 안은 이번에는 피하지 않았다.

"내가 사는 곳은 사람이 아주 적어. 이백 명이 안 될 정도야. 빛 구역보다도 훨씬 적지."

안의 목소리가 다른 때보다 낮았다. 나는 안의 말을 놓치지 않으려 귀를 기울였다. 안이 처음으로 자기 구역에 대한 얘기를 하고 있었다.

"우리 구역 사람들은 재건의 날이 가까워지면 금식을 해. 아이들에게는 건더기 없는 맑은 수프를 먹이고 열다섯이 넘으면 모두 예외 없이 일주일 동안 물만 마시지. 재건의 날 당일에는 구역이 아주 조용해져. 말이 금지되는 날이야. 어린애들도 그날은 떠들지 않아. 웃음소리가 나면 매를 맞고 다음날까지 혼자 어두운 방에 갇혀 있어야 하거든.

자정이 되면 등잔 돌리기를 해. 구역 사람들이 한자리에 다 모이는데 빠지는 사람이 거의 없어. 그 자리에 빠지면 구역에서 소외되거든. 우리 구역에서 불을 볼 수 있는 날은 그때밖에 없어. 재건의 날에서 다음날로 넘어가는 자정에 사람들이 원형으로 빙 둘러서서 등잔을 돌리지. 자기 차례가 오면 이렇게 말해야 해. '나는 지하에서 태어나 지하에서 살며 지하로 돌아가겠습니다. 나는 나의 죄를 기억합니다. 나는 죄인입니다.' 그러고는 옆 사람에게 등잔을 넘겨."

안이 식탁 위에 켜진 촛불로 시선을 옮겼다. 어느새 해가 져서 식탁 위로 넘실대던 햇빛이 말끔히 사라져 있었다. 어둑한 식당에서 촛불은 일몰보다 더 선명하게 빛났다.

"이상한 종교 집단 같은 의식이지? 실제로 보면 더 심해. 다른 구역 사람이 보면 소름 끼쳐 할 거야. 네다섯 살짜리 애들까지 등잔을 들고 서서 그런 말을 외니까. 나도 아주 어릴 때부터 매년 그 행사에 참여했어. 어릴 때는 그 행사가 싫지 않았어. 난 어릴 때부터 조용한 걸 좋아했는데 그날은 시끄럽던 애들도 입을 다무는 게 좋았어. 공동체의 일원으로 인정받는 기분이 들기도 했고. 등잔 돌리기를 할 때만은 어른이 된 것 같았지.

그런데 나이를 먹으면서 점점 의문이 들었어. 다른 구역은 재건의 날을 우리처럼 보내지 않는다는 걸 알게 되고부터는 더. 다른 구역에서는 축제를 하면서 노래를 부르고 웃고 즐기는데 왜 우리는 먹지도 않고 말도 못하고 어린아이들까지 자기가 죄인이라는 걸 되새기면서 보내야 하지? 이해가 안 갔어. 그런데 더 이해가 안 가는 건 내가 나를 죄인이라고 생각한다는 거야. 죄책감이 있어. 재건의 날에는 죄책감이 더 강해져. 그날 네가 쓰러지지 않았으면 나 혼자 나가서 등잔을 들었을 거야. 재건의 날이 아니어도 일 년 내내 나는 죄를 의식해. 태양시에 오기 전까지는 정말 검소하게 생활했어. 여기의 햇빛, 바람, 여유 있는 생활, 음식들이 가끔은 버거워. 우리 보호인들은 나에게 쾌락을 허락하지 않았어."

"뭐에 대한 죄책감인데?"

"우리 구역에서는 모래 폭풍이 우리의 죄 때문이라고 생각해."

"종교적인 이유야?"

"비슷해. 지금은 더 얘기 못하겠다. 그 안에 있었던 때를 떠올리니까 갑자기 기분이 안 좋아져."

안이 의자 등받이에 몸을 기댔다. 나는 무의식적으로 이마에 손을 댔다가 안이 날 보는 눈빛을 보고 머쓱해졌다.

"많이 아파?"

"아니, 가려워서 그래."

거즈 밑의 상처가 가려웠다. 일주일이 지나자 상처 위에 딱지가 생겼다. 만지면 안 된다는 걸 알면서도 거즈 위를 손가락으로 긁는 게 습관이 되고 있었다.

"화가 나."

안이 말했다. 그런 말을 하면서도 표정은 한없이 평온했다. 안이 감정 표현에 서툴다는 것을 새삼 느꼈다.

죄책감이라. 나는 평생 자기의 욕망을 누르면서 살아온 중성인 앞에 앉아 있었다. 감정도 욕망에 속할까? 나는 그런 생각을 하고는 웃어버렸다. 감정을 드러내고 싶은 욕망. 그게 바로 내가 그 순간에 강렬하게 느끼던 것이었다.

나는 안을 가까이 끌어당기고 싶었다. 말이나 행동으로. 적어도 눈빛으로.

안은 내 이마에서 눈을 떼지 않고 있었다. 안의 눈빛은 날 끌어당겼다. 의도는 아니었겠지만.

"가끔은 두려워."

"뭐가?"

"날 제어하지 못할까봐. 충동을 느낄 때가 있어. 네 이마를 볼 때마다 그래. 그애들에게 빚을 진 기분이야. 꼭 갚아야 할 빚을."

"충동은 누구나 느껴. 빚은 내가 갚을 거고."

복수할 생각은 없었다. 하지만 내가 그런 일을 그냥 넘어갈 만큼 순한 인간이라는 것을 안에게 드러내고 싶지는 않았다. 그냥 조금 센 척을 한 것이다.

"날 못 믿겠어. 중성인은 화를 못 참는다고 하잖아."

"그건 말도 안 되는 소리지. 너까지 왜 그래? 네 보호인 두 분도 중성인이잖아."

"그분들은 완전히 동굴 사람이니까. 두 분 다 감정을 누르는 법을 잘 알아. 나하고는 다르지. 저번에 봤잖아. 내가 시아 그라시아스한테 어떻게 했는지. 그때 나는 화를 참을 수가 없었어."

"빛나는 시아 그라시아스가 널 모욕한 게 먼저였어. 웜스 구역에서도 자신을 모욕한 사람을 그냥 두진 않아. 누구든 그래. 네가 널 못 믿겠다면 내가 믿을게. 난 널 믿어."

안이 날 봤다. 사람을 끌어당기는 그 눈빛으로. 속삭임 같은 눈빛이었다. 그 눈빛을 보니 어떤 약속이라도 할 수 있을 것 같았다.

나는 콜라를 따서 얼음이 가득 잠긴 잔에 부었다. 중요한 순간이 지나가고 있는 것 같은 기분이 들었다.

긴 침묵.

"다른 얘기 좀 해봐."

내가 먼저 못 견디고 침묵을 깼다.

"어떤 얘기를 해볼까?"

"궁금한 게 있어. 커스텀은 쾌락에 속한 게 아니야?"

"그건 나 자신이 나에게 허락한 최초의 쾌락이었어."

안은 열네 살 때 처음 커스텀을 했다고 말했다. 동굴 구역에서는 두 달에 한 번 빛 구역으로 가서 필요한 것들을 산다. 식량이나 생필품 같은 것들 말이다. 어른들 몇과 청소년부가 그 일을 했다. 청소년부 중에서도 임원을 맡은 아이들만이 빛 구역에 갈 수 있다. 안도 그중 한 명이었다.

"나는 어릴 때부터 나 자신에게 엄격했어. 엄격한 규칙에 나를 끼워맞추는 생활이 잘 맞았어. 꽉 껴서 숨쉬기도 쉽지 않은 옷을 입은 것 같은 기분을 즐겼던 것도 같아. 어른들은 날 신뢰했어."

식량이 일찍 떨어질 때가 있었다. 규칙에 맞춰 정해진 양을 먹는데도 그런 상황이 생겼다. 생필품이 예상보다 빨리 떨어지기도 했다. 아픈 사람이 생겨서 급하게 약을 구해와야 할 때도 있었다. 그런 때에는 어른 없이 청소년부 아이들끼리 빛 구역으로 나갔다. 세 명이 함께 갈 때가 많았다. 안과 주니가 가장 자주 나갔고, 치라도 한때는 그 일을 했다.

“그렇게 셋이서 빛 구역에 가는 날은 항상 즐거웠어. 돌연변이 셋이 다니니 불쾌한 시선을 견뎌야 할 때도 있었지만 같이 있을 때는 웬만한 일은 웃어넘길 수 있었어. 빛 구역과 동굴 구역은 특수한 동맹 관계를 맺고 있어. 우리가 거기서 물건을 사는 건 허가된 일이고, 공식적인 성격이 있지. 그걸 방해하는 건 외교적인 문제가 될 수 있어. 그래서 우리가 공격당하는 일은 거의 없었지. 대신 정해진 장소에만 들어가야 했지만.”

시드와는 분위기가 많이 다르지만 빛 구역에도 커스텀 가게가 많은 거리가 있다. 상점가에서 이런저런 것을 사다보면 그 거리를 지나가게 될 때가 있었다고 안이 말했다.

“언젠가부터 내가 거기를 일부러 들르고 있더라고. 가는 길인 척하면서 괜히 돌아가는 거지. 주니와 치라에게도 그걸 들키고 싶지 않아서 흩어져서 혼자 물건을 살 때만 그 거리로 갔어. 최대한 천천히 걸으면서 커스텀 가게들의 쇼윈도를 곁눈질하고 커스텀한 사람들을 훔쳐봤지.”

조금 전에 안이 했던 말이 생각났다. 나이를 먹으면서 점점 의문이 들었다는 말. “다른 구역에서는 축제를 하면서 노래를 부르고 즐기는데 왜 우리는 먹지도 않고 말도 못하고 어린아이들까지 자기가 죄인이라는 걸 되새기면서 보내야 하지?” 나는 그 얘기를 했다.

“그 의문이 시작 아니었을까? 이상한 얘기지만 네가 그런 의문을 처음 떠올린 순간부터 어떤 운명이 시작된 거라는 생각이 들어. 커스텀을 하고, 여기 시드에 오고, 날 만나고 그런 일들의 시작 말이야.”

"그럴지도. 어느 시기가 되자 의문들이 반항심으로 변하더라고. 내가 처음 커스텀을 한 건 반항심 때문이었어."

"욕망이 아니라?"

"반항심으로 욕망하는 것을 한 거지. 그때는 그런 생각까지는 안 했지만 나중에 돌이켜보니 그래. 커스텀 가게에 들어가면서 그곳이 허가되지 않은 상점이라는 걸 의식하기는 했어. 그것 때문에 불안했지, 막상 다른 건 쉬웠어. 자연스럽게 그 일을 했어. 떨리지도 않았어."

첫번째 커스텀을 했을 때, 안은 눈을 아몬드 형태로 바꿨다. 어른들은 안의 눈매가 변했다는 것을 눈치채지 못했다.

"눈동자 색깔이 바뀌었을 때는?"

"아이와가 금방 알아차렸어. 내가 눈매를 바꾸는 커스텀을 했다는 것도 알고 있었더라고. 첫번째는 그냥 넘어갔던 거야."

"혼났겠네."

"혼난 기분이 들었지. 아이와는 내가 커스텀을 했다는 걸 숨긴 게 서운하다고 했어."

아이와는 안에게 "네가 잘못 이해하고 있는 게 있어"라고 말했다. "무엇을 할지, 하지 않을지는 구역이 아니라 네가 결정하는 거야. 네 욕망이 어떻게 움직이는지, 어떤 때에 죄의식을 느끼는지 알기 위해서는 우선 행동해봐야 해. 눈을 감고 움츠린 채로 아무것도 안 하는 게 아니라. 전부터 네게 얘기해주고 싶었어. 한동안 하고 싶은 대로 해봐. 그러면서 네 안을 들여다보고. 낭떠러지로 달려가봐. 떨어지기 전에 내가 잡아줄 테니까."

"그래서 그다음부터 사티로스가 된 거야?"

"그러기에는 내 안의 죄책감이 너무 뿌리깊었지. 나는 여기 온 후로 매일 죄책감을 느껴. 이렇게 맛있는 걸 먹을 땐 특히."

안이 접시 위에 남은 피자를 포크로 가리키며 웃었다.

나는 식탁 아래 뒀던 선물을 꺼냈다.

"이걸 받으면 진짜 엄청난 죄책감을 느끼게 될 거야. 생일 축하해."

"선물 처음 받아봐."

덤덤한 어투였다. 상자가 커서 두 손으로 주고 두 손으로 받아야 했다. 나는 가벼운 농담 같은 것을 하려 했지만 결국은 긴장해서 안이 포장을 푸는 모습을 가만히 지켜봤다. 테이블이 작아서 안은 무릎에 상자를 올려놓고 포장을 풀었다. 안은 리본을 풀며 슬며시 웃었는데 그래도 긴장한 것 같았다.

마침내 안이 상자를 열었다. 뚜껑에 안의 얼굴이 가려져서 표정이 보이지 않았다.

"어때? 마음에 들어?"

나는 마음을 졸이며 물었다.

안이 다시 상자 뚜껑을 덮었다. 나는 셔츠 뒤에 트렁크스를 숨겨놨었다. 바로 뚜껑을 덮어서 안은 그것도 보지 못했다.

이번에도 내가 헛발질을 한 걸까? 또 혼자 괜한 기대를 했나?

내가 기대했던 기쁜 얼굴은 없었다. 안의 얼굴이 어두웠다.

안은 손가락으로 상자를 매만지다가 나를 보고 말했다.

"내가 입기에는 너무 좋은 옷이야."

"겨우 셔츠야. 튀는 색도 아니잖아. 비싼 것도 아니야. 그 정도는 입어도 괜찮아."

안이 상자 위에 두 손을 올려놓았다. 상자는 은빛이 도는 푸른색이었다.

안이 말했다.

"안 되겠어."

그걸로 끝이었다. 나는 실망을 감추려고 억지로 웃었다. 좋았던 분위기가 빠르게 식었다. 가게 안에 커다란 파도가 들이쳤다가 빠져나간 것 같았다. 누가 내 옷을 벗겨간 것처럼 등과 어깨가 싸늘해졌다. 가게 안을 따뜻하게 만들던 음악 소리도 더는 들리지 않았다.

그리고 시간이 어떻게 갔는지 모르겠다. 시간이 느리게 흘러갔다. 나는 할말이 없어졌다. 안도 그런 것 같았다.

우리는 버스를 타고 학교로 돌아갔다. 나는 안보다 빨리 걸었다. 안은 커다란 상자를 품에 안고 내 뒤를 따라왔다.

안을 이해하지 못하는 게 아니었다. 나를 위해 기쁜 척하길 바라지도 않았다. 오히려 억지로 받지 않아서 다행이었다. 하지만 서운한 건 어쩔 수 없었다. 안에게 실망한 얼굴을 보이고 싶지 않았다. 안이 셔츠를 입은 모습을 수없이 떠올리며 즐거워했던 내가 너무 바보 같았다.

"잠깐만 산책하다 들어갈게."

학교 정문 앞에서 나는 안과 헤어졌다. 안은 기숙사 쪽으로 갔다.

비가 올 것 같았다. 비를 예고하는 바람이 불었다. 나는 교정을 좀 걷다가 매점 앞 무인 판매기에서 따뜻한 카카오베리 한 잔을 샀다.

그러고는 테라스에 앉았다. 여기 있으면 비는 피할 수 있겠지.

딱히 할 일이 없어서 계속 테라스 바깥 쪽으로 고개를 돌리고 잡생각을 하고 있었다. 안을 처음 봤던 날이 스쳐지나갔다. 내 인생의 첫 중성인. 내가 태어나서 처음으로 좋아하게 된 사람. 안의 싱그러움, 다정함, 깊은 고요함. 속을 알 수 없는 얼굴.

교정을 걸어가는 안을 봤을 때 나는 환영을 봤다고 생각했다. 안에 대한 생각을 너무 많이 한 나머지 눈이 착각을 일으켰을 거라고.

내 몸은 벌써 일어나서 테라스 밖으로 나가고 있었다. 내가 선 곳에서 좀 떨어져 있기는 했지만 얼굴을 알아볼 수는 있었다. 안이었다.

안은 빠르게 걷고 있었다. 바쁜 일이라도 있는 듯이. 고개를 숙이고.

안은 나를 못 본 것 같았다. 나는 어느새 몰래 안을 따라가고 있었다. 안을 불러 세울 수도 있었겠지만 마음이 아직 풀리지 않아서 그랬는지 입이 떨어지지 않았다. 나는 안이 셔츠를 입을 수 없다고 한 것에 마음이 상한 내 소심함이 부끄러웠다.

안의 뒤를 조용히 쫓는 것도 그랬다. 나는 망설이다가 일부러 걸음을 늦췄다. 연못가까지 갔을 때는 안이 시야에서 사라지고 없었다.

첫번째 빗방울을 본 것은 그때였다. 바람 한줄기가 휙 불어오더니 잠잠해졌다. 바람이 잠잠해지자 주변이 전보다 더 조용해졌다. 연못에 빗방울이 떨어지는 소리가 들린 것은 내 착각이었을 것이다.

빗방울이 연못에 떨어졌다. 그리고 차가운 비 몇 방울이 내 얼굴과 팔에도 떨어졌다. 첫번째 빗방울을 보다니 운이 좋네. 내가 그런 생각을 하며 멍하니 서 있는 동안 비가 거세어졌다. 나는 비가 연못을 흔드는 것을 구경했다.

그다음에 일어난 일들은 연극 무대에서 벌어지는 광경 같았다. 현실적으로 느껴지지 않았다. 후드를 쓴 호리호리한 사람이 덩치 큰 라울을 막대기로 내리쳤다. 나는 겨우 몸을 움직여 풀숲으로 들어가 숨었다.

그 사람이 떠난 후 나는 라울에게 다가갔다. 라울에게 풍기는 술냄새, 머리에서 흐르는 피. 모든 게 현실 같지가 않았다. 라울의 머리 한쪽은 움푹 들어가 있었다.

그걸 본 순간 구역질이 났다.

나는 풀숲으로 기어가 그날 먹은 것을 다 게워냈다.

그날 잠들기 전에 안은 내게 약속했다. 파란 셔츠를 언젠가는 입겠다고.

약속한 거다? 나는 중얼거렸다. 안이 옷장을 닫는 소리가 들렸다.

긴장했던 탓이었을까. 나는 곯아떨어졌다. 하지만 오래 잠들지는 않았다. 눈을 떴을 때는 아직 깊은 밤이었다.

안의 침대는 비어 있었다. 또 나갔네. 나는 침대에 앉아 안을 기다렸다. 이번에는 모른 척하지 않을 생각이었다. 문이 열렸다가 닫히는 소리, 카펫을 밟는 소리, 옷 벗는 소리, 부스럭대며 침대로 들어가는 소리를 가만히 듣고 있지만은 않을 거다.

안은 두어 시간이 지나 들어왔다. 티셔츠만 입고 있어서 추워 보였다. 뭔가를 걸쳐야 할 날씨였다. 비 오는 밤이었으니까.

나는 책을 읽고 있다가 안을 봤다. 침대 맡에 달린 독서등이 안의 얼굴을 비췄다. 안의 얼굴이 창백했다. 식은땀을 흘리는 것 같았다.

"안 잤어?"

안이 아무렇지도 않게 내게 말을 걸었다.

"잠이 일찍 깼어. 어디 다녀왔어?"

나는 책을 덮었다. 안이 침대에 털썩 앉았다.

"잠이 안 와서 잠깐 뛰고 왔어."

"그 달리기 좋은 길?"

"응."

나는 더 묻지 않았다. 뭔가 숨기는 것이 있어 보였지만 왠지 입이 떨어지지 않았다.

그날밤은 그렇게 지나갔다.

다음날 아침에 일어났을 때 내 책상에는 납작한 빵과 우유가 있었다. 안이 가져다놓은 것이었다. 안은 평소와 같은 얼굴이었다. 안을 보고 있으니 내 마음에 행복이 퍼졌다. 그러나 간밤에 일었던 의심은 말끔히 사라지지 않고 마음 한구석에 남아 있었다.

안은 달리고 와서 샤워도 하지 않고 침대로 들어갈 애가 아니었다. 그리고 창백했던 그 얼굴.

어디를 다녀온 거야, 안.

나는 그런 마음을 숨기고 빵을 입에 물었다.

"얼른 나가자. 지각하겠어."

안이 날 재촉했다. 내가 늦게 일어나는 날이면 안은 내 아침을 준비해주었다. 안이 날 재촉하고 함께 교실로 간다. 안이 내 옆에 있다. 아직은 그런 평온을 지속하고 싶었다. 그런 생각이 들자 갑자기 안에 대해 깊이 알게 되는 것이 두려워졌다. 내가 안이 누구인지 알고 나면 안이 날 떠날 것이라는 예감이 들었다. 아니면 내가 안을 떠나거나. 나는 그런 생각에서 도망치듯 안의 손을 잡고 방에서 나갔다. 안의 손은 부드럽고 따뜻했다.

강아고양이

며칠 동안 여기저기에 불려다녔다. 나는 목격자였다. 우리 학교에서 학생이 그렇게 죽은 건 처음 있는 일이라고 했다. 학부모 위원들은 학교가 시끄러워진 것이 웜스들 때문이라고 수군거렸다. 교육을 제대로 받지 못한 웜스 출신 애들이 학교를 망친다고 믿는 것 같았다. 학부모 위원장인 베로니카는 내가 라울을 죽인 범인이기라도 한 것처럼 나를 냉랭하게 대했다.

수요일에는 선생님 셋—교장, 교무주임, 월 선생님—과 학부모 위원장, 형사 두 명이 모였다. 오후 네시, 회의실에서였다. 목격자 증언을 받는 시간이었다. 나 말고 다른 목격자가 한 명 더 있었다. 장님 주니였다.

나는 그날밤에 장님 주니를 보지 못했다. 하지만 장님 주니는 그날 밤 호숫가에 있던 모두를 봤다.

"저는 렌즈를 찾고 있었어요. 어쩌다 빠졌는데 바닥에 떨어진 것 같았어요. 한 시간 정도 거기서 렌즈를 찾고 있었을 거예요. 호숫가에서요. 안 그래도 어두워서 찾기가 힘들었는데 갑자기 비가 오기 시작했어요. 큰일났다 싶었죠. 렌즈가 비싼 거였거든요. 마음이 급해져서 바닥에 무릎을 꿇고 풀 속을 뒤졌어요. 그런데 갑자기 뭔가가 부딪히는 소리가 들리는 거예요. 소리가 크지는 않았어요. 둔탁한 소리였죠. 고개를 들어보니까 어떤 애가 맞고 있더라고요. 커다란 막대기로요. 그걸로 제대로 맞으면 죽을 것 같았어요. 걔가 누구인지는 몰랐어요. 숨어 있던 애도 처음 보는 얼굴이었어요. 사실 저는 시력이 꽤 좋거든요. 보통 사람의 세 배 정도. 하여튼 숨어 있던 애는 저애가 맞아요."

주니는 그 말을 하면서 나를 가리켰다.

"때리던 애가 가니까 저애가 풀숲에서 나오더라고요. 맞던 애를 한참 보다가 토를 하더니 그대로 가버렸어요. 제가 본 건 그게 다예요."

형사—그의 자리에 '씬'이라 적힌 이름표가 있었다—가 주니에게 막대기를 들고 있던 사람의 얼굴도 봤는지 물었다. "아니요." 주니가 대답했다.

"어둡고 비 내리는 밤이었잖아요. 게다가 후드를 푹 뒤집어쓰고 있었고요. 시력이 좋은 거지 투시 능력이 있는 건 아니에요."

다음은 내가 말할 차례였다.

씬 옆에 앉은 형사 제럴드가 패드에 계속해서 뭔가를 바쁘게 적고 있었다. 씬보다는 제럴드가 나이가 많아 보였다. 제럴드는 정장 차림이었다. 그의 재킷은 어두운 녹색이었는데 태양시의 6월 날씨에는 조금 부적절해 보였다.

씬은 검은색 반팔 피케셔츠에 청바지를 입고 있었다. 덩치에 어울리지 않게 예민하고 성마른 성격 같았다.

씬이 나에게 물었다.

"사건을 목격하고 나서 어디로 갔죠?"

"제 방으로요."

"신고할 생각은 안 들었어요?"

"해야 한다는 생각은 했어요."

"근데 왜 저희 쪽에서 연락을 했을 때까지 가만히 있었어요?"

"무서웠어요. 시간이 좀더 있었다면 학교에라도 얘기를 했을 거예요."

"시간은 충분했을 텐데. 저희가 연락한 게 사건이 발생한 후로부터 열다섯 시간이 지났을 때예요. 열다섯 시간이 충분하지 않았나요?"

"저한테는 충분하지 않았어요."

"다른 사람에게도 얘기를 안 했어요? 방을 같이 쓰는 친구가 있다고 하던데."

나는 안을 떠올렸다. 안의 흙 묻은 신발. 수건으로 젖은 머리를 털던 안의 모습. 안은 나를 찾으러 나갔었다고 말했다. 나는 그 말을 믿을 수 없었다. 씬 형사가 안에 대해 물어보면 흔들릴 것 같았다. 나는 침착해지려고 애썼다. 이미 긴장할 대로 긴장해 있었지만.

"같이 방을 쓰는 친구 이름은 안이에요. 안에게도 말을 못했어요. 말을 하면 라울이 죽은 게 진짜가 될 것 같아서요. 그때까지는 제가 본 게 진짜인지 믿기지가 않았거든요."

"이해가 안 되네요. 사람은 보통 그런 일을 봤을 때는 누구에게라도 얘기를 하게 되어 있거든요. 특히 자기와 상관이 없는 일일 때는요."

그때 윌 선생님이 씬의 말을 멈췄다.

"잠시만요, 씬 형사님. 지금 취조하시는 건 아니죠? 수니 학생은 지금 목격자로 여기 와 있습니다. 심각한 사건을 목격해서 불안한 상태고요. 저희 학생을 배려해주셨으면 합니다."

윌 선생님이 같은 자리에 있다는 게 위안이 됐다. 여전히 두려웠지만 내 편이 있다는 생각에 조금 편안해졌다. 씬 형사는 윌 선생님의 말에 불쾌한 표정을 지었다.

"저는 그것도 이해가 안 되는데요. 죽은 학생과 사이가 안 좋았다고 들었는데, 맞아요?"

"친하지는 않았어요."

"라울과 가까운 학생들의 말로는 사건이 일어나기 며칠 전에 다툼이 있었다고 하던데요."

"일방적인 공격이었어요. 비열했죠."

"그날 싸움에 대해 좀더 자세히 말해줄래요?"

나는 라울과 있었던 일을 기억나는 대로 얘기했다. 뿔 뽑기 게임과 노란길에서 당했던 습격과 이마에 생긴 상처 같은 것들에 대해서.

"라울한테 화가 많이 났겠네요."

"네. 그애를 죽이고 싶었어요."

그 자리에서 할 만한 말은 아니었다. 하지만 라울에 대해서는 솔직하게 털어놓고 싶었다. 나는 말을 계속했다.

"하지만 제가 뭘 어쩔 수 있었겠어요? 게다가 자고 일어나니까 화가 가라앉았어요. 신경 끄자 싶더라고요. 그런 애한테 제 시간이든 마음이든 조금도 더 쓰고 싶지 않았어요."

씬 형사는 말없이 고개를 끄덕였다. 무슨 생각을 하는지 알 수 없는 얼굴이었다. 나를 용의자로 여기는 건 분명해 보였다.

패드를 만지고 있던 제럴드 형사가 일어났다.

"현장을 다 같이 한번 볼까요?"

제럴드가 회의실 앞에 있는 홀로그램 TV를 켰다. 미리 패드와 TV를 연결해놓은 것 같았다.

회의실이 그날밤 호숫가로 변했다. 실제로는 그날밤 호숫가를 찍은 영상이 회의실 공간 위로 겹쳐진 것이었다.

제럴드가 현장을 한 바퀴 돌렸다. 풀숲에 숨어 있는 내가 보였고 맞은편에 무릎을 꿇고 바닥을 짚고 있는 주니가 보였다. 가운데에 라울과 그 사람이 있었다. 시간이 멈춰 있었다. 제럴드가 패드를 누르자 막대기를 든 사람의 손이 움직였다. 소리는 들리지 않았다. 라울이 머리를 맞고 쓰러졌다.

제럴드가 막대기를 든 사람의 얼굴 쪽을 크게 확대했다. 안개가 드리워진 것처럼 얼굴이 흐렸다.

"감시 카메라에도 얼굴이 보이지 않게 코드를 걸어놨어요. 해제자의 짓이죠. 충동적으로 저지른 범행이 아니라는 뜻입니다. 얼굴에 자물쇠 코드를 걸어놓을 정도로 치밀한 준비를 한 거죠. 그래서 저희는 원한에 의한 살인이라고 보는 거고요. 가장 최근에 갈등이 있었던 게 수니 학생이었습니다. 그날 현장에 있기도 했고요. 저희로서는 단순 목격자로만 볼 수가 없어요. 수니 학생, 불편했다면 미안해요."

나는 괜찮다는 뜻으로 고개를 저었다.

제럴드가 TV를 끄자 회의실에 겹쳐져 있던 호숫가 풍경이 사라졌다.

"일단은 얼굴에 걸린 자물쇠 코드를 풀고 있습니다. 시간이 좀 걸리긴 하겠지만 저희 쪽도 해제 실력이 꽤 괜찮아요. 아마 곧 범인이 밝혀질 겁니다. 미리 목격자의 증언을 들어보려고 이런 자리를 만들었는데, 바쁜 와중에 이렇게 협조해주셔서 감사합니다. 나머지는 저희끼리 이야기할까요?"

제럴드가 일어나 나와 주니에게 악수를 청했다. 별스러운 인사였다. 나는 탐탁지 않은 마음으로 형사와 악수를 하고 회의실에서 나왔다. 어른들끼리 할 얘기가 있는 모양이었다.

닫힌 회의실 문밖으로 학부모 위원장 베로니카의 목소리가 새어 나왔다. "저애랑 중성인이 같은 방을 쓴다면서요. 그 학생도 취조를 하실 거죠? 알아서 하시겠지만." 베로니카의 목소리가 계속 들렸다. "그런데 일반인이 중성인과 같은 방을 쓰는 건 교칙 위반 아닌가요? 실은 이상한 소문을 들었어요. 난잡한 얘기라 입에 올리기는 싫지만……"

나쁜 년. 자기가 뭘 안다고. 나는 베로니카에게 분노를 느끼며 건물 밖으로 나왔다. 건물 입구 바로 앞에 주니가 서 있었다.

"간 줄 알았는데."

"너 기다렸지."

주니와는 인사 한번 나눈 적 없는 사이였다. 주니는 지팡이를 들고 있지 않았다. 그날 결국 렌즈를 못 찾은 듯했다.

주니가 나에게 다가왔다. 가까이서 본 주니의 얼굴은 아름다웠다. 자기 취향에 맞는 얼굴과 몸으로 산다는 것은 어떤 기분일까?

"날 왜?"

나는 문득 주니가 약점을 쥔 표정인 것을 깨달았다. 마음속 경계등에 불이 켜졌다.

주니는 주변에 아무도 없는 것을 확인하더니 소리를 낮춰 말했다.

"사실은 나 봤어, 그애 얼굴. 네 룸메이트 안. 안이 죽인 거야."

안과 주니가 아는 사이라고 했던가. 주니도 동굴 구역 출신이라고 했다. 주니와 안은 어떤 관계일까? 나는 주니의 말을 그대로 믿지는 않았다. 하지만 그냥 넘길 수도 없었다.

"아까 말하지 그랬어. 회의실에서."

나는 일부러 쌀쌀맞게 말했다. 주니는 내 태도에 전혀 상관하지 않았다.

"넌 안의 진짜 모습을 몰라. 속에 뭐가 있는지는 아무도 모를걸. 안은 옛날부터 그랬어. 겉으로는 착한 척하지만 누가 비위를 상하게 하면 아무렇지도 않게 잔인한 짓을 하고는 했지. 난 그애가 무서워."

난 잠자코 있었다. 주니는 자기가 그런 말을 했다는 걸 안에게 얘기하지 말아달라고 하고는 자리를 떴다.

"들키면 안이 날 가만두지 않을 거야."

마음을 가라앉히려고 밖에서 시간을 때우다가 방으로 갔을 때 안은 책상에 앉아 있었다. 패드로 뭔가를 보고 있었는데 언뜻 보이는 그림으로 보아 유전학과 관련된 글을 읽던 중인 것 같았다.

"늦었네."

안이 내 쪽으로 의자를 돌렸다. 나는 가방을 책상에 아무렇게나 내려놓고 의자에 앉았다. 긴장이 풀려서인지 갑자기 피곤해졌다. 내가 지쳐 있었다는 것을 그제야 깨달았다. 아침부터 오후까지 수업을 듣고 수업이 끝나자마자 회의실로 가서 목격자 증언을 했다. 장님 주니와의 대화는 짧았지만 피곤했다. 나에게는 휴식이 필요했다.

"좀 자야겠어."

나는 그렇게 말하고 침대로 가서 엎드렸다. 안은 일어나서 내 쪽으로 왔다. 평소라면 안은 나를 내버려뒀을 것이다.

"목격자가 한 명 더 있었다며?"

"응, 있었지. 장님 주니. 나도 거기 가서 알았어."

"걔가 너한테 뭐라고 안 해?"

나는 안이 평소와 다른 것을 느꼈다. 잠이 쏟아져서 제대로 대답할 수 없었다. 나는 안에게 주니와 따로 얘기할 시간이 없었다고 둘러댔다. 주니가 한 말을 그대로 전해도 좋을지 판단이 안 섰다. 안을 믿어도 될지 혼자 더 생각해보고 싶었다.

안은 나를 흔들어 깨우지는 않았다. 하지만 나는 안의 침묵이 여느 때와 다르다는 것을 느꼈다. 안의 침묵 속에 고요함 대신 다른 감정들이 있었다. 초조함이나 불안 같은 것. 그리고 또 뭔가가 있었다. 그것은 내 안에서 막 돋아나기 시작한 것과 비슷한 감정인 것 같았다.

주말에는 에그와 저그 사이에 다툼이 있었다. 저그가 데려온 애완동물 때문이었다. 저그는 강아고양이를 키웠다. 이름 그대로 개와 고양이를 합친 동물이었다. 저그는 그 동물을 노란길의 애완동물 가게에서 데려왔다. 나도 지나다니면서 봐서 그 가게를 알고 있었다. 그 가게는 고리의 가게였다. 고리는 속도와자정 말고도 몇 개의 가게를 운영했다. 강아고양이, 토끼햄스터, 핑크 오리를 파는 그 가게의 이름은 '**체크**'였다.

체크에서는 동물을 전시하지 않았다. 사기 전에는 홀로그램으로만 동물들을 보게 되어 있었다. 저그의 애완동물을 보기 전까지 나는 유전자 변형 동물을 실제로 본 적이 없었다. 저그의 강아고양이의 이름은 저글링이었다.

저글링은 털이 복슬복슬한 작은 동물이었다. 나이는 두 살로 저그가 저글링을 데려온 지는 오 개월쯤 되었다고 했다. 저글링의 털은 회색빛으로 검은 줄무늬가 있었다. 눈은 동그랗고 꼬리는 길었다. 내가 보기에는 강아지 같지도 고양이 같지도 않았다. 저글링은 새로운 동물이었다. 꼬리는 고양이와 똑같았지만.

어쨌든 저글링은 사랑스러웠다. 처음 저그에게 안겨 가게에 들어왔을 때는 잔뜩 겁을 먹고 있었다. 그러다가 시간이 조금 지나자 활달해져서 긴 꼬리를 우아하게 흔들며 가게 안을 돌아다녔다. 저그가 나에게 집에서 챙겨온 간식 주머니를 주며 저글링에게 가보라고 했다. 나는 주머니에서 손가락만한 껌을 꺼내 저글링에게 다가갔다. 저글링은 왕왕 짖으며 달려와서 내 손에 쥔 껌을 물어갔다. 가게 구경을 끝낸 후에는 카운터 한구석에서 잠이 들어버렸다.

열두시에 에그가 왔다. 에그는 카운터 한구석에 웅크린 저글링을 보고 질색을 했다.

"이게 뭐야?"

"저그가 키우는 동물이래. 강아고양이."

내가 저그 대신 저글링을 소개했다. 저그는 홀에서 손님을 상대하고 있었다.

"유전자 변형 동물 정말 싫어."

에그가 저글링을 보며 쏘는 것처럼 말했다.

"의외네. 난 네가 고리가 만든 건 다 좋아하는 줄 알았어."

"살아 있는 동물을 가지고 장난치는 건 반대야."

고리의 머리에 달린 건 살아 있는 동물이 아니고 뭐람. 나는 그런 생각을 하며 저글링을 봤다. 저글링이 깨서 우리를 올려다보다가 에그가 자신을 싫어하는 것을 느꼈는지 카운터 안쪽으로 들어가 숨었다.

빈 쟁반을 들고 카운터로 돌아온 저그는 숨어 있는 저글링과 못마땅한 얼굴로 팔짱을 낀 에그를 보고 단숨에 어떤 상황인지를 알아챘다.

"우리 저글링 겁주지 마."

"가게에 동물을 데려오면 어떡해."

"너도 전에 네가 기르는 강아지 데려왔었잖아."

"개랑 쟤는 다르지."

"뭐가 다른데?"

저그가 한판 할 기세로 에그에게 물었다. 손님이 많지 않아서 다행이었다. 재건의 날 이후로 카페 손님이 조금씩 줄고 있었다. 그 주 주말에는 눈에 띄게 손님이 적었다. 험도 이 주째 가게에 나타나지 않았다.

에그는 한쪽 발로 바닥을 탁탁 쳤다. 잔뜩 짜증이 난 것 같았다.

"쟤한테 무슨 유감이 있는 건 아니야. 난 그냥 동물을 가지고 그런 실험을 하는 게 싫어. 불쌍하잖아. 자기가 원해서 저렇게 된 게 아니니까."

"그럼 네 어깨에 있는 꽃들도 불쌍하겠네? 꽃들도 원해서 너랑 붙어 있는 건 아니잖아. 내가 그 꽃이면 진짜 불행할 것 같은데."

"식물하고 동물이 같아?"

에그가 기가 막힌다는 듯이 말했다.

마침 테라스에 있던 아누가 안으로 들어왔다. 아누는 우리를 보고 눈을 부라렸다.

"너희 일 안 해? 뭐하는 거야. 수니, 저기 손님이 손들고 있는 거 안 보여?"

나는 당장 손님이 손을 든 테이블로 갔다. 손님은 포크를 새로 달라고 했다. 발음이 아주 독특한 손님이었는데, 혀 때문이었다. 손님의 혀는 뱀의 것처럼 폭이 좁고 끝이 두 갈래로 갈라져 있었다. 손님이 혀를 날름거렸다. 혀로 냄새를 맡는 듯했다. 만족스러운 표정으로 봐서 가게에서 풍기는 근사한 음식 냄새가 손님의 기분을 좋게 해주고 있는 것 같았다. 나는 테이블 밑에 떨어진 포크를 줍고 카운터에서 새 포크를 꺼내서 가져다주었다.

저글링은 저그의 일이 끝날 때까지 이층 사무실에 두기로 했다.

저그는 애써 태연한 척하면서 웃으며 일했지만 자꾸 실수를 했다. 에그는 실수는 하지 않았지만 일하는 내내 표정이 굳어 있었다. 그날 일이 끝날 때까지 두 사람은 서로 쳐다보지도 않았다.

일이 끝나고 아누는 저그에게 다시는 가게에 동물을 데려오지 말라고 주의를 줬다. 그리고 에그에게는 다음주에도 심통이 나서 일하면 주방으로 보내겠다고 경고했다.

저글링은 불쌍하게도 기가 죽어 있었다. 나는 저글링을 쓰다듬으며 인사를 했다. 그 귀여운 애를 다시 못 본다니 아쉬웠다.

나는 가게 밖에서 에그와 저그가 제대로 싸울 거라고 생각했다. 하지만 둘은 일이 끝나자마자 다시 보지 않을 사이처럼 찬바람을 일으키며 다른 방향으로 가버렸다. 다음주가 걱정이 됐다. 에그와 저그는 평소에도 붙어 있기만 하면 말다툼을 했지만 이번에는 왠지 금방 풀릴 것 같지가 않았다.

에그와 저그는 동갑으로 둘 다 열여섯이었다. 저그도 어릴 때부터 커스텀을 해서 에그와는 통하는 게 많아 보였다. 맨날 싸우는 것 같아도 실은 서로 좋아하는 사이로 보였다. 주방 사람들은 에그와 저그가 사귀는 사이나 마찬가지라고 생각했다. 장난을 잘 치지 않는 진조차도 "어린 부부 같아" 하고 웃으며 둘을 놀리고는 했다.

한번은 탈의실에 단둘이 있을 때 에그에게 "저그와 사귀는 거 아냐?" 하고 물었다. 에그는 펄쩍 뛰었다. "절대 아니야. 다들 왜 그러는지 몰라." 나는 그 반응을 보며 에그도 저그에게 마음이 없지는 않다고 확신했다.

저그가 에그를 좋아하는 건 분명했다.

저그는 에그를 한시도 가만두지 않았다. 에그를 보면 장난을 걸거나 일을 돕거나 했다. 그리고 가끔은 혼자 실실거리며 에그를 보고 있기도 했다. 에그가 저그의 마음을 알아차리지 못하는 게 이상할 정도였다.

그런데 이번의 다툼은 보통때와는 달랐다.

이번에는 저그가 마음이 상한 것 같았다. 에그도 저그의 말에 상처받은 것은 물론이었다.

일이 끝나고 탈의실에서 나는 에그에게 "저그가 말이 심했어" 하고 말했다. 에그가 눈물을 참고 있었기 때문이었다. 에그는 앞치마로 눈가를 꾹 눌렀다. 그러고는 앞치마를 거칠게 벗어서 사물함에 던져넣었다.

"그 새끼 진짜 못됐어. 뭐? 꽃이 불쌍해?"

에그는 화를 내며 탈의실에서 나가 저그를 쳐다보지도 않고 그대로 집으로 가버렸다.

다음주에 에그는 가게에 나오지 않았다. 목요일 오후에 에그의 아버지가 가게에 전화를 했었다고 한다. 아누가 그 전화를 받았다. 에그의 아버지는 한마디만 하고 전화를 끊었다. "나 에그 아버지인데, 이제 에그는 당신네 가게에 가지 않을 겁니다." 다른 말은 없었다.

저그는 무슨 일인지 알고 있는 것 같았다. 저그는 긴 테이블 옆에 서 있었다. 손가락으로 테이블을 두드리는 모습이 초조해 보였다.

나는 저그 옆으로 갔다.

"넌 에그가 왜 안 나오는지 알지?"

"걔 아버지가 원래 에그가 가게 나오는 걸 안 좋아해. 커스텀하는 것도 싫어하고. 이제는 어린 나이가 아니니까 진지하게 살라고 했다더라고. 얼마 전에 에그가 얘기했었어."

가게 사람들이 번갈아가며 에그에게 전화를 했다. 에그의 P는 꺼져 있었다. 나도 메시지를 보냈지만 답이 없었다.

손님이 줄었다지만 변신 카페는 인기 있는 가게였다. 에그가 빠지니 당장 일손이 부족했다. 장사를 망치지 않으려면 모두가 쉴새없이 움직여야 했다. 심란해도 어쩔 수 없었다. 저그는 여느 때와 다르게 큰 소리로 인사를 하지도 유쾌하게 웃지도 않았다. 저그가 그렇게 가라앉은 건 처음 봤다.

그날 일이 끝나고 저그가 아누에게 에그의 집주소를 물었다.

"아무래도 내가 가봐야겠어."

아누는 모든 게 잘 정리됐는지 가게를 둘러보던 참이었다. 저그가 다른 때보다 더 정확하게 마무리를 해놓아서 가게 안이 깨끗했다.

"네가 거길 가서 어쩌려고."

아누는 저그에게 에그의 집을 가르쳐줘도 될지 고민하는 것 같았다. 저그는 애가 타서 죽겠다는 말을 이마에 써붙여놓고 있었다.

"별거 안 해. 그냥 괜찮은지만 확인하고 올게. 정말 그만두려는 건지도 물어보고. 사람 새로 구하려면 정리를 확실히 해야 하잖아."

저그는 어느 때보다 진지해 보였다. 결국은 아누가 저그에게 졌다. 저그의 말도 일리는 있었다. 에그가 정말 가게를 그만두는 건지 확인하고 새로 사람을 구하는 것이 맞는 순서였다. 그리고 나를 비롯한 가게 사람들은 에그가 괜찮은지 걱정하고 있었다. 그건 아누도 마찬가지였다.

아누는 에그의 파일을 열어 저그에게 주소를 알려주었다.

"사고 치면 안 된다. 얌전히 다녀와."

아누가 저그에게 당부했다. 저그는 고개를 끄덕이고 급히 가게에서 나갔다. 바로 에그에게 가는 것 같았다.

"어제 에그 만났어?"

나는 카운터에 팔꿈치를 대고 선 저그에게 말을 걸었다. 어젯밤 일이 어떻게 됐는지 궁금했다. 에그는 잘 있을까?

"개네 아버지가 둘 중 하나를 선택하라고 했대. 몸에 있는 꽃을 다 뽑든가 아니면 가게를 그만두든가."

저그는 화가 나 보였다. 에그가 아닌 모든 사람들에게 화가 난 것처럼 보이기도 했다.

"눈이 빨갛더라고."

저그가 한숨을 쉬며 가게문을 열었다. 나는 접시를 가지러 주방에 들어갔다. 진은 빵을 굽고 있었고 사르먼은 야채를 다듬는 중이었다. 만지는 막 대구 손질을 마치고 손을 닦고 있었다.

"욕심쟁이! 어제 어떻게 됐대?"

사르먼이 날 붙잡고 말했다. 사르먼은 내가 중성인을 좋아한다는 걸 안 이후로 날 그렇게 불렀다. 욕심쟁이.

내가 들고 있던 접시 탑이 흔들렸다. 나는 접시를 조리 테이블에 내려놓았다. 진과 만지도 날 보고 있었다.

"아버지가 둘 중 하나를 고르라고 했대요. 꽃을 없애거나 가게를 관두거나."

"안됐네. 근데 내가 궁금한 건 그게 아닌데. 둘이 어떻게 된 것 같아?"

"글쎄, 그런 말은 없던데."

사르먼은 내 말을 듣고 반투명한 젤리 입술을 오므렸다.

"저그 개 표정 보니까 알 만하더라. 아무 일도 없었어, 개네."

호들갑을 떠는 일이 없는 만지가 굵은 목소리로 불쑥 끼어들었다. 과묵한 진은 우리의 말을 웃는 얼굴로 듣고 있었다.

"저그 개 바보 아니야? 어제 완전 찬스였는데. 나 같으면 입을 맞춰도 백 번은 맞췄겠다. 밤새 쪽쪽."

사르먼이 붕어 입술로 키스하는 흉내를 냈다.

그때 아누가 주방으로 들어왔다.

"아침식사 세트 하나 해주세요."

아누와 눈이 마주친 나는 얼른 접시를 다시 들고 홀로 나갔다. 만지가 "하나?" 하고 확인하는 소리가 들렸다.

그뒤로는 또 정신없이 바빴다. 아무래도 사람을 구하는 공지를 빨리 붙여야 할 것 같았다. 넷이 할 때도 힘들었는데 셋이서 하려니 터진 둑을 맨손으로 막고 있는 것 같았다. 제일 바쁜 시간은 열두시부터 두시 사이였다. 평소에는 열두시가 되면 에그가 와서 그 시간을 그럭저럭 넘길 수 있었다. 하지만 에그가 없는 점심시간은 공포 그 자체였다. 손님이 줄을 서지는 않았지만 만석이긴 해서 주방도 우리도 팽팽하게 긴장한 채 일을 했다.

전쟁 같은 점심시간이었다. 나는 주방과 홀과 테라스를 바쁘게 오갔다. 어제의 피로가 겹쳐서 내 몸이 내 것 같지가 않았다. 그런데 한시가 넘어 전쟁터 한가운데에 지원군이 나타났다. 에그였다.

에그는 반팔 티셔츠와 청바지를 입고 있었다. 에그는 어깨에 핀 꽃 때문에 항상 튜브톱만 입었다. 발목에 있는 꽃들 때문에 청바지를 입을 수도 없었다. 에그는 짧은 바지나 스커트를 자주 입었다.

에그는 우리를 보고 민망한 듯 웃고 카운터에서 앞치마를 꺼내 입었다. 저그의 말대로 눈이 빨갛게 부어 있었다. 에그는 바로 일을 시작했다. 아무도 에그에게 어떻게 된 일인지 묻지 않았다. 에그가 가게를 선택한 것이다. 꽃들 대신.

에그가 오니 일이 한결 수월해졌다. 저그는 갑자기 날아다녔다. 단순한 놈. 주방 사람들도 힘이 났는지 가게 분위기가 좋아졌다.

에그는 주방 사람들에게도 스타였다. 에그에게는 주변을 밝히는 에너지가 있었다. 에그는 무뚝뚝한 표정에 건조한 말투였고 내키지 않을 때는 절대 웃지 않았다. 그래서 나는 에그의 반짝거림이 에그의 몸에 핀 꽃들에게서 나오는 것이라고 생각하고 있었다. 하지만 에그는 꽃 없이도 반짝거렸다.

바쁜 시간이 지나간 후 에그가 주방에 들어가 사람들에게 걱정을 끼쳐 미안하다고 인사했다. 사르먼은 에그의 꽃이 없어진 것을 뒤늦게 보고 눈물을 글썽거렸다. 진은 에그를 껴안았다. 만지는 에그를 쳐다보지도 않고 칼로 고기를 두드렸다.

"다시 심으면 돼. 돈 모자라면 말해. 내가 꿔줄 테니까."

만지가 말하자 에그가 웃었다.

"모아둔 돈은 제가 더 많을걸요."

저그는 멀찍이서 에그를 훔쳐보고 있었다. 다가와서 뭐라고 말을 할 용기가 나지 않는 것 같았다. 에그도 저그를 서먹하게 대했다. 그날 일이 끝날 때까지 둘은 서로의 얼굴을 제대로 쳐다보지 않았다.

하지만 나는 봤다. 저그가 에그 옆을 지나가며 "괜찮아?" 하고 속삭이는 것을. 에그가 그애답지 않은 수줍은 얼굴로 괜찮다고 대답하는 것을. 둘이 서로를 보는 눈빛이 달라진 것을 봤다.

"저것들 어제 뭔 일 있었구먼!"

주방의 사르먼이 허리에 양손을 올리고 외쳤다. 에그와 저그가 사무실에서 함께 저녁을 먹는 것을 보고 온 후였다.

원래 주방 사람들은 다섯시에 주방에서 저녁을 먹고 우리는 여덟시부터 돌아가면서 저녁을 먹는다. 주방에서 먹기도 하고 사무실에서 먹기도 한다. 내가 저녁을 먹고 온 뒤에 두 사람이 안 보였는데 같이 사무실로 올라간 모양이었다.

만지가 나에게 하마이카 한 접시를 내밀었다.

"너 하나 먹고, 사무실에 갖다줘."

내가 접시를 받자 만지가 눈을 찡긋했다.

"둘이 뭐하는지 잘 보고 와."

하마이카 하나를 얼른 입에 넣고 사무실로 갔다. 달콤한 하마이카가 금방 입안에서 녹았다. 사무실 앞에서 나는 조용히 문을 열고 안을 들여다봤다. 하얀 사무실이 다른 때와 다르게 뜨거웠다. 나는 만지가 전하라고 한 하마이카 한 다발을 문가에 놓고 나왔다.

움직이는 돌

월요일은 항상 이상하다. 내 세계가 둘로 나눠진 기분이다. 내가 둘로 나눠진 것 같기도 하다. 주말의 나는 몸에 꽃이 심어져 있는 여자애, 무당벌레 같은 남자애, 외눈 도깨비처럼 생긴 매니저, 반투명한 젤리 입술을 가진 요리사와 온몸에 문양이 있는 주방장, 강단 있는 제빵사와 일하는 세계 속에 있다.

그 세계 속에서는 모두가 다른 몸을 가지고 있다. 다른 몸을 가진 사람들이 마음껏 먹고 마신다. 그 세계에서는 누가 누구를 사랑하든지 아무도 비난하지 않는다. 남자든 여자든 성이 여러 개거나 심지어 성이 없어도 사랑하거나 사랑받을 수 있다. 나는 그 세계 속에서 자유롭다. 그 세계 속에서 나는 뭐든지 될 수 있고 뭐든지 할 수 있을 것만 같다.

주말이 끝나면 그 세계도 닫힌다. 나는 노란길의 세계에서 튕겨져 나와 학교로 굴러떨어진다. 학교도 처음에는 그리 나쁘지 않았다. 피부가 수정처럼 반짝거리는 아이들과 건강한 말 같은 아이들, 그리고 나와 같은 고향을 가진 아이들이 한 교실에 섞여 있는 세계.

그 세계의 중심에 안이 있었다.

학교는 완고한 세계다.

안은 완고한 세계의 탈출구였다. 안은 나에게 갈라진 틈, 아무도 모르는 구멍, 남에게는 보이지 않는 문이었다. 나는 답답해질 때마다 안에게 들어갔다. 내가 안을 보고 있거나 안에게 말을 걸 때 안은 내가 모르던 풍경들을 보여주었다.

내가 나쁘다고 믿었던 것들이 기쁨으로 변했다. 그리고 나를 지켜준다고 믿어왔던 가치들이 전과 다르게 보였다. 한때 내가 미덕으로 여겼던 순결과 순종, 겸손함과 검소함 같은 것들이 이제는 딱딱하게 굳은 빵처럼 보였다. 나는 그 빵들을 쓰레기통에 넣었다. 나는 안을 만난 이후로 뒤돌아보지 않고 앞으로만 갔다.

나는 점점 평일의 세계가 지겨워졌다. 월요일 아침에 안과 교실로 가면서 나는 안이 없었다면 학교생활이 어땠을지를 생각해보았다. 진짜 지루했을 거야. 난 생각했다. 절대 버틸 수 없었을 거야.

학교 안에 소문이 돌고 있었다. 그날밤에 라울의 머리를 내리친 사람이 안이라는 소문이었다. 어디서 그런 소문이 시작된 건지 모르겠다. 짐작 가는 데가 너무 많았다. 어쩌면 목격자 증언을 했던 회의실에서 시작됐는지도 몰랐다.

앞에 나서서 시비를 걸 줄 알았던 매리는 의외로 조용히 지냈다. 갑작스러운 라울의 죽음 때문에 충격을 받은 듯했다. 말없이 고개를 떨구고 앉아 있는 매리의 모습은 낯설었다. 나조차도 매리가 가여워 보일 정도였다.

며칠 새에 소문이 빠르게 퍼지자 오히려 내 안에 피어났던 의심은 시들었다. 근거 없는 소문에 대한 반발심 때문이기도 했다. 내가 안을 의심했던 것도 터무니없이 생각됐다. 안이 라울을 죽일 이유가 어디 있다고. 내 이마에 상처를 냈다고 안이 라울을 죽였을까? 안이 그렇게 무모한 사람인가?

그날밤에는 막대기를 들고 있던 사람의 실루엣이 안과 비슷하다고 생각했지만 시간이 지나고 보니 그렇지도 않았다. 키 큰 사람이 헐렁한 후드를 입으면 다 비슷비슷하게 보일 것이다.

안이 밤에 외출을 한 것도 그랬다. 밤에 내가 모르는 곳에 다녀왔다고 해서 안을 살인자라고 할 수는 없었다.

하지만 마음에 걸리는 것이 없지는 않았다. 안이 자신을 제어하지 못할까봐 두렵다고 했던 말, 주니가 했던 말이 자꾸 맴돌았다. *안은 옛날부터 그랬어. 누가 비위를 상하게 하면 아무렇지도 않게 잔인한 짓을 하고는 했지. 난 그애가 무서워.*

혼자 있을 때는 생각이 복잡해져서 의심이 시들었다가 자라나기를 반복했다. 하지만 날이 밝고 안이 내 옆에 있을 때면 그런 생각들이 말끔하게 걷혔다.

안은 여전히 다정했다. 안의 평온한 얼굴을 보고 있으면 마음이 편안해졌다. 안이 그랬을 리 없어. 나는 안과 함께 교실로 들어가며 내가 했던 약속을 떠올렸다. *네가 널 못 믿겠다면 내가 널 믿을게. 난 널 믿어.*

안은 변한 게 없었다. 달라진 건 나뿐이었다. 나는 내 안에 자라난 의심을 뽑아내겠다고 마음먹었다.

교실 분위기는 여느 때와 다름없었다. 매리의 자리는 비어 있었다. 조회 시간에 월 선생님이 매리가 독감에 걸려 결석했다고 말했다. 아마 핑계일 것이라고 난 생각했다. 매리의 슬픔은 얼마나 오래갈까?

나는 태평하게 그런 생각을 하고 있었다. 그때까지는 오전에 일어날 불쾌한 일을 상상도 못하고 있었다. 예고되지 않은 일이었다.

일 교시가 반쯤 지났을 때였다. 수업 때 쓰는 대형 화면에 공지가 떴다. 화면 오른쪽에 공지 목록이 있었다. 목록 맨 위에 새로운 공지를 알리는 알림이 깜빡거렸다. 모두의 시선이 그쪽으로 향했다.

살인자 중성인과 수업을 받을 수는 없다.

소란이 일지는 않았다. 하지만 순식간에 뭔가 달라졌다. 온도 같은 것이 변했다. 안의 자리로 열기가 쏠리는 느낌이었다.

수업 교재를 띄워놓은 개인용 패드에도 메시지가 떠 있었다. 공지에 뜬 것과 같은 메시지였다.

화학 선생 둔은 달라진 교실 분위기를 눈치채지 못하고 계속 중얼거리고 있었다. 말린 선생님의 후임으로 온 둔은 멍청이였다. 둔의 수업은 한없이 늘어지고 지루했다. 말린 선생님이 있을 때 화학 수업은 긴장이 넘치는 시간이었지만 둔이 온 후로는 그저 따분해졌다.

새로운 공지로 둔이 오고는 처음으로 화학 시간이 긴장으로 팽팽해졌다. 교실이 터질 것 같은 공기를 둔만 모르고 있는 듯했다.

나는 슬쩍 안을 봤다. 안은 평소와 같은 얼굴이었다. 안간힘을 쓰고 있는지도 몰라. 그렇게 생각하니 화가 치밀어올랐다. 메시지는 어느새 사라졌다. 익명으로 온 메시지였다. 대형 화면에는 새로 뜬 공지가 사라지지 않고 깜빡거렸다.

나는 두리번대지 않으려고 애썼다.

누가 이딴 메시지를 보낸 걸까?

안을 싫어하는 사람은 한둘이 아니었다. 웜스들, 비치들, 라울의 친구들. 교실 전체가 적으로 느껴졌다.

쉬는 시간에도 나는 꼼짝하지 않았다. 안도 그랬다. 서로 메시지를 주고받지도 않았다. 반 애들이 호기심 어린 눈으로 안과 나를 보고 있었다. 적대적인 눈들도 있었다. 어떤 애들은 눈에 보이게 안의 반응을 궁금해했다. 누군가가 안의 인내심을 시험하고 있는지도 몰랐다. 중성인은 화를 참지 못한다. 그 말이 진짜인지 보려고 말이다.

공지는 점심시간 때까지 화면에 있었다. 점심시간에 월 선생님이 누구에게 들었는지 교실로 와서 공지를 지웠다. 월 선생님은 머리끝까지 화가 나 있었다. 애들은 대부분 식당에 가서 자리에 없었다. 월 선생님은 하얗게 질린 얼굴로 안과 나를 비롯한 몇 사람만 남은 교실을 휙 둘러보고는 빠르게 교실에서 나갔다.

안은 못박힌 것처럼 자기 자리에 앉아 있었다. 약간 창백해 보였다. 나는 매점에서 빵을 사서 안의 책상에 놓았다. 안은 희미하게 웃으며 고맙다고 말했지만 빵을 건드리지는 않았다.

그날의 마지막 수업이 끝났을 때 전체 메시지가 왔다. 월 선생님이 보낸 것이었다. '오늘 있었던 일에 대해 유감을 표하는 뜻에서 종례를 하지 않겠습니다. 오늘 같은 일이 다시 일어난다면 막중한 책임을 물

을 것을 분명히 밝힙니다. 부끄러운 줄 아세요, 여러분.'

"잘됐네! 종례 안 하면 좋지. 고마워, 안."

빛나는 시아 그라시아스가 안을 향해 외치고 자기 친구들과 교실에서 나갔다.

"고마워!"

윔스 애들도 보란듯이 따라 했다. 나는 머리가 뜨거워졌다. 얼굴이 달아오른 채로 짐을 챙겼다. 정신이 없어서 내가 뭘 하는지도 모르고 있었던 것 같다. 겨우 짐을 다 챙기고 고개를 돌렸을 때 안은 벌써 교실에서 나가고 없었다.

나는 기숙사로 갔다. 방에도 안이 없었다. 안이 갈 만한 곳은 정해져 있었다. 나는 도서관이 있는 건물로 가서 서고들을 살폈다.

허탕이었다. 도서관에서 나왔을 때 안이 자주 간다던 해변가의 달리기 좋은 길이 생각났다. 안은 그곳에 있을 것 같았다.

학교에서 해변까지는 그리 멀지 않았다. 나는 열을 식힐 겸 해변까지 걸었다. 해변에 가는 건 처음이었다.

6월 말이었다. 학교에 온 지 네 달이나 됐는데 해변에 가는 게 처음이라니. 내가 그동안 얼마나 노란길에만 빠져 있었는지 새삼 깨달았다.

해변은 작고 아늑했다.

사람도 많지 않았다. 물에서 노는 사람은 없었다. 우리 학교 애들 몇 명이 바다를 향해 앉아 있었다. 그애들은 과자 봉지를 뜯어서 펼쳐 놓았는데 물새들이 그 주변을 맴돌며 기회를 노리고 있었다. 아기를 데리고 나온 젊은 부부도 있었다.

바다는 특별히 맑지도 색이 아름답지도 않았다. 하지만 반짝이기는 했다. 옅은 구름 속에 별이 들어 있어서 구름이 뒤척일 때마다 구름 속 별들이 반짝거리는 듯했다.

말소리도 없이 파도 소리만 간간이 들렸다.

봉지에 담긴 주스를 파는 사람이 해변을 돌아다니고 있었다. 나는 그 사람에게 오렌지주스를 샀다.

진작 와볼걸.

그런 생각 말고는 별다른 생각이 안 들었다. 해변에서는 걸을 만한 길이 보이지 않았다. 바다, 모래사장, 절벽밖에 없었다. 모래사장에는 계단이 두 가지 있었다. 정류장으로 나가는 계단과 절벽을 향한 계단들이었다. 정류장으로 나가는 계단은 하나밖에 없었지만 절벽으로 가는 계단은 세 군데에 있었다. 절벽 위에 집을 가진 사람들을 위해 만들어진 계단들이었다. 나는 영혼을 위한 세번째 집들을 보며 계단을 올랐다.

절벽 위 주거지는 밖에서는 그리 넓어 보이지 않았다. 하지만 막상 계단을 올라가보니 어디부터 봐야 할지 감이 오지 않을 정도로 규모가 컸다. 작은 마을이라고 해도 좋을 정도였다. 집들은 하나같이 으리으리했다. 소모된 영혼을 채우는 데는 역시 돈이 최고인 것 같았다. 메든가의 주택들보다 크고 양식도 훨씬 복잡해 보이는 집들이 절벽 사이를 채우고 있었다.

길들은 좁았다. 간신히 한 사람이 지나갈 정도로만 길이 나 있었다. 흙길이었다. 흙길에는 절벽에서 굴러떨어지는 것을 방지하기 위한 펜스가 쳐져 있었다. 나는 펜스를 잡고 조심스럽게 걸었다.

흐린 날씨여서 덥지는 않았다. 구설의 6월은 습해서 흐린 날에는 숨이 막힌다. 그에 비해 태양시의 6월은 해가 없는 날이 오히려 쾌적했다.

인기척은 없었다. 안의 말대로 거의 빈집들인 것 같았다. 보안은 철저해서 대문들이 굳게 잠겨 있었다. 수천 개의 코드 조각들이 자물쇠 역할을 하고 있을 거였다.

들어갈 수 없는 저택들, 비슷비슷한 좁은 길들.

절벽 위 탐방이 점점 지루해졌다. 아래로 내려다보이는 풍경은 올라오기 전과 똑같이 평화로웠다. 나는 절벽으로 올라온 것을 후회하면서도 다시 계단을 올랐다. 이왕 올라온 김에 절벽 가장 높은 곳까지 올라가보고 싶었다.

마침내 절벽 정상까지 올라갔을 때 나는 허무해져서 계단에 앉았다. 절벽 제일 위에는 아래에 있는 집들과 똑같은 집 한 채만이 있었다.

특별한 것은 없었다. 그 집도 다른 집처럼 초인종이 없었다. 아마도 영혼을 채우는 시간에는 어떤 방문도 달갑지 않기 때문일 것이다. 나는 세번째 집에 대해 안 좋은 생각을 갖고 있었지만 절벽 위에 서니 이곳 집들 중 하나라도 내 것이었으면 좋겠다는 생각이 들었다. 아무도 만나지 않고 싶을 때 절벽 위의 집만큼 좋은 장소가 없을 것 같았다.

나는 펜스를 잡고 아래를 봤다. 달리기 좋은 길 같은 것은 보이지 않았다. 집들, 그리고 겨우 한 사람이 걸을 수 있는 좁다란 길들뿐이었다. 달리기에는 길이 좁고 짧았다.

안은 혼자 있고 싶을 때 이곳을 찾았던 걸지도 모른다는 생각이 들었다. 빈집들 사이는 혼자 있기 괜찮은 장소였다. 커다란 집들과 절벽 사이에 숨어 있으면 누구의 방해도 받지 않고 혼자가 될 수 있을 테니까.

달리기 좋은 길은 결국 찾지 못했다.

헛짚은 모양이었다. 안은 해변에 없었다.

나는 천천히 계단을 내려와 절벽 위 마을을 떠났다. 기숙사로 돌아와서는 돌연변이와 관련된 유전자들을 외웠다. 기말고사가 일주일 정도 남아 있었다. 처참한 성적표를 받지 않으려면 무식하게 외우는 수밖에 없었다.

기말시험이 끝나고 일주일이 지나면 여름방학이 시작된다.

나는 한편으로는 그런 생각을 하며 잡히지 않는 유전자 기호들을 향해 뇌 속 전류를 쏘아보내고 있었다.

안은 저녁에 돌아왔다.

"일찍 왔네."

안이 돌아오면 한마디해줄 생각이었다. 찾아다니느라 얼마나 고생했는지 생색도 내려 했다. 하지만 안의 지친 얼굴을 보니 호들갑을 떨고 싶지 않았다. 안은 피곤해 보였다.

"솔티나 집에 갔었어."

안이 가방에서 도시락을 꺼냈다. 색색의 동그란 사탕들이 들어 있는 도시락이었다.

"메든에서 유명한 가게래."

안이 사탕을 하나 집어 입에 넣고 말했다. 나도 사탕을 하나 먹어보았다. 분홍색과 하얀색 줄무늬가 그려진 동그란 사탕이었다. 사탕을 씹자 육즙이 나왔다. 다른 사탕에서는 구운 연어맛이 났다. 변신에서 일하면서 유전자 음식에 익숙해졌지만 고기나 생선맛이 나는 사탕은 또 색달랐다.

나는 아무렇지도 않은 척하며 고기맛이 나는 사탕을 먹다가 해변에 갔었다는 얘기를 꺼냈다.

안은 해변이 어땠는지 물었다. 안의 눈에 불안이 떠올랐다. 나는 별거 없었다고 말했다.

"그래도 좋았어. 바다를 보고 있으니까 마음이 편해지더라고. 네가 말했던 길을 찾아보려고 했는데 못 찾았어."

"찾기 어려웠을 거야. 해변 뒤에 있는 길이라. 절벽 뒤로 돌아가야 나와."

"숨겨져 있는 길이네."

"그렇지."

안이 말했다. 나는 더 말할까 망설였다. 널 찾으러 갔었다고. 해변에는 달리기 좋은 길 같은 건 없었다고. 그날 네가 다녀온 곳은 어떤 곳이었냐고.

우리 사이에 이상한 기류가 흘렀다. 나는 문득 안이 평소와 다르다는 것을 느꼈다. 안에게서 더 묻지 말라는 뜻이 강렬하게 전해져왔다. 숨이 막힐 정도였다.

안에게는 사람을 끌어당기는 힘이 있었는데 안은 그 힘을 쓰지 않고 내버려뒀다. 그 힘은 안개처럼 희미하고도 자욱하게 항상 안을 감싸고 있었다. 안은 그 힘을 모르는 척했다. 그 힘이 자신과는 관련이 없다고 믿는 것 같았다. 그냥 우연히 그 힘이 어느 날 자기 곁으로 왔다는 듯이. 하지만 그날 나는 안이 자신이 가진 그 힘을 알고 있으며 그 힘을 쓸 줄도 안다는 것을 알게 됐다. 안은 힘을 손에 쥐고 있었고 나는 그 힘을 이길 수 없었다.

안은 내게 자신의 말을 믿으라고 요구했고 나는 그 요구를 받아들였다.

그 대화를 한 후에 마음 깊숙한 곳에서 작은 불안이 맥박처럼 콩콩 뛰었다. 하지만 나는 괜찮은 척 지내기로 했다. 안을 믿고 싶었다. 나는 다시 고개를 드는 의심을 외면했다.

기말고사가 낀 그 주 주말에 에그가 나에게 작은 돌을 선물했다. 일이 끝난 일요일 밤, 탈의실에서였다.

돌은 작고 네모난 상자 안에 들어 있었다. *분명 반지일 거야.* 난 예쁘게 포장된 선물을 풀면서 생각했다. 상자 안에 반지가 아니라 작은 돌이 들어 있는 것을 보고 나는 당황했다. 그 작고 매끈한 하얀 조약돌은 장식 삼아 방에 놓기에도 너무 평범해 보였다.

나는 더듬거리며 고맙다고 말했다. 에그는 내 반응을 예상한 듯 웃더니 상자를 가볍게 흔들었다. 그러자 얌전히 누워 있던 돌이 움직였다. 마치 막 깨어나 기지개를 펴는 듯이.

"체크에서 데려온 거야."

"그럼 이게……?"

"동물이지, 일종의. 고리가 새로 내놓은 야심작이래. 무생물에 생물을 결합한 새로운 동물. 생명이 있는 돌."

나는 돌을 손가락으로 조심스럽게 건드려봤다. 돌이 놀란 것처럼 움찔했다. 부드럽게 어루만지자 느긋하게 몸을 폈다. 돌에는 표정이 없었다. 하지만 나는 손끝으로 돌이 긴장을 풀고 있다는 것을 느꼈다.

"자주 만져줘. 냄새로 사람을 알아본대."

에그가 말했다. 나는 고개를 끄덕이며 돌을 쓰다듬었다.

"그런데 갑자기 왜 이런 선물을? 이런 걸 내가 받아도 될지 모르겠어."

"이제 한동안 못 보잖아."

변신은 7월 셋째 주에 문을 잠시 닫는다. 이 주간의 휴가였다. 일 년 중 가장 바쁜 8월을 앞두고 잠시 쉬어가는 것이다. 나는 둘째 주 주말부터 일을 쉬기로 했다. 방학이 시작되면 부모님 집에 갔다가 8월이 되기 전에 다시 돌아올 생각이었다.

"휴가 잘 보내."

에그가 가게 앞에서 내게 인사를 했다. 그러고는 먼저 나와서 기다리고 있던 저그의 손을 잡고 어딘가로 갔다.

생각지도 못한 선물을 받았다. 고맙기도 하고 미안하기도 했다. 나는 선물을 준비할 생각도 못했는데. 휴가가 끝나기 전에 에그에게 줄 선물을 사야겠다는 생각을 하면서 돌이 든 상자를 주머니에 넣었다.

다음 주말까지 돌은 상자 안에서 나오지 못했다.

시험은 화요일에 끝났지만 주말까지 마감인 과제들 때문에 시험이 끝나고도 놀 수가 없었다. 폭풍 전 시를 주제로 열 페이지짜리 에세이를 언어 과제로 내야 했고, 자유 주제로 다섯 페이지 분량의 에세이를 쓰는 역사 과제도 있었다. 화학은 실험 보고서를 다시 정리해서 제출해야 했다.

에세이를 쓰는 것은 힘들었지만 즐겁기도 했다. 에세이 주제는 학기중에 마음먹은 대로 초기 재건기의 구설 사람들로 정했다. 월 선생님은 과제 계획서를 보고 주제의 범위가 너무 넓은 것 같다고 했다. "구설 사람들이 즐겼던 축제에 대해 쓰는 건 어떨까요?" 내가 그렇게 묻자 선생님은 바로 계획서에 통과 사인을 했다.

토요일 자정이 넘어서야 모든 과제를 마쳤다.

안이 실험 보고서 정리를 도와주지 않았다면 밤을 새워야 했을 것이다.

방학은 이미 시작되어 있었다. 공식적으로는 전날인 금요일이 학기 마지막날이었다. 한 학기가 끝났다니. 실감이 나지 않았다. 학교에 온 지 일 년은 지난 것 같은 느낌이었다. 길었던 학기가 끝났다.

과제를 세 개나 끝낸 직후여서 머리가 벽돌처럼 무거웠다. 과부하 상태. 나는 머리를 짚었다.

일주일 가까이 제대로 못 잤는데도 쉽게 잠이 오지 않았다. 나는 조용히 일어나 책상으로 갔다. 책상에 돌이 들어 있는 상자가 있었다. 나는 그 상자를 들고 침대로 들어갔다.

상자를 여니 돌이 바로 폴짝하고 튀어나왔다. 돌은 멀리 가지 않고 이불 위를 폴짝거리며 돌아다녔다.

답답했구나.

나는 돌을 내버려두고 패드를 켜서 상자에 적힌 주소로 들어갔다. 그곳에서 돌의 일련번호를 등록하자 설명서가 화면에 나타났다. 나는 그 설명서를 읽었다.

동물 돌은 먹지 않는다.

그게 첫번째 구절이었다. 에그에게 들어서 알고 있던 부분이었다.

하지만 가끔 물에 담가놓을 필요가 있다.

돌은 특히 바닷물을 좋아한다.

비밀이 누운 자리

일요일에 나는 오후 두시가 넘도록 침대에 늘어져 있었다. 내일은 집에 간다. 안도 안의 구역으로 간다. 우리 둘 다 방학 동안 각자의 구역으로 돌아간다. 내일부터 당분간 안을 볼 수 없다. 내가 그걸 견딜 수 있을까? 방학이 없어졌으면 좋겠다. 나는 침대에 누워 생각했다. 안에게는 잘된 일이었다. 학교를 잠시 떠나 있는 편이 좋을 것이다.

안은 조사를 받지 않았다. 그것 때문에 소문이 더 커졌다. 처음에는 호기심을 가지고 지켜보는 애들이 더 많았지만 이제는 완전히 적대적인 분위기로 변했다. 안이 동굴 구역 사람이기 때문에 시드의 형사들이 안을 건드리지 못하는 거라고 했다. 나는 그게 루머라고 생각했다. 한편으로는 내가 동굴 구역에 대해 무지하다는 것을 새삼 느끼기도 했다.

다른 애들은 나보다 동굴 구역에 대해 더 많은 것을 알고 있는 것 같았다. 동굴 구역의 이상한 특권에 대한 이야기가 떠돌았다. 동굴 구역은 다른 구역의 법이 통하지 않는 곳이라는 말이 있었다. 동굴 구역 사람들은 특별한 보호를 받는다고 했다. 빛 구역 출신 애들은 동굴에 사는 사람들이야말로 특권층이라고 비아냥거렸다.

라울의 친구들은 여러 번 조사를 받았다. 그애들은 조사를 받고 돌아와서 자신들만 '이런 취급'을 받는 것은 부당하다고 투덜거리며 안을 노려봤다.

형사들은 안을 찾지 않았다. 나도 그게 걸리기는 했다. 학교 안에 도는 소문을 형사들이 모르고 있지는 않을 텐데. 안이 사건과 아무런 상관이 없기 때문이라고 생각하고 싶었지만 잘 안 됐다.

나는 안의 침대를 봤다.

안은 아침에 나갔다. 새벽에 일어나서 책을 마저 읽은 것 같았다. 안은 솔티나의 집으로 가서 빌렸던 책을 돌려주고 점심을 먹고 올 것이다.

아침에 안과 나눴던 짧은 대화가 떠올랐다. 잠결에 들은 얘기여서 기억이 흐릿했다. 저녁에 시내에서 만나기로 했던가? 시내에서 가족들에게 줄 선물을 사고 저녁을 먹기로 했던 것 같다.

이번에는 사르먼에게 좋은 식당을 물어보지 못했다. 하지만 지나다니면서 봐둔 곳이 여러 군데 있었다. 노란길에는 괜찮아 보이는 식당들이 많았다. 주말에는 일하느라 시간이 없어서 그 식당들을 그냥 지나칠 수밖에 없었다.

노란길의 식당들이 아른거렸다. 저녁을 어디에서 먹을까. 나는 그런 생각을 하며 샤워실로 갔다. 목욕 바구니에 돌도 챙겨넣었다. 씻는 동안 물에 담가놓을 생각이었다. 돌에게 이름을 지어줘야 할까? 앞으로 계속 함께 지낼 텐데 이름 정도는 있는 게 좋겠지.

얼마나 오래 살려나. 동물 돌의 수명에 대해서는 아직 정보가 없었다. 아마 아직 죽은 동물 돌이 없기 때문인 것 같았다. 내 돌은 동물 돌 첫 세대인지도 모른다.

나는 돌을 양치 컵에 넣어놓고 샤워를 했다. 동물 돌의 이름을 생각해봤지만 이거다 싶은 것이 없었다.

아침에 안에게 동물 돌을 쥐여줬던 것이 문득 떠올랐다.

“이거 봐.” 나는 몽롱한 상태에서 안에게 돌을 보여줬다. “꽉 쥐어 봐. 심장 뛰는 게 느껴져.” 안은 얼떨떨하게 돌을 손에 쥐었다.

“진짜네. 기분이 이상해. 이게 뭐야?” 안이 손을 펼쳐 두 손으로 돌을 감쌌다. 아주 조그만 동물을 조심스럽게 안는 것처럼. 그 모습은 사랑스럽고 귀여웠다. 순수한 얼굴. 나는 그 얼굴을 보며 작게 웃었다. “내 애완동물이야.” 내가 말했다. 그러고서 다시 잠이 들었다.

안은 나의 작은 돌을 자기 베개 위에 올려놓고 나갔다. 돌 위에는 안이 운동할 때 쓰는 수건이 살짝 덮여 있었다. 돌 끄트머리가 나오도록 신경써서 덮어놓았다. 나는 정오가 넘어 일어나 그것을 봤다. 마음이 다시 한번 안에게로 기울었다. 가만히 있는 법이 없는 산만한 내 마음을 안은 그런 식으로 매일 자기 쪽으로 잡아당겼다.

안이 보고 싶어졌다.

안은 솔티나의 집에서 나오기 전에 나에게 연락하겠다고 쪽지를 남겼다. 몇시쯤에 볼일이 끝날까? 나는 방으로 돌아올 때까지 저녁에 안을 만나는 일에 온통 정신이 팔려 있었다. 방에서 머리를 거의 다 말렸을 때에야 샤워실에 돌을 놓고 왔다는 것이 생각났다. 양치 컵 안에 든 돌을 훔칠 사람은 없겠지. 설마 하면서도 덜컥 겁이 났다.

그때 누가 문을 두드리는 소리가 났다. 손가락의 두번째 마디뼈로 노크하는 것 같은 가벼운 소리였다. 그러다가 문의 잠금 패드가 해제됐다. 나는 바짝 긴장해서 서 있었다. 창문 밖으로 달려나가야 할까? 우리 방은 사층에 있었다. 창문 밖으로 나가는 것은 무리였다.

나는 문을 노려봤다. 괴한이라도 들어오면 어떻게 할지 생각하면서. 하지만 문은 열리지 않았다. 잠금 패드는 도로 잠김 모드로 돌아갔다. 그리고 또 문을 두드리는 소리가 들렸다. 나는 보통때는 쓰지 않는 안쪽 걸쇠를 채우고 문을 열어봤다.

문밖에는 아무도 없었다. 나는 복도를 훑어봤다. 복도는 텅 비어 있었다. 금요일에 벌써 기숙사생의 반은 집으로 돌아갔다. 토요일에도 종일 소란스러웠다. 일요일까지 기숙사에서 미적거리는 웜스는 거의 없는 듯했다.

다시 문을 닫으려고 했을 때였다. 누군가가 내 다리를 톡톡 쳤다. 나는 화들짝 놀라 내 아래를 내려다봤다. 내 다리를 두드리고 있는 것은 돌이었다. 돌이 다급하게 펄쩍거렸다. 내가 허리를 구부려 돌을 잡으려 하자 돌이 먼저 내 손안으로 뛰어들어왔다. 불쌍하기도 하지. 나는 혀를 차면서 돌을 손에 넣고 쓰다듬었다.

돌의 맥박이 빠르게 뛰고 있었다. 무서웠구나. 나는 돌에게 미안하다고 말했다. 문을 닫고 들어와서도 한참 그렇게 돌을 돌봤다. 돌은 서서히 진정되었다.

"기특하네. 어떻게 방을 찾아왔어?"

나는 돌을 손바닥에 올려놓고 물었다. 돌이 내 손바닥 위에서 톡톡 튀었다. 우쭐거리는 것처럼. 그리고 내 손바닥에 몸을 바짝 붙이고 들썩거렸다. 마치 킁킁거리는 것 같았다.

"알겠다. 냄새로 찾아왔구나."

내 말을 알아들은 건지 아닌지는 알 수 없었지만 돌의 기분이 좋아졌다는 것은 알 것 같았다. 오후 세시가 조금 넘은 시간이었다. 방에서 안을 기다리고 있기엔 심심했다. 나는 돌을 내 얼굴 가까이로 가져와 속삭였다.

"산책 갈까? 바다 가서 놀까?"

돌이 내 손에서 펄쩍 뛰어 바닥으로 내려갔다. 바닥으로 내려간 돌이 방안을 신나게 굴러다녔다.

"좋아. 그럼 나가자."

나는 방에서 입는 옷을 벗고 외출복으로 갈아입었다. 새로 빨아놓은 티셔츠였다. 그리고 사놓고 한 번도 입지 못한 무지개색 스커트를 꺼냈다. 스커트에는 주머니도 있었다. 나는 가방을 챙기고 돌을 스커트 주머니에 넣었다. 주머니 안에서 돌이 들썩거렸다. 얌전히 있으라는 뜻으로 주머니를 툭툭 치자 돌은 잠잠해졌다.

해변은 지난번보다 조용했다. 나는 모래사장의 넓은 돌계단에 앉아 돌을 꺼냈다. 설명서에 따르면 동물 돌은 후각이 예민하다.

"돌, 바다 냄새가 느껴져?"

나는 돌을 손바닥에 올려놓고 물었다. 돌은 새로운 곳을 관찰하는 것처럼 숨을 죽이고 가만히 있었다.

나는 바다 쪽으로 걸어갔다. 물결이 무겁게 해변 쪽으로 밀려왔다가 물러났다가 했다. 물결이 바다 깊은 쪽으로 물러났을 때 나는 돌을 손에 가볍게 쥔 채로 바닷물에 담갔다. 손안에 바닷물이 차자 돌이 천천히 움직였다. 나는 돌을 물에 빠뜨리지 않도록 조심하면서 손을 물속에서 흔들었다. 돌은 느긋하게 몸을 맡겼다.

바다는 잔잔했다. 돌은 내 손안에서 몸을 가볍게 움직였다. 슬로 댄스를 추듯이.

그렇게 한참을 있다가 발이 저려서 일어났다. 일어나니 허벅지가 당기고 발에는 쥐가 날 것 같았다. 나는 한쪽 발을 질질 끌며 돌계단으로 돌아갔다. 돌이 내 손안에서 몸을 비틀었다. 더 놀고 싶은 것 같았다.

모래사장에서 함께 산책할 생각으로 데려오긴 했지만 막상 풀어놓으려니 불안했다. 바닷가에는 내 동물 돌과 비슷하게 생긴 하얀 조약돌이 너무 많았다.

나는 앉은 채로 다리를 쭉 폈다. 발이 저릿저릿했다. 손도 폈다. 돌이 내 손바닥 위에서 폴짝거렸다. 나는 돌을 쓰다듬었다.

"이따 한번 더 물에 들어가자."

나는 돌을 잠깐 내려놓고 치마 아랫단을 손으로 비틀어 짰다. 치마에서 물이 뚝뚝 떨어졌다. 햇볕이 강해서 금방 마르기는 할 것 같았다. 나는 치마를 말리며 하늘을 봤다. 유난히 맑고 쨍한 하늘이었다. 가끔씩 큰바람이 불어와서 치마를 흔들고 지나갔다. 나는 펄럭이는 치마를 한 손으로 잡고 바람을 들이마셨다.

공중에 하얀 점이 보였다. 돌이었다. 나는 모래사장에서 튀어올랐다가 떨어지는 돌을 보고 벌떡 일어났다. 멀리 있지는 않았다. 나에게 들키지 않도록 모래사장까지 슬금슬금 기어갔던 모양이다.

내가 돌을 잡으러 가자 돌이 높이 뛰어오르며 모래사장을 돌아다녔다. 술래잡기라도 하는 줄 아나. 나는 약이 올라서 돌을 쫓아갔다. 모래에 발이 푹푹 빠져서 속도를 낼 수가 없었다. 돌은 점점 더 빠르게 내게서 멀어지더니 절벽으로 올라가는 계단으로 갔다.

나는 슬리퍼를 손에 들고 성큼성큼 걸어 모래사장에서 벗어났다. 돌계단은 뜨거웠다. 거기서부터 다시 슬리퍼를 신고 돌을 따라갔다.

돌은 나와 거리를 유지하면서 계단을 올라갔다. 기분이 아주 좋아 보였다. 설명서가 틀리지 않았다. 돌은 바닷물을 정말 좋아했다. 이름을 바다라고 지을까? 나는 그런 생각을 하며 슬렁슬렁 계단을 올라갔다. 어차피 돌이 멈추기 전에는 그애를 잡을 수 없을 것 같았다.

돌은 결국 절벽 제일 높은 곳까지 올라갔다. 나는 숨을 헐떡이며 겨우 그곳까지 갔다. 나보다 한참 먼저 도착한 돌이 내 발을 톡톡 쳤다. 그러고는 눈앞에 있는 저택의 대문을 두드렸다. 제자리 뛰기를 해서 자기 몸을 문에 부딪치는 식이었다.

"아까 이렇게 문을 두드린 거였구나."

나는 돌을 내려다보고 말했다.

"여긴 못 들어가. 이제 바다에서 잠깐 놀다가 집으로 가자."

내가 돌을 잡으려 손을 뻗자 돌이 뒷걸음질치듯이 뒤로 물러났다.

"가자니까."

나는 돌에게 손을 내밀었다. 돌은 빙글빙글 돌다가 높이 튀어올라 대문 가운데를 쳤다. 그러고는 다시 내 발을 두드렸다. 뭔가 말을 하려는 듯했는데 무슨 뜻인지 알 수가 없었다. 나는 허리에 두 손을 올렸다.

"알았어. 뭔지 모르겠지만 네 마음대로 해봐."

나는 뒤로 물러났다. 순간 돌이 높게 튀어올랐다. 돌은 대문을 넘어

사라졌다. 나는 놀라서 문을 두드렸다.

"거길 들어가면 어떡해. 얼른 나와!"

돌이 바닥에서 탁탁 튀는 소리가 들렸다. 어쩌나 하고 돌이 나오기를 기다리고 있는데 얼마 지나지 않아 대문이 열렸다.

"네가 열었어?"

돌은 바닥에서 한 번 튀더니 그대로 마당을 지나 그 집 현관문까지 갔다. 순식간에 일어난 일이었다. 나는 망설이다가 돌을 따라 안으로 들어갔다. 이러다가는 무단 침입이 취미가 되겠네. 나는 한숨을 쉬며 돌을 잡으러 갔다.

현관 앞에서 돌이 폴짝거렸다. 현관문까지 열 기세였다. 나는 열린 대문을 돌아봤다. 누가 오지 않을까 불안했다. 마당에는 특별한 것이 없었다. 흔한 나무 하나 없이 썰렁했다. 돌보는 사람이 없는 집 같았다.

"여기까지야. 이제 그만해. 가자."

나는 단호하게 말했지만 돌에게는 먹히지 않았다. 돌은 장난스러운 몸짓으로 튀어올라 현관문 잠금 패드를 두드렸다. 두드리기 다섯 번 만에 문이 열렸다. 경보는 울리지 않았다. 돌은 문이 열리자마자 안으로 들어가버렸다.

난감해진 나는 우선 돌아가 대문을 닫았다. 이왕 이렇게 된 거 세번째 집이 어떻게 생겼는지 구경이나 해보자는 마음이었다.

나는 불안과 호기심을 동시에 느끼며 저택 안으로 들어갔다. 현관문을 닫자 마음이 묘하게 편안해졌다. 집안은 어둑하고 조용했다. 불이 켜진 곳도 없고 아무 소리도 들리지 않는 것으로 봐서 사람이 없는 듯했다. 나는 두리번대며 돌을 찾았다. 목이 잠기는 느낌이 들었다.

집안은 층 구분 없이 천장이 높게 나 있는 구조였다. 벽 여기저기에 튼튼해 보이는 봉들이 달려 있었다. 금속으로 된 봉들이었다. 탁 트인 구조 때문에 방들이 한눈에 들어왔다. 문은 총 여덟 개였는데 전부 닫혀 있었다.

거실 바닥에는 아주 푹신한 카펫이 깔려 있었다. 걸을 때마다 발이 묻히는 느낌이 들 정도였다. 돌이 바닥에 부딪히는 소리를 들을 수 없어 불안했다. 대문과 현관문은 잠금 패드를 풀면 저절로 열리는 문이었지만 안에 있는 방들은 모두 문고리를 돌려야 열리는 문들이었다. 돌에게 손이 달려 있지는 않으니 방에 들어갈 수는 없었을 것이다.

나는 시간을 확인했다. 오후 다섯시 전이었다. 안에게서는 아직 연락이 없었다. 나는 돌을 천천히 찾기로 하고 여덟 개의 문을 차례로 열어봤다.

방 다섯 개는 가구 하나 없이 비어 있었다. 쓰지 않는 방 같았다. 아까워라. 나는 이 커다란 집을 혼자 쓰는(그것도 아주 가끔씩만 쓰는) 사람이 부러워졌다. 이런 집을 가진 사람은 어떤 사람일까. 나라면 이 집을 떠올리기만 해도 소모됐던 영혼이 도로 꽉 차오를 것 같은데. 나는 혼자 그런 생각을 하며 여섯번째 문을 열었다. 그 방은 욕실이었다.

나는 실망하며 바로 문을 닫았다. 이제 방이 두 개 남았다. 나는 어느 방을 먼저 들어가볼지 고민하다가 순서대로 욕실 옆에 있는 방으로 들어갔다.

방에 사람이 머물던 흔적이 있었다. 방에서 느껴지는 개인적인 분위기 때문에 겁이 났다. 그제야 다른 사람의 집에 허락 없이 들어왔다는 실감이 났던 것이다.

조심스럽게 방안을 둘러봤다. 문이 커다란 나무 벽장과 큼지막한 침대가 있었다. 여긴 거인이 사는 집인가? 그런 생각을 하다 방안에 창문이 없다는 것을 깨달았다. 그러고 보니 거실에도 창문이 거의 없었다. 거의 없었다고 말하는 것은 창문이 있기는 했는데 집에 비해 아주 작았기 때문이다. 겨우 벽돌 하나만한 창문 세 개가 바다 쪽으로 나 있었다. 발코니나 베란다도 없었다.

크고 폐쇄적인 집. 세번째 집들은 다 이런가? 왠지 오싹해졌다.

침대는 흐트러져 있었다. 주인이 다녀간 지 얼마 되지 않을지도 몰랐다. 그때 뒤에서 문을 치는 소리가 들렸다. 조용한 집안에서 그 소리가 크게 울렸다. 나는 비명이 터져나오는 입을 손으로 막고 뒤를 돌아봤다. 내 하얀 돌이 방안으로 들어와 있었다.

돌도 겁을 먹은 듯 카펫 위로 기어와 내 발 옆에 바짝 붙었다. 나는 손을 뻗어 돌을 잡았다. 손안에서 돌의 심장이 뛰는 것이 느껴졌다. 내 가슴도 그렇게 뛰고 있었다. 내 심장을 손에 쥐고 있는 느낌이었다. 뭔가 불안한 예감이 밀려들었다.

불길하게 친숙한 느낌. 어쩐지 와본 적이 있었던 것 같은 느낌이 들었다. 아는 사람의 집에 들어온 것 같은 느낌이었다. 그럴 리가 없는데. 나는 침대로 이끌려갔다. 누가 내 목과 손목에 줄을 묶고 천천히 끌어당기는 것 같았다. 침대로 가서 이불에 손을 댔다. 이불은 푹신했다. 허리를 살짝 구부리자 친숙한 느낌이 강해졌다. **냄새 때문이야.** 나는 한순간 깨달았다.

안의 냄새가 났다. 안이 더티에서 주문해서 만든 냄새. 세상에서 하나밖에 없는 그 냄새가 풍겼다. 나는 돌을 꽉 쥐고 다른 손으로 이불을 걷었다. 검은 것들이 들썩거렸다. 나는 물러나서 그게 무엇인지 봤다. 살아 있는 것일까봐 무서웠다. 하지만 그것들은 금방 내려앉아 움직이지 않았다. 깃털들이었다. 검고 커다란 깃털들.

안이 깊은 밤에 나가서 왔던 곳이 여기였구나.

그런 직감이 들었다. *여기였어*. 나는 베개를 들어 냄새를 맡았다. 안의 냄새가 짙게 배어 있었다. 검은 깃털과 안의 냄새.

나는 베개를 내던지고 벽장문을 열어젖혔다.

옷걸이를 거는 봉에는 아무것도 걸려 있지 않았다. 옷장 바닥에 뭉쳐져 있는 옷 말고는 아무것도 없었다. 나는 그 옷 뭉치를 집어들었다.

나는 벽장 옆에 있는 스위치를 켰다. 방이 환해지고 옷이 선명하게 보였다. 검은 후드였다. 후드에 얼룩이 있었다. 핏자국 같았다. 나는 옷을 놓칠 뻔했지만 가까스로 떨어뜨리지 않고 옷장 바닥에 내려놓았다.

얼룩은 완전히 말라붙어 있었다. 피냄새가 나는 것 같았지만 착각이었다.

안의 달리기 좋은 길은 절벽 가장 높은 곳에 있었다. 커다란 집 안에.

손안에서 돌이 몸을 비비적댔다. 나는 돌을 가방에 넣고 지퍼를 잠갔다. 지퍼를 잠그자마자 가방 속에 넣어놓은 P가 진동했다. 나는 P를 꺼내 전화를 받았다. 안이었다.

안은 방금 볼일이 끝났다고 말했다.

"넌 어디야?"

"너의 세번째 집."

전화기 건너편이 조용해졌다.

안이 거실로 들어올 때 나는 긴 의자에 앉아 벽에 달린 봉을 보고 있었다. 저게 횃대였구나. 횃대에 앉아 있는 치라가 떠올랐다. 치라는 횃대에 앉아 안을 내려다봤을 것이다. 나는 안이 치라를 올려보는 모습을 상상했다. 안이 치라를 보는 눈빛은 나를 볼 때와 어떻게 달랐을까? 안은 치라에게도 다정하고 달콤했을까?

안이 내 옆에 앉았다. 나는 계속 봉을 바라봤다. 안의 얼굴을 마주 볼 용기가 나지 않았다. 그런 순간에조차 나는 가슴이 두근거렸다. 내가 본 것들을 모른 척하고 싶었다. 안을 만지고 안심하고 싶었다.

나와 안은 긴 의자에 나란히 앉았다. 나와 안 사이의 빈 공간에 작게 타오르는 불이 있는 것 같았다. 그 열기는 긴장 때문이었을 것이다.

"우리가 처음 본 날 네가 나한테 화냈던 거 기억나? 내가 네 책을 허락 없이 봤다고 화를 냈었잖아."

"기억나."

"몇번째야? 이 집에 들어온 게?"

"안에 들어온 건 처음이야."

"난 초대한 적 없는데."

"알아."

목이 메었다. 안을 부른 걸 후회하지는 않았다. 내가 안의 집에 들어온 이상 언젠가는 했어야 할 대화였다. 조금 힘든 대화.

나는 고개를 돌려 안을 봤다. 안은 허공에 시선을 두고 있었다. 얼굴이 창백했다. 나는 그 싸늘한 얼굴에 사랑을 느꼈다. 그런 순간에도. 난 구제불능이었다.

"그래서 뭘 알아냈어?"

"아무것도."

"아무것도?"

"여기가 너와 치라의 집이라는 것 말고는 아무것도 몰라."

내가 그렇게 말했을 때 안이 나를 봤다. 내가 모르던 눈빛이었다. 나는 그 눈이 두려웠다. 안의 독특한 습관들. 적게 말하고 적게 먹고 적게 갖는 안. 안은 가끔 고요해진다. 내가 모르는 곳으로 깊숙이 들어간다. 그럴 때 안이 어디를 헤매고 있는지 나는 몰랐다. 내가 옆에 없을 때 안이 무엇을 하는지, 무엇을 보고, 어떤 생각을 하는지 나는 알지 못했다.

안이 사람을 죽였을지도 모른다. 후드에 말라붙은 피는 누구의 것일까?

작은 창문으로 들어오던 빛이 어느새 사라지고 없었다. 해가 진 듯했다.

실내가 어두워서 안의 얼굴이 보이지 않았다. 나는 망설이다 P를 꺼냈다. 안의 눈빛에 뭐가 담겨 있는지 보고 싶었다. 그게 어둠인지 사랑인지 확인하고 싶었다.

나는 떨리는 손으로 라이트 모드를 켰다. P에서 나오는 불빛이 안의 얼굴을 비췄다.

안이 나를 보고 있었다. 눈이 부신지 눈을 몇 번 감았다가 떴다. 안의 호박색 눈동자가 투명하게 빛났다. 나는 그 눈을 들여다봤다. 안이 무슨 생각을 하는지 전혀 읽을 수 없었다. 순간 안이 내 목을 조르는 장면이 머릿속을 스쳤다.

내가 보지 말아야 할 것을 봤기 때문일 수도 있고, 그냥 화가 나서 그럴 수도 있다. 안이 그럴 수 있는 사람일까? 내가 안을 모른다는 사실이 날 두렵게 했다.

그때 안이 내게 손을 뻗었다. 나는 본능적으로 뒤로 물러났다. P가 내 손에서 떨어졌다. 나는 의자에서 일어나 뒷걸음질쳤다. 어둠 속에서 안이 나에게 다가왔다. 안이 내 팔목을 잡았을 때 나는 짧게 비명을 질렀다.

그날밤 호숫가에서 본 그 사람의 실루엣, 주니의 말, 옷장 안에 있던 피 묻은 옷, 왠지 이상했던 그날의 안. 그것들이 화살표가 되어 안을 가리켰다. 나는 안에게 물었다.

"네가 그런 거야? 그날밤에."

목소리가 떨렸다. 안의 얼굴이 가까워졌다. 나는 긴장으로 꼼짝하지 못했다.

"너도 날 의심하는구나."

나는 고개를 끄덕였다. 후회할 걸 알았지만 안의 대답을 듣고 싶은 마음이 너무 컸다. 안에게 진실을 듣고 싶었다.

"믿을지 모르겠지만 난 널 사랑했어."

안이 내 귓가에 속삭였다. 나는 그 말을 어떻게 받아들여야 할지 몰랐다. 안이 내 팔을 놓고 물러났을 때 어슴푸레하게 그애의 얼굴이 보였다. 안의 얼굴은 일그러져 있었다. 안은 제자리에 서 있었다. 안이 움직이지 않는데도 왠지 그애가 멀리 가고 있는 것처럼 느껴졌다. 아주 먼 곳으로. 나는 마음이 급해져서 안을 붙잡았다. 하지만 안은 내 손을 뿌리치고 밖으로 나가버렸다.

전환

월요일에 제럴드 형사가 날 찾아왔다. 나는 뒤늦게 짐을 싸느라 정신이 없었다. 제럴드 형사가 기숙사 방의 문을 두드렸을 때 바닥에는 옷가지와 다른 물건들이 널브러져 있었고 트렁크는 활짝 열린 채였다. 트렁크 안은 뒤죽박죽이었다.

나는 제럴드 형사에게 로비로 가자고 말했다. 기숙사 로비는 한산했다. 집으로 돌아갈 애들은 거의 기숙사에서 나간 것 같았다. 나는 하얀색 가죽소파에 앉았다. 제럴드 형사는 부드러운 미소를 짓고 서 있었다. 형사가 내 맞은편 의자를 가리켰다. 나는 그게 앉아도 되는지 물어보는 제스처라는 것을 조금 늦게 깨닫고 고개를 끄덕였다. 형사가 의자에 앉았다. 천을 씌운, 얼마나 오래됐는지 모를 더러운 의자였다. 더럽기는 내가 앉은 가죽소파나 그 의자나 마찬가지였다.

"고마워요."

제럴드 형사가 말했다. 그는 저번에 입었던 것과 같은 녹색 재킷 차

럼이었다. 나는 형사가 땀을 뻘뻘 흘리고 있는 것을 보며 속으로 혀를 찼다. 더우면 재킷을 벗을 것이지. 외투나 모자를 자신의 영혼의 일부라고 생각하는 사람들이 있는데 제럴드 형사가 그런 사람인 듯했다.

"안 학생은 어디 있나요?"

눈치를 보니 제럴드 형사의 방문 목적은 안인 모양이었다. 나는 안이 벌써 집에 갔다고 말했다. 둘러댄 거였다. 나는 안이 어디 있는지 몰랐다. 안은 사라졌다.

"방학이군요. 제가 때를 못 맞췄네요."

내가 말이 없자 제럴드 형사가 내 이마 얘기를 했다.

"좀 나았어요?"

"거의 다 나았어요."

"흉터가 안 남아야 할 텐데."

나는 차라리 씬 형사가 왔으면 어땠을까 하고 생각했다. 제럴드 형사는 지루했다. 직설적이고 불쾌한 씬 형사의 말투가 그리워질 정도였다.

"저한테 물어보실 거 있어요?"

나는 제럴드 형사가 얼른 가버리기를 바라며 물었다. 마주앉은 지 오 분도 되지 않았는데 벌써 참을 수 없어지고 있었다.

제럴드 형사가 의자를 당겨 앉았다. 나는 실망했다.

그날밤에 말이죠, 하고 형사가 운을 뗐다.

"안 학생이 계속 기숙사 방에 있었나요?"

나는 뜨끔했다. 제럴드가 제대로 된 질문을 한 것이다. 나는 시간을 벌려고 바보같이 되물었다.

"그러니까 저하고 저녁을 먹고 학교로 돌아온 다음에 쭉 기숙사에 있었던 거냐고 물으시는 거죠?"

"맞습니다."

제럴드가 바로 대답했다. 나는 거짓말에 재능이 없었다. 타고나길 그랬다. 그래도 시도해봤다.

"네, 안은 밤새 방에 있었어요."

제럴드가 날 빤히 봤다. 어설프게 부정행위를 하는 애를 보고 있는 시험 감독관 같은 눈빛이었다. 나는 수치를 느꼈다.

"저희가 CCTV를 확인한 바로는 그날밤에 안 학생이 학교 정문을 지나갔습니다."

"사건이 일어나기 전인가요, 아니면 후에?"

나도 모르게 그 말이 튀어나왔다.

"후였습니다."

"그럼 문제될 거 없지 않아요?"

"문제가 있습니다. 안 학생이 정문을 나갈 때 후드를 쓰고 있었거든요. 재밌는 것은 돌아올 때는 후드가 없었다는 겁니다."

안은 티셔츠만 입고 들어왔었다. 옷장 안에 있던 피 묻은 후드가 떠올랐다. 나는 그날밤 안이 어떻게 보였던가를 떠올리다가 정신을 차렸다. 제럴드 형사가 날 탐색하는 눈으로 보고 있었다.

"그날밤에 안 학생과 밤새 같이 있었던 게 맞나요?"

이미 안이 밤에 나갔었다는 게 분명한 와중에 제럴드가 그런 질문을 하자 불편해졌다. 제럴드의 방문 목적이 처음부터 안이 아니라 나였을 수도 있겠다는 생각이 들었다.

"사실은 잘 모르겠어요. 그날밤에는 깊이 잠들었거든요."

"불안한 밤이었을 텐데 아침까지 안 깨고 잘 잤나봐요."

씬 형사 같은 질문이었다.

"긴장을 심하게 해서 더 깊이 잠들었던 것 같아요. 가끔 현실에서 도망치고 싶을 때가 있잖아요. 악몽이 현실보다 나을 때요."

"그렇죠. 그날밤이 악몽 같았을 겁니다."

나는 아무 말도 하지 않았다. 제럴드 형사가 일어났을 때 나는 한숨을 쉬었다. 드디어 불편한 시간이 끝났구나.

"하나만 더 여쭤봐도 될까요?"

나는 제럴드 형사의 정중한 태도가 거슬렸지만 꾹 참고 그러라고 했다.

"안 학생이 밤에 나가는 일이 자주 있나요?"

"아니요."

내가 탈 비행기가 출발하는 시간은 오후 다섯시였다. 시간이 넉넉했지만 왠지 초조해졌다. 제럴드 형사는 만족스러워 보였다. 내가 제럴드가 만족할 만한 대답을 한 것이다. 바보 같으니.

"더 생각나는 게 있으면 연락주세요."

제럴드 형사가 명함을 내밀었다. 나는 그걸 받아 주머니에 넣으면서 손안에서 구겨버렸다.

오후 비행기를 예매해둔 게 후회가 됐다. 떠날 때까지 시간이 너무 많이 남아 있었다. 방에 혼자 남는 것은 쓸쓸했다. 버려진 기분이었다. 나는 그런 감정에 젖어 있는 것이 싫어서 일찍 공항으로 갔다. 공항으로 가는 내내 마음속에서 찬바람이 부는 것 같았다.

전날 절벽 위의 집에서 본 것들, 안의 얼굴, 눈빛, 안이 나에게 했던 말들이 어지럽게 뒤섞여 떠올랐다.

구설에 도착해 버스를 타고 가는 동안에도 마음이 복잡했다. 하지만 막상 버스에서 내려 동네로 들어가자 기분이 달라졌다.

파란 잡화점이 보였다. 쇼윈도에 진열된 물건들은 달라진 게 없었다. 종이 잡지, 초콜릿, 껌, 음료수, 우유…… 계산대에는 로봇이 아니라 사라 언니가 있었다. 돌아왔다는 실감과 함께 태양시에서의 일들이 희미해져갔다. 그곳에서 겪은 일들이 꿈같았다. 여전히 마음에는 구멍이 나 있었고 가시에 찔린 것처럼 가슴이 따끔거렸지만 그런 증상도 꿈을 꾼 뒤의 후유증처럼 아련했다.

집에 들어갔을 때 슬픔은 침전물처럼 가라앉아 있었다. 슬픔 위로 떠오른 것은 익숙한 곳으로 돌아왔다는 안도감이었다.

내 방은 그대로 있었다. 밴은 내가 나갈 때 봤던 모습 그대로 침대 맡을 지키고 있었다. 밴을 보니 내가 아침에 방을 떠났다가 들어온 것 같은 기분이 들었다.

목욕이나 해볼까.

기숙사에 들어간 뒤로 욕조에 몸을 담그지 못했다. 나는 돌을 챙겨서 욕실로 갔다. 따뜻한 물에 몸을 담그니 긴장이 풀렸다. 돌은 욕조 바닥에 얌전히 누워 있었다. 돌도 따뜻한 물이 마음에 드는 듯했다. 안에 대한 생각을 아예 그만둘 수는 없었지만 비참함은 덜해졌다.

한 시간쯤 그러고 있었던 것 같다. 물은 식고 몸은 점점 나른해져서 욕조에서 나왔다. 욕조 밖에서 수건으로 몸을 닦고 헐렁한 옷을 대충 걸쳤다. 젖은 머리카락은 수건으로 감쌌다. 나는 뿌연 거울을 손으로 닦았다. 이마가 깨끗하게 드러났다. 뿔 옆의 상처는 아직 붉은 기가 남아 있었다. 고양이가 할퀴어놓은 것 같았다.

마음이 싸늘해져서 욕실에서 나왔다. 엄마 방에 드라이어가 있었다. 감기 들겠다. 안은 내가 머리가 젖은 채로 돌아다니면 꼭 그렇게 잔소리를 했다. 지금 말릴 거야. 나는 상상 속의 안에게 대꾸하며 엄마 방으로 들어갔다.

"수니?"

나는 멈춰 섰다. 엄마가 옷장 앞에 서 있었다. 옷을 갈아입으려던 것 같았다. 엄마의 셔츠 단추가 반쯤 풀려 있었다. 엄마가 내 뿔을 봤다. 내 머리카락은 수건으로 감싸여 있었다. 내 이마를 가려주던 머리카락도 수건 안에 있었다. 엄마는 놀란 것 같았다. 하지만 나에게 뿔이 있다는 것을 몰랐던 눈빛은 아니었다. 엄마는 다가와서 "이게 나왔구나" 하고 말했다.

"이게 나왔어."

엄마가 다시 말했다.

"얼마나 됐니?"

나는 뿔이 처음 밖으로 나왔던 날이 언제인지 생각했다. 재건의 날이었다. 그날 강렬한 통증이 찾아왔고 나는 정신을 잃었다가 다음날 내 이마에 난 뿔을 봤다. 그때 내 옆에는 안이 있었다. 거울을 내밀던 안의 모습이 떠오르자 갑자기 가슴을 찔린 것처럼 아팠다.

"두 달쯤."

"아직 작네."

엄마가 두 손으로 내 뺨을 감쌌다. 일하고 돌아온 엄마의 손에서는 아기들 냄새가 났다. 나는 그 냄새가 좋았다. 엄마가 내 뿔을 보는 상상을 자주했다. 상상 속에서 엄마는 내 뿔을 보고 비명을 질렀다. 울 때도 있었다. 아니면 너무나 놀라서 멍하게 나를 쳐다보기도 했다.

그 상상들과 현실은 아주 달랐다. 엄마는 다정한 눈길로 날 보고 있었다. 엄마가 내 이마에 난 상처를 조심스럽게 만졌다.

"어쩌다 이랬어?"

"별거 아니야."

"차 한잔해."

엄마가 부엌에서 차를 준비하는 동안 나는 식탁 의자에 앉아 작은 숟가락으로 설탕 그릇을 휘저었다.

물은 금방 끓었다. 엄마는 김이 나는 차가 든 컵을 내 앞에 내려놓고 방으로 들어갔다. 나는 어색한 기분을 느끼며 차를 마셨다. 갑자기 먼 친척집에 온 것 같았다.

시간이 꽤 지났다. 식탁에서 일어나도 될지 망설이고 있을 때 방에서 엄마 목소리가 들렸다.

"찾았다. 여기 있었네."

나는 컵을 들고 일어나 문가로 다가갔다. 커다란 상자가 몇 개나 꺼내져 있었다. 언뜻 보기에도 먼지투성이였다. 오랫동안 꺼낼 일이 없던 상자들이었다. 나도 그 상자들을 알고 있었지만 그것들을 옷장 위에서 내릴 생각은 해본 적이 없었다.

나는 엄마가 손에 든 것을 봤다. 사진들이었다. 엄마가 내게 사진 한 장을 내밀었다. 아빠와 엄마가 함께 찍힌 사진이었다. 둘 다 활짝 웃고 있었다. 아빠의 이마에 뿔이 있었다. 하반신은 물속에 잠겨서 보이지 않았다.

"처음 만난 날 찍은 거야."

엄마가 말했다. 엄마가 다른 사진을 보여줬다. 아빠만 찍힌 사진이었다. 아빠는 바위에 앉아 있었다. 내 또래로 보일 만큼 젊었다. 그 시절의 아빠에게는 다리가 없었다. 나는 아빠의 꼬리를 한참 들여다봤다.

"언제 전환한 거야?"

"이 사진을 찍고 일 년쯤 지나서."

엄마가 대답했다. 다른 사진은 엄마를 찍은 것이었다. 엄마는 돌연변이가 아니었다. 아빠는 엄마를 만난 뒤에 전환한 것이다. 엄마와 함께 살기 위해서.

"나도 전환하길 바라?"

"넌 선택하는 법을 알잖아. 시간은 충분히 있어."

"시간이 날 기다려줄까?"

"사람이 시간을 기다리는 거지. 알맞은 시간이 널 찾아올 거야."

그날밤은 평화로웠다. 아빠는 숙직이어서 들어오지 않았다. 저녁 늦게 집에 들어온 세이는 내가 그애 방에 둔 스커트 바지와 새 신발을 보고 엄청나게 기뻐했다. 엄마는 내가 집에 온 기념으로 생선 요리와 케이크를 사왔다.

케이크를 큼지막하게 잘라서 엄마하고 세이하고 나눠 먹으면서 이런저런 얘기를 나눴다. 진짜 오랜만이네. 내가 안을 가족으로 생각했던 것이 우습게 여겨질 정도로 집은 편안했다.

엄마하고 세이와 지낸 시간들, 그 오랜 친밀함은 내가 안에게 느끼는 애정과는 또다른 것이었다. 안은 지금 어디 있을까? 안도 가족들에게서 이런 편안함을 느낄까? 안도 지금 행복할까?

바다 위로 초저녁 바람이 불기 시작할 때 나는 물결에 휩쓸렸다.

두툼하고 억센 꼬리를 가진 여자가 나를 보고 있다가 급히 다가온다. 여자의 이마에는 뿔이 있다. 여자는 먼발치에서 몰래 나를 보고 있었다. 솔 고모. 형제에게 내 얘기를 듣고 궁금한 마음에 보러온 것이었다. '저애가 오빠의 자식인가?' 혼자 즐거워하면서 나를 보았다.

나는 돌을 던지는 동네 아이들을 피해 바닷가 바위 뒤에 숨어 있었다. 동네 아이들은 자신들이 모르는 곳에서 온 나를 싫어했다. 모두가 그런 것은 아니었지만 대부분이 그랬다. 솔 고모는 내가 숨바꼭질을 하는 줄 안다.

나는 바위 뒤에 숨어 있다가 졸음에 빠진다. 너무 긴장을 해서 그런 것이다. 어릴 때는 크게 긴장을 하면 졸음부터 왔다.

그러다 큰 파도가 치고 물결이 바다 쪽으로 몰려가면서 내 발목을 휘감아 끌고 간다. 잠에서 깬 나는 몸을 버둥거리고 그럴수록 내 몸을 휘감은 물은 점점 더 무거워진다. 마침내 머리까지 물속에 잠긴다. 정신을 잃기 전에 누군가가 나를 물 밖으로 끌어올리는 것을 느낀다.

솔 고모는 바다에 빠진 사람을 구해본 적이 없다. 장난을 친 적은 있다. 물속에서 사람 발목을 잡아당겨 겁을 주고 달아나거나 깊은 밤에 뱃사람을 놀래준 적도 있다. 솔 고모에게 헤엄치지 못하는 사람은 걷지 못하는 사람과 같다. 바보 천치들. 고모는 물에 빠진 사람을 보면 비웃었다. 하지만 이번에는 아니다. 솔 고모는 허우적대는 나를 보고 잠깐 당황하다가 생각할 겨를도 없이 빠르게 헤엄쳐왔다.

솔 고모가 내 머리를 물 밖으로 끌어올리고 나를 깊은 곳에서 데리고 나온다. 내 몸을 땅으로 밀어낸다. 내가 물을 뱉고 숨쉬는 것을 확인한 뒤에 고모는 서둘러 집으로 돌아간다. 고모는 가족들과 함께 수상 가옥에 산다. 숨겨진 마을. 돌연변이들이 모여 사는 곳.

일주일 전에 고모의 아버지가 세상을 떠났다. 마을 전체가 장례 기간이다. 스무 채 남짓한 수상 가옥으로 이루어진 작은 마을에서 사람 한 명이 떠나는 것은 중요한 사건이다. 사람들은 낮에는 조용히 지내고 밤에는 잔치를 연다. 밤새 놀고 먹고 마시며 죽은 사람들 얘기를 하다가 아침이 되면 각자 집으로 흩어져서 한낮까지 잠을 잔다.

초저녁은 어수선하고 나른하다. 다시 잔치를 열 준비를 시작하기 전, 사람들이 하나둘씩 밖으로 나오는 시간이다. 연기가 피어오르는 집도 있다. 생선 굽는 냄새가 난다. 솔 고모는 집안으로 들어간다. 집안에는 나른한 분위기가 퍼져 있다. 어머니는 잠깐 낮잠을 자고 남자 형제들은 술을 한 잔씩 마시고 있다. 솔 고모가 큰 소리로 내가 바다에 빠졌다는 것을 알린다. 솔 고모는 목소리가 크다. 사람들은 솔 고모의 뱃속에 커다란 울림 악기가 들어 있는 것 같다고 말한다.

솔 고모가 그 커다란 목소리로 애가 빠졌다고 말한다. 해안에 데려다놓기는 했지만 혹시 모르니 얼른 가보라고 외친다. 아버지 강은 그 말을 듣고 심장이 덜컥 떨어져서 집밖으로 나간다. 강은 이제 수영을 못한다. 마음이 앞서서 헤엄쳐서 가려는 강을 솔 고모가 붙잡고 있는 동안 남자 형제들이 배를 묶은 밧줄을 푼다.

강은 배를 타고 가고 형제들이 배를 뒤따라간다. 해안가에 내가 있다. 마을 사람들이 날 둘러싸고 있다. 어떤 아이가 어른들을 불러온 것이다. 강과 형제들은 눈인사를 나누고 헤어진다. 아빠는 뭍에 배를 댄다. 아빠가 나를 안고 병원에 간다. 장례 기간이 하루 남았지만 아빠는 나와 구설로 돌아가기로 한다.

침대에 실려 응급실로 들어가던 기억이 얼핏 난다. 하얀 천장. 조명에 눈이 부셔서 눈을 감아버렸다. 그뒤의 일은 기억이 나지 않는다. 아주 늦은 밤에 구설의 집으로 돌아갔다는 것 말고는.

아빠는 할아버지의 장례를 치르기 위해 섬으로 갔다. 나를 데리고. 나는 혼자 있다가 바다에 빠졌고 고모가 날 구했다. 꿈속의 인어는 내 아버지의 형제였다.

엄마가 모든 이야기를 해주었다. 엄마에게 이야기를 듣는 동안 옛날 기억이 조금씩 떠올랐다.

뿔에 대한 비밀이 풀렸다.

이제 안에 대해 알아야 한다.

나는 생각한 대로 했다. 이튿날 새벽에 조용히 집에서 빠져나와 터미널에서 개인용 비행기를 빌렸다. 작고 낡은 비행기로 정식 이름이 있었지만 사람들은 풍뎅이라고 부르는 물건이었다. 비행기 몸체가 둥근데다 번쩍거리는 초록색이라 풍뎅이라는 별명을 갖고 있었다.

운전은 밴이 할 것이다. 목적지는 비취의 빛 구역이었다.

환해지는 시간

유리 돔이 보였다. 한 번도 들어가본 적 없는 도시였다. 유리돔 안에 들어가려면 허가가 필요했다. 오전 열한시였다. 나는 잠시 망설이다가 전화를 걸었다. 신호음이 두어 번 울린 뒤 씨씨가 전화를 받았다.

"무슨 일이야?"

놀란 목소리였다. 나도 씨씨의 번호를 저장해두기는 했지만 전화 걸 일이 생길 줄은 몰랐다.

"지금 어디야?"

내가 물었다.

"집에 있지."

"그럼 문 좀 열어줄래? 나 지금 유리 돔 앞이야."

대책 없이 행동하기는 했지만 일이 쉽게 풀릴 거라고 생각하지는 않았다. 믿는 구석이 있기는 했다. 씨씨의 아버지가 비취에서 지위가 높은 행정관이라는 것을 얼핏 들은 적이 있었다.

씨씨는 기다리라고 말하고는 전화를 끊었다. 나는 유리 돔 앞에서 문이 열리기를 기다렸다.

사막 한가운데에 세워진 거대한 유리 돔.

유리 돔은 구설에서 비행기로 세 시간 거리에 있었다. 웜스의 서쪽 동네로 갈 때 적어도 한 번은 유리 돔을 보게 돼 있었다.

아주 가까이서 본 적도 있다. 오 년 전쯤, 가족 여행을 하던 중이었다. 아빠는 가족 여행을 좋아했다. 나도 어릴 때는 가족들과 가는 여행이 좋았다. 가족 모두가 아빠의 사정에 맞춰 한 명도 빠지지 않고 여행에 참여해야 하는 규칙에 질리기 전까지는 말이다.(여행을 가기로 한 날 아침에 세이가 몸살이 나서 앓아누운 적이 있었는데 그때도 아빠는 기어코 애를 끌어다 차에 태웠다. 세이는 여행중에 혼수상태에 빠질 뻔했다.)

여하튼 열두 살 때는 나도 가족 여행을 좋아했다. 그때 우리 가족은 오래 계획했던 장거리 여행을 떠났다. 다른 때는 가족들 중에서 적어도 한 명은 여행에 불만을 가졌지만 그 여행은 달랐다. 계획도 모두 함께 짰고 출발도 좋았다. 아픈 사람도 없었고 여행 전날에 싸우지도 않았다. 아빠는 어렵게 한 달간의 휴가를 얻었다(아직도 아빠가 그 휴가를 어떻게 얻은 건지 모르겠다). 엄마는 잠깐 일을 쉬던 시기였고 나와 세이는 방학중이었다.

1월에 떠난 여행이었다. 그때의 여행이 좋은 기억으로 남아서 나는 지금도 1월을 좋아한다.

우리 가족은 차를 타고 북쪽으로 달리던 중에 유리 돔과 마주쳤다. 그때까지 유리 돔은 나에게 흐릿하고 작은 유리 덮개 같은 것이었다.

비행기를 탄 채로 공중에서 볼 때가 많았기 때문이다. 사진과 영상으로도 많이 보기는 했지만 그건 뭐랄까 진짜 같지가 않았다.

유리 돔을 처음으로 가까이서 본 날 나는 감동받았다. 그건 그냥 무식하게 크게 지은 유리 건물 따위가 아니었다. 그것은 말 그대로 하나의 도시였다. 역사와 문화가 응축된 도시. 사람들이 일궈낸 재건의 상징. 나는 지금은 유리 돔이 재건의 상징으로 쓰이는 데에 불만이 많지만 그때는 그런 생각까지는 하지 못했다. 열두 살의 나는 유리 돔을 보고 그것이 재건의 상징으로 쓰이는 이유를 알겠다고 생각했다.

나는 가족들에게 차를 타고 유리 돔을 한 바퀴 돌자고 제안했다. 아니면 내려서 그 주변을 걷기라도 하고 싶었다. 유리 돔 앞에서 사진을 찍기도 하고 말이다. 하지만 아빠는 내 제안을 단칼에 잘랐다.

우리는 보름 넘게 여행을 하면서 웜스의 북쪽 동네들을 경험했고 이제 막 웜스의 북쪽 끝에 도달한 참이었다. 우리는 웜스 구역과 비취 구역의 경계선에 있었다. 경계선에 도달했을 때 우리 가족들은 모두 신나 있었다. 그리고 어느 때보다 가족 사이에 애정이 넘쳤다. 나는 내가 세상에서 최고로 화목한 가족의 일원이 된 것 같은 기분을 느끼고 있었다. 그 행복한 환상은 아빠의 한마디로 깨져버렸다. "안 돼." 아빠는 그렇게 말했고 그걸로 끝이었다.

우리는 경계선에서 차를 돌려 구설의 우리집으로 돌아갔다. 아빠가 "안 돼" 하고 말한 순간에 나는 내가 아무것도 아닌 사람으로 느껴졌다. 집으로 돌아오는 동안에도 나는 나름대로 남은 여행을 즐겼지만 유리 돔 앞에서 느꼈던 그 무력하고 쓸쓸한 기분은 아직까지도 때때로 나를 찾아온다.

한 시간쯤 지나 유리 돔 입구가 열리고 키 큰 남자가 걸어나왔다. 그 남자가 나에게 와서 자기가 씨씨의 아버지라고 소개했다. 씨씨는 없었다.

"얼른 들어가죠. 이게 원래는 반칙이라서. 미리 허가되지 않은 손님을 들여보내면 안 되거든요. 그런데 내가 문지기니까 내 딸 친구 정도는 들어오게 해주고 싶네요."

문지기라면 경비 같은 걸까? 내가 씨씨의 말을 잘못 알아들었던 걸지도 몰랐다. 하지만 씨씨의 아버지가 행정관이든 경비든 상관없었다. 어차피 문은 열렸으니까.

씨씨의 아버지가 나를 유리 돔 안으로 데리고 들어갔다. 유리 돔 입구에서부터 긴 통로가 있었다.

"이걸 대고 찍어요."

나는 씨씨의 아버지가 건네준 카드를 받아 보안대에 갖다댔다. 임시로 도시에 머물 수 있게 해주는 허가증인 것 같았다.

"얼마나 머물 예정이에요?"

막 세번째 출입문을 통과했을 때 씨씨의 아버지가 물었다.

"반나절 정도요. 씨씨만 잠깐 보고 가려고요."

"내일까지는 있어도 괜찮아요. 너무 일찍 가면 씨씨가 섭섭해할 거예요."

네번째 문이 마지막이었다.

나는 문이 열리면 눈부신 도시가 튀어나올 것이라고 생각하고 있었기 때문에 미리 눈을 찡그렸다. 하지만 문밖은 그리 환하지 않았다.

비취는 뿌연 도시였다. 안개가 자욱하게 낀 것처럼 보였지만 안개는 없었다. 모래 먼지가 섞인 바람이 부는 것도 아니었다.

씨씨의 아버지가 손가락을 들어 위를 가리켰다.

"저기 동그란 거 보여요? 저게 비취의 태양이에요."

아득하게 높은 유리 돔의 천장 쪽에 둥근 구가 보였다. 땅에서 보는 달 정도로 작게 보였지만 가까이서 보면 거대할 것 같았다.

나는 바로 씨씨 아버지의 차에 탔다. 내 풍뎅이는 유리 돔 바깥에 세워두었다. 씨씨 아버지가 나중에 가져다주기로 했다.

차가 출발하자 긴장이 풀렸다. 이렇게 쉽게 비취에 들어오게 될 줄이야.

씨씨의 아버지는 키가 크고 소탈한 사람이었다. 아이 때의 장난스럽고 천진한 표정이 얼굴에 남아 있는 것 같았다. 다른 사람에게는 하지 못할 말이지만 동화 속에 나오는 익살꾼 개구리를 닮은 것도 같았다. 시종일관 유쾌해서 사람이 마음을 열게 하는 타입이었다.

내가 빤히 쳐다보자 씨씨의 아버지가 헛기침을 했다.

"죄송해요. 저는 그냥 신기해서. 씨씨하고 다르시네요."

"우리 딸이 날 안 닮아서 다행이기는 하죠. 뭐가 제일 다른데요?"

"피부에서 빛이 안 나시네요."

내 말에 씨씨의 아버지가 웃었다.

"이 나이가 돼서 반짝거리고 다니면 웃기잖아요."

경쾌한 말투였다. 나는 웃었다.

모든 것이 내가 예상한 것과 달랐다. 차창 밖으로 보이는 거리는 휘황찬란하지 않았다. 오히려 정적이고 세련되어 보였다.

씨씨의 아버지를 만나기 전에 내가 상상했던 모습과 실제 모습도 달랐다. 나는 씨씨의 아버지가 권위적이고 딱딱한 얼굴에 제복 차림일 줄 알았다. 하지만 씨씨의 아버지는 헐렁한 흰색 바지와 녹색 셔츠를 입고 있었다. 나를 직접 데리러 온 것을 보아 근무 환경이 그리 빡빡하지는 않은 모양인가보다고 생각하다가 시간을 보고 씨씨의 아버지가 나 때문에 점심식사를 포기한 것이 아닐까 싶어 미안해졌다.

씨씨의 집까지는 좀 걸렸다.

"저기 가서 문을 두드리면 돼요. 비춰들은 방문 예절도 참 희한하죠?"

씨씨의 아버지가 문을 두드리는 시늉을 하고 다시 차에 탔다. 나에게 인사를 하려고 일부러 차에서 내렸던 것이다.

나는 씨씨의 아버지가 떠난 뒤 문으로 갔다. 미처 문을 두드리기도 전에 문이 벌컥 열렸다. 씨씨는 흥분한 것처럼 보였는데 넘치는 기쁨을 어떻게 표현할지 모르는 것 같았다. 씨씨는 양팔을 활짝 벌렸다가 내리더니 제자리에서 팔짝 뛰었다. 나는 내가 유명한 쇼의 진행자가 되어 팬의 집에 찾아간 것 같은 기분을 느끼며 어색하게 서 있었다.

"웜스 친구가 우리집에 오다니!"

씨씨는 그 말을 하고 부끄러워했다.

"미안. 내가 한 말은 잊어. 좀 흥분했나봐. 모래인이 이 집에 온 건 처음이라서. 어쨌든 들어가자."

나는 씨씨를 따라 집안으로 들어갔다. 씨씨가 집 구경을 시켜주었다. 대충 둘러보기만 하는 데도 꽤 오랜 시간이 걸렸다.

씨씨의 집은 오층짜리 직사각형 건물이었다. 차가운 느낌이 나는 외관과 달리 집안은 화사하고 따뜻한 분위기였다.

바닥에는 나무로 된 마루가 깔려 있었다. 폭풍 이후에 숲이 많이 없어져서 나무는 귀한 소재였다. 나는 모든 층의 바닥이 나무로 된 것을 보며 내가 비취의 집에 왔다는 것을 실감했다.

빛이 나는 식물도 집안 군데군데에 있었다. 메든가의 씨씨 집에 있는 식물들보다 크기도 크고 종류도 다양했다. 언뜻 식물원처럼 보일 정도로 빛이 나는 식물들이 많았다.

벽에는 커다란 그림들이 걸려 있었다. 나는 그게 비취에서 유행하는 작가들의 작품일 거라고 생각했다. 하지만 곧 내 추측이 틀렸다는 것을 알았다.

"우리 엄마 그림이야."

내가 바다를 형상화한 것 같은 기호들이 배치된 커다란 그림 앞에서 있을 때 씨씨가 말했다. 자랑스러운 마음을 감추지 못하는 목소리였다.

"아빠가 엄마 작품들을 좋아해서."

씨씨가 벽에 걸린 그림들을 가리켰다. 이층은 미술 전시장이라고 해도 될 정도였다. 이층에 있는 가구는 창가 쪽에 놓인 의자와 테이블이 전부였다.

나는 지쳐서 씨씨가 권하기도 전에 창가로 걸어가 의자에 앉았다.

"피곤하겠구나. 그 멀리서 여기까지 왔으니. 잠깐만 기다려. 마실 걸 가져올게. 배는 안 고파?"

"물이면 돼."

물까지 반짝거리는 건 아니겠지? 나는 여전히 피부가 빛나는 씨씨의 뒷모습을 보며 생각했다.

물을 가지고 돌아온 씨씨는 차분해져 있었다. 부엌에서 흥분을 가라앉히고 온 모양이었다. 나는 원래의 모습으로 돌아온 씨씨가 반가웠다.

물은 반짝거리지 않았다. 오히려 약간 탁했다.

"미안해. 수질이 오락가락하거든. 오늘은 상태가 별로 안 좋네."

나는 아니라고 고개를 젓고 물을 마셨다. 쇠맛이 나기는 했지만 목이 말라서 금방 한 잔을 다 마셨다.

"날 보러 온 건 아닐 테고, 무슨 일이야?"

내가 잔을 내려놓자 씨씨가 물었다. 나는 숨을 고르고 용건을 말했다.

"동굴 구역에 대해 알고 싶어."

내 말에 씨씨가 웃었다.

"그것 때문에 여기까지 온 거야? 검색은 해봤어?"

"해봤는데 별거 안 나오더라고."

집에서 나오기 전에 동굴 구역에 관한 정보를 찾아봤지만 정말 별게 없었다. 내가 씨씨를 만나려고 마음먹은 것은 그 때문이었다.

"동굴 구역하고 빛 구역은 별 상관 없어. 동굴 구역은 유리 돔 밖에 있거든. 그래도 잘 찾아온 건 맞아. 너도 알다시피 동굴 구역은 지도에 안 나오잖아."

"가는 길을 알아?"

씨씨가 고개를 끄덕였다. 입술을 물고 있었는데 남들이 모르는 비밀을 아는 것에 수줍어하는 느낌이었다.

"길은 나중에. 동굴 구역이 어떤 곳인지부터 알려줘."

"너무 서두른다. 숨 좀 쉬어."

내가 생각해도 지나치게 서두르고 있었다.

주머니에 있는 P가 계속 울렸다. 엄마일 게 분명했다. 나는 진동을 무시하고 무슨 일이 있었는지 씨씨에게 간단하게 얘기했다. 형사가 안을 라울을 죽인 용의자로 보고 있다는 것과 형사가 오기 전에 안은 자기 구역으로 돌아갔으며 내가 안을 만나서 그 일에 대해 얘기를 해 보고 싶다는 정도로 짧게 줄인 이야기였다.

씨씨는 고개를 끄덕였다.

"내가 알고 있는 것하고는 조금 다르네."

"아는 거 있어?"

"안이 용의자 중 하나인 건 맞아. 그런데 안에게는 라울을 죽일 동기가 없잖아."

나는 내 이마에 난 상처를 떠올렸다. 역시 그건 사람을 죽일 동기로는 너무 약했다.

씨씨가 말을 계속했다.

"라울은 평소에 사소한 원한을 많이 샀어. 인간성이 별로 좋지 않았잖아. 경찰들은 오히려 다른 쪽을 의심하고 있어."

"다른 쪽이라면?"

"라울이 죽은 뒤에 라울의 소지품들을 조사했는데 패드에서 여자애들 사진이 나왔어. 나체 사진들 말이야. 패드에 남은 메시지 기록에 라울이 친구들하고 주고받은 사진들이 있어. 걔 친구들이 참고자로 조사를 받는 과정에서 인정하기도 했고."

"그게 라울이 죽은 것과 연관이 있다는 거야?"

"아직 확실하진 않아. 다만 강요받은 성관계를 한 것으로 보이는 여자애들이 찍힌 사진이 있어서 사진이 협박용으로 쓰인 적은 없는지 조사중이야."

나는 씨씨가 경찰 관계자처럼 말하는 것에 놀랐지만 내색은 하지 않았다.

"넌 대체 그런 걸 어떻게 안 거야?"

그렇게 묻기는 했다.

씨씨는 뜸을 들이다가 말했다.

"나도 그 사건에 관심이 있어. 우리 학교에서 일어난 사건이기도 하고. 내 주변에서 그런 일이 일어났다는 게 무섭잖아. 누가 그런 짓을 한 건지 알고 싶었어."

"정보는 너희 아버지 쪽에서?"

씨씨는 그렇다고 했다.

"너희 아버지가 뭐하는 분인데?"

"보안부 장관. 딸을 굉장히 사랑하는."

나는 새로 알게 된 사실들을 머릿속으로 정리했다. 안은 정말 라울의 죽음과는 상관이 없는지도 모른다. 하지만 옷장 안에 있던 피 묻은 옷이 계속 마음에 걸렸다.

내가 마지막으로 본 안의 얼굴은 일그러져 있었다.

그 얼굴이 나를 흔들었다.

그 얼굴은 내가 가졌던 의심을 무너지게 했다. 내가 안을 믿지 못했다는 것을 자책하게 만드는 얼굴이었다. 그 얼굴을 떠올리면 마음이 아팠다.

"내가 알고 있는 게 하나 더 있어."

나는 안에 대한 생각을 억지로 밀어내며 씨씨의 말에 귀를 기울였다.

"매리랑 지코스가 어떤 관계인지는 알지?"

비리비리한 지코스? 그 이름이 나온 게 뜬금없게 느껴졌다. 지코스는 덤 같은 존재였다. 라울 패거리에 애매하게 붙어 있는 조용한 남자애. 존재감이 없는 타입이다.

"지코스가 이 일과 상관이 있어?"

"아직은 몰라. 그런데 지코스가 매리에게 휘둘렸다는 건 모르는 사람이 없지. 너만 빼고. 넌 다른 애들한테 관심이 없으니까."

다른 애들에게 관심이 없는 게 아니라 안에게 관심이 쏠렸다는 게 더 정확했다. 그게 그거지만. 학교보다는 변신 카페에 애정이 있기도 했다. 굳이 씨씨에게 그런 말을 할 필요는 없는 것 같아 나는 그냥 고개를 끄덕였다.

"지코스가 매리를 좋아했어. 매리는 지코스의 마음을 빌미로 그애를 마음대로 휘둘렀고. 지코스는 매리가 하라는 건 다 했을 거야. 달콤한 말로 사람 구워삶는 게 매리의 특기니까."

"매리가 달콤한 말을 할 줄 안다고?"

나는 매리의 불쾌한 웃음소리를 떠올렸다. 그리고 음흉한 눈빛도. 매리는 웃는 얼굴로 순진한 척하면서 다른 사람에게 잔인한 짓을 한다. 그런 생각을 하다 멈칫했다. 매리가 뭘 했다고? 불쾌하게 굴고 라울과 함께 나를 괴롭히기도 했지만 그것 때문에 매리가 싫은 건 아닌 것 같았다. 매리와 나는 잘 맞지 않는 사람이다. 느낌이 안 맞는 사람.

"매리를 좋아하는 남자애들이 은근히 많았어. 메든에서는 보기 힘든 흰 피부인데다가 솔직히 그 가슴, 그런 가슴도 메든에는 없지. 그 가슴에 홀린 애들한테는 매리가 무슨 말을 해도 달콤하게 들릴 거야."

매리의 가슴은 나도 인정했다. 그게 커스텀이라면 기술자를 정말 잘 찾은 거겠지.

"아직 다른 사람한테는 얘기를 안 했는데 좀 걸리는 일이 있어. 지코스가 매리하고 통화하는 걸 우연히 들었는데 뭔가 심상치가 않았어. 호수에서 그 일이 있고 나서 얼마 안 됐을 때인데, 매리가 학교에 계속 안 나왔잖아. 독감에 걸렸다면서. 그날도 매리가 결석한 날이었는데 지코스가 개하고 통화를 하고 있더라고. 점심시간이 끝날 때쯤이었나, 나 혼자 운동장에서 좀 걷다가 교실로 들어가던 중이었어. 외부 계단 뒤쪽에 창고가 있잖아. 창고 옆에 후미진 공간이 있는데, 알아?"

"애벌레 담?"

"응, 거기. 계단을 올라가고 있는데 넝쿨로 뒤덮인 담 쪽에서 '매리' 하는 소리가 나서 나도 모르게 그쪽으로 고개가 돌아갔어. 지코스가 전화기를 귀에 붙이고 그늘 아래에 서 있더라고. 표정이 보였는데 불쌍했어. 완전히 매달리는 얼굴이었거든."

"무슨 얘기를 했어?"

"특별히 이상한 얘기는 안 했어. '매리, 어디야?' 그런 말을 했고…… 주로 매리가 얘기를 하는 것 같았어. 지코스는 두 손으로 전화기를 잡고 가만히 듣고 있었고. '겁이 나는 건 아니야. 약속은 지킬 거지?' 그런 말도 했어."

"수상하네."

"수상하지. 거기다가 내가 알아보니 매리는 지금 집에 없어. 방학을 했으니 당연히 자기 구역으로 돌아갔을 줄 알았는데 '기름진 땅'으로 가지도 않았고 메든에도 없어. 사라진 거야."

씨씨의 정보력은 대단했다. 빛 구역 보안부 장관의 정보력이겠지만.

씨씨가 입술을 오물거렸다. 아는 게 더 있는 듯했다. 제일 중요한 얘기를 일부러 마지막으로 미뤄놓은 모양이다. 그 얼굴을 보니 괜히 내가 마음이 조급해졌다.

"그냥 말해. 대상 수상자가 누구야?"

씨씨는 못 참겠다는 듯 주먹을 꽉 쥐고 허공에 가볍게 휘둘렀다. 그러고는 패드를 꺼내 켰다.

"이것 봐. 이게 뭐냐면 020의 조직도야. 구멍이 많은 조직도지만 계속 업데이트 되고 있지. 이번에 한 명을 더 찾았어."

대충 봐도 몇백 명이 얽혀 있는 복잡한 조직도였다. 020은 해제자 조직이다. 해제자에 대해 잘 모르는 나도 020은 안다. 해제자들은 보통 익명으로 활동하는데, 020은 조직원이 자기 이름을 걸고 일하는 걸로 유명하다. 자물쇠 코드를 푸는 솜씨가 좋은 해제자들이 많이 속해 있다는 것도 잘 알려진 얘기다. 해제자들이 하는 일은 대부분 불법이지만 그들을 필요로 하는 곳이 항상 있다고 들었다.

씨씨가 조직도 아래쪽에서 사람 모양의 아이콘 하나를 건드렸다. 화면에 카드가 떴다. 인명 카드였다. 카드 오른쪽에 매리의 사진이 있었다. 지금보다 약간 어려 보였지만 매리가 확실했다. 사진 속의 매리는 내가 잘 아는 미소를 짓고 있었다. 나쁜 장난을 치고 싶어서 근질

거리는 것을 참는 것 같은 미소였다. 눈웃음을 지어 눈가에 살짝 주름이 졌고, 윗니로 도톰한 아랫입술을 살짝 물고 있었다. 금방이라도 폭소를 터트릴 듯 보였다.

매리가 해제자였다니. 020은 가입이 까다로운 것으로 알려져 있다. 매리가 020의 시험을 어떻게 통과했을까?

"020이 처음 시작된 곳이 '기름진 땅'이라는 거 알아? 020은 가족 사업이었어. 헤잉가 사람들의 사업."

씨씨가 인명 카드의 이름 부분을 가리켰다.

매리 헤잉.

폭풍 전에는 모두가 '성'이라는 가족 이름을 썼다고 한다. 이제 '성'을 쓰는 것은 일부 지역의 문화가 됐다. '성'이 있어도 태어났을 때 서류에 올릴 뿐 평생 쓰지 않는 구역도 있다고 들었다. 구설에서는 이름에 성을 꼭 붙여 쓰는 빛 구역 사람들을 비웃는다.

나는 '성'이 없다. 아빠에게는 가족 이름이 있을까? 갑자기 궁금해졌다. 왠지 아빠에게는 있을 것 같다. 그렇다면 그건 내 이름이기도 할 것이다.

"우리 학교에서도 가족 이름을 기입하는 건 선택 사항이잖아. 매리는 학교 서류에 자기 성을 쓰지 않았어. 일부러 감춘 거지."

문득 라울이 죽은 후 교실 대형 화면에 떴던 불쾌한 공지 사항이 떠올랐다. "살인자 중성인과 수업을 받을 수는 없다." 혹시 그것도 매리가 한 일이었을까? 그저 심증이었다. 아직은 모를 일이다. 하지만 매리가 해제자라면 간단히 할 수 있는 일이었을 것이다. 학교에 나오지 않고도 교실의 공지 사항을 바꾸는 것 정도는.

나는 그 얘기를 씨씨에게 했다.

"그럴지도 모르지. 그리고 라울의 패드를 해제하는 건 정말 쉬웠을 거야. 해제자한테 그 정도 자물쇠는 아무것도 아니었을 테니."

"CCTV에 찍힌 얼굴에 자물쇠를 걸기도 쉬웠을까?"

"라울 패드를 해제하는 것보다는 까다로웠겠지만, 가능하지 않았을까? 메든의 경찰들도 매리를 찾기 시작했을 거야. 우리 쪽에서 알아낸 정보를 다 넘겼으니까. 솔직히 메든에서 매리를 찾을 수 있을 거라는 생각은 안 들어. 빛 구역에서 몇 년째 헤잉가를 추적하고 있는데 항상 한발 늦거든. 헤잉가 사람들이 어디에 있는지는 아무도 몰라. 누가 헤잉가 사람을 한 명이라도 잡는다면 우리 아버지는 그 사람한테 뭐든지 해줄걸. 헤잉가 사람들이 민감한 정보를 훔칠까봐 골머리를 썩고 있거든. 아버지가 나에게 얘기는 안 했지만 눈치로 봐서는 벌써 몇 번 당한 것 같아."

"잠깐, 생각할 시간이 필요해. 매리가 해제자라는 게 라울을 죽였다는 뜻은 아니잖아. 증거가 없어."

"020은 증거를 남기지 않지."

씨씨가 말했다. 나는 매리의 인명 카드를 다시 봤다. 희고 통통한 볼, 영리해 보이는 눈, 심술궂어 보이기도 하고 달콤해 보이기도 하는 입매. 전체적으로 활기가 넘치는 인상이었다. 나는 그 활기에 자주 혐오감을 느꼈다.

"넌 CCTV에 찍힌 얼굴이 지코스라고 생각해?"

씨씨가 그렇게 생각할 거라고 확신했지만 그래도 확인하고 싶었다.

씨씨는 그렇다고 대답했다.

지코스가 그랬다면 동기가 뭐였을까? 지코스는 매리에게 "약속은 지킬 거지?" 하고 물었다. 둘 사이에 무슨 약속이 있었을까? 당장은 알아낼 수 없는 일이었다. 의문들로 머릿속이 복잡했다. 씨씨도 조용해졌다. 자기가 한 말을 되짚으며 생각을 해보고 있는 것 같았다.

이번에 침묵을 깨뜨린 것은 빛이었다. 빛이 집안으로 들어와 번졌다. 커튼은 무력해 보였다.

"환해지는 시간이네."

씨씨가 말했다. 그게 무슨 뜻이냐고 묻기도 전에 씨씨가 일어나서 커튼을 걷었다. 집안이 확 밝아졌다. 창밖을 보자 환해지는 시간이 무슨 뜻인지 알 것 같았다.

"위로 올라가자."

씨씨가 나를 옥상으로 데려갔다.

옥상에서 보이는 풍경은 아름다웠다. 높은 공중에 차가 다니는 터널이 거미줄처럼 연결되어 있었다. 유리로 된 터널들이 빛나고 있었다. 유리 돔 천장 쪽에 있는 인공 태양이 강렬하게 빛을 뿜어냈다. 태양빛을 받은 사물들이 빛났다. 모든 것이 빛났다. 빛의 축제였다. 도시의 네온사인들이 일제히 켜져서 빛났다. 길가의 나무들도 크리스털처럼 빛나고 있었다. 유전자 변이 식물들이었다.

십 분이 지나자 도시의 빛이 꺼져들었다. 인공 태양의 빛을 줄이는 시간이 된 것 같았다. 구가 삼분의 일쯤 어두워졌다. 빛 구역의 저녁 시간이었다.

"이제 빛 구역은 환해지는 시간 때문에 존재하는 거나 마찬가지야. 하루에 십 분. 겨우 그 십 분 때문에 유리 돔을 고집하는 거지. 윗세대들은 모래 폭풍이 다가올 때 방공호에 들어간 것이 옳은 선택이었다고 믿고 싶은 거야. 자신들이 방공호에 들어간 건 인류의 재산을 지키기 위해서였다고 말하지. 초기 재건기에 방공호에서 나와 건설한 게 이 유리 돔이야. 모래 폭풍이 다시 올 걸 대비해서 유리 돔 안에 도시를 세운 거지. 하지만 유리 돔은 이제 골치 아픈 짐이 됐어. 환기 문제, 수도 문제, 다른 구역과의 마찰. 문제가 너무 많아. 무엇보다 인공 태양을 유지하는 비용이 너무 많이 들어. 그런데도 우리 구역 사람들은 유리 돔을 포기 못해. 환해지는 시간이나 피부에서 빛이 나는 젊은 사람들을 보면서 자위하는 거야."

나는 씨씨가 자기 구역에 대해 비판적으로 말하는 것을 가만히 듣고 있었다. 씨씨는 한바탕 쏟아낸 뒤에 입을 다물고 옥상 아래를 내려다보고 있었다. 씨씨의 심정을 약간은 알 것 같았다. 답답함. 구역을 떠나 새로운 곳으로 가고 싶은 마음과 떠날 수 없도록 붙잡는 것들 사이에서 갈팡질팡하는 마음. 막막한 줄다리기. 나도 항상 그런 줄다리기를 하고 있었다.

"동굴 구역을 한마디로 정의하자면 이래. 방공호에 남은 사람들."

"그건 들어봤어. 내가 찾은 유일한 정보지."

"나머지는 들어가서 얘기하자."

점점 어두워지고 있었다. 씨씨가 저녁을 먹겠냐고 물었지만 입맛이 없었다. 씨씨는 더 권하지 않고 날 사층 안쪽에 있는 방으로 데려갔다. 서재를 겸하는 응접실인 것 같았다. 높고 커다란 책장들에 종이로 된 책들이 빽빽하게 꽂혀 있었다.

"우리 아빠 취미야. 옛날 책 수집. 엄마도 폭풍 전에 나왔던 화집들을 좋아하고. 화집을 모은 방은 따로 있어."

나는 그 말을 건성으로 들으며 안락의자에 몸을 기댔다. 푹신하고 커다란 의자였다. 방은 따뜻했다. 눈만 감으면 바로 잠들 것 같았다. 나는 눈을 부릅뜨고 씨씨가 해주는 얘기를 들었다.

씨씨는 초기 재건기 때 방공호에 남는 것을 선택한 사람들이 만든 구역이 동굴 구역이라고 했다. 모래 폭풍이 불 때 방공호에 들어갔던 것이 이기적인 선택이었다고 보고 그것에 대한 죄를 갚기 위해 폭풍이 멎은 후에도 계속 방공호에서 살아가기를 원하는 사람들이 있었다.

당시 방공호에는 이천 명 정도의 사람들이 있었는데 그중에서 백 명이 채 안 되는 사람들이 방공호에 남았다. 방공호에 남은 사람들 중에는 방공호에서 태어나 바깥에 나가보지 못한 아이들도 있었다고 한다.

동굴 구역에서는 후손들에게 죄책감을 물려준다. 그런 반성이 모래 폭풍이 다시 오지 않게 해줄 거라고 믿는 사람들도 있다고 했다.

"그때 방공호에서 나가는 걸 거부하고 동굴 구역을 만든 사람들 중에 아직까지 살아 있는 사람은 없을 거야. 백오십 년이 지났으니까. 지금 동굴 구역에 있는 사람들이 무슨 생각으로 거기서 사는지는 모르겠어. 물자는 오가지만 개인적으로 만날 일은 드물거든."

다행히 잠이 가셨다. 내가 말이 없자 씨씨는 부담을 느꼈는지 손을 들었다.

"내가 아는 건 이게 다야."

"그 정도면 충분해. 고마워."

고맙다는 말은 진심이었다. 나는 동굴 구역에 대해 알아볼 마음이 너무 늦게 들었다는 생각을 하고 있었다. 안이 누구인지 알고 싶다고 생각하면서도 그애가 온 곳이 어떤 곳인지에 대해서는 알아보려 하지 않았다. 이렇게 쉽게 알 수 있었던 것인데도.

바로 동굴 구역으로 출발하려 했지만 씨씨가 자고 가라며 나를 잡았다. 나는 그 호의를 받아들였다. 손님방은 삼층에 있었다. 빛이 나는 작은 나무가 방안을 밤새 은은하게 밝혔다.

동굴 구역

내가 빌린 풍뎅이는 씨씨의 집 앞에 있었다. 나도 모르는 사이에 씨씨의 아버지가 옮겨준 것이었다.

씨씨가 내 손목시계에 연결된 밴에게 동굴 구역으로 가는 길을 알려줬다. 나는 밴에게 우리 가족들에게 내가 있는 곳을 알리지 말라고 다시 한번 당부했다. 밴은 투덜대며 외부와의 연결을 아예 끊고 차를 출발시켰다. 나도 P를 끈 지 오래였다.

안을 만나서 어쩔 건데?

나는 이른 새벽에 집에서 나오면서 몇 번이나 했던 질문을 다시 했다. 그러나 여전히 대답을 할 수 없었다.

빛 구역에서 동굴 구역까지 가는 길은 단조로웠다. 사막 그리고 사막. 지루할 새는 없었다. 풍뎅이를 타고 삼십 분이 걸렸다. 놀랄 만큼 가까운 거리였다.

나는 풍뎅이에서 내려 사막 한가운데에 섰다. 환영 인파를 기대한 것은 아니었지만 너무하다 싶을 정도로 아무것도 없었다. 안내판 하나 없었다. 평평한 땅이 그저 끝없이 펼쳐져 있었다.

"진짜 여기가 맞아?"

내가 다시 묻자 밴이 투덜거렸다. 그러면서 일부러 기계음을 내며 "목적지에 도착했습니다" 하는 말만 반복했다.

"알았으니까 그만 좀 하지?"

나는 밴에게 말했다. 밴은 툴툴대다가 조용해졌다.

나는 두리번거리며 길을 찾았다. 지나가는 사람도 없었다. 아무래도 씨씨의 도움을 한번 더 받아야 할 것 같았다. 씨씨는 신호음이 가자마자 전화를 받았다. 혹시 내가 전화를 할 거라는 걸 알았던 걸까?

"입구를 못 찾겠어?"

씨씨가 물었다. 나는 그렇다고 했다.

"알려준다는 걸 깜빡했어. 문이 모래로 덮여 있을 거야. 나도 가본 적은 없는데 그렇다는 말을 들었어. 하여간 폐쇄적인 동네야. 그러고 보니 문이 잠겨 있겠다. 그건 진짜 생각 못했는데…… 어떡하지?"

"들어갈 수 있을 것 같아. 고마워. 다시 연락할게."

나는 전화를 끊었다. 그리고 주머니를 뒤적여 돌을 꺼냈다. 돌은 안의 냄새를 기억한다. 돌이 안의 세번째 집을 열었듯이 동굴 구역의 문을 열어주기를 바랐다.

돌은 주변을 빙빙 돌며 문을 찾았다. 오래 걸리지는 않았다. 나는 돌이 폴짝거리고 있는 곳에 무릎을 꿇고 앉아 모래를 팠다. 그렇게 깊이 묻혀 있지는 않았다. 파기 시작한 지 얼마 지나지 않아 딱딱한 것이 손끝에 닿았다. 나는 두 손으로 모래를 거둬냈다. 삽이 없는 것이 아쉬웠다. 문이 완전히 드러났을 때는 두 팔만이 아니라 온몸이 모래 범벅이 되어 있었다.

돌은 다시 자기 차례가 온 것을 알고 문을 두드렸다. 그런데 이게 동굴 구역의 입구가 맞기는 할까?

문은 맨홀 뚜껑 형태였다. 특별히 크지도 않았다. 도시에 흔한 맨홀 뚜껑과 크기도 모양도 같았다. 내가 의심쩍게 바라보고 있는 동안 돌이 문을 열었다. 맨홀 뚜껑이 시계 방향으로 반 바퀴 돌아가더니 위쪽으로 열렸다.

맨홀 안으로 사다리가 보였다. 나는 사막 한가운데에 세워둔 풍뎅이를 한번 보고 맨홀 안으로 들어갔다. 사다리가 얼마나 길까? 나는 사다리를 타고 내려가면서 생각했다. 땅 위에서 들여다본 맨홀 안은 깊고 어두웠다. 나는 까마득한 어둠 속으로 들어가고 있었다. 사다리를 놓치거나 발을 헛디딘다면. 그런 일이 일어날까봐 두려웠다. 땀이 나서 손이 미끌거렸다.

"밴."

나는 밴을 불렀다. 밴은 대답이 없었다. 밴은 스트레스를 많이 받으면 수면 모드로 들어간다. 밴을 살 당시에는 그게 덜 기계적이고 멋지다고 생각했지만 이제는 아니다.

밴은 잔뜩 투덜거리다가 잠이 들었다. 밴이 동굴 구역 입구를 찾지 못해서 한참 헤맸다. 밴의 잘못은 아니었다. 밴은 제대로 길을 알려줬다. 입구가 모래로 덮여 있어서 내가 보지 못했던 거였다. 밴이 잠들자 돌이 입구를 찾아주고 문을 열어주었다.

이제 돌은 내 주머니 안으로 들어갔고 밴은 잠들었다. 사다리를 놓치면 그대로 끝장이었다. 바닥에 부딪혀 척추나 다리가 부러진 채로 누군가가 와주기를 기다리다 의식을 잃겠지.

나는 감히 아래를 내려다볼 엄두를 내지 못하고 사다리를 내려갔다. 그 시간이 영원 같았다. 드디어 한 발이 바닥에 닿고 내가 사다리의 끝에 다다랐다는 것을 알았을 때 나는 기뻐서 소리를 지를 뻔했다.

나는 사다리에서 내려와 위를 올려다봤다. 사다리 위에 있을 때 생각했던 것만큼 높지 않았다. 어려운 일을 끝냈다는 기쁨이 흐려지는 높이였다.

사다리 맞은편에 승강기가 있었다. 승강기 옆 버튼을 누르자 바로 문이 열렸다. 나는 승강기를 타고 내려갔다. 승강기에는 버튼이 두 개밖에 없었다.

복도는 어두웠다. 복도 등이 있기는 했지만 몇 개 되지 않았고 그나마도 빛이 희미했다. 깜빡거리는 등도 있었다. 안의 말대로 동굴 구역 사람들은 검소한 생활을 하는 듯했다. 복도에 장식은 전혀 없었다. 바닥에는 아무것도 깔려 있지 않아서 조심스럽게 걷지 않으면 발자국 소리가 텅텅 울렸다.

돌을 꺼내는 것은 무모한 일 같았다. 돌이 뛰어다니면 요란한 소리가 날 게 분명했다. 구역 안 사람들을 다 불러모을 필요는 없었다.

안만 찾으면 된다.

복도를 걷다보니 계단이 나왔다. 구역은 수많은 복도와 계단으로 이루어진 듯했다. 나는 무작정 아래로 내려갔다.

처음에는 더듬거리며 앞으로 나아갔지만 곧 어둠에 눈이 익숙해졌다. 복도 등이 도움이 됐다. 빛이 약하긴 해도 없는 것보다는 훨씬 나았다.

가족 여행을 할 때 자주 묵었던 비즈니스호텔에 혼자 온 기분이었다. 아빠는 비즈니스호텔을 좋아했다. 모텔보다는 시설이 좋고 진짜 호텔 같은 허세는 없다고 말이다. 엄마나 동생도 비즈니스호텔을 좋아했는지는 모르겠다. 아빠가 그런 말을 할 때 다른 가족들은 입을 다물고 있었다.

나는 그 시절이 그리운 걸까, 끔찍한 걸까. 아마 둘 다인 것 같다. 어두운 곳에 있으니 자꾸 쓸데없는 생각에 발목이 잡혔다. 불빛에 집중하는 편이 나았다. 안의 냄새가 가까워지면 주머니 속 돌이 들썩거릴 것이다. 나는 그렇게 믿고 있었다.

복도에 서서 한 층 더 내려갈까 망설이고 있는데 발소리가 들렸다. 여럿이서 뛰어오는 소리였다. 소리가 점점 가까워졌다.

숨어야 했다. 급한 대로 가장 가까운 문을 열고 안으로 들어갔다. 다행히 문은 잠겨 있지 않았다. 나는 문 안쪽에서 숨소리를 죽이고 귀를 기울였다. 문에 작은 창이 있었다. 나는 창을 살짝 열고 밖을 엿보았다. 아이들이 있었다. 돌연변이 아이들이었다.

"그럼 쓰레기통을 쓰레기통이라고 부르지 뭐라고 불러?"

그렇게 말한 아이는 아홉 살쯤 되어 보이는 남자애였다. 팔 하나가 뒤틀려 있었다. 피부는 주황색이었고, 크고 동그란 눈은 초록색이었다.

"우리집이 왜 쓰레기통인데? 첼, 넌 쓰레기통에서 사는 게 좋아?"

반박하는 말이 들렸다. 피부가 초록색인 여자애였다. 등에 커다란 날개가 있었다. 나방 같은 날개였다. 다른 애들은 그 여자애를 영이라고 불렀다.

첼이라고 불린 아이가 그 말을 듣고 웃었다.

"난 좋아. 왜냐하면 그게 사실이니까. 날 낳은 사람들은 맨홀 뚜껑을 열고 나를 여기에 버렸어. 너도 그랬잖아. 어른들은 뚜껑을 확—! 열고 우리를 휙—! 아래로 떨어뜨리지. 여기 있는 애들 다 그렇게 왔잖아."

다른 아이가 끼어들었다. 첼보다 몇 살 어린 아이 같았다.

"나는 아닌데. 난 뚜껑 위에 있었어. 주니가 그랬어."

첼이 그 얘기를 듣고 웃었다.

"그게 그거야—!"

첼이 노래를 불렀다. **우리는 맨홀에 버려졌다네. 확—! 하고 휙—! 우리는 쓰레기통에 산다네.** 다른 애들도 그 노래를 따라 불렀다. **확—! 하고 휙—! 우리는 쓰레기라네. 아기 쓰레기. 쓰레기 아기.**

영이 그만하라고 소리쳤다. 노래를 부르는 아이들이 늘어났다. 발을 신나게 굴리는 소리와 어린아이들의 웃음소리가 들렸다.

"안은? 안도 쓰레기니? 주니도? 어른들도?"

영이 잔뜩 화가 나서 물었다. 노랫소리가 그쳤다. 첼은 아주 신난 목소리로 대답했다. 자기가 시작한 놀이를 다른 아이들이 따라 해서 기쁜 것 같았다.

"아니, 아니, 아니! 안은 아니지. 어른들은 그런 사람도 있고 아닌 사람도 있어. 왜냐하면 안하고 어떤 어른들은 여기서 태어났으니까. 확—! 하고 휙—! 버려진 게 아니라 여기가 원래 집이잖아. 그리고 주니는……"

다른 아이가 말을 받았다.

"주니는 이제 돌연변이는 아니지만 버려진 건 우리랑 똑같아."

"모두 쓰레기야, 쓰레기."

첼이 즐겁게 웃음을 터뜨렸다.

"한 장소가 집인 동시에 쓰레기통일 수는 없어. 둘 중 하나라고. 여긴 쓰레기통이 아니라 집이야!"

영이 소리쳤다. 그리고 발을 쿵쾅거리는 소리가 들렸다. 곧 다른 아이들이 뛰어가는 소리가 뒤를 이었다.

나는 창에서 눈을 떼고 주저앉았다. 문득 등뒤에서 기척이 느껴졌다. 나는 뒤를 돌아봤다. 어둠 속에서 커다란 것이 움직이는 게 보였다. 그것이 다가오는 동안 나는 그대로 굳었다. 그것에게는 날개가 있었다. 접혀 있기는 했지만 그래도 알아볼 수 있었다. 커다란 검은 날개. 치라였다.

"엿보는 걸 좋아하나보네. 잘 봤어?"

치라의 얼굴은 어둠에 가려져 있었다. 치라의 목소리는 낮고 거칠었다. 비웃음이 깔린 것 같기도 했다. 나는 치라를 여러 번 봤다. 치라는 항상 안에게만 관심이 있었고 내가 있어도 보이지 않는 것처럼 굴었다. 그래서 나는 치라가 나를 기억 못할지도 모른다고 생각했다. 하지만 치라는 날 알았다. 내가 누군지. 내가 왜 왔는지.

나는 P를 꺼내려고 했다. 불을 켜려고. 그러나 내가 주머니에서 P를 꺼내기가 무섭게 치라가 내 손을 쳤다. P가 바닥에 떨어지는 소리가 조용한 방안에 울렸다. 치라의 발톱에 스친 손등이 화끈거렸다. 살짝 스친 것뿐인데도 꽤 아팠다. 칼에 베었을 때와 비슷한 느낌이었다.

"안을 보러 온 거야?"

발톱과 날개를 가진 커다란 남자가 날 위협하고 있었다. 어둠 때문에 치라가 더 두렵게 느껴졌다. 치라가 날 싫어한다는 것이 온몸으로 느껴졌다. 안은 치라가 모든 사람을 싫어한다고 했지만 내 생각에는 나를 특별히 더 증오하는 것 같았다.

나는 치라에게 안을 보러 온 게 맞는다고 말했다. 내 말에 치라가 웃었다. 소름이 끼칠 정도로 거친 웃음소리였다.

"안은 여기 없어."

치라가 말했다. 나는 그 말을 믿진 않았지만 그럼 안이 어디 있느냐고 물었다. 살인 사건 때문에 형사들이 안을 찾고 있다고.

"나도 다 알아. 네가 안한테 어떻게 했는지. 안이 얼마나 괴로워했는지 모르지? 며칠이나 앓아누웠어. 안은 널 보고 싶어하지 않아. 넌 안을 볼 자격이 없어."

치라는 양쪽 날개를 쫙 폈다. 깃털이 바짝 곤두섰다. 곤두선 깃털이 날 향해 고함을 지르는 것 같았다. 치라는 얼굴을 비스듬히 기울이고 나를 똑바로 바라보았다. 몸이 떨렸다. 나는 아니라고 할 수 없었다. 치라에게 안이 어디 있는지 말하라고 요구할 자격이 내게는 없었다.

"그날밤에 안은 나하고 있었어."

치라가 말했다. 나를 상처 입히고 싶어하는 것 같았다. 나는 절벽 위의 집에 있던 횃대들을 떠올렸다. 감상에 사로잡힐 때가 아니었다. 치라는 그날 안에게 있었던 일을 알려줄 유일한 사람이었다.

"그럴 거라고 생각했어."

나는 치라에게 말했다.

"그게 몇시쯤이었어? 안에게는 알리바이가 필요해."

"알리바이가 필요한 건 너겠지. 안이 살인을 했는지 아닌지 궁금해서 미치겠잖아. 넌 아직도 안을 믿지 못해. 그러면서 안을 사랑한다고 말하지. 내가 널 보면서 어떤 상상을 하는지 넌 절대 모를 거야. 내가 인내심을 잃기 전에 여기서 나가."

"하나만 얘기해줘. 옷장 안에 있던 옷에 핏자국이 있었어. 누구의 피야?"

"나도 하나만 얘기해줄게. 그건 안의 피야. 볼일 다 봤으면 가. 놀이동산 문 닫을 시간이라. 구경은 충분히 했지?"

"그날 무슨 일이 있었는지 알기 전까지는 못 가. 안이 왜 피를 흘렸지?"

내가 말을 끝낸 게 먼저인지 치라의 팔이 날아온 게 먼저인지 모르겠다. 치라의 손이 내 옆구리를 쳤다. 발톱이 허리를 파고드는 느낌이 생생해서 순간 눈앞이 아득해졌지만 정신을 잃지는 않았다. 도저히 서 있을 수가 없었다. 나는 옆구리를 부여잡고 바닥에 쓰러졌다. 치라가 할퀸 자리에서 피가 흘렀다. 그 자리에서 손이 떨어지지 않았다. 손을 떼면 안 될 것 같았다. 라울이 내 이마를 칼로 그었을 때와는 비교도 되지 않는 고통이었다. 온몸이 저릿거렸다.

"안이 왜 피를 흘렸는지 이제 알겠어? 그날 안을 만나려고 찾아갔다가 너랑 같이 있는 걸 봤어. 안이 오지 말라고 한 이유를 그제야 알았지. 우리는 매년 생일을 같이 보냈는데 이번엔 그럴 수가 없었던 거야. 너 때문에. 안이 너와 헤어져서 혼자 기숙사로 가고 있을 때 말을 걸었더니 안이 당황하면서 나보고 세번째 집에 가 있으라고 했어. 나는 집에 가서 기다렸어. 우리집에서. 그 집은 안과 내가 쉴 수 있는 유일한 곳이었어."

나는 의식을 잃지 않으려고 치라의 말에 귀를 기울였다. 그러면서 밴이 연결된 쪽의 손을 흔들었다. 밴을 깨워야 했다. 치라는 나를 보고 있지 않았다. 치라는 그날의 기억을 보고 있었다.

"안은 자정이 훨씬 지나서 왔어. 그땐 이미 생일이 지나 있었지. 나는 맥이 빠졌지만 안에게 축하한다고 말했어. 늦었지만 생일 축하한다고. 그러고 나서 안을 끌어안았어. 그런데 안이 날 밀쳤어. 화가 나 있었어. 다시는 찾아오지 말라고 하는 거야. 나는 그게 같은 방을 쓰는 웜스 때문이냐고 했고 안은 대답이 없었어. 그것뿐이었으면 안을 때리지 않았을 거야. 안은 우리가 끝났다고 했어. 이제 친구 사이로 돌아가자고. 말도 안 되는 소리였지. 우리는 처음부터 그냥 친구인 적이 한 번도 없었는데 어떻게 친구 사이로 돌아가? 그래서 돌아버린 거야. 안을 후려쳐버린 거지. 안이 쓰러져서 피를 흘리는 걸 보고 정신이 돌아왔어. 그뒤로는 나도 미안해서 안을 찾아가지 않았어. 그날은 내가 잘못한 거야. 내가 손봐줄 사람은 안이 아니라 너였는데. 난 분명 기회를 줬어. 넌 아까 여기서 나갔어야 했어. 날 원망하지 마."

힘이 빠지고 있었다. 나는 있는 힘을 끌어모아 문을 옆으로 밀었다. 얼마나 갈 수 있을지는 모르지만 도망쳐야 했다.

"밴, 비상이야. 도와줘."

나는 문밖으로 달려나가면서 밴에게 외쳤다. 일어나기 전에는 달릴 수 없을 거라고 생각했는데 놀랍게도 몸이 움직였다. 내가 달리는 게 아니라 다리가 날 끌고 가는 느낌이었다. 밴이 사이렌 소리를 냈다. 구역 안에 사이렌 소리가 크게 울려퍼졌다. 복도가 좁아서 치라가 날개를 펼 수 없는 것이 다행이었다. 나는 필사적으로 도망쳤다. 물에 빠진 것처럼 귀가 먹먹하고 몸이 무거웠지만 움직이는 걸 멈출 수는 없었다.

복도 저편에서 누군가가 오는 게 보였다.

날 도와줄 사람일까?

치라가 내 뒤에 있었다.

다가오는 발소리가 어딘지 독특했다. 그게 지팡이가 바닥에 닫는 소리라는 걸 알았을 때는 이미 눈앞이 어두워지고 있었다.

수니잖아.

이 웜스 좀 같이 치워줘.

그런 소리가 들렸다.

등이 서늘했다. 나는 차고 딱딱한 바닥에 누워 있었다. 포근한 것이 내 몸을 덮고 있었다. 수면 위로 올라오려는 의식을 누가 아래로 잡아당기는 것 같았다. 발목에 돌이 매달린 것처럼 다리가 무겁고 빼근했다. 눈도 떠지지 않았다. 눈꺼풀에 자물쇠가 채워진 듯한 느낌이었다.

내가 땅속에 묻힌 건 아닐까? 문득 그런 생각이 스쳤다. 온몸이 오싹했다. 의식을 잃기 전에 치라가 했던 말이 떠올랐다. *이 웜스 좀 같이 치워줘.*

복도 저편에서 온 사람은 주니였다. 지팡이 소리, 그 목소리. 주니가 분명했다.

주니가 치라를 도와 날 땅에 묻는 모습이 떠올랐다. 마치 영화를 보는 것처럼 생생한 장면이었다.

치라가 판 구덩이에 주니가 날 밀어넣는다.

발길질 몇 번에 내 몸이 구덩이로 굴러떨어지고 두 사람이 뿌린 흙이 날 덮는다.

마땅한 벌인 것도 같았다. 아니, 말도 안 된다! 안이 날 땅에 묻는다면 몰라도 치라나 주니에게 그런 일을 당할 이유는 없었다.

망상이 물러가고 의식이 조금 더 또렷해졌다.

이성적으로 생각하자. 내가 숨을 쉬고 있나? 공기가 약간 답답하긴 했지만 숨을 쉬고 있는 것은 확실했다. 나는 코로 숨을 들이마셨다.

그러자 또 조금 더 나아졌다. 손가락을 움직여봤다. 손가락이 움직였다. 나는 땅에 묻힌 것도 아니고 죽은 것도 아니었다. 그럼 내가 어디 있는 거지?

나는 주변의 소리에 귀를 기울였다. 아득하게 텅텅 울리는 소리가 들렸다. 아직 동굴 구역 안에 있는 거였다. 웅웅거리는 말소리가 들리다가 한순간에 또렷해졌다. 고장났던 라디오에서 갑자기 제대로 된 소리가 나오는 것 같은 느낌이었다.

"넌 나한테 고마워해야 돼. 내가 아니었으면 치라가 저애를 사막 한가운데에 던져버렸을 거야. 일이 이렇게 된 건 다 네 책임이야. 네가 중간에서 모호하게 굴지만 않았어도. 아니, 그전에 치라를 그렇게 가지고 놀면서 상처 주지만 않았어도 이렇게 되진 않았을 거야."

주니가 누군가에게 말하고 있었다. 대화 내용으로 봐서 안에게 얘기를 하는 것 같았다.

안이 여기 있는 건가?

마음이 확 밝아졌다. 그보다는 복잡하긴 했지만 마음 한편이 밝아지긴 했다. 안의 목소리를 듣고 싶었다. 나는 좀더 귀를 기울였다. 주니의 목소리는 크고 또렷했지만 안의 목소리는 희미했다. 언제나 그랬듯이.

"치라를 가지고 논 적 없어. 네가 치라에게 어떤 마음인지는 알아. 너하고는 다르지만 나도 내 나름대로 그애를 좋아했어."

"아니, 너는 한순간도 치라를 생각한 적이 없어. 한순간도. 그냥 자비를 베푼 거지. 여기에 버려진 다른 애들한테 하듯이. 그 대단한 자비를 나한테는 왜 안 베풀었어? 내가 원하는 게 치라 하나밖에 없다는 걸 너도 알잖아. 안 그래? 왜 나한테만 그렇게 잔인한 건데?"

주니는 잔뜩 격양돼서 소리쳤다. 안의 목소리도 약간 커졌다. 지친 듯 말을 조금씩 끊어서 했다.

"누구한테도 자비를 베푼 적은 없어. 난 모두를 형제라고 생각해. 특히 너는. 너는 내 가장 가까운 가족이야. 너는 내가 태어난 해와 같은 해에 여기로 왔고 같은 보호인 아래에서 자랐어. 우리 사이가 최악일 때도 널 남으로 생각한 적은 없어."

어느덧 모든 감각이 돌아와 있었다. 눈꺼풀도 가벼워졌다. 나는 언제 눈을 떠야 할까 생각하면서 가만히 있었다.

잠시 후에 문이 쿵 닫히는 소리가 들렸다. 주니가 나간 것 같았다. 안이 가까이에 있는 게 느껴졌다. 나는 슬며시 눈을 떴다. 노란 담요가 내 몸에 덮여 있었다. 안은 주니가 나간 쪽을 보고 있었다.

나는 안을 봤다. 얼굴이 수척했다. 시드에 오고 나서 안은 약간 살이 붙었다. 며칠 사이에 시드에서 지내면서 붙었던 살이 다 빠진 것 같았다. 기숙사에서 처음 만났던 때를 떠올리게 하는 모습이었다. 비록 그때보다 눈빛이 어둡긴 해도.

"여기가 어디야?"

드디어 안이 나를 봤을 때 내가 물었다. 나와 눈이 마주친 순간 안의 눈빛이 복잡해졌다. 아마 나도 그랬을 것이다. 짧은 순간이었지만 나는 안의 눈빛에서 사랑을 읽었다. 안은 아직 나를 사랑했다! 나는 그 눈빛에 용기를 얻었다. 내가 안을 찾아온 이유를 알 것 같았다. 나는 그 눈빛을 보러 온 것이다.

"내 방이야."

안은 서 있는 자리에서 움직이지 않고 말했다. 나는 지금 안의 첫번째 집에 있는 거구나. 나는 방을 둘러보았다. 감옥 같은 방이었다. 기숙사 방보다 훨씬 좁았다. 탁자 말고는 가구도 거의 없었다. 바닥에는 모포가 깔려 있었다.

"이리 와."

내가 말했다. 목소리가 내 것 같지가 않았다. 내 목에서 그렇게 다정한 소리가 나는 걸 전에는 들어본 적이 없었다. 내가 다른 사람이 된 것 같았다. 원래의 나보다 다정하고 좋은 사람이 된 것 같았다. 아니면 그게 원래의 나인 것 같기도 했다.

안이 내게 다가왔다. 나는 침대에 누워 있었다. 내가 차갑고 딱딱한 바닥이라고 느낀 것은 침대였다. 안의 침대. 안의 세번째 집에 있는 침대는 크고 푹신했지만 첫번째 집의 침대는 작고 딱딱했다.

"너도 집이 세 개였구나. 여기, 절벽 위, 그리고 우리 방."

"내 집은 하나야. 웜스랑 쓰는 방 하나."

"그날 매점 테라스에 앉아 있다가 널 봤어. 어딘가 급히 가고 있는 것 같았어. 비가 내리기 전에."

"치라를 돌려보낸 뒤였을 거야. 너와 정문에서 헤어지고 기숙사로 가는데 갑자기 치라가 나타났어. 그전에 치라에게 몇 번 헤어지자고 말했고 치라도 한동안 날 찾아오지 않았어. 그래서 난 정리가 됐다고 생각했는데 치라는 아니었나봐. 천천히 얘기를 해야겠다고 생각해서 치라에게 절벽 위 집에서 기다려달라고 했어. 치라가 간 다음에 나는 기숙사로 가서 널 기다렸지. 네가 잠들기를 기다렸다가 해변에 있는 집으로 갔고."

"그런데 치라가 널 상처 입힌 거구나. 그때 옷에 피가 묻은 거고. 그래서 후드를 벗어놓고 기숙사로 돌아온 거야."

"그날은 나도 치라에게 상처를 줬지. 널 만나기 전엔 치라에 대한 내 마음이 어떤 건지 잘 몰랐어. 널 알아가면서 내가 치라에게 느꼈던 감정은 사랑이 아니라는 걸 알게 됐지. 나한테 치라는 형제였고 친구였지만 그 이상은 아니었던 거야."

나는 손을 뻗어서 안의 손을 잡았다. 내 눈에서는 눈물이 흐르고 있었다. 안이 내 손을 쥐고 침대에 앉았다.

"나랑 돌아가. 집에 가자."

안과 기숙사 방에서 쉬고 싶은 마음이 간절했다. 동굴 구역은 서늘하고 삭막했다. 안에게는 고향이었지만 나에게는 그저 차가운 방공호였다. 안을 방공호에서 데리고 나가고 싶었다. 시드로 돌아가 노란길을 걸어다니고 카페에서 달콤한 것을 마시고 기숙사로 돌아가 한숨 푹 자고 일어나면 모든 게 괜찮아질 것 같았다.

"네가 낫고 나면. 넌 좀 쉬어야 돼. 좀 나으면 같이 돌아가자."

안이 날 달랬다. 나는 더 조르지 않고 순순히 눈을 감았다. 아까와는 다르게 몸이 나른해졌다. 동굴 구역의 의사가 내 옆구리의 찢어진 곳을 꿰맸다고 했다. 치라는 그 일로 징계를 받게 될 것이다. 동굴 구역에서는 다른 구역의 법이 통하지 않지만 동굴 구역만의 법이 있다고 했다. 안은 동굴 구역의 변호사와 태양 구역의 시드로 돌아갈 것이다. 나는 그런 얘기를 들으며 잠이 들었다.

십 주년 파티

동굴 구역에 다녀온 뒤로 삼 주가 지났다. 손등의 상처는 예전에 다 아물었다. 옆구리도 거의 다 나아간다. 치라는 나에게 흉터 두 개를 남겼고 그 일로 성인이 될 때까지 동굴 구역에서 나가지 못하게 됐다. 하지만 치라는 징계를 받아들이지 않았고 나와 안이 떠난 지 일주일도 안 돼서 동굴 구역에서 탈출했다.

안의 말로는 치라가 지닉스로 갔을 거라고 한다. 동굴 구역에 버려진 돌연변이는 성인이 되면 구역에 남을지 다른 구역으로 갈지 선택해야 하는데 지닉스로 가는 경우가 많다고 했다. 치라가 예전부터 그곳에 가고 싶어했다고 안이 말했다.

안은 시드로 돌아온 다음날 변호사와 함께 경찰서에 가서 조사를 받았다. 치라가 영상으로 안의 알리바이를 증언했다.

얼마 지나지 않아 진범이 밝혀졌다. CCTV에 찍힌 범인의 얼굴에 걸려 있던 자물쇠 코드가 풀리면서 일이 싱겁게 끝난 것이다. 나는 뉴스를 보기 전에 씨씨에게 자세한 얘기를 들었다. CCTV에 찍힌 얼굴은 지코스가 맞았다. 빛 구역 보안부의 해제자들이 몇 주 동안 달라붙어 자물쇠를 풀었다고 했다.

지코스는 자기 얼굴이 드러난 영상을 보고 순순히 자백했다. 다만 일을 계획한 것은 자기가 아니라 매리라고 억울함을 호소했다. 매리가 자기에게 '어떤 약속'을 했는데 그 약속을 믿고 그런 일을 저질렀다는 것이다. 지코스는 그게 어떤 약속이었는지 말하려 하지 않았지만 얼마 지나지 않아 약속의 내용이 밝혀졌다. 매리와 나눈 메시지 기록은 없었지만 둘이 나눈 대화를 녹음한 파일이 지코스의 패드에 저장되어 있었다. 지코스는 매리가 약속을 지키지 않을 것을 대비해서 매리의 말을 몰래 녹음해뒀다.

둘 사이에 오간 대화를 그대로 옮기고 싶지는 않다. 매리는 달콤하게 꾸민 목소리로 지코스에게 약속했다. 라울이 사라지면 지코스에게 가겠다고.

매리는 라울이 나체 사진을 약점으로 잡아 자신을 붙잡고 있다고 지코스에게 말했다. 라울에게서 벗어나고 싶다며 도와달라고 매달렸다. 지코스는 그 말을 믿었다.

"매리가 라울에게 잡혀 있는 건 아니었잖아. 오히려 매리가 라울을 쫓아다녔지."

나는 씨씨의 말을 듣고 있다가 말했다.

"라울 패드에 남은 메시지 기록을 봐도 매리가 협박을 당한 것 같지는 않아. 라울은 매리를 귀찮아했어."

"누가 봐도 그랬지. 지코스는 그걸 왜 몰랐을까?"

"지코스는 매리에게 취해 있었어. 취한 상대에게 속임수를 쓰는 건 그렇게 어렵지 않지."

나는 고개를 끄덕여 전화기 건너편에서 들려오는 말에 동의했다.

"그리고."

씨씨가 조심스럽게 덧붙였다.

"이건 내 추측인데 지코스는 라울을 싫어했을 거야. 지코스가 라울을 보는 눈빛을 본 적이 있는데 섬뜩했어. 라울은 지코스를 신경도 안 썼지만 지코스는 아니었던 것 같아. 무리에서 제일 힘이 센 수컷에게 질투를 품은 거겠지. 자기가 원하는 여자를 차지하고 있으니까. 걔네를 동물로 보는 건 아니지만 가끔은 사랑이 사람을 동물적으로 만들잖아."

"글쎄, 그렇다 해도 난 이해가 안 돼. 평범한 사람이 질투나 사랑 때문에 사람을 죽일 수 있다는 게."

"우리가 이해를 하든 안 하든 그런 일은 끊임없이 일어나지. 매리는 지코스가 품고 있는 감정을 눈치채고 그걸 제대로 이용한 거야. 지코스가 초등학교 때부터 라울과 같은 학교에 다녔다는 거 알아? 지코스는 옛날부터 눈에 띄는 애는 아니었어. 라울과는 정반대였지. 그애들하고 같이 초등학교와 중학교를 다닌 애한테 들은 얘기야. 두 사람의 관계를 아는 애들은 다 알더라고. 중학교에 올라와서 라울이 지코스를 뒤에 붙이고 다니기 시작했대. 지코스가 먼저 붙은 걸 수도 있고. 지코스는 인기가 없었어. 여자애들 말고도 그냥 애들 사이에서. 친구가 거의 없었지. 라울이 어땠는지는 너도 알 거야. 지코스에게는 라울이 모든 걸 다 차지한 것처럼 보였겠지. 내가 소설을 쓰는 걸지도 모르지만."

라울의 뒤를 조용히 따라다니던 지코스 앞에 매리가 나타났다. 지코스는 매리에게 반했다. 그런데 이번에도 라울이 매리를 차지했다. 라울은 지코스가 짝사랑하는 매리를 함부로 취급하며 가지고 놀았다. 매리는 지코스에게 달콤한 미래를 약속하며 함께 라울을 없애자고 제안했다. 그런 얘기였다.

지코스가 몇 년 동안 라울에게 품었던 감정이 어떤 것이었는지, 그 감정이 얼마나 깊었을지 나는 짐작도 가지 않는다. 씨씨의 추측이 맞는다면 매리는 지코스를 '알아봤다'. 지코스는 자신을 알아본 사람에게 무력하게 넘어간 것이다. 자신의 외로움을 알아본 사람에게. 게다가 매리가 멍석을 다 깔아줬으니.

"매리가 라울의 술에 약을 탔대. 약에 취해 정신이 없는 라울을 매리가 호숫가 근처로 데리고 갔고. 지코스는 호숫가에 숨어서 미리 기다리고 있다가…… 일을 벌인 거지. 지코스는 매리가 해제자라는 걸 알고 있었어. 매리가 지코스에게 얘기했다고 하더라고. 그애에게만 말하는 비밀이라고 하면서. 그 비밀 얘기 때문에 지코스는 매리와 자신의 관계가 특별하다고 믿은 거야. 실제로 우리 학교에서 매리가 해제자라는 걸 아무도 몰랐으니까."

매리는 자신의 해제 기술로 CCTV에 자물쇠 코드를 걸 수 있다고 장담했다. 아무도 풀지 못할 자물쇠를. 하지만 그 자물쇠는 결국 풀렸다. 자물쇠는 매리가 메든을 떠나 도망칠 시간을 벌어줬다. 매리는 도망쳤지만 지코스는 남았다. 지코스는 매리의 약속을 믿고 기다렸다.

매리는 아직 잡히지 않았다. 경찰이 매리를 추적중이다. 자세한 건 매리가 잡혀야 알겠지만 나는 씨씨의 말대로 매리가 라울의 패드를 보고 화가 나서 그런 일을 벌였을 거라고 생각한다. 모욕감 혹은 배신감 때문이었을 것이다.

씨씨와 통화를 한 다음날, 우리 학교에서 일어난 사건에 대한 기사가 실렸다. '호숫가에서의 죽음.' 라울과 매리, 지코스 사이의 관계가 자극적인 어조로 보도됐다. 기사에서는 특히 라울이 친구들과 나눈 나체 사진들을 강조했다. 감히 그 사진들을 싣지는 못했지만 대신 적나라하게 묘사했다. 매리의 얼굴 사진은 모자이크 없이 실렸다. 지명수배였다.

당분간 학교가 시끄러울 것 같았다. 안이 오명에서 벗어난 건 다행이지만 입안이 썼다. 그날밤에 일어난 일과 그 이후에 벌어진 소동들이 악몽처럼 느껴졌다.

얼마 전에는 학교 강당에서 라울의 추모제가 작게 열렸다. 강당 한쪽에 커다란 테이블이 놓였다. 라울의 사진 같은 건 없었다. 라울 부모님의 의견에 따른 것이었다. 나는 라울과 함께 다니던 올베와 다른 남자애들 몇 명이 엄숙한 얼굴로 초에 불을 붙이고 나서 라울 부모님과 인사를 나누는 모습을 멀리서 바라봤다.

나는 테이블 근처로 갈 수가 없었다. 라울의 어머니와 눈이 마주쳤을 때는 숨이 멎는 것 같았다. 그런 게 아니었겠지만 그 눈이 나를 비난하는 것처럼 느껴졌다. 라울이 맞고 있었을 때 왜 숨어 있기만 했느냐고, 어째서 그 앞으로 달려나가 말리지 못했느냐고, 라울이 머리에서 피를 흘리며 땅바닥에 누워 있는 걸 보고도 왜 바로 신고하지 않았느냐고 묻는 것 같았다.

라울의 아버지가 적어온 편지를 봉투에서 꺼내어 읽기 시작했을 때 나는 겁에 질려서 강당을 빠져나왔다. 라울의 죽음을 목격했을 때처럼 구역질이 났다. 안은 추모제에 참가하지 않았다. 나도 그랬어야 했다는 후회가 밀려들었다. 그날밤 이후로 처음으로 죄책감이 강렬하게 나를 엄습했다. 내 안에 억눌려 있던 죄의식이었다.

라울이 쓰러지는 걸 봤을 때 바로 뭔가를 했다면, 소리라도 질렀다면 라울은 죽지 않았을지도 모른다.

사람이 죽은 일에 해결이란 없다. 그런 생각이 들었다. 진실이 밝혀져도 죽은 사람은 돌아오지 못한다. 그 사실이 마음에 무겁게 내려앉았다.

열시가 조금 넘어 가게에서 나왔다. 마감은 나이가 더 많은 스태프들이 한다. 일이 끝나고 가게에서 에그와 놀다 들어갈 때도 있지만 오늘은 그런 날이 아니었다. 약속이 있었다. 나만 볼일이 있는 것은 아니었다. 에그도 저그와 데이트가 있었다. 두 사람에게는 이번 여름이 아주 달콤한 듯했다.

나는 거리로 나왔다. 시드의 8월은 뜨겁다. 태양이 쨍쨍 내리쬔다. 바람은 다른 계절보다 부드러워서 더위로 달아오른 사람들의 얼굴을 어루만지고 지나간다. 변신의 카페테라스는 항상 만원이다. 실내가 더 시원한데도 손님들은 테라스를 선호한다. 특히 저녁이 되면 변신의 테라스는 노란길에서 가장 인기 있는 곳이 된다.

여름밤은 축제 같다. 노란길의 모든 카페와 식당이 테라스를 개방했다. 사람들은 테라스에 앉거나 서서 뭔가를 마시고 먹고 흥겹게 대화를 나누고 있었다. 불 켜진 가게들에서 나오는 빛과 사람들의 웃음 소리로 거리가 환했다.

하늘은 짙은 푸른색이었다. 별이 보이진 않았지만 구름 한 점 없이 맑았다. 다음주에는 비 소식이 있었다. 이번주는 매일 쾌청할 거라고 했다. 바람이 내 등을 부드럽게 밀었다. 나는 바람과 함께 걸었다. 거리 끝에서 모퉁이를 돌자 거기에 안이 서 있었다. 나는 안을 껴안고 웃었다. 나의 안.

"오래 기다렸어?"

"응. 가버릴까 했어."

안이 내 손을 잡으며 말했다. 안은 다른 날처럼 카키색 바지에 티셔츠를 입고 있었다.

우리는 한동안 거리를 걸었다. 안이 노란길로 와서 내가 일이 끝나기를 기다렸다가 함께 산책을 하는 것이 중요한 일과가 됐다.

나는 가게에서 겪었던 재밌는 일들을 주로 얘기했고 안은 그날 새로 배운 것들에 대해 얘기했다. 안은 솔티나의 어머니가 빌려준 책들에 푹 빠져 있었다. 나도 매일 안의 얘기를 들으면서 유전자나 돌연변이에 대해 아는 것이 늘었다. 안이 요즘 읽고 있는 책은 『돌연변이 마을』이었다.

"인어들이 사는 섬에 대한 얘기도 있어?"

"응. 책에서는 어류형 돌연변이라고 하지만. 어류형 돌연변이인 사람들이 모여 사는 곳들이 몇 군데 있대. 네가 갔던 섬이 구설에서 별로 멀지 않았다면 그 섬 이름은 라주일 거야."

"그렇게 멀진 않았어. 그 이름을 들어본 것 같기도 하고. 어떻게 모여 살게 됐는지 그런 얘기도 있어?"

"라주에 대해 따로 나오진 않지만 어류형 돌연변이가 어떻게 생겨났는지에 대한 부분은 있었어. 초기 재건기에 구역 곳곳에서 유전자 실험이 활발해지면서 어류의 유전자와 인간의 유전자를 결합하는 실험도 있었대. 배를 타고 바다를 떠도는 집시들을 대상으로 지원을 받아서 실험한 사례가 있어."

"그 사람들은 자기 몸이 어떻게 변할지 알았을까?"

"아니, 대부분 실험에 대해 자세한 설명을 듣지 못했고 약속한 돈도 제대로 주지 않았대. 실험에 참가한 사람들은 하체에 비늘이 나거나 지느러미가 돋아나는 걸 보고 큰 충격을 받았지. 집단 자살도 있었대. 여러 가지로 문제가 생겨서 공식적으로는 실험이 중단됐고 손해배상 싸움이 길게 이어졌어. 어류형 돌연변이 사람들에게만 일어난 일은 아니었어. 곳곳에서 그런 일들이 벌어졌지. 돌연변이 마을의 역사는 거기서부터 시작돼. 자기도 모르게 돌연변이가 된 사람들이 모여서 마을을 이루고 살게 된 거지. 처음에는 정부와 싸우기 위해 모인 연합이었던 게 규모가 커지면서 마을이 된 거야."

"그게 언제쯤 일어났던 일이지?"

"그리 오래된 일은 아니야. 백 년쯤 전."

안이 들려주는 돌연변이 역사에 대한 이야기는 씁쓸하게 끝날 때가 많았다. 그럴 때는 어쩔 수 없이 마음이 가라앉았다. 최근에 시드 서쪽 구역인 작은 숲길에서 발생한 테러가 겹쳐 마음이 더 안 좋았다. 작은 숲길은 갤러리가 많은 조용한 곳이다. 그곳의 갤러리에서 일하던 여자가 일요일 아침에 테러를 당했다. 원래는 출근하는 날이 아닌데 급하게 해결할 일이 있어서 나갔다가 일을 당했다고 한다. 그 여자의 이름은 에이수였다. 에이수는 태어날 때부터 눈이 세 개였는데 그중 하나는 귀에 달려 있었다.

나는 지난 주말에 뉴스에서 에이수의 남편이 한 인터뷰를 봤다. "그날 저는 에이수를 기다리면서 함께 먹을 점심을 만들고 있었습니다. 에이수가 한참이 지나도록 돌아오지 않고 연락도 안 되자 불안해졌어요. 모르는 번호로 전화가 왔을 때 그게 에이수이기를 얼마나 간절하게 빌었는지. 그 전화는 경찰에게서 온 거였어요. 그 전화 이후로 모든 게 바뀌었죠. 나는 세 개의 눈을 사랑했어요. 하지만 이제 다 잃었네요."

인터뷰 뒤에 에이수의 장례식 장면이 짧게 이어졌다. 나는 안과 함께 그 뉴스를 보았고 그런 뉴스를 보는 게 처음이 아니었는데도 갑작스럽게 울음이 터졌다. 그건 나에게 일어날 수 있는 일이기도 했다. 안이 당할 수 있는 일이기도 했고. 나는 두려움과 분노에 질려서 그날 오후를 보냈다. 그때 안은 나를 위로하지도 내 곁을 떠나지도 않았다. 그런 식으로 우리는 점점 더 친밀해졌다.

속도와자정에 도착했을 때까지도 씁쓸함이 남아 있었다. 가게 앞은 조용했다. 지나가는 사람도 없었다. 우리가 날짜를 착각한 건가 하고 걱정이 됐다. 나는 가게문에 붙은 작은 포스터를 들여다봤다. 〈속도와자정 십 주년 기념 파티〉. 파티는 자정부터 아침 다섯시까지였다.

—30분 전부터 입장 가능—

"우리 너무 일찍 왔네."

안이 시계를 보고 말했다. 열한시도 안 된 시간이었다. 아무래도 다른 데서 시간을 때우다 와야 할 것 같았다.

"우리 가게로 갈래?"

내가 안에게 제안했다. 안은 혼자 카페에 가는 일이 없었기 때문에 내가 일을 시작하고부터는 변신에 가지 않았다.

안은 잠시 망설이다가 그러겠다고 했다. 가게 사람들에게 안을 소개할 생각을 하니 가슴이 부풀어올랐다.

나는 에그에게 전화를 걸어 아직 노란길에 있으면 저그와 가게로 오지 않겠냐고 물었다.

"우리 변신에 있어."

에그가 말했다.

"무슨 일인데?"

"지금 안하고 있는데 같이 가게에 가려고."

내가 말을 마치기도 전에 에그가 당장 오라며 소리를 질렀다. 저그에게 속삭이는 소리도 들렸다. "수니가 안을 데리고 여기로 온대. 그 중성인 친구 말이야." 안도 그 소리를 들은 것 같았다.

"괜찮겠어?"

변신에 다 왔을 때 내가 안에게 다시 물었다.

"준비됐어. 괜찮아."

안보다 내가 더 긴장한 것 같았다. 안이 가게 사람들을 마음에 들어 했으면 했다. 가게 사람들은 내가 안 다음으로 좋아하는 사람들이었다. 가족들에게 내가 좋아하는 사람을 소개하러 온 것 같은 기분이었다.

내가 안과 가게로 들어가자 카운터에 있던 아누가 눈인사를 했다.

구석 테이블에 앉아 있던 에그가 손을 흔들었다.

"여기야!"

나는 안과 테이블로 갔다. 안은 에그 그리고 저그와 어색하게 인사를 나눴다. 에그는 활짝 웃으며 안에게 반갑다고 말했다. 저그가 나를 보고 입을 벙긋거렸다. '너한텐 아까운데?' 안이 못 봐서 다행이었다. 나 역시 입 모양으로 저그에게 소리 없이 욕을 보내고 안을 주방으로 데려갔다.

음식 주문 시간이 끝나서 주방은 정리중이었다. 설거지 머신이 돌아가는 소리로 주방이 시끄러웠다. 로봇들이 물기가 있는 그릇들을 천으로 닦고 있었다.

사르먼과 진, 만지는 에그에게 미리 얘기를 들었는지 내가 들어가자마자 하던 일을 멈추고 등뒤에 있는 안을 뚫어지게 쳐다봤다.

사르먼이 가장 먼저 다가와서 안에게 악수를 건넸다.

"반가워요! 우리 욕심쟁이한테 얘기 많이 들었어요. 실제로 보니…… 재가 정말 욕심쟁이 맞네."

사르먼이 안과 나를 번갈아보며 말했다.

진은 따뜻한 눈빛으로 안을 보며 반갑다고 말하고 하던 일로 돌아갔다. 만지도 손을 한번 들어 보이며 인사를 하고는 커다란 쓰레기봉투 두 개를 들고 주방 뒷문으로 나갔다.

사르먼이 선반에 있던 접시를 나에게 줬다. 손안에 쏙 들어오는 작은 파이들이 담긴 접시였다.

"만지가 너 오면 주라고 한 거야. 우리 새 메뉴."

나는 고맙다고 말하며 접시를 받았다. 접시 가운데에는 앙증맞은 시럽 주전자가 있었다.

"먹기 전에 꼭 시럽을 부어야 돼. 에그랑 같이 먹어."

사르먼이 당부했다.

"고마워요."

나는 파이 접시를 에그와 저그가 앉은 테이블로 가져갔다. 안은 미소 비슷한 것을 얼굴에 띠고 있었다.

"신메뉴로 나갈 거래. 시럽을 부으라던데."

"이번엔 또 무슨 마법을 부린 거야."

저그가 기대에 찬 얼굴로 시럽 주전자를 집어들어 레몬 크림 파이 쪽으로 기울였다. 맑은 시럽이 주전자 부리에서 흘러나와 파이를 듬뿍 적셨다. 그러자 파이 가운데에서 싹이 튀어나왔다. 진짜 같은 초록 싹이었다.

싹은 금세 자라서 꽃을 피웠다. 별처럼 생긴 작고 노란 꽃이었다.

저그가 안에게 시럽 주전자를 건넸다.

안은 아이 같은 얼굴로 파이에서 눈을 떼지 못하다가 저그에게 주전자를 받아 조심스럽게 다른 파이에 시럽을 부었다. 진한 초콜릿 머드 파이였다.

머드 파이에서 줄기가 올라오더니 분홍색 연꽃이 피어났다.

파이는 네 개였다. 에그가 고른 사과 파이에서는 홍학 같은 빛깔의 튤립이 피어났고, 마지막으로 내가 시럽을 부은 산딸기 파이에서는 하늘거리는 보랏빛 제비꽃이 자랐다.

우리는 꽃이 핀 접시를 들고 우르르 주방으로 가서 멋지다고 외쳤다. 안조차도 흥분한 얼굴로 이렇게 예쁜 과자는 처음 본다며 주방 사람들에게 잘 먹겠다고 인사했다.

"꽃이 시들기 전에 먹어요."

진이 말했다.

"이제 가게문 닫을 시간 다 됐어. 미적거리지 말고 얼른 가. 청소시키기 전에."

만지가 우리에게 주방에서 나가라고 손을 휘저었다. 주방은 정리가 끝나서 선반이며 식기며 전부 번쩍거렸다.

나와 안, 에그, 저그는 테이블로 돌아갔다. 그러고는 용기를 내어 파이를 한입씩 먹었다. 정말 맛있었다. 인기 있는 메뉴가 될 것 같았다. 안도 파이에 홀려서 어느새 어색함을 잊은 듯했다.

"나랑 안은 이제 속도와자정으로 갈 건데 너희는 어떻게 할래?"

"당연히 가야지."

에그가 일어나며 말했다. 에그가 고리의 팬이라는 걸 잊고 있었다.

어느덧 자정에 가까운 시각이었다. 우리 넷은 속도와자정으로 갔다. 사람들이 하나둘씩 가게로 들어가는 것이 보였다. 화려한 커스터머들이 많았다. 변신에 오는 손님들과는 다른 타입의 사람들이었다.

머리가 세 개 달린 사람, 키가 삼 미터는 되어 보이는 사람(다행히 속도와자정은 천장이 높았다), 검은 피부에 빨간 줄무늬가 있는 팔이 여덟 개인 사람, 반인반마, 반짝이는 초록색 비늘로 피부가 덮여 있는 사람, 그리고 어디서나 눈에 띄는 요정계 커스터머 한 무리가 가게로 들어갔다.

그 사람들을 보며 에그가 걱정스러운 표정을 지었다.

"나는 못 들어가는 거 아니야?"

"고리가 널 알잖아. 너만한 커스터머가 어딨다고 그래."

내가 에그를 안심시켰다. 저그가 머뭇거리는 에그에게 팔짱을 끼고 가게로 끌고 갔다. 사실은 나도 위축이 됐다. 다른 커스터머들에 비하면 이마에 작은 뿔 하나가 달린 나는 초라한 것 같았다. 게다가 뿔은 커스텀한 것도 아니고 타고난 거였다.

하지만 막상 가게 안으로 들어가자 마음이 편해졌다. 우리를 신경 쓸 사람이 아무도 없다는 것을 알게 됐기 때문이었다. 우리는 눈에 띄지 않았다. 화려한 커스터머들 사이에서는 안도 평범해 보였다.

가게 안은 파티 분위기로 한껏 꾸며져 있었다. 벽과 천장에는 갈런드 장식이 걸려 있고, 조명은 화려하고 음악은 어느 때보다 시끌벅적했다. 긴 테이블에는 한 손으로 집어먹을 수 있는 음식들이 차려져 있었다. 바에서는 바텐더가 사람들에게 음료를 나눠주고 있었다. 바는 파티를 위해 임시로 설치된 것이었다.

자정에 딱 맞춰 종이 울렸다. 종소리가 열두 번 들리고 고리가 나타났다.

"안녕하세요. 속도와자정의 사장 고리입니다. 많은 분이 와주셨네요. 진심으로 감사드립니다."

고리가 사람들을 둘러보며 인사를 했다. 에그는 팔을 높게 들고 손을 흔들었다. 여기저기서 축하한다는 말과 함께 박수가 터져나왔다.

"저희 십 주년이에요!"

고리가 소리치며 제자리에서 펄쩍 뛰어오르자 사람들이 웃었다.

고리가 속도와자정의 직원들을 한 명씩 소개하는 동안 나는 파티에 온 다른 커스터머들을 구경하느라 바빴다. 잡지에서만 봤던 유명한 커스터머들도 있었다.

"나도 여기서 일하고 싶어."

에그가 내게 속삭였다. 나는 고개를 끄덕였다.

무대 앞쪽에 험이 있는 게 보였다. 처음 면접 때 봤던 그 얼굴을 하고 있었다. 베이지색 피부에 어두운 갈색 머리, 초록색 눈. 그때와는 달리 격식을 차린 정장을 입었지만 생김새는 똑같았다. 그 모습이 왠지 반갑게 느껴졌다. 이제는 얼굴이 변해도 험을 알아볼 수 있었다. 그렇게 고집스러운 입매를 가진 사람은 험밖에 없었다.

"무대에 올라와 있으니 상을 받으러 나온 것 같은 기분이 드네요. 상을 받아본 적은 한 번도 없지만 커다란 무대에서 수상 소감을 말하는 걸 상상해본 적은 있어요. 사실 아주 많이요."

고리가 말을 잠시 끊고 장난스러운 미소를 지었다.

"상상 속에서 저는 트로피를 들고 어쩌고저쩌고하다가 끝에 이렇게 말합니다. 저의 동반자 험과 이 기쁨을 나누고 싶습니다!"

사람들이 박수를 쳤다. 고리가 험에게 무대로 올라오라고 손짓했다. 험은 난감한 얼굴로 무대로 가서 고리의 옆에 섰다.

"이곳에 처음 왔던 날이 생각납니다. 그게 벌써 삼십 년 전이네요. 그때 노란길의 모습은 지금하고는 많이 달랐습니다. 사람들이 오줌을 누는 뒷골목이었죠. 냄새가 진동을 했습니다. 거기에 커스텀 가게를 차릴 생각을 처음 한 사람은 정말 제정신이 아니에요."

"그게 바로 접니다."

험이 가만히 듣고 있다가 한마디했다. 사람들이 웃었다.

"네, 그렇다고 하네요. 십대 때 저는 커스텀 문화에 완전히 매료되어 있었고 노란길을 중심으로 그 문화가 태동한다는 소식을 듣고 무작정 이곳으로 날아왔습니다. 그런데 와보니 끔찍했어요. 커스텀 가게도 딱 두 군데 있더군요. 변신과 지금은 없어진 광선이라는 곳이었습니다."

"고리는 가게를 세 번이나 바꿨지만 변신은 그때부터 쭉 변신이었죠."

"저는 그 오줌 냄새가 나는 길에 조금도 더 머물고 싶지 않았는데 그날 처음 만난 험이 절 술집으로 데려갔어요. 술집에 앉아서 여섯 시간이나 얘기를 나눴는데 결국 험의 열정에 사로잡혀버렸죠. 술을 너무 많이 마셨던 것 같기도 하고요. 그때는 유니도 함께였어요. 그 친구가 보고 싶네요. 유니가 여기 있었다면…… 아니, 그만하죠. 하여튼 그날 이후로 노란길을 떠난 적이 없습니다. 험은 삼십 년 전부터 노란길이 자기 이상의 존재로 가득한 곳이 될 거라고 장담했고 여기 모인 분들을 보니 정말 그렇게 된 것 같네요."

고리가 험에게 마이크를 넘겼다.

험은 최근의 테러에 대한 얘기를 꺼냈다. 흥겹던 분위기가 단번에 변했다. 장내가 조용해졌다.

험은 변신 초창기 때 가게 유리창에 돌을 던지던 사람들 얘기를 했다. 유리창이 하도 많이 깨져서 아주 단단한 유리로 바꿨더니 사람들이 도끼와 망치를 들고 몰려오는 바람에 질겁을 했다는 얘기였다.

"지금은 웃으면서 얘기하고 있지만 그때는 정말 심각했습니다. 밤마다 유니와 불 꺼진 가게에 마주앉아 한숨을 쉬면서 가게를 계속할 수 있을까 하는 얘기를 했어요. 저는 다른 곳으로 옮기자고 했지만 유니는 다른 곳으로 가도 똑같을 거라고 했죠. 사실 달리 갈 데도 없었어요. 유니가 없었다면 전 예전에 도망갔을 겁니다."

에그가 내게 유니가 누군지 알려줬다. 유니는 험의 여동생으로 이 년 전에 세상을 떠났다. 험과 유니는 함께 변신을 만들었다. 노란길에서 가장 유명한 남매였다.

"지금도 가끔 도망치고 싶은 기분이 듭니다. 삼십 년째인데도요. 하지만 여길 떠나서 대체 어디로 가겠어요? 여기가 제집인데 말이에요. 여기 있는 분들에게도 노란길은 특별한 장소일 겁니다. 저는 항상 저 그대로이기보다 그 이상의 존재가 되고 싶었고 커스텀이 그 길을 열어줬습니다. 그건 누가 겁을 준다고 해서 그만둘 수 있는 일이 아니고요."

험의 말에 동의하는 사람들이 휘파람 소리를 냈다. 험은 민망한 표정을 지었다.

"제가 갑자기 왜 이런 연설을 하고 있는지 모르겠네요. 제가 하고 싶은 말은 고리가 지금까지 망하지 않고 속도와자정 같은 멋진 가게를 꾸려가는 게 기적 같은 일이라는 겁니다. 아마 여기 모인 여러분 덕분이겠죠. 속도와자정의 십 주년을 진심으로 축하합니다."

험이 허리 숙여 인사를 하고 내려갔다. 환호성과 박수 소리가 가게를 흔들었다. 사람들은 험을 잘 아는데다가 좋아하기까지 하는 것 같았다.

"이따 두시에 추첨으로 선물을 나눠드릴 겁니다. 음료 한 잔에 추첨권 한 장입니다. 자세한 건 바텐더에게 문의하세요."

고리가 안내를 하고 내려갔다.

우리는 바에 가서 음료를 네 잔 사고 추첨권을 한 장씩 받았다. 나는 31번이었다.

고리에게 돌의 이상한 능력에 대해 얘기를 하고 싶었지만 기회가 없었다. 고리는 계속 사람들에게 둘러싸여 있었다.

안은 주스가 가득 든 컵을 들고 누군가를 빤히 쳐다보고 있었다. 나는 안이 누구에게 정신이 팔려 있는지 시선 끝을 좇았다. 안이 보고 있는 사람은 머리를 높게 틀어올린 여자였다. 여자는 알록달록한 앵무새 날개를 펴고 요정 계열 커스터머에게 다가가려 했지만 위로 묶어 올린 머리가 천장에 자꾸 부딪혀서 금방 다시 내려와야 했다. 요정 계열 커스터머들이 그것을 보고 낄낄거렸다.

새 날개를 보니 치라가 생각나는 걸까? 아니면 그냥 마음에 들어서?

나는 약간 질투가 나서 안의 팔을 건드렸다.

"그만 좀 봐. 네 타입이야?"

"아니. 무성인인 것 같아서."

"그걸 어떻게 알아봐?"

"난 관심이 많으니까."

학기 초반에 안이 지나가듯 무성이 되고 싶다는 얘기를 했던 것이 생각났다. 안은 그 이후로는 그 얘기를 꺼낸 적이 없었다.

"진지하게 생각중인 거야?"

"글쎄, 가볍지는 않지."

그리고 안은 말이 없어졌다. 에그와 저그는 파티장 한쪽에서 춤을

추고 있었다. 둘 다 행복한 얼굴이었다. 그에 비해 나와 안은 뚱한 얼굴로 나란히 서서 괜히 주변을 두리번거리고 있었다.

"이건 아니야."

내가 참지 못하고 말했다.

"제발 또 그 마음의 방공호 안으로 들어가지 마."

"마음의 방공호?"

"그래, 그 깊고 어둡고 좁아터져서 난 들어갈 수 없는 그곳 말이야. 네가 방금처럼 갑자기 입을 다물고 혼자 생각에 잠기면 난 널 보면서 네가 다시 나오기를 기다려. 그때마다 난 비참하고 외로운 기분이 들어."

"내가 무슨 생각을 하고 있는지 너에게 전부 얘기해주길 바라?"

"아니, 지금은 파티에 와 있으니까 좀 즐기자는 거야."

기분이 안 좋아졌다. 재건의 날 때처럼. 내가 즐거울 거라고 기대한 날을 안은 꼭 망쳐버린다. 안은 내가 예상하지 못한 기쁨을 주는 사람이지만 날 괴롭게 하는 사람이기도 했다. 나는 춤을 추는 사람들을 지나 구석으로 갔다. 안은 나를 따라오지 않았다. 우리는 사람들 사이로 보이는 서로의 얼굴을 바라보았다. 안이 멀게 느껴졌다.

정확히 두시에 추첨이 시작되었다.

그때까지 나는 벽에 기대어 주스만 홀짝거리고 있었다. 추첨을 하기 전에 무대에서 공연이 펼쳐졌다. 다른 때였다면 공연을 보는 게 즐거웠을 것이다. 커스터머 댄서의 공연을 전부터 보고 싶었으니까. 하지만 이번에는 공연을 제대로 볼 수가 없었다. 구겨진 기분 때문에 흥이 나지 않았다.

안이 쳐다봤던 앵무새 날개를 단 무성인이 화려한 머리장식을 하고 나타나 무대 위에서 춤을 췄다. 요정계 커스터머들에게 놀림을 받던 때와는 완전히 달라 보였다. 높게 묶은 머리에 달린 보석들이 그—혹은 그녀, 무성인들은 그런 표현을 탐탁해하지 않는다—가 움직일 때마다 흔들리며 반짝였다. 모조 다이아몬드들, 그리고 루비와 진주 장식. 조명을 받아 눈부시게 반짝거리는 보석들이 비현실적으로 느껴졌다.

그뒤에도 무대가 이어졌지만 모든 공연이 꿈속에서 일어나는 일처럼 아득하게 보였다. 눈앞이 왠지 뿌옇게 흐렸다.

공연이 모두 끝난 뒤 고리가 무대로 올라왔다. 방금 전까지 커스터머들의 퍼포먼스를 보며 박수를 치고 휘파람을 불던 사람들이 잠시 조용해졌다.

"추첨권을 꺼내세요!"

고리가 무대 위에서 외쳤다. 사람들이 다시 시끄러워졌다. 나는 구겨진 추첨권을 손에 쥐고 있었다. 에그가 날 보고 손짓했다. 나는 사람들을 비집고 에그와 저그가 있는 곳으로 갔다. 안은 저그 옆에 있었다. 에그가 입 모양으로 '싸웠어?' 하고 물었다. 나는 고개를 저었다.

5등 경품은 속도와자정에서 쓸 수 있는 백 솔라짜리 상품권이었다. 열 명이 그 상품권을 타 갔다. 4등은 이백 솔라, 3등은 오백 솔라였고, 2등은 천 솔라였다. 특별 선물도 있었다. 변신 카페 음료 쿠폰이었다. 험이 한턱 쏜 모양이었다. 음료 쿠폰은 스무 명이 받아갔다. 다른 커스텀 가게들도 속도와자정의 십 주년을 기념하는 의미에서 선물을 보냈다. 날개가 있는 사람을 위한 옷, 뿔이 달린 사람을 위한 모자, 발굽이 있는 사람이 신을 수 있는 신발 같은 것들이었다.

선물이 워낙 많아서 나눠주는 데에도 시간이 오래 걸렸다. 2등까지 발표하고 특별 선물까지 모두 나갔을 때는 한 시간이 지나 있었다.

"1등 경품은 숫자가 없는 상품권입니다. 속도와자정에서 원하는 커스텀 한 가지를 가격 제한 없이 할 수 있습니다. 행운의 주인공은 누가 될까요?"

고리가 투명한 상자를 한번 흔들고 손을 집어넣었다. 에그는 46번, 저그는 111번이었고, 안은 79번이었다. 에그는 추첨권을 손에 쥐고 "제발, 제발" 하고 되뇌었다. 저그는 111번이 되면 상품을 에그에게 넘기겠다고 말했다.

고리가 쪽지를 뽑았다.

"1등은……"

사람들에게서 뿜어져나오는 열기로 파티장이 뜨거웠다. 이미 선물을 받은 사람들도 상기된 얼굴로 고리의 발표를 기다렸다. "난 추첨권 때문에 음료를 열 잔이나 마셨어" 하고 누군가가 말하는 소리가 들렸다.

"31번!"

나는 내 추첨권을 확인했다. 에그가 비명을 질렀다. "너잖아!" 저그가 무대를 향해 "여기예요!" 하고 소리쳤다.

나는 얼떨떨하게 무대로 올라가 고리와 악수를 한 뒤 상품권을 받았다. 상품권에는 정말 숫자가 없었다.

경품 추첨 시간이 끝나자 무대 쪽에 몰려 있던 사람들이 다시 흩어졌다. 세시 반이었다. 나가는 사람들로 입구가 잠시 붐볐다. 나간 사람보다는 남아 있는 사람들이 더 많았다. 음악은 로맨틱해지고 조명은 더 어두워졌다. 에그와 저그는 소파에 앉아서 사랑을 속삭이고 있었다. 나는 음료를 한 잔 더 주문하고 바에 앉았다.

"경품 받은 걸로 뭐할 거야?"

안이 어느새 내 뒤에 와서 물었다.

"지느러미를 달아야지."

"앉아도 돼?"

"그럼."

안이 내 옆에 앉았다.

"아까는 미안해."

"싸움은 내가 걸었는데 뭐. 아까 무슨 생각하고 있었는지 얘기해줄래?"

"지금은 파티에 와 있잖아. 기숙사로 돌아가면 얘기해줄게."

"지금 가면 안 될까?"

"왜 안 되겠어. 나가자."

나는 에그와 저그 쪽을 봤다. 나와 인사할 시간은 없을 것 같았다. 안과 나는 속도와자정에서 나와 심야버스를 탔다. 우리는 충동적으로 해변에서 내렸다. 캄캄한 바닷가에서 파도 소리를 듣다가 안의 세번째 집으로 갔다. 집안에 남아 있는 횃대는 없었다. 우리는 동이 틀 때까지 침대에서 사랑을 나눴다.

날개

처음 뿔에 하얀 막이 생기기 시작했을 때 나는 무심결에 그것을 손톱으로 긁어내려 했다. "그냥 놔두는 게 좋을 것 같은데. 그거 허물인 것 같아." 안이 날 말렸다. 허물이라고? 그래서 나는 그 징그러운 것을 그냥 내버려뒀다.

가게 사람들도 그것이 허물이라고 했다. "오, 곧 사람이 되겠다. 어느 날 뿔이 옷을 홀라당 벗고 널 유혹할 거야." 사르먼이 날 놀리며 말했다. "사르먼, 어린애한테 그런 말 하면 안 되지. 입 좀 조심해." 만지가 사르먼에게 주의를 줬다. 사르먼과 만지는 동갑이지만 어느 모로 보나 만지가 훨씬 어른 같다.

허물은 일곱 번이나 벗어졌다. 아침에 일어나 아무렇지도 않게 베개 옆에 있는 얇은 고무풍선 같은 것을 주워 쓰레기통에 버리게 됐을 때는 뿔이 꽤 커져 있었다. 색도 점점 진해졌다. 막 돋아났을 때는 갈색이었지만 이제는 진홍색이다. 길이는 내 가운뎃손가락 정도로 앞머리로 가릴 수 있는 시기는 예전에 지났다.

개학이 남아 있었다. 시간이 너무 빠르게 흘렀다. 개학하기 전에 지느러미를 달고 싶었다. 8월 내내 가게가 바빠서 짬이 나지 않았다. 일주일에 하루 쉬는 날은 안과 늘어져서 보내거나 잠을 잤다.

어제는 에그의 생일이었다. 나는 저그와 함께 에그의 선물을 준비했다. 시드에 와서는 처음으로 돈에 여유가 있었다. 상품권 덕분이었다. 지느러미를 달기 위해 모았던 돈이 고스란히 남게 됐다.

어제 일이 끝난 뒤 에그를 '**합성 정원**'으로 데려갔다. 합성 정원은 식물계 커스텀을 전문으로 하는 가게로 에그가 좋아하는 곳이었다.

그곳에서 에그는 어깨에 알뿌리 식물을 심었다. 나와 저그가 미리 돈을 내고 예약을 해둔 것이었다. 에그는 아버지와의 약속 때문에 망설이다가 결국은 하기로 마음을 먹었다. 에그가 고른 것은 수선화였다. 에그의 꽃은 봄에 필 것이다.

나는 숫자가 없는 상품권을 서랍에서 꺼냈다. 안이 속도와자정에 함께 가주기로 했다. 안은 침대에서 패드를 보고 있었다. 나는 슬쩍 다가가서 안이 뭘 보고 있는지 봤다. 사진이었다. 어린아이 셋이 있었다.

안이 내게 옆으로 오라고 손짓했다. 안은 그게 자신이 어릴 때 찍은 사진이라고 했다. 안이 가운데에 서 있었다. 왼쪽에는 남자애가, 오른쪽에는 여자애가 있었다. 치라와 주니였다. 치라는 평범한 남자아이처럼 보였다.

"날개가 안 보이네."

"날개가 작아서 안 보이는 거야. 어릴 때 치라는 남들 앞에서 절대 날개를 펴지 않았어."

안이 말했다. 열 살 때 사진이라고 했다.

어린 주니는 지금의 주니와는 완전히 달랐다. 안이 알려주지 않았다면 주니인 줄 몰랐을 것이다. 주니는 점박이 피부에 이마에는 더듬이가 달려 있었다. 눈은 툭 튀어나왔으며 그물 무늬의 얇은 날개도 있었다. 광이 나는 초록빛 날개였다.

"이때는 셋이 사이가 좋았어."

안은 어린 시절을 그리워하는 것 같았다. 나는 뭐라 할말이 떠오르지 않아 그냥 안의 손을 잡았다. 안은 날 보며 미소를 지었다.

"먼저 나가서 기다려줄래? 준비하고 나갈게."

나는 그렇게 했다.

몇 분이 지난 후 안이 건물 밖으로 나왔다. 안은 셔츠를 입고 있었다. 내가 선물했던 바로 그 파란색 리넨 셔츠였다. 여름 끝물에 나무들은 한껏 푸르고 싱그러워져 있었다. 그 나무들 사이에서 안이 빛났다.

"그거 입었네."

나는 왠지 수줍어져서 안에게 말했다.

"특별한 날이니까 좋은 옷을 입어야지."

안이 말했다.

우리는 속도와자정으로 갔다. 8월 첫째 주에 열렸던 파티 이후로는 처음 간 거였다.

고리가 날 보고 다가왔다.

"드디어 왔구나. 그때 봤던 지느러미 다시 볼래요?"

나는 그렇게 해달라고 했다. 고리가 홀로그램 거울이 있는 방으로 날 데려가서 지느러미를 보여줬다. 나는 홀로그램 거울로 지느러미가 달린 내 모습을 봤다. 이상하게도 예전 그 느낌이 아니었다. 시간이 많이 지나서였을까. 생각해보면 지느러미를 처음 본 게 4월이었으니 고작 몇 달이 흘렀을 뿐이었다. 하지만 그동안 일어났던 일들을 생각하니 벌써 일 년은 지난 것처럼 느껴졌다.

이제 나는 지느러미를 원하지 않았다.

"다른 건 없을까요?"

내가 묻자 고리는 가게를 둘러보라고 권했다.

나는 방에서 나가기 전에 고리에게 돌에 대해 물어봤다. 돌이 가진 이상한 능력에 대해. 고리는 내 돌이 일종의 돌연변이일 거라고 했다. 드물게 그런 돌연변이가 나온다는 것이었다. 고리는 살아 있는 돌을 만들 때 해변 동굴에서 주운 뼈다귀를 썼다. 커스텀에 쓸 재료를 채집하러 다니는 것이 고리의 일 중 하나였다.

"그 뼈다귀가 문제였던 것 같아요. 엄청 커다란 뼈다귀였거든요. 성분을 분석해보기도 했는데 어떤 생물의 뼈인지 알아낼 수가 없었어요. 께름칙하면 다른 돌로 바꿔줄게요."

"괜찮아요. 그럴 것까지는 없어요."

나는 방에 두고 온 돌을 생각했다. 그 귀엽고 영리한 돌을, 그 돌을 다른 돌로 바꾸다니 말도 안 되는 소리였다.

나는 천천히 가게 안을 둘러봤다. 안은 안대로 커스텀 용품들을 구경하고 있었다.

멋진 것들이 많았는데 왠지 마음이 끌리는 건 없었다. 그렇다고 일을 더 미루고 싶지는 않았다. 이미 너무 오래 기다렸다. 더 시간을 끌고 싶지 않았다.

내가 진열장 앞에 서서 고민하고 있을 때 안이 다가왔다. 표정이 심상치 않았다.

"속보가 떴어."

나는 바로 뉴스를 확인했다. 말리의 재판 결과가 나왔다는 소식이었다. 말리는 최종심에서 징역 십 년을 선고받았다. 사람을 죽인 것치고는 낮은 형량이었지만 말리가 받은 학대를 감안하여 최종 선고를 내렸다고 했다. 재판 후에 말리가 한 말이 짧게 실려 있었다.

"기쁩니다. 무죄가 나올까봐 걱정했어요. 그를 죽인 죄로 벌을 받는다는 건 제가 그 사람하고 다른 별개의 존재라고 인정받았다는 의미이기도 하니까요."

이제 말리에 대한 뉴스는 점점 줄어들 것이고 말리는 사람들에게 잊힐 것이다. 그렇다면 테러도 줄어들까? 그건 모르는 일이다.

속보 때문에 마음이 어지러워졌다. 가게 안의 물건들이 다 비슷해 보이기 시작했다. 나는 눈앞이 빙글빙글 도는 것을 느끼며 고리의 사무실로 갔다. 아무래도 고리와 얘기를 해보는 게 좋을 것 같았다.

노크를 하자 들어오라는 소리가 들렸다.

고리의 사무실은 아주 넓었다. 작업실을 겸하는 것 같았다. 사무실 가운데에 커다란 테이블이 몇 개 있었다. 고리의 직원들이 테이블에서 각자의 작업을 하고 있었다.

"무슨 일이에요?"

"상담 좀 하려고요. 뭘 해야 할지 모르겠어요."

"이거 좀 볼래요?"

고리가 작업하고 있던 것을 보여줬다. 파충류의 것 같은 날개였다.

깃털 없이 매끈했다. 폭은 넓었다. 검은색으로 보였는데 고리가 테이블에 달린 조명을 켜자 푸른빛이 돌았다. 아주 근사한 푸른빛이었다.

"용 날개예요. 멋지죠? 방금 막 마무리를 했어요."

고리가 직원 세 명과 함께 테이블에 뉘어 있던 날개를 들어 벽에 걸었다. 그러더니 나에게 날개를 만져보라고 했다. 날개 바깥쪽은 단단한 비늘로 덮여 있었다. 비늘 하나하나가 다 보석 같았다. 검고 푸른빛이 돌았다. 날개 안쪽도 만져봤다. 놀랄 만큼 부드러웠다. 날개 안쪽은 바깥쪽과 대비되는 쨍한 파란색이었다.

쫙 펴진 날개를 보자 가슴이 두근거렸다. 그것은 아주 강해 보였다.

"이걸로 해도 될까요?"

나는 고리에게 물었다.

"당연하죠."

고리가 직원들에게 나를 시술실 쪽으로 데려가도록 했다. 나는 시술실 옆방에서 옷을 전부 벗고 등이 뚫린 천 쪼가리에 팔을 꿰어 입었다. 그러고 나와서는 시술 동의서에 서명을 했다. 원래는 옷을 갈아입기 전에 서명을 하는 건데 고리가 깜빡했다고 했다. 직원이 보호자 서명도 있어야 한다고 말했다. 그건 미처 생각을 못했다.

나는 등이 휑한 옷을 입은 채로 시술대에 앉아서 엄마에게 전화를 걸었다. 영상통화였다. 신호음이 가는 동안 가슴이 심하게 쿵쾅거렸다. 엄마가 이 일을 허락해줄까?

엄마의 얼굴이 패드 화면에 떴을 때 나는 시술대가 보이도록 패드를 멀리 잡았다.

"안녕, 엄마."

"그래, 잘 지냈어? 그런데 지금 어디 있는 거야?"

나는 엄마에게 커스텀을 하러 왔는데 엄마의 서명이 필요하다고 말했다. 엄마의 표정이 약간 어두워졌다. 나는 긴장해서 침만 삼켰다.

"뭘 하려고?"

"날개를 달 거야."

나는 시술대에서 내려와서 방 한쪽에 걸려 있는 용 날개를 보여줬다. 그러면서 계속 떠들었다. 말을 많이 하는 게 좋지 않을 거라는 걸 알면서도 멈출 수가 없었다. 초조했기 때문이다. 나는 날개가 얼마나 멋진지, 내가 그것을 얼마나 원하는지를 엄마에게 얘기했다. 파티에서 추첨권을 뽑아서 커스텀을 공짜로 할 수 있게 됐다는 얘기까지 했다. 내가 말하는 동안 엄마의 얼굴은 딱딱하게 굳어 있었다.

"거기 주인 좀 바꿔봐. 시술할 사람 말이야."

나는 시술실 밖에 있던 고리에게 패드를 건넸다.

"저희 엄마가 직접 얘기를 해봐야겠대요. 미안해요."

"당연히 얘기를 해봐야죠."

고리는 괜찮다는 표정을 짓고 패드를 받았다.

"제 사무실로 가서 얘기를 나누시죠."

고리가 사무실로 들어간 뒤에 나는 다시 시술대로 돌아가서 기다렸다. 안이 시술실로 들어와서 날 안심시켜줬다. 계속 초조했다. 엄마가 허락을 안 한다고 해도 나는 포기할 생각이 없었다. 서명 위조라도 할 생각이었다. 하지만 엄마가 허락해준다면 마음 편하게 시술을 받을 수 있을 것 같았다.

십 분 정도가 지났다. 고리가 시술실로 들어와서 내게 패드를 돌려주었다. 나는 고리를 재촉했다.

"어떻게 됐어요?"

"서명하셨어요."

만세! 통화는 끊겨 있었다. 엄마에게 메시지가 와 있었다. '네 결정을 언제나 존중해, 수니. 어떤 순간에도 네가 원하는 걸 포기하지 마. 뿔이 꽤 자랐더라. 네 아빠가 달고 있던 뿔과 똑같아.'

나는 그 메시지를 한동안 보고 있다가 시술이 끝나면 연락하겠다고 답장을 보냈다.

고리가 시술이 어떻게 진행되는지 설명해줬다. 용 날개는 어깨와 등 근육에 직접 연결해야 하고 날개를 달기 전과 후에 유전자 구조에 변화를 주는 약물을 주사할 거라고 했다.

나는 날개를 다시 봤다. 내가 정말 저걸 원하는 걸까? 잠깐의 변덕인 건 아닐까? 한번 날개를 달면 다시 떼어내기 어려울 텐데.

마음이 복잡해졌다. 시술실 문가에서 안이 날 보고 있었다. 안을 보자 점차 진정이 됐다. 날개를 단 나를 떠올려봤다. 가슴이 벅찼다. *난 저걸 원해!*

나는 고리에게 준비가 됐다고 말했다.

안은 밖에서 기다리겠다고 말하고 시술실에서 나갔다.

나는 시술대에 엎드려 누웠다. 로봇이 내 등에 마취 연고를 발랐다. 연고는 몹시 차가웠다.

주삿바늘이 등을 찔렀다. 마취제였다. "걱정 말고 한숨 푹 자요. 나는 바느질을 아주 잘해요. 예쁘게 꿰매줄게요." 나는 고리의 말을 듣고 눈을 감았다.

눈을 감았다 뜨자 로봇들이 실을 감고 있었다. 고리는 긴 바늘을 들고 날 내려다보고 있었다.

"이제 시작하는 건가요?"

내가 물었다. 고리 옆에 있던 직원이 웃었다.

"다 끝났어요."

믿을 수가 없었다. 정신이 약간 몽롱하기는 했지만 느낌으로는 오 분도 안 지난 것 같았다.

"얼마나 걸렸어요?"

"두 시간이요. 아직 움직이면 안 돼요."

직원들이 나를 바퀴 달린 침대로 옮겼다. 사람들이 날 들어올릴 때 등에 낯선 무게가 느껴졌다. 그제야 약간 실감이 났다. 내게 날개가 생긴 것이다.

나는 회복실로 옮겨졌다. 침대에 실려 들어가자 회복실에서 나를 기다리고 있던 안이 일어났다.

"아프지 않아?"

"아직 마취가 안 풀린 것 같아."

속이 울렁거렸다. 얼마 후에 직원이 와서 링거를 꽂아주고 주사를 한 대 더 놔주고 갔다. 근육을 잘 붙게 해주는 약과 진통제라고 했다.

저녁까지 회복실에서 안정을 취해야 했다. 안은 내 침대 옆에서 책을 읽었다. 나는 계속 잤다. 얕은 잠이었다. 자는 동안에도 등이 뻐근한 것이 느껴졌다. 내가 눈을 뜨고 신음 소리를 내면 안이 내 손을 잡아주었다. 그러면 나는 다시 잠들었다.

정신이 좀 들었을 때는 안이 옆에 없었다. 나는 회복실 안에 혼자 있었다. 회복실에는 창문이 없어서 밖이 보이지 않았다. 깊은 새벽처럼 느껴졌는데 시계를 보니 겨우 저녁 여섯시가 조금 넘어 있었다.

혼자서는 몸을 일으킬 수가 없어서 그대로 엎드려 있었다. 덜컥 겁이 났다. 안이 어디 간 거지? 왠지 그애가 돌아오지 않을 것 같다는 생각이 들었다. 나는 바보같이 눈물을 흘렸다.

안은 한참 후에 돌아왔다. 앉아 있기만 하는 것이 답답해서 산책할 겸 저녁을 사왔다고 했다. 나는 안의 도움을 받아 앉았다. 앉아 있으니 등이 덜 아팠다. 한 자세로 너무 오래 누워 있어서 등이 아팠던 것도 같았다. 나는 안에게 내가 바보 같은 생각을 했던 것을 얘기했다. 안은 내가 혼자 침대에서 일어나지도 못하는데 자기가 멀리 가서 돌아오지 않는다니 말도 안 되는 소리라며 정말 바보 같은 생각을 했다고 말했다.

안이 사온 샌드위치를 먹으며 그런 얘기를 나누는데 고리가 왔다.

"이제 날개를 펴보죠."

나는 먹던 샌드위치를 놓고 일어섰다. 몸이 살짝 휘청거렸다. 등에 무거운 짐을 메고 있는 것 같은 느낌이었다. 그 무게에 적응하려면 시간이 필요할 듯했다.

고리는 몸의 부담을 줄이려면 근육을 키워야 한다고 말했다. 나는 근육과 관련된 커스텀 비용에 대해 물었다. 고리는 그건 나중에 직원과 상담하라고 했다.

그런 얘기를 하며 거울이 있는 방으로 갔다. 홀로그램 거울이 있는 그 방이었다. 사방이 거울이라 내 모습을 어느 각도로도 볼 수 있었다. 날개가 내 등에 붙은 것도 잘 보였다. 내 몸에는 너무 클지도 모른다고 생각했는데 접혀서인지 그렇게 커 보이지는 않았다. 딱 적당했다. 길이는 내 어깻죽지에서 시작해서 무릎 바로 위까지 내려왔다.

"이제 한번 펴볼까요?"

고리가 내 뒤에서 말했다. 나는 난감해졌다. 어디서부터 뭘 어떻게 시작해야 할지 감이 오지 않았다.

고리는 날개를 팔이라고 생각하고 팔을 편다는 느낌으로 어깻죽지를 움직여보라고 했다. 말이 쉽지 그렇게 바로 되는 일이 아니었다. 날개는 도통 꿈적도 하지 않았다.

"한번 감 잡으면 그다음부터는 쉬울 거예요. 지금은 처음이니까 우리가 도와줄게요."

고리와 다른 직원이 내 양옆에 서서 날개를 한쪽씩 잡았다.

"천천히 펼게요. 어깻죽지에 힘을 주고 움직이세요."

고리와 직원이 내 날개 두 쪽을 조심스럽게 잡아당겼다. 찢어지기 쉬운 귀한 천을 만지는 듯한 손길이었다. 날개가 잡아당겨지자 어깻죽지에 느낌이 왔다. 날개를 펼 때 어디에 힘을 줘야 할지 확실히 알 것 같았다.

안은 걱정스러운 얼굴로 날 보고 있었다. 안의 표정만 보면 내 몸이 두 갈래로 찢어지고 있는 중인 것 같았다. 그 심각한 얼굴을 보니 웃음이 났다.

안이 입은 셔츠에 눈길이 갔다. 안은 저걸 입으며 죄책감을 느꼈을까? 저 셔츠가 안에게도 변화를 의미할까? 나는 안이 안 되겠다고 말하며 셔츠가 든 상자를 덮었던 때를 떠올리며 생각했다.

날개는 거의 다 펴졌다.

"남은 건 혼자 해보세요. 날개를 끝까지 펴야 해요."

나는 고리의 말을 듣고 어깻죽지를 활짝 편다는 느낌으로 몸을 움직였다. 날개를 펴는 데 온몸을 집중했다. 그러자 놀랍게도 날개가 움직였다. 묵직한 것을 밀어내는 느낌이었다.

날개가 시원하게 쫙 펴졌다. 그 순간의 느낌은 말로 설명하기 어렵다. 태어나서 처음 느껴보는 놀라운 감정이었다. 몸속이 뒤죽박죽되는 동시에 제대로 맞춰지는 듯한 기분이 들었다. 피가 뜨거워졌다. 흐르는 피가 흥분을 주는 물질을 싣고 내 몸속을 달리고 있는 것 같았다. 그건 진짜 멋진 기분이었다.

날개는 검푸른빛으로 번쩍거렸다. 비늘은 스톤 같았다. 천 개의 스톤을 박은 것 같은 그 멋진 날개가 내 어깨와 등에 달려 있었다. 그 날개는 내 몸의 일부였다. 뿔이 나의 일부가 된 것처럼 날개도 나의 일부가 되었다.

나는 거울에 비친 내 모습을 봤다.

내 모습이 그렇게 마음에 들었던 적이 없다.

물결

아침에 일찍 눈이 떠져서 돌과 함께 산책을 나갔다. 발걸음을 디딜 때마다 내 가슴속에서 사랑이 찰랑거렸다. 나는 시드 거리의 신선한 아침공기를 들이마셨다. 어떤 커다란 존재가 내가 사는 곳을 한번에 뒤집어 청소를 해놓은 것 같다. 사실 거리의 공기가 신선한 것은 비 때문이다.

한낮에는 공기가 뜨겁고, 저녁에는 열기가 서서히 식는다. 새벽에는 비가 살짝 내려 거리가 촉촉해진다. 해가 완전히 뜨면 거리는 다시 바짝 마른다. 그게 9월 말부터 10월 초순까지의 시드 날씨다.

돌은 내 손 위에서 거리의 냄새를 훅 들이마신 뒤 기분좋게 부르르 떨고는 아래로 폴짝 뛰어내렸다.

아침공기에서 잘 마른 빨래 냄새가 났다. 달콤한 냄새도 풍겼다. 버터 냄새였다. 오십 미터쯤 걸어가자 빵집이 보였다. 새로 문을 연 가게 같았다.

나는 빵집 문을 열고 들어가 둥근 빵 하나를 샀다. 아주 커다란 빵이었다. 안과 둘이서 충분히 먹고도 남을 크기였다. 우유가 남았던가? 작은 컵 두 개를 채울 정도는 남아 있던 것 같다. 나는 커다란 컵에 우유를 가득 부어 마시는 것을 좋아한다. 안도 은근히 그런 것 같다. 하지만 아껴 마시는 우유도 나름대로 맛있다. 게다가 오늘은 매일 먹는 기숙사 빵이 아니라 제대로 된 빵집에서 산 빵을 먹을 테니 특별한 아침식사가 될 것이다.

10월의 첫 월요일. 오늘은 개교기념일이라 수업이 없다.

새로운 학기가 시작된 지 벌써 한 달이 지났다. 시드에서 맞는 두번째 학기였다. 말린 선생님에게 일어난 일이나 라울의 일은 이제 아무도 입에 올리지 않는다. 마치 아주 오래전의 일이 된 것 같다. 하지만 호숫가를 지날 때마다 그곳에서 일어난 일을 떠올리는 사람이 나뿐만은 아닐 것이다. 나는 이제 호숫가에서 시간을 보내지 않는다. 비 내리는 날 호숫가를 지나갈 때면 코끝에서 피비린내가 풍긴다. 아마 호숫가에서는 영원히 그 냄새가 지워지지 않을 듯하다. 매리가 잡혔다는 소식은 아직 없다.

많은 일을 겪었지만 나는 대체로 잘 지낸다. 내가 이렇게 금방 시드에 익숙해질 줄은 몰랐다. 다른 사람들과 비교하면 아직 촌티를 못 벗었지만 그래도 나는 이제 그럭저럭 여기 사람처럼 보인다.

내 외모에서 웜스가 지워졌다는 것은 아니다. 그런 것을 바라지도 않고.

나는 내가 웜스라는 것을 잊지 않았다. 거울을 볼 때마다 내가 웜스라는 것을 스스로에게 상기시킨다. 머리카락은 붉고, 이마에는 진홍색 뿔이 났고, 등에는 용의 날개가 달린 내 모습을 보면 내가 예전과는 다른 사람이 된 것처럼 느껴진다.

얼굴도 뭔가 변했다. 얼굴이 변한 건 커스텀이 아니라 사랑 때문이다. 가슴속에 넘칠 듯 찰랑거리는 사랑이 내 얼굴에 물결을 일으킨다. 나는 사랑에 빠졌다. 그 사실이 마음에 든다. 안이 내 곁에 있다는 사실이 나를 안심시킨다.

나는 달라 보이는 나를 보며 생각한다. '나는 웜스야. 그게 내 출발선이야.' 내가 어디서 출발했는지 잊고 싶지 않다. 나는 점점 더 복잡한 존재가 되고 있다. 길을 잃지 않으려면 내가 출발한 곳이 어디였는지 가끔 돌아볼 필요가 있다.

나는 그런 생각을 하며 중심가까지 걸었다. 아침 여섯시 반이었다. 시간은 충분했다. 아직은 거리가 그리 환하지 않았다. 어둡지도 밝지도 않은 시간. 안개는 없었다. 길은 아직 젖어 있었다. 나는 이곳이 나에게 준 것들을 생각했다. 이곳이 나를 받아들여줬다. 그런 느낌이 들었다. 감사함이 뭔지 알 것 같다는 생각이 들었다.

나는 내가 누리는 것들로 죄책감을 느끼고 싶지 않다. 감사함을 느낄 뿐. 그 감정이 종교적인 것은 아니다. 내가 이런 말을 하면 안은 그걸 자신에 대한 공격으로 받아들일까?

우리는 서로를 이해하지 못한다. 나는 사랑에 빠지면 순식간에 상대를 이해하게 될 줄 알았다. 하지만 그런 마법은 없었다. 사랑은 포기하지 않고 노력할 힘을 준다. 그뿐이다. 안과 내가 둘이 아니라 하나인 것처럼, 쪼개졌던 두 개의 거울이 다시 붙여진 것처럼 느껴질 때도 있지만 그건 순간적인 감정이다.

요즘 부쩍 대화가 말싸움으로 번질 때가 많아졌다. 우리는 서로가 완전히 지칠 때까지 토론을 벌인다. 안과 나는 완전히 다른 두 존재, 타인이다. 나는 여전히 안을 알고 싶다.

"네가 돼봤으면 좋겠어. 한순간만이라도."

안을 도저히 이해할 수 없을 것 같은 순간에 나는 그렇게 말했다. 긴 말싸움 끝에 힘이 빠져서 나온 말이었다. 키스를 할 때 우리 사이에는 아무런 문제가 없다. 대화를 하는 순간부터 문제가 생긴다.

"아무런 준비 없이 내가 된다면, 넌 바로 여기서 뛰어내릴 거야."

안이 창문을 가리키며 말했다. 기숙사 방에 있을 때였다. 우리는 창가에 의자를 가져다놓고 앉아 있었다. 나는 안이 못되게 말한다고 생각했다. 안답지 않게. 하지만 그애의 표정을 보고 진심으로 그런 말을 했다는 것을 알았다.

"겨우 삼층에서 뛰어내린다고 죽겠어?"

나는 웃으며 농담을 했지만 마음이 아팠다. 안이 자신을 그렇게 생각한다는 것에. 내가 절대로 안이 될 수 없다는 것에.

우리가 서로를 완벽히 이해할 날 같은 것은 오지 않으리라는 것을 그때 알았다.

동굴 구역에 한 번 가보기는 했지만 잠깐의 방문으로 그곳의 문화를 온전히 이해할 수는 없었다. 안이 왜 그렇게 죄책감을 떨쳐버리지 못하는지 나는 사실 이해하지 못한다. 안은 그 얘기를 꺼내는 것 자체를 꺼린다.

안은 네 살 때부터 '의식'에 참여했다. 처음 쓸 줄 알게 된 단어 중에 '죄인'이 있었다. 동굴 구역의 학교에서는 모래 폭풍이 인간의 죄, 특히 방공호에 들어간 사람들의 이기심 때문에 벌로 내려진 재앙이라고 배운다. 나는 그런 문화를 가진 곳에서의 생활을 상상할 수가 없다.

나는 안에게 내재된 죄책감이 어떤 것인지, 그 죄책감이 얼마나 깊게 뿌리박고 있는지, 안이 그 뿌리를 왜 뽑아내지 않는지 이해하지 못한다.

나를 이해하지 못하는 건 안도 마찬가지다. 안은 내가 웜스라는 사실을 왜 자꾸 상기하는지, 웜스로 사는 것이 어떤 것인지 이해하지 못한다. 내가 정서적으로 부모님과의 관계에서 벗어나지 못하는 것도 이해하지 못한다. 내가 동생 세이에게 가지고 있는 죄책감도 완전히 이해하지는 못한다.("네가 왜 죄책감을 느끼는지는 알겠지만, 그건 네 탓이 아니잖아." 안이 그렇게 말했을 때 나는 화가 났다.)

우리 둘은 너무 다르다. 나는 대책 없이 솔직하고 안은 은밀하다. 나는 성질이 급한데 안은 서두르는 법이 없다. 원하는 것이 있을 때 나는 손을 뻗고 안은 한 발 뒤로 물러난다.

성격만이 아니라 사소한 습관, 취향, 외모도 다르다. 비슷한 점조차 없다.

그런 우리가 함께 있다는 게 이상하게 느껴질 때가 있다. 함께 보내는 시간이 때로는 지나치게 즐겁다. 또 어떤 순간에는 아주 편안하다.

기숙사 방이나 안의 세번째 집에서 그애와 몸을 붙이고 있으면 세상이 고요해진다. 우리가 있는 곳만 시간이 흐르는 것 같다. 문밖의 세상이 사라진다. 바깥의 모든 것은 멈추고 우리 둘만 남는다.

그런 순간에 우리는 타인이 아니다.

나는 그 느낌에 중독되어가고 있다. 가끔은 안이 나와 공유하는 쾌락에서 발을 빼려 할까봐 두려워진다. 안의 얼굴에 죄책감이 스칠 때가 있다. 오후 내내 나를 멀리하며 자기만의 동굴에 틀어박혀 있을 때도 있다. 그럴 때 나는 내 할 일을 하며 안이 동굴에서 나오기를 기다린다. 그것에 점점 익숙해져간다. 불안과 기다림. 그건 별로 좋지 않다.

이런 생각은 해충 같다. 내 안의 좋은 부분을 갉아먹는다. 나는 안에 대한 생각을 억지로 멈추고 현실적인 문제들로 눈을 돌렸다.

카페 일은 다시 주말에만 하고 있다. 평일에 학교에 다니면서 일까지 하는 건 무리다.

어제 아누가 일을 그만뒀다. 이번주에 손을 호랑이 발로 바꾼다. 드디어 때가 온 것이다. 험이 아누의 손을 커스텀할 것이다. 오래전부터 예정되어 있던 일이다. 아누는 새로운 손에 적응이 되는 대로 변신 이층에서 일할 거라고 한다. 올가을부터 험에게 커스텀 기술을 배울 모양이다.

아누의 빈자리가 클 것 같다. 아누는 항상 카페 카운터를 지켰다. 아누가 없는 카운터를 보면 쓸쓸한 기분이 들 것이다. 새로 오는 매니저가 아누의 빈자리를 채울 수 있을까? 어떤 사람이 올까?

다른 건 변한 게 없다. 에그와 저그는 적어도 올해까지는 변신에서 계속 일할 거라고 했다. 주방 사람들도 그대로다.

문제는 나다. 날개에 아직 적응을 못해서 일을 엉망으로 하고 있다. 지난 주말에는 접시를 세 번이나 깼다. 우리의 자랑스러운 신메뉴 '소스를 부으면 꽃이 피는 파이'를 바닥에 엎어버렸을 때는 정말 부끄럽고 속상했다.

날개가 생긴 이튿날 아침에 나는 이를 닦다가 뒤로 넘어졌다. 그날부터 지금까지 나는 자꾸 중심을 잃고 휘청거린다. 몸의 균형이 깨진 느낌이다. 요즘 나는 멀쩡하게 걷다가도 휘청거리고, 조금만 걸어도 피곤해진다. 오래 서 있을 수도 없다. 다른 것보다 어깨가 너무너무 아프다. '날개가 있는 사람을 위한 근육보강제'를 매일 두 알씩 먹고 있지만 아직은 효과가 없다.

사실은 날개를 달고 일하는 것이 버겁다. 카페 사람들은 걱정스러운 눈으로 날 본다. 에그는 별말 없이 무거운 쟁반을 다 자기가 가져간다. 배려는 고맙지만, 폐를 끼치는 것 같아 기분이 좋지 않다. 마음은 급한데 몸이 따라주지 않는다. 내 몸이 날개를 받아들이려면 시간이 얼마나 더 필요할까? 얼마나 오래 걸릴까?

그 생각을 하니 갑자기 등이 뻐근했다. 산책을 너무 오래했다. 걸어서 기숙사로 돌아가려면 한 시간은 걸린다. 돌아가는 길에 해변가에 들러 돌을 바닷물에 적셔줄 생각이었다. 돌은 한번 바다에 다녀오면 일주일은 행복해한다. 나는 돌이 행복한 상태일 때가 좋다. 행복한 돌을 보고 있으면 아무리 우울한 때라도 기운이 난다. 돌에게 바다와 행복은 동의어다. 바다로 가자. 나는 돌에게 속삭였다. 돌은 그 말에 반응했다. 내 작은 동물.

버스를 타고 해변으로 가는 동안 돌은 얌전했다. 하지만 바다가 가까워지자 몸을 들썩였다. 나는 돌이 갑자기 튀어나가지 못하도록 손에 꼭 쥐고 버스에서 내려 해변으로 걸어갔다.

해변에 서서 바다를 본 게 얼마 만이지? 안의 세번째 집에서 바다를 볼 때가 더 많았다. 그 집의 창문은 너무 작다. 나는 그것이 아쉽지만 불평은 하지 않는다. 불평하기에는 시간이 아깝다. 안과 조용한 시간을 보내고 있다가 잠시 미래로 갈 때가 있다. 나중에 시간이 많이 흘러서 지금을 떠올린다면. 미래의 나는 지금의 내가 부러울 거야. 지금과 같은 행복이 영원하지는 않을 테니.

나는 나이가 든 나를 상상한다. 스무 살, 서른, 마흔…… 그때 나는 어떤 사람이 되어 있을까? 그때도 안은 내 옆에 있을까? 안은 나이가 들어서도 아름다울 것이다. 안이 나이드는 모습을 옆에서 지켜보고 싶다. 할 수만 있다면.

우리가 침대에서 나누는 얘기는 그런 것이다. 싸울 때 말고는. 싸우는 것도 괜찮다. 싸움은 우리를 깨뜨리는 게 아니라 견고하게 만든다. 실망과 이해를 반복하면서 안과 나의 관계는 조금씩 단단해진다.

나는 종아리가 잠기는 깊이까지 바다로 걸어들어가 돌을 쥔 손을 물속에 넣었다. 돌이 숨을 들이쉬듯 바다를 만끽하는 것을 느낄 수 있었다.

물은 처음에는 차게 느껴졌다가 점점 따뜻해진다. 나는 돌을 손에 쥐고 조금 더 깊이 들어갔다. 바다 수영. 나는 헤엄쳤다. 아팠던 등이 편안해지는 느낌이 좋았다. 배영을 하면 날개의 무게 때문에 가라앉을지도 몰라. 그런 생각이 들었지만 두렵지는 않았다.

그렇게 헤엄치고 있자니 고모 생각이 났다. 요즘은 인어 꿈을 꾸지 않는다. 나와 같은 뿔을 가진 어른 여자, 내 아버지의 동생. 물에 빠진 나를 구해준 사람. 꿈속에서 본 얼굴을 나는 잊어버렸다. 그리운 느낌이 드는 얼굴이었는데. 나는 섬에 찾아가 아버지의 형제들을 만나는 상상을 했다.

얼마나 그러고 있었을까. 해변에 둔 빵이 신경쓰였다. 종이봉투에 싸여 있지만 바람에 뒹굴어 모래에 파묻혔을지도 모른다. 물새가 물어갔거나.

나는 해변 쪽으로 몸을 돌려 헤엄쳤다. 물속에 있을 때는 시간이 금방 간다. 안도 벌써 일어났겠지. 안은 배가 고파도 먼저 아침을 먹지 않고 날 기다릴 것이다. 그런 생각을 하니 얼른 기숙사로 가고 싶어졌다. 그곳이 어디든 안이 있는 장소는 날 끌어당긴다. 내 마음이 안에게 매여 있다. 밧줄은 보이지 않지만 튼튼하다.

바닥에 발이 닿았다. 허리 깊이였다. 나는 발을 딛고 섰다. 물결이 내 허리를 휘감았다. 나는 부러 팔을 저어 물결을 더 일으켰다. 내 뒤로 해가 떠올라 있었다. 햇빛이 물결에 어렸다. 물결이 반짝이며 흔들렸다. 바람이 약간 차서 몸이 떨렸다. 한 걸음을 떼자 바닥의 모래가 일어나 발을 간지럽혔다.

나는 내 날개가 근사해 보일 것을 안다. 바닷물에 씻긴 단단한 비늘이 햇볕에 빛났다. 보이지 않았지만 알 수 있다. 나는 날개를 펴려 등과 어깨에 힘을 줬다. 날개를 펴는 게 아직 익숙하지 않다. 애를 써도 안 펴질 때가 더 많다.

처음 속도와자정에서 날개를 폈던 감각을 떠올렸다. 충분히 힘을 주되, 부드럽게.

천천히 날개가 펴지는 것이 느껴졌다. 헤엄을 오래 쳐서 근육이 따뜻해져 있었다. 날개가 반쯤 펴졌다. 그 이상은 안 됐다. 날개가 있지만 아직 하늘을 나는 내 모습은 상상이 안 된다. 내가 날아다니다니. 그건 좀 웃길 것 같다. 난 한 번도 날아본 적이 없다.

나는 주변을 돌아봤다. 하늘에는 태양이 있고, 바다는 물결치고, 해변은 모래로 덮여 있다. 내가 사랑하는 것들. 나는 많은 것을 사랑한다. 이 많은 사랑은 대체 어디에서 올까?

가슴속에서 또 한번 물결이 일었다. 물결이 심장을 휘감는다. 세상의 모든 물체는 서로 끌어당기고 있다. 지구와 달이 서로를 끌어당겨서 파도가 일어난다. 나는 끌림에 대해 생각했다. 안과 나는 서로 끌어당기고 있다. 우리 둘 사이의 중력이 내 안에 물결을 만든다.

문득 내 안에서 물결이 소용돌이쳤다. 나는 바다에서 나와 해변을 걸었다. 빵은 다행히 그 자리에 있었다. 나는 잠시 몸을 말리고 팔과 다리에 붙은 모래를 털어냈다.

기숙사까지 걷는 동안 물결이 잔잔해졌다. 안이 내 곁에 있을 때 물결은 잠잠해진다. 물결이 일지 않는 드문 순간에 나는 더욱더 사랑을 강하게 의식한다.

언젠가 내가 날 수 있게 된다면 나는 매일 너에게 날아갈 거야. 그 말을 얼른 안에게 하고 싶었다. 나는 달렸다. 나를 끌어당기는 방향을 향해.

작가의 말

이 책을 쓰는 동안 나는 친구의 집과 부모님의 집을 오가며 살았다. 어느 날은 버스를 타고 부모님 집에서 친구의 집으로 가고 있는데 어디에도 내 집이 없다는 생각이 들었다. 나는 그 버스 안에서 증발하고 싶었다. 하지만 결국 그날도 버스에서 내렸고 곧장 카페로 가서 매일 하던 일을 했다. 글쓰기.

나는 다른 작가들이 쓴 책에서 '누구누구를 위해'라는 문장을 볼 때마다 그 말이 참 이상하다고 생각했다. 다른 사람을 위해 쓰다니. 그럴 수가 있나?

『커스터머』를 쓰기 시작했을 때 이 작업은 나에게 탈출구였다. 그 탈출구는 오직 나를 위한 것이었다. 원고가 꼴을 갖출 쯤에는 그게 내 집이 됐다. 그리고 출간을 앞둔 지금 나는 이 책이 필요한 사람이라면 누구나 들어와서 머물 수 있는 집이 되기를 바라고 있다.

나는 여러 의미에서 소수자이고, 그 때문에 어딘가에 가거나 누군가를 만날 때면 내가 환영받지 못할 수 있다는 불안을 느낀다. 그 불안은 집이 없는 기분과 비슷하다.

전에는 '누구누구를 위해'라는 말이 오만한 표현이라고 생각했다. 하지만 이제는 그 말의 의미를 알 것 같다. '그동안 고마웠어요. 앞으로도 계속 당신을 사랑해도 될까요?' 아마 그런 의미인 것 같다. 나는 집이 필요한 사람들을 위해 『커스터머』를 썼다. 자기 이상의 존재가 되는 여정에서 집을 잃어버린 사람들을 위해. 그 모든 사람들에게 사랑과 감사를 전한다.

더불어 거친 초고를 읽어주었던 친구들에게 감사를 전하고 싶다. 특히 원고를 거듭 읽어줬을 뿐만 아니라 언제나 빛나는 조언으로 길을 밝혀준 친구 지혜와 동료 작가이자 담당 편집자인 김봉곤님께 감사드린다. 지난겨울에 원고를 고치는 동안 집이 되어준 연희문학창작촌을 떠올리면 따뜻한 기분이 든다. 이 기회를 빌어 감사를 전한다. 그리고 항상 '사랑하는 딸'로 대화를 시작하는 나의 부모님과 내 좋은 친구이자 동생인 종재에게 고맙다는 말을 하고 싶다.

감사한 분들을 모두 적자면 책 한 권을 따로 써야 할 것이다. 미처 이름을 적지 못한 많은 사람들에게 감사하다. 행운이 있기를.

문학동네 장편소설
커스터머

초판인쇄 2017년 10월 27일
초판발행 2017년 11월 3일

지은이 이종산
펴낸이 염현숙
책임편집 김봉곤 | 편집 김필균 강윤정 김영수
디자인 강혜림 유현아 | 마케팅 정민호 박보람 우상욱
홍보 김희숙 김상만 이천희
제작 강신은 김동욱 임현식 | 제작처 한영문화사

펴낸곳 (주)문학동네
출판등록 1993년 10월 22일 제406-2003-000045호
주소 10881 경기도 파주시 회동길 210
전자우편 editor@munhak.com | 대표전화 031) 955-8888 | 팩스 031) 955-8855
문의전화 031) 955-3576(마케팅) 031) 955-1920(편집)
문학동네카페 http://cafe.naver.com/mhdn | 트위터 @munhakdongne

ISBN 978-89-546-4882-0 03810

* 이 도서의 국립중앙도서관 출판예정도서목록(CIP)은 서지정보유통지원시스템 홈페이지(http://seoji.nl.go.kr)와 국가자료공동목록시스템(http://www.nl.go.kr/kolisnet)에서 이용하실 수 있습니다.(CIP 제어번호: 2017027353)

www.munhak.com